ARQUI-INIMIGOS

ARQUI-INIMIGOS

Tradução de Regiane Winarski

MARISSA MEYER

Rocco

Título original
ARCHENEMIES
Book Two of The Renegades Trilogy

Primeira publicação por Feiwel and Friends Book,
um selo da Macmillan Children's Publishing Group.

Edição brasileira publicada mediante acordo com
Jill Grinberg Literary Management LLC e
Sandra Bruna Agencia Literaria, SL.

EDITORA ROCCO LTDA.
Rua Evaristo da Veiga, 65 – 11º andar
Passeio Corporate – Torre 1
20031-040 – Rio de Janeiro – RJ
Tel.: (21) 3525-2000 – Fax: (21) 3525-2001
rocco@rocco.com.br
www.rocco.com.br

Printed in Brazil/Impresso no Brasil

preparação de originais
THAÍS LIMA

CIP-Brasil. Catalogação na publicação.
Sindicato Nacional dos Editores de Livros, RJ.

M56a
Meyer, Marissa, 1984-
Arqui-inimigos / Marissa Meyer; tradução Regiane Winarski. – 1ª ed. – Rio de Janeiro: Rocco, 2021.

Tradução de: Archenemies
ISBN 978-65-5532-113-5
ISBN 978-65-5595-072-4 (e-book)

1. Ficção americana. 2. Super-heróis. I. Winarski, Regiane. II. Título.

21-70705
CDD: 813
CDU: 82-3(73)

Camila Donis Hartmann – Bibliotecária – CRB-7/6472

O texto deste livro obedece às normas do
Acordo Ortográfico da Língua Portuguesa.

Para Garrett e Gabriel, futuros super-heróis

LISTA DE PERSONAGENS

OS RENEGADOS: EQUIPE DE RABISCO

RABISCO – Adrian Everhart

Consegue dar vida aos seus desenhos e artes

MONARCA – Danna Bell

Transforma-se em um enxame de borboletas-monarcas

ASSASSINA VERMELHA – Ruby Tucker

Quando ferida, o sangue se cristaliza em forma de armas; sua marca registrada é um gancho feito de heliotrópio

CORTINA DE FUMAÇA – Oscar Silva

Conjura fumaça e vapor

OS RENEGADOS: EQUIPE DE GELADURA

GELADURA – Genissa Clark

Cria armas de gelo a partir de moléculas de água no ar

SISMO – Mack Baxter

Faz o chão se mover com a força de um terremoto

GÁRGULA – Trevor Dunn

Transforma o corpo todo ou partes dele em pedra maciça

ARRAIA – Raymond Stern

Tem uma cauda farpada venenosa

OS ANARQUISTAS

PESADELO – Nova Artino

Não dorme nunca e pode fazer os outros dormirem com um toque

DETONADORA – Ingrid Thompson

Cria explosivos a partir do ar que podem ser detonados quando quer

FOBIA – nome verdadeiro desconhecido

Transforma o corpo e sua foice na personificação de vários medos

TITEREIRO – Winston Pratt

Transforma as pessoas em marionetes indefesas que fazem o que ele quer

ABELHA-RAINHA – Mel Harper

Exerce controle sobre todas as abelha e vespas

CIANETO – Leroy Flinn

Gera venenos ácidos pela pele

ESPINHEIRO – nome desconhecido

Tem tentáculos cobertos por espinhos mortíferos

CONSELHO DOS RENEGADOS

CAPITÃO CROMO – Hugh Everhart

Tem superforça e é quase invencível a ataques físicos; capaz de gerar armas de cromo

GUARDIÃO TERROR – Simon Westwood

Pode ficar invisível

TSUNAMI – Kasumi Hasegawa

Gera e manipula água

PÁSSARO DO TROVÃO – Tamaya Rae

Gera trovões e relâmpagos; é capaz de voar

LUZ NEGRA – Evander Wade

Cria e manipula luz e escuridão

CAPÍTULO UM

Adrian se agachou no telhado do prédio e espiou a entrada de carga e descarga do Hospital da Cidade de Gatlon. Ainda era madrugada; o sol nem tinha nascido, embora raios de luz estivessem fazendo o céu cinza-carvão adquirir um tom pálido de violeta. A penumbra dificultava a visão de qualquer coisa dez andares abaixo, atrás de duas vans e um caminhão de entregas.

– Estou de olho no veículo de fuga – disse Nova, que estava observando as ruas tranquilas com um binóculo.

– Onde? – perguntou ele, se inclinando na direção dela. – Como você sabe?

– Aquela van na esquina. – Ela virou o binóculo do veículo até a porta do hospital e depois voltou. – Discreta, com película escura nas janelas, o motor ainda ligado apesar de estar estacionada ali desde que chegamos.

Adrian procurou a van. Havia vapor saindo do cano de descarga em nuvens brancas grandes.

– Tem alguém dentro?

– Uma pessoa no banco do motorista. Pode ter mais gente, mas não consigo ver na parte de trás.

Adrian levou o pulso à boca e falou pelo comunicador.

– Rabisco para Cortina de Fumaça e Assassina Vermelha. O veículo de fuga do suspeito está estacionado na esquina da Setenta e Nove com a Fletcher Way. Mudem o posto para as rotas de fuga pelo sul e pelo leste. Ainda estamos esperando o reconhecimento interno da Monarca.

– Entendido – disse a voz de Oscar pelo comunicador. – Vamos agora mesmo.

Adrian bateu os dedos na beirada do telhado e desejou que a entrada dos fundos do hospital tivesse uma iluminação melhor. Havia seis postes na rua, mas três estavam com lâmpadas queimadas. Alguém não devia ter resolvido isso?

– Posso ver? – perguntou ele.

Nova tirou o binóculo do alcance das mãos dele.

– Arruma um pra você.

Apesar de querer ficar irritado com a resposta dela, ele não conseguiu segurar um leve sorriso. Era justo, considerando que Nova tinha passado vinte minutos daquela manhã explicando para Oscar todas as modificações que ela havia feito com aquele binóculo genérico específico. Agora tinha foco automático e uma funcionalidade de estabilização, mira com movimento, visão noturna, um gravador de vídeo e lentes computadorizadas capazes de exibir coordenadas de GPS e previsão do tempo. E como se isso já não fosse impressionante o bastante, ela também acrescentou um software que combinava reconhecimento facial do alvo com a base de dados dos prodígios dos Renegados.

Evidentemente, ela havia trabalhado no binóculo durante meses.

– Tudo bem, vou arrumar um – disse ele, e pegou a caneta de ponta fina na manga do uniforme dos Renegados. Ele começou a desenhar um binóculo na lateral de uma caixa de metal. – Acho que vou botar visão de raio X no meu.

Nova contraiu o maxilar.

– Você é sempre tão competitivo?

Ele abriu um sorriso.

– Estou brincando. Eu precisaria de ao menos um conhecimento básico de como funciona a visão de raio X. Mas vou botar uma função de alvo em movimento como a que você falou. E alças ergonômicas. Talvez uma lanterna... – Ele terminou o desenho e fechou a caneta.

Encostou os dedos na superfície de metal e tirou o desenho da caixa, transformando-o em realidade funcional e tridimensional.

Ele se ajoelhou ao lado de Nova de novo, ajustou a largura do binóculo e olhou para a rua. A van não tinha se movido.

– Lá está a Danna – disse Nova.

Adrian virou-se para olhar a área de carga e descarga, mas as portas ainda estavam fechadas.

– Onde...

– Terceiro andar.

Ele virou nessa direção e viu as borboletas-monarcas saindo por uma janela aberta. No escuro, pareciam mais uma colônia de morcegos delineada contra o prédio. As borboletas convergiram para a garagem do hospital e se transformaram na figura da Danna.

O comunicador vibrou.

– Estão saindo agora – disse Danna. – Seis no total.

– Sete com o motorista – corrigiu Nova quando a van começou a se deslocar. Dobrou a esquina e parou na frente das portas de carga e descarga. Segundos depois, elas foram abertas e seis pessoas saíram do hospital carregando sacos pretos enormes.

– Situação de cidadãos? – perguntou Adrian.

– Tudo liberado – respondeu Danna.

– Entendido. Pessoal, podemos agir agora. Danna, fique...

– Rabisco! – disse Nova, sobressaltando-o. – Tem um prodígio.

Ele olhou para ela.

– O quê?

– Aquela mulher... com piercing no nariz. Ela está aparecendo na base de dados. Codinome... Espinheiro?

Ele tentou lembrar, mas o nome não era familiar.

– Nunca ouvi falar. – Adrian olhou pelo binóculo de novo quando as figuras jogaram o que estavam carregando na van. A mulher com o piercing no nariz foi a última a entrar. – Qual é o poder dela?

– Evidentemente, ela tem... extremidades cobertas de espinhos? – Nova olhou para ele com perplexidade.

Adrian deu de ombros e falou no comunicador de novo.

– Alerta total, pessoal. Os alvos têm um prodígio junto. Sigam a missão, mas com cautela. Insônia e eu vamos... – Um estrondo sobressaltou Adrian e ele se virou e viu que Nova já tinha ido embora. Ele se levantou e observou a lateral do prédio. O barulho tinha sido Nova caindo no primeiro nível da escada de incêndio do apartamento. – ... Para o posto do norte – murmurou ele.

Pneus cantaram. A van se afastou do hospital. Adrian levantou o pulso, a adrenalina percorrendo o corpo enquanto ele esperava para ver em que direção...

A van pegou a primeira à esquerda.

– Cortina de Fumaça, é com você! – gritou ele.

Adrian jogou o binóculo de lado e correu atrás de Nova. Acima deles, Danna virou borboletas de novo e foi atrás da van.

Nova estava na metade da rua quando Adrian desceu da escada de incêndio, as botas estalando no asfalto. Ele correu atrás dela, as pernas longas lhe dando uma certa vantagem, mas ele ainda estava para trás quando Nova apontou com o dedo para a direita.

– Vai por ali! – gritou ela, indo na direção oposta.

A um quarteirão dali, eles ouviram pneus cantando de novo, desta vez junto com o som de uma freada. Uma nuvem de fumaça branca densa podia ser vista subindo acima do telhado de um prédio comercial.

A voz do Oscar soou no comunicador.

– Estão dando ré... Indo para o norte pela Bridgewater.

Adrian dobrou a esquina e viu os faróis vermelhos traseiros vindo em sua direção. Ele pegou um pedaço de giz branco na manga, guardado ao lado da caneta. Agachou-se e desenhou uma faixa rápida de pregos no asfalto. Terminou a ilustração quando o cheiro de borracha queimada chegou às suas narinas. Se o motorista o viu pelo retrovisor, não deu nenhum sinal de ir mais devagar.

Adrian puxou o desenho. Os espetos de dez centímetros surgiram do chão e ele pulou para longe do caminho segundos antes da van passar por ele em um borrão.

Os pneus rasgaram em uma série de estouros ensurdecedores. Por trás das janelas escuras, Adrian ouviu os ocupantes da van xingando e discutindo uns com os outros enquanto os pneus murchos paravam.

A nuvem de borboletas sobrevoou e Danna caiu no teto da van.

– Pensou rápido, hein, Rabisco.

Adrian se levantou ainda com o giz na mão. A outra pegou a algema dos Renegados que estava presa no cinto.

– Vocês estão presos – gritou ele. – Saiam lentamente com as mãos para o alto.

A porta se abriu só o bastante para uma mão surgir, os dedos abertos em súplica.

– Devagar – repetiu Adrian.

Houve uma hesitação e a porta foi toda aberta. Adrian viu o cano de uma arma momentos antes de uma saraivada de balas começar a perfurar o prédio atrás dele. Ele gritou e mergulhou atrás de uma parada de ônibus, jogando os braços sobre a cabeça. O vidro se estilhaçou e as balas ricochetearam na pedra.

Alguém gritou. Os tiros pararam.

As outras portas da van foram abertas ao mesmo tempo: do motorista, do passageiro e as duas de trás.

Os sete criminosos saíram e correram em direções diferentes.

O motorista foi para uma rua lateral, mas Danna o alcançou na mesma hora: um ciclone de asas douradas num minuto e, no seguinte, uma super-heroína zelosa que passou um braço no pescoço do homem e o jogou no chão.

Uma mulher do banco do passageiro correu para o sul pela Bridgewater e pulou a tira de pregos, mas não chegou a percorrer meio quarteirão até levar uma flecha de fumaça preta na cara. Ela caiu de joelhos, sufocada. Ainda tentando respirar, não ofereceu muita resistência quando Oscar saiu de trás de um carro estacionado e botou a algema nos pulsos dela.

Outros três ladrões correram pela porta de trás da van, cada um carregando sacos plásticos enormes. Nenhum deles viu o fio fino esticado de um lado até o outro da rua. Seus tornozelos tropeçaram no fio e eles caíram no asfalto. Um dos sacos se abriu e dezenas de frasquinhos brancos de comprimidos se espalharam na sarjeta. Ruby saiu de trás de uma caixa de correspondência e prendeu os três rapidamente, depois foi buscar o gancho vermelho na outra ponta do fio.

Os dois últimos criminosos saíram pela porta lateral. A mulher com o piercing no nariz (Espinheiro, de acordo com o binóculo de Nova) estava segurando o fuzil automático em uma das mãos e um saco de lixo preto na outra. Ela foi seguida por um homem com dois sacos no ombro.

Adrian ainda estava agachado atrás da parada de ônibus quando os dois passaram correndo e entraram numa viela estreita. Ele se levantou, mas não tinha dado dois passos quando alguma coisa passou voando e ele viu um brilho vermelho com o canto do olho.

O heliotrópio com pontas da Ruby acertou o saco no ombro da mulher e fez um corte estreito na lateral. Mas o fio dela era curto demais. A mulher estava fora de alcance. A pedra voltou e caiu no concreto. Um único frasco plástico caiu pelo corte no saco.

Ruby resmungou, puxou o fio de volta e começou a girá-lo acima da cabeça como um laço ao mesmo tempo que corria, se preparando para outro lançamento.

A mulher parou de repente e se virou para eles apontando a arma. Disparou outra saraivada de balas. Adrian se jogou em cima de Ruby, e ela gritou de dor quando os dois caíram atrás de um contêiner de lixo.

Os tiros pararam assim que eles se esconderam. Os passos da criminosa ecoaram para longe deles.

– Você está bem? – perguntou Adrian, embora a resposta fosse óbvia. O rosto de Ruby estava contorcido, as duas mãos segurando a coxa.

– Estou – disse ela por entre os dentes. – Pega eles!

Algo caiu na viela; houve o ruído ensurdecedor de vidro quebrando e metal amassando. Adrian esticou a cabeça por trás do contêiner de lixo e viu um aparelho de ar-condicionado destruído no chão. Ele procurou no telhado dos prédios em volta e viu um segundo aparelho ser jogado nos ladrões. Caiu no chão quase em cima da mulher, que soltou um grito estrangulado e abriu fogo de novo.

Nova recuou. As balas bateram no alto do prédio e deixaram várias pequenas crateras.

Adrian não parou para pensar quando saiu de trás do contêiner, para longe da visão de Ruby, e levantou o braço. Mesmo embaixo da manga cinza-escura do uniforme, dava para ver a pele começar a brilhar quando o cilindro estreito que tinha tatuado na própria pele surgiu ao longo do antebraço.

Ele disparou.

O raio de energia acertou Espinheiro entre as omoplatas e a jogou por cima de um dos aparelhos de ar-condicionado quebrados. O fuzil bateu na parede mais próxima.

Adrian observou a linha do telhado, o coração disparado.

– Insônia? – gritou ele, torcendo para que o pânico não ficasse evidente na voz. – Você está...

Espinheiro soltou um grito gutural e ficou de quatro. O cúmplice dela cambaleou a poucos passos dali, ainda segurando os dois sacos de drogas roubadas do hospital. Ele balançou a cabeça.

– Segura a onda aí, Espinheiro – disse ele. – Vamos cair fora.

A mulher o ignorou, se virou para Adrian e rosnou.

Enquanto ele olhava, uma série de membros surgiu das costas dela, não muito longe de onde o raio tinha acertado. Seis tentáculos, cada um com uns quatro metros e cheio de espinhos afiados. Lembravam tentáculos de polvo, se os tentáculos dos polvos fossem cobertos de espinhos com aparência sinistra.

Adrian deu um passo para trás. Quando Nova mencionou extremidades cobertas de espinhos, ele imaginou unhas absurdamente afiadas. A pessoa que montava a base de dados deles tinha que melhorar a capacidade de inserir detalhes específicos.

O cúmplice de Espinheiro soltou um palavrão.

– Estou indo embora! – gritou ele, e saiu correndo de novo.

Espinheiro o ignorou, esticou os tentáculos na direção da escada de incêndio mais próxima e ergueu o corpo de forma rápida e graciosa, como uma aranha. Quando estava uma plataforma abaixo do telhado, ela esticou um tentáculo para cima, pelo lado.

Nova gritou. Os pulmões de Adrian expulsaram o ar com horror quando ele viu a mulher arrancar Nova do telhado. Ela a segurou no ar por um segundo e a jogou no chão.

Por instinto, Adrian se jogou para cima. Ele nem pensou em usar as molas nos pés, pois os outros não podiam saber das tatuagens, mas não houve tempo para questionar a reação. Ele interceptou o corpo de Nova antes de ela bater no prédio em frente e os dois caíram em cima do contêiner de lixo.

Ofegante, Adrian se afastou um pouco para olhar Nova, ainda nos braços dele. Havia algo quente e grudento nas costas dela, e a mão dele saiu vermelha quando a inspecionou.

– Estou bem – resmungou Nova, e ela parecia mais irritada do que ferida. – Só fui arranhada pelos espinhos. Espero que não sejam venenosos. – Ela se sentou e falou no comunicador para informar o resto da equipe sobre o que eles estavam enfrentando.

Adrian observou o prédio com medo de outro ataque estar prestes a acontecer, mas Espinheiro não estava indo atrás deles. Quando ele estava olhando, ela usou os tentáculos para se balançar da escada de incêndio até um cano de escoamento e voltar para a viela. Dois tentáculos se esticaram para pegar o saco caído e o frasco de comprimidos que tinha escapado dele, e ela saiu correndo atrás do cúmplice.

– Vou atrás dela – disse Nova. Ela mancou pela lateral do contêiner de lixo e as botas bateram no chão.

– Você está ferida! – disse Adrian, descendo ao lado dela.

Ruby saiu cambaleando das sombras. Ela estava mancando, mas, onde antes havia sangue, uma série de cristais vermelhos irregulares tinha surgido como estalagmites no ferimento aberto.

– Eu também vou atrás dela – rosnou ela.

Nova se virou para longe do dois, mas Adrian segurou o braço dela.

– Rabisco! Me solta!

– Dois segundos! – gritou ele e pegou a caneta. Usou para desenhar um corte rápido no tecido encharcado de sangue do uniforme e revelar o ferimento nas costas, não muito longe da coluna. Mais um buraco do que um arranhão.

– Adrian! Eles estão fugindo!

Ele a ignorou e desenhou uma série de pontos cruzados sobre o ferimento.

– Pronto – disse ele, tampando a caneta enquanto o curativo se fechava na pele. – Agora pelo menos você não vai morrer de hemorragia.

Ela resmungou alguma coisa, exasperada.

Eles saíram correndo juntos, mas logo ficou claro que Ruby não conseguiria acompanhar. Enquanto Nova corria na frente, Adrian segurou o ombro de Ruby e a fez parar.

– A gente cuida do prodígio. Volte e veja se os outros estão bem.

Ruby ia começar a discutir quando a voz da Danna soou nos comunicadores deles.

– Estou de olho na Espinheiro e no outro suspeito. Eles estão indo na direção do hospital pelo leste na Oitenta e Dois. Devem estar indo para o rio.

Ruby grudou um olhar severo em Adrian.

– Não deixa eles escaparem.

Ele nem respondeu. Virou-se e saiu correndo por uma rua lateral estreita. Talvez pudesse interceptá-los. Nova tinha voltado para a rua principal ou iria para um telhado para segui-los do alto?

Quando teve certeza de que Ruby não o via mais, ele usou as molas que tinha tatuado nas solas dos pés para se impulsionar para a frente, cobrindo a distância dez vezes mais rápido do que faria se corresse. Ao chegar no fim da viela, ele viu os dois criminosos correndo para a esquina seguinte.

Ele correu atrás deles e dobrou a esquina ao mesmo tempo que Nova, vindo da outra direção. Ela cambaleou de surpresa quando o viu.

– Que rápido – ofegou ela.

Eles mantiveram o mesmo ritmo, correndo lado a lado. Os criminosos estavam um quarteirão à frente. De vez em quando, Adrian via um frasco de comprimidos caído do saco da Espinheiro rolando na direção de uma sarjeta. Tornava a tarefa de segui-los mais fácil.

À frente, a rua terminava em um T, e Adrian viu os dois criminosos se afastarem um do outro. Eles pretendiam se separar... e dividir Nova e Adrian.

– Vou atrás da Espinheiro – disse Adrian.

– Não – disse Nova, tirando uma arma de cano largo do cinto de ferramentas. Sem diminuir a velocidade, ela mirou e disparou. O raio de energia acertou o homem quando ele estava indo para a rua seguinte. Ele foi jogado através da vitrine de um café. Os estilhaços do vidro caíram em volta dele quando ele caiu por cima de uma mesa e sumiu de vista. Um dos sacos de lixo prendeu na janela quebrada e um monte de frascos plásticos se espalhou pela calçada.

– Pega ele – disse Nova. – *Eu* vou atrás da Espinheiro.

Adrian bufou.

– Quem é a competitiva agora?

Apesar de Espinheiro hesitar quando o colega foi jogado pela vitrine, ela não parou. Na verdade, correu mais rápido, usando as duas pernas e os seis tentáculos para se deslocar pela rua.

Adrian ainda não tinha decidido se apreenderia o homem ou ficaria com Nova, mas um grito fez os dois pararem de repente.

Adrian desviou a atenção para a vitrine quebrada do café. Mas não foi a vitrine e sim a porta da frente que se abriu numa explosão e bateu com tanta força na lateral do prédio que a placa de FECHADO caiu na calçada.

O homem apareceu. Ele tinha abandonado os sacos de lixo e estava com um braço em volta do pescoço de uma adolescente com avental quadriculado. A outra mão dele apontava uma arma para um lado da cabeça dela.

CAPÍTULO DOIS

ADRIAN FICOU SEM AR quando olhou para a arma e para o rosto petrificado da garota. Um aglomerado de pequenos cortes marcava seu braço direito. Ela devia estar do lado da vitrine quando o homem caiu.

– Ouça bem! – gritou o homem. Embora a aparência fosse de durão, com uma tatuagem descendo da mandíbula até a gola da camisa e braços que costumavam levantar pesos, havia um medo inegável por trás dos olhos dele. – Você vai me deixar ir embora. Não vai nos seguir. Não vai atacar. Se você seguir essas instruções muito *simples*, vou soltar essa garota assim que estivermos livres. Mas, se eu tiver a menor suspeita de que estamos sendo seguidos, ela está morta. – Ele empurrou o cano da arma na parte de trás da cabeça da refém, forçando o pescoço dela para a frente. A mão dele estava tremendo quando ele começou a andar de lado pela parede do prédio, mantendo a garota entre ele e os Renegados. – Estamos entendidos?

A refém começou a chorar.

O coração de Adrian estava disparado. O código surgiu em seus pensamentos.

Segurança dos civis primeiro. Sempre.

Mas, a cada segundo que eles ficavam ali parados, cedendo às exigências daquele criminoso, Espinheiro ficava mais longe.

Ao lado dele, Nova passou a mão habilmente na pequena arma na parte de trás do cinto de utilidades.

– Não – murmurou ele.

Nova fez uma pausa.

O homem continuou seguindo pela rua, arrastando a refém junto. Mais vinte passos e eles dobrariam a esquina.

Se Adrian e Nova não fizessem nada, se o deixassem ir, ele realmente soltaria a refém?

O código dizia que era para correr o risco. Não dar motivo para ele atacar. Acalmá-lo e negociar. Não dar corda quando a vida de um civil está em jogo.

Quinze passos.

– Consigo acertar – disse Nova baixinho.

A garota estava olhando para os dois, mais horrorizada a cada segundo. O corpo dela funcionava como um escudo, mas havia o suficiente da cabeça do homem aparecendo para Adrian acreditar em Nova. Ele a tinha visto atirar várias vezes. Não duvidava que ela *fosse capaz* de acertá-lo.

Ainda assim, o código...

Dez passos.

– Arriscado demais – disse ele. – Não faça nada.

Nova fez um ruído de repulsa na garganta, mas a mão se afastou dois centímetros da arma.

A refém estava soluçando agora. O criminoso estava praticamente a carregando enquanto recuava.

Havia uma chance de ele a matar assim que saísse do alcance. Adrian sabia. *Todos* sabiam.

Ou ele talvez ficasse com ela até chegar... ao lugar para onde eles estavam indo.

Dois criminosos ainda estariam nas ruas, inclusive uma prodígio perigosa, enquanto quilos de remédios roubados que eram indispensáveis para o hospital entrariam no tráfico de drogas da cidade.

Cinco passos.

Nova olhou para Adrian, e ele sentiu a frustração que emanava dela em ondas.

– Sério? – sussurrou ela.

Ele apertou as mãos.

O criminoso chegou à esquina e abriu um sorrisinho para Adrian.

– Fiquem bem quietinhos agora – disse ele. – Como falei, vou soltá-la quando estiver livre, mas, se eu tiver alguma indicação de que vocês, Renegados, estão atrás de nós, vou...

Um bastão apareceu vindo da esquina e acertou um lado da cabeça do homem. Ele gritou e começou a se virar, mas outro golpe o acertou na cabeça. O braço em volta da refém afrouxou. Com um grito, ela se soltou do braço dele.

Ruby desceu do toldo de uma porta e soltou um grito agudo enquanto caía nas costas do homem e o derrubava no chão. Oscar apareceu, segurando a bengala como um bastão. Ele ficou parado ao lado de Ruby e do criminoso, preparado para bater uma terceira vez, mas Ruby já tinha colocado uma algema nos pulsos do homem.

– E é isso que chamamos de trabalho de equipe no nosso ramo – disse Oscar, esticando a mão para Ruby. Ela segurou o antebraço dele e deixou que ele a ajudasse a se levantar.

Atordoada, a refém se apoiou na parede do prédio e foi deslizando até o chão da calçada.

– Minha nossa – murmurou Nova, ecoando os pensamentos de Adrian com exatidão. Os ferimentos de Ruby não tinham parado de sangrar, e seu uniforme estava coberto de formações de cristais vermelhos surgindo do ferimento de bala na coxa e envolvendo a perna até o joelho e também em volta do quadril.

Adrian se libertou da surpresa.

– Cadê a Danna?

– Atrás da prodígio – disse Ruby. – Se já não tiver alcançado.

– Vou atrás deles – disse Nova. Ela olhou com expressão azeda para Adrian. – Se estiver de acordo com o *código*.

Ele retribuiu o olhar, mas sem muito empenho.

– Fique bem. Nos encontramos no hospital.

Nova saiu na direção que a prodígio tinha seguido. Adrian a viu correr com um nó de inquietação no estômago. Eles ainda não sabiam muita coisa sobre Espinheiro nem do que ela era capaz.

Mas Danna estaria lá. E Nova sabia o que estava fazendo.

Ele se obrigou a dar as costas.

– E os outros?

– Todos presos – disse Ruby. – E já chamei a remoção de bandidos e uma equipe de limpeza.

Oscar deu um passo na direção da refém. Ela estava olhando os três Renegados de boca aberta, tremendo.

– Você está protegida agora – disse Oscar, usando a bengala para se apoiar quando se agachou na frente dela. – Um paramédico chegará daqui a pouco pra cuidar dos seus ferimentos e tem psicólogos na equipe se você precisar conversar. Enquanto isso, quer que a gente ligue pra alguém?

O corpo parou de tremer quando ela o encarou. Seus olhos se arregalaram; não de medo desta vez, mas com uma espécie delirante de assombro. Ela abriu a boca, mas precisou tentar algumas vezes até formar uma frase.

– Eu sonho com isso a vida toda – sussurrou ela. – Ser salva por um *verdadeiro Renegado*. – Ela choramingou e olhou para Oscar como se ele fosse a oitava maravilha do mundo. – Obrigada... muito obrigada por salvar minha vida.

As bochechas dele ficaram vermelhas.

– Hã... é. De nada. – Oscar olhou para Ruby com insegurança, mas, quando se levantou, o peito estava mais estufado do que antes. – Só mais um dia de trabalho.

Ruby riu.

O barulho de uma sirene ecoou pelas ruas. A ambulância e os carros do esquadrão dos Renegados chegariam logo. Adrian olhou na direção que Nova tinha seguido, a ansiedade voltando com tudo.

Até onde a prodígio tinha ido? Para onde estava indo? Danna já a tinha alcançado? E Nova?

Seria possível que precisassem de ajuda?

– Ei, pessoal – disse ele, sentindo a adrenalina vibrando de novo.

– Você vai atrás dela – disse Ruby. – É, a gente sabe.

– Melhor ir logo – disse Oscar. – Você sabe que a Nova não vai guardar nada da glória pra você.

Os lábios de Adrian se curvaram num sorriso de gratidão e ele saiu correndo.

O SOL TINHA SUBIDO acima dos prédios agora e estava lançando sombras longas nas ruas. A cidade estava ganhando vida. Havia mais carros nas ruas. Os pedestres lançavam olhares curiosos e até empolgados para Nova enquanto ela corria com o uniforme tão reconhecível dos Renegados. Ela ignorou todo mundo e desviou dos donos de lojas que empurravam latões de lixo para a rua. Pulou cavaletes com placas anunciando liquidações e inaugurações. Contornou bicicletas e táxis, postes e caixas de correio enferrujadas.

O trabalho deles era difícil durante o dia. As coisas ficavam mais fáceis quando não havia civis por perto, como ficou claro com o problema da refém em frente ao café. Era nessa hora que o infame código de autoridade de Gatlon entrava em jogo. Aquela coisa toda de proteger e defender a todo custo. Não que Nova discordasse da intenção; claro que eles deveriam trabalhar para proteger passantes inocentes. Mas, às vezes, era preciso correr riscos. Às vezes, era preciso fazer sacrifícios.

Pelo bem maior.

Ace nunca pouparia uma vida se fazer isso fosse botar mais dez ou cem em risco.

Mas esse era o código que regia os Renegados, e agora uma prodígio com extremidades cobertas de espinhos estava solta, e quem sabia quando ela atacaria de novo?

Se Nova não a impedisse primeiro.

Considerando que ela era uma super-heroína e tudo mais.

Ela abriu um sorriso irônico. Ah, se Ingrid pudesse vê-la agora. Como ficaria envergonhada de ver Nova, sua colega Anarquista, trabalhando com os Renegados, se juntando a eles para ir atrás de outra prodígio rebelde até. Ingrid teria encorajado Nova a deixar Espinheiro fugir, talvez até a tentar transformá-la em aliada. Mas

Ingrid não enxergava longe. Ela não conseguia ver a importância de Nova ganhar a confiança dos Renegados.

Ace entendia. Ele sempre entendeu.

Ganhar a confiança deles. Descobrir suas fraquezas.

E depois, destruí-los.

Espinheiro estava indo para o rio, assim como Nova teria feito para esconder o rastro se estivesse fugindo dos Renegados... o que era um cenário para o qual Nova passou muito tempo se preparando ao longo dos anos. Três quarteirões depois de onde ela deixou Adrian e os outros, ela viu um frasco de comprimidos numa sarjeta. Espinheiro tinha mudado de direção, e, dois quarteirões depois, Nova notou outro frasco preso num bueiro.

Ela viu uma nuvem escura flutuando sobre um jardim comunitário e levou um momento para reconhecer o bando de Danna. As borboletas voavam de um lado para o outro, flutuaram até um lado da rua e subiram sobre os telhados de uma rua estreita de lojas fechadas.

Nova teve a impressão de que estavam procurando alguma coisa.

Ela pulou a cerca e correu pelo jardim lamacento. Quando chegou à rua do outro lado, as borboletas tinham começado a pousar nos fios e sarjetas. Milhares delas, as asas tremendo enquanto procuravam e esperavam.

A palma da mão de Nova bateu na pistola, mas ela mudou de ideia e pegou a arma de choque. A viela estava quase vazia, exceto por umas seis latas de lixo de metal e pilhas de sacos de lixo lotados encostados nas paredes. O cheiro era horrível, de comida podre e peixe morto. Nova manteve a respiração controlada e lutou contra a ânsia de vômito ao passar por uma nuvem de moscas.

Um barulho fez Nova dar um pulo, e ela se virou, a arma de choque apontada para um dos sacos de lixo. Um gato magrelo miou e entrou correndo numa janela quebrada.

Nova soltou a respiração.

Um grito de batalha soou e ecoou pela viela. A tampa de uma lata de lixo voou quando Espinheiro pulou para fora. Um membro cheio de espinhos arrancou a arma da mão de Nova e deixou uma marca de queimadura na palma.

Sibilando, Nova pegou a pistola assim que Espinheiro segurou a arma de choque na mão.

Nova sacou a pistola, mas Espinheiro disparou primeiro.

Nova foi jogada numa pilha de sacos de lixo, o corpo vibrando com o golpe.

Espinheiro correu para o outro lado. Danna entrou em formação no caminho da mulher, o corpo em posição de luta. Espinheiro mirou nela também, mas Danna se dispersou em borboletas antes da energia de choque a acertar.

Os insetos formaram um ciclone. Um segundo depois, Danna caiu do céu nas costas de Espinheiro.

Três dos seis membros de Espinheiro envolveram o corpo de Danna e cortaram suas costas. Danna gritou quando os espinhos fizeram rasgos fundos na pele. Espinheiro a jogou na parede e Danna caiu no chão.

Nova se levantou com dificuldade, pegou a lata de lixo mais próxima e jogou com o máximo de força que conseguiu.

Espinheiro inclinou a cabeça e agitou um dos tentáculos para afastar com facilidade a lata de lixo. Outro membro se projetou até uma pilha próxima de sacos de lixo e pegou o de cima; Nova reconheceu o corte na lateral. Espinheiro começou a subir a parede como uma aranha, os membros adicionais se apoiando em grades de janelas e lustres. Ela chegou ao teto e desapareceu.

Nova correu pela viela. O objetivo de Espinheiro ficou claro assim que ela saiu na rua e viu a ponte curta sobre o rio Snakeweed. Espinheiro já estava na amurada da ponte. Ela lançou um olhar de ódio para Nova e pulou da ponte.

Embora as pernas de Nova estivessem queimando e os pulmões parecessem a ponto de colapso, ela moveu os braços mais rápido para fazer o corpo se deslocar. Só precisava ver onde Espinheiro apareceria para poder seguir atrás dela de novo.

Mas, quando chegou à ponte, o desânimo tomou conta.

Espinheiro não tinha caído no rio.

Tinha caído numa barca.

Uma barca que seguia com determinação pelas ondas, aumentando a distância entre Nova e a criminosa a cada momento.

Cercada de contêineres, Espinheiro acenou com provocação.

Nova fechou as mãos na amurada da ponte e visualizou o caminho do rio. Havia quatro outras pontes antes de chegar à baía. Espinheiro podia sair em qualquer uma delas, mas não tinha como Nova a alcançar e descobrir qual.

Nova soltou um palavrão. Os nós dos dedos ficaram brancos quando ela apertou as mãos em punhos.

Tinha que haver outro jeito de ir atrás. Tinha que haver outro jeito de impedir a prodígio. Tinha que haver...

Passos altos chamaram a atenção dela.

Nova se virou. Sua pulsação acelerou quando ela viu o homem de armadura brilhante correndo na direção dela.

O Sentinela.

Com a pele arrepiada, ela esticou a mão para a arma e se preparou para lutar, mas o Sentinela passou direto e se lançou no ar com a força de um motor a jato.

O queixo de Nova caiu quando ela acompanhou a trajetória. O corpo dele se arqueou sobre o rio, e por um momento ele pareceu estar voando, mas logo desceu com graça e segurança, com o corpo preparado para o impacto. Ele caiu no convés da barca, a centímetros da beirada.

O Sentinela parou e fez uma pose rápida que parecia saída de revista em quadrinhos.

Nova não pôde evitar um revirar de olhos.

– Ah, que exibido.

Se Espinheiro ficou chocada, ela não demonstrou. Com um grito, ela arremessou os seis membros espinhentos na direção do justiceiro.

Nova até torceu para estar prestes a testemunhar o Sentinela ser empalado, mas ele esticou o braço esquerdo. Uma fogueira explodiu da palma da mão dele e envolveu os tentáculos. Mesmo de longe, Nova ouviu os gritos da mulher quando ela puxou os membros de volta.

O Sentinela apagou as chamas em volta da mão e derrubou Espinheiro com tanta força que os dois rolaram para trás da pilha de contêineres.

Nova encostou o corpo na amurada e apertou os olhos contra a luz matinal. Por muito tempo, não conseguiu ver nada enquanto a barca seguia pela água.

Mas, antes de chegar à curva do rio, Nova viu movimento no convés.

Pegou o binóculo no cinto e encontrou a barca. A programação da lente deu zoom no convés.

Nova apertou os olhos.

A roupa da Espinheiro estava queimada por causa das chamas do Sentinela. Os braços expostos estavam manchados de sangue. O lado esquerdo do rosto estava inchado e havia um corte no lábio.

Mas ela estava de pé. O Sentinela, por outro lado, estava caído aos pés dela, o corpo enrolado dos ombros até os tornozelos nos membros farpados.

Enquanto Nova olhava, Espinheiro arrastou o corpo do Sentinela para a traseira da barca e o jogou no rio.

A armadura pesada afundou na mesma hora na água suja.

Nova recuou. Foi tão rápido que ela quase ficou decepcionada pelo anticlímax. Ela não era fã do Sentinela, mas havia uma parte dela que esperava que ele fosse pelo menos pegar a bandida, como já tinha feito com vários criminosos nas semanas anteriores.

Espinheiro olhou mais uma vez na direção de Nova, o sorrisinho de deboche evidente pelo binóculo.

A barca fez a curva do rio e ela sumiu.

Nova suspirou e baixou o binóculo.

– Bom – murmurou ela –, pelo menos não vou precisar mais me preocupar com ele.

CAPÍTULO TRÊS

ADRIAN RESSURGIU DEBAIXO da ponte Halfpenny. Nadou com esforço até a beira da água e desabou, assustando um caranguejo-eremita, que correu para baixo de uma rocha coberta de líquen.

Ele tentou respirar fundo o ar delicioso, mas a respiração ficou presa na garganta e levou a um acesso de tosse. Seus pulmões estavam ardendo de prender o ar por tanto tempo, ele ficou meio tonto e todos os seus músculos estavam doendo. Havia cascalho e areia grudados no uniforme encharcado.

Mas ele estava vivo, e, no momento, isso bastou para gerar uma risada de gratidão misturada com tosses erráticas.

Parecia que, cada vez que se transformava no Sentinela, ele aprendia algo de novo sobre si e sobre suas habilidades.

Ou falta de habilidades.

Ele tinha acabado de descobrir que a armadura do Sentinela não era à prova de água. E também que afundava como uma pedra.

Suas lembranças da luta já estavam começando a se perder. Em um momento ele estava na barca, preparando uma bola de fogo em volta da manopla com a certeza de que logo Espinheiro estaria suplicando por misericórdia. Aqueles espinheiros *pareciam* inflamáveis. Mas, quando ele se deu conta, estava enrolado pelos tentáculos dela, que se mostraram fortes como ferro. Um dos espinhos fez um buraco na placa da armadura das costas, mas por sorte não chegou à pele.

De repente, ele começou a afundar. Foi cercado por escuridão. Seus ouvidos ficaram tapados por causa da pressão e a água começou a entrar pelas frestas do traje. Ele estava na metade do caminho até o fundo do rio quando conseguiu guardar o traje no bolso tatuado no peito e começou a bater as pernas na direção da margem.

O acesso de tosse finalmente parou e Adrian rolou de costas e olhou para o fundo da ponte. Ele ouviu um veículo pesado passando nela. A estrutura de aço tremeu com o peso.

O mundo tinha ficado em silêncio de novo quando ele ouviu um apito no comunicador. Ele fez uma careta.

Pela primeira vez, ele começou a pensar que sua decisão de se transformar no Sentinela talvez não fosse a melhor ideia. Se tivesse capturado Espinheiro e recuperado os remédios roubados, ele provavelmente teria outra opinião, mas, do jeito que foi, ele não tinha nada que compensasse o risco.

Sua equipe devia estar imaginando onde ele estava. Ele teria que explicar por que estava encharcado.

Ele se sentou e enfiou a mão no bolso costurado no forro do uniforme dos Renegados, mas não havia nada dentro.

Nem caneta. Nem giz.

Adrian soltou um palavrão. Deviam ter caído na água.

Já era a ideia de desenhar uma roupa seca.

O comunicador apitou de novo. Ele esfregou as gotas de água da tela com a manga úmida e abriu as mensagens. Havia sete. Três de Ruby, uma de Oscar, uma da Danna e duas dos seus pais.

Que ótimo. Envolveram o Conselho.

Assim que pensou isso, ele ouviu um barulho de água. Seus olhos se arregalaram e Adrian ficou de pé... tarde demais. Uma parede de água espumante do rio caiu e o encharcou de novo. Ele mal conseguiu manter o equilíbrio quando a onda voltou para o rio. Cuspindo água e tirando algas do uniforme, ele viu uma segunda parede de água crescer do outro lado do rio e subir de forma impossível pela outra margem. Uma onda de nove metros com barcos equilibrados na crista. O fundo do rio ficou visível, cheio de plantas gosmentas e lixo acumulado. A onda pairou imóvel por um momento, desceu e seguiu na direção da baía.

Tsunami, supôs Adrian, ou um dos outros elementais de água da força procurando no fundo do rio.

Procurando *por ele*, logo se deu conta.

Nova devia ter visto o Sentinela ser jogado na água e agora estavam procurando o corpo.

Ele se virou e andou aos tropeços até o barranco baixo. Segurou-se em plantas e pedras e raízes expostas para subir pela margem. Quando chegou ao alto, ele não estava só encharcado, mas também sujo de lama.

Havia sinais de vida recente no abrigo da ponte (uma lona, dois cobertores, um carrinho de supermercado abandonado), mas não havia ninguém lá para testemunhar quando Adrian correu em volta do pilar e chegou ao nível da rua. Abaixo, o rio rugiu de novo quando outra onda não natural começou a subir das profundezas.

Ele estava se preparando para subir a mureta quando ouviu uma voz alta e familiar vinda da ponte.

Com o coração aos saltos, Adrian se abaixou.

– ... continuem procurando – disse o Guardião Terror, um dos pais de Adrian e membro do Conselho dos Renegados. – Pega vai chegar daqui a pouco. Talvez ela consiga detectar o traje, mesmo se estiver enterrado embaixo do lodo.

Adrian expirou. Não tinha sido notado.

– Vou ver se consigo encontrar alguma coisa na próxima ponte – disse Tsunami. – Não parece provável que ele tenha ido muito mais longe, mas não vai fazer mal nenhum olhar.

Adrian levantou a cabeça e espiou por cima da mureta. Viu Tsunami e seu pai parados na ponte Halfpenny, o vento balançando a camisa azul-royal de Tsunami e sacudindo a capa preta do Guardião Terror. Os dois estavam olhando para o rio.

Tsunami balançou um dedo e ele ouviu o barulho de água abaixo.

Eles começaram a andar na direção dele. Curvado, Adrian correu para baixo da ponte.

– Rabisco?

Ele se virou num susto. Nova estava do outro lado da rua, olhando para ele como se fosse uma espécie desconhecida de anfíbio que ela estava se preparando para dissecar.

– Nova – gaguejou ele correndo colina acima e passando pela mureta. – Er... Insônia. Oi.

Ela franziu mais a testa. Tinha tirado o uniforme e vestido uma calça de amarrar e uma blusa fornecida por um curandeiro. Adrian viu o curativo em volta do ombro direito dela.

– Onde você estava? Ruby está morrendo de preocupação – disse ela, atravessando a rua. Seu olhar avaliou o uniforme dele. – Por que você está todo molhado?

– Adrian?

Ele fez uma careta e se virou para os dois Conselheiros na hora que eles chegaram à ponta da ponte. Eles pareceram tão surpresos de vê-lo quanto Nova, mas mais curiosos do que desconfiados.

Até aquele momento.

– Oi, pessoal – disse ele. Forçou um sorriso, mas desistiu em seguida pensando que era melhor parar de tentar ser indiferente. Não havia nada de indiferente na situação. Ele lambeu os lábios, ainda com gosto de água suja do rio, e apontou para a ponte. – Encontraram alguma coisa?

– Céus, Adrian – disse o Guardião Terror. – Oscar nos alertou do seu desaparecimento mais de meia hora atrás. Em um momento, você diz pra equipe que vai atrás de uma criminosa prodígio e depois... nada! Nós não sabíamos se Espinheiro tinha te atacado ou... ou... – Ele fez uma pausa, a expressão oscilando entre preocupada e irritada. – O que você ficou fazendo esse tempo todo? Por que não respondeu às suas mensagens?

– Ah. Eu estava... – Adrian olhou para o rio, o sol reluzindo na superfície. – Estava procurando o Sentinela. – Ele passou a mão pelo cabelo. – Eu estava em uma das ruas menores quando vi Espinheiro o jogar na água. Corri pra margem e fiquei esperando pra ver se ele ia aparecer. – Ele não precisou fingir a contrariedade. – Eu não esperava que vocês começassem a procurar no rio tão rápido, e por isso... – Ele apontou para o uniforme, que ainda estava grudado na pele, gelado, um desconforto. – Ah, hã... mensagens? – Ele bateu no pulso. – Ah, uau, sete mensagens perdidas? Que estranho. Não ouvi nenhuma delas chegando. Mas, sabe, meu comunicador anda estranho ultimamente. Vou ter que mandar o pessoal da tecnologia dar uma olhada. – Ele ousou olhar para Nova. Ela ainda estava com os olhos apertados de desconfiança.

– É – disse ela lentamente. – É bom você dar uma olhada nisso. – A expressão dela mudou quando ela se virou para os membros do Conselho. – A equipe de limpeza chegou junto com Pega. – O tom dela emanou uma certa acidez quando ela citou o codinome da Maggie. Embora Adrian tivesse muita solidariedade pela garota, ele sabia que Nova nunca lhe perdoou por tentar roubar sua pulseira. Ele olhou para o pulso dela em busca do fecho que desenhara na pele dela, mas estava escondido embaixo da manga da blusa. – Ela não sabia onde vocês queriam que ela começasse.

– Vou falar com ela – disse Tsunami. – Devo pedir a Cortina de Fumaça pra orientar a equipe de limpeza ou – ela observou Adrian – o líder da equipe está preparado pra fazer isso?

Grato pela oportunidade de fugir da conversa, Adrian estava quase dizendo que adoraria indicar os locais do bairro onde vidros foram quebrados, paredes foram destruídas e balas foram disparadas, mas o Guardião Terror respondeu primeiro.

– Mande que falem com Cortina de Fumaça. Adrian precisa ir até a tenda médica e ser examinado pra ver se está ferido.

– E pra avisar aos outros que está bem – disse Nova –, antes que Ruby monte um grupo de busca.

Eles seguiram Nova até uma rua menor, e Adrian viu duas ambulâncias com o *R* dos Renegados na lateral e um grupo de veículos de transporte. A imprensa estava chegando, mas estava sendo mantida a distância por uma faixa de fita amarela.

Na rua, ele viu a equipe de limpeza esperando as instruções. Adrian ficou feliz de ver Pega no meio da equipe. Seria bom para ela usar os poderes em uma coisa mais produtiva do que furtar coisas. A garota tinha potencial, ele sabia, mesmo ela tendo uma personalidade tão espinhenta quanto os membros adicionais da Espinheiro.

Como se pudesse ouvir seus pensamentos, Pega viu Adrian do outro lado da rua e sua expressão de tédio ficou azeda. Ele acenou com jovialidade e ela deu as costas para ele.

Uma tenda branca tinha sido montada na frente de uma loja de consertos de eletrônicos. Oscar, Ruby e Danna estavam em macas recebendo atendimento de curandeiros que tinham acabado de chegar. Um dos curandeiros estava tirando pedras preciosas da coxa de Ruby com uma pinça pesada. Ruby fazia uma careta cada vez que uma era arrancada, e o ferimento era imediatamente coberto com um pedaço grosso de gaze para estancar o sangramento e impedir que novos heliotrópios surgissem.

Danna estava deitada de bruços. A parte de trás do uniforme, do pescoço aos quadris, tinha sido cortada para que um curandeiro cuidasse dos ferimentos que se cruzavam na pele. As costas pareciam ter sido atacadas por um urso-pardo. Adrian desconfiava que a culpa era dos espinhos da Espinheiro. Pelo menos o curandeiro que estava trabalhando nela parecia ter experiência com ferimentos na pele, e, mesmo de longe, Adrian viu os cortes se fechando lentamente nas camadas superficiais da pele.

– Adrian! – gritou Ruby, sobressaltando o curandeiro, que estava tentando extrair o último heliotrópio da perna dela. Ruby gritou de dor quando a pedra se soltou. Ela fez cara feia para o curandeiro, que também fez cara feia para ela. Ruby pegou um rolo de atadura e começou a enrolar no ferimento sozinha. – O que aconteceu? – perguntou ela, voltando a atenção para Adrian e Nova. – Onde você estava?

Adrian abriu a boca, preparado para dar sua explicação de novo e torcendo para que se tornasse mais crível a cada repetição, quando o curandeiro levantou a mão ainda segurando a pinça.

– Teremos tempo para reencontros mais tarde. Temos que levar vocês todos para o quartel-general e dar continuidade ao tratamento.

– Cortina de Fumaça foi liberado? – perguntou Tsunami. – Nós gostaríamos que ele orientasse a equipe de limpeza.

O curandeiro assentiu.

– Tudo bem. Os ferimentos dele foram leves.

– Leves? – disse Oscar, levantando o antebraço, que estava coberto de ataduras brancas. – O motorista deles me arranhou quando fui botar a algema. E se o cara tinha raiva, sei lá? Pode ser um ferimento mortal que tenho aqui.

O curandeiro olhou para ele com hesitação.

– Não dá pra pegar raiva com um arranhão de unha.

Oscar bufou.

– Eu falei *sei lá*.

– Ele já foi examinado pra ver se tem o ego inflado? – provocou Ruby. – Seria horrível se ele saísse flutuando por aí.

Oscar olhou de cara feia para ela.

– Você está com inveja.

– Estou, *sim*, com inveja! – exclamou Ruby. – Eu também ajudei a salvar a garota, mas ela nem reparou em mim. Só ficou babando: *Ah, Cortina de Fumaça! Passei a vida toda sonhando com sua fumaça fumacenta!*

A bochecha de Adrian tremeu. A imitação da Ruby não era exatamente como ele lembrava a barista do café, mas era parecida.

Oscar assentiu.

– Eu descobri que minha fumaça fumacenta tem esse efeito nas pessoas.

Ruby riu com deboche, e Adrian sentiu que ela estava tentando irritar Oscar e estava frustrada porque não parecia estar dando certo.

– Que garota? – perguntou Nova. – A refém?

– É – disse Oscar, balançando a bengala. – Ela está apaixonada por mim.

– E quem não está, né? – comentou Danna, abrindo um sorriso largo.

– Exatamente. Obrigado, Danna.

Ela fez sinal de positivo da maca onde estava.

– Oscar vive nos dizendo que esses uniformes são um chamariz do amor – disse Adrian. – Estou surpreso de não acontecer com mais frequência. Se bem que... nenhuma garota nunca ficou babando por mim assim. E agora também estou com inveja. Valeu, Ruby.

– Não é só o uniforme – disse Oscar. – Afinal, eu salvei a vida dela.

– *Nós* salvamos... – disse Ruby, mas terminou com um rosnado de raiva.

– Acho que eu devia ter pedido o telefone dela – refletiu Oscar.

Ruby olhou para ele com a boca aberta e as bochechas vermelhas, e Adrian se sentiu meio mal por ela. Mas foi ela que ficou tentando provocar Oscar, então talvez fosse merecido.

Ruby fechou a boca e virou o rosto.

– Devia mesmo. Sei que ela ia adorar sair com um *verdadeiro Renegado*.

– Quem falou em sair? – disse Oscar. – Eu só achei que ela podia querer ser presidente do meu fã-clube. É difícil achar gente boa.

Ruby riu, mas olhou para Oscar, a expressão aliviada pela desconfiança.

– Você está dizendo que *não* sairia com ela?

– Eu não tinha pensado nisso. – Um silêncio curto pairou entre eles e houve um toque de incerteza quando Oscar perguntou: – Você acha que eu devia ter perguntado?

Ruby olhou para ele de novo, sem palavras, vítima da própria armadilha. Depois de um longo silêncio, ela limpou a garganta e deu de ombros.

– Você pode fazer o que quiser.

Adrian mordeu a língua e tentou esconder o sorriso com a falta de resposta.

Ruby voltou o foco para o ferimento e os observou com interesse renovado enquanto suas bochechas ficavam vermelhas.

Mas Oscar ainda estava olhando para ela, perplexo e talvez um pouco esperançoso.

– Bom... pode ser que eu chame uma garota pra um encontro – disse ele. – Um dia.

– Acho que você devia – disse Ruby, sem erguer o rosto.

– Acho que vou mesmo.

– Você já falou isso.

– Certo. Bom. – Oscar desceu da maca, e Adrian viu que Ruby não era mais a única que estava vermelha. – Se vocês me derem licença, tenho responsabilidades urgentes pra resolver. Então, hã... nos vemos no quartel-general. Foi um bom trabalho hoje, equipe.

Ele ajeitou o uniforme e foi na direção da equipe de limpeza. Tsunami foi atrás com um suspiro quase imperceptível.

Danna assoviou baixinho.

– Vocês dois são impossíveis – murmurou ela. – Na verdade, vocês quatro estão me levando à loucura.

CAPÍTULO QUATRO

O Guardião Terror suspirou e fez Adrian dar um pulo. Ele tinha esquecido que seu pai estava lá.

– Não sinto falta dessa idade – disse ele, e um dos curandeiros olhou para ele com concordância. – Dr. Grant, você pode examinar o Rabisco quando tiver um minuto?

– Eu estou bem – disse Adrian. – Não perca tempo comigo. Concentre-se na Ruby e na Danna.

– Adrian... – disse o Guardião Terror.

– Sinceramente, pai, só fui molhado com a água do rio. Não cheguei a quase me afogar nem nada. Não se preocupe. – Ele abriu um sorriso para ajudar. Tinha tido sorte ultimamente, sem sofrer nenhum ferimento grave desde que começou a se tatuar com as coisas que lhe davam os poderes do Sentinela. A última coisa que ele queria era que um curandeiro notasse os desenhos curiosos feitos na pele dele e começasse a fazer perguntas, principalmente para os pais dele.

– Tudo bem – disse o Guardião Terror. – Vamos todos voltar para o quartel-general e – ele se virou para os jornalistas reunidos e suas câmeras – começar a pensar no que vamos dizer pra *eles*.

– Espera, espera, espera! – gritou Danna quando dois assistentes empurraram a maca dela na direção de uma das ambulâncias. Ela se apoiou nos cotovelos. – Não vou a lugar nenhum enquanto alguém não me contar o que aconteceu. Adrian desaparece e ninguém consegue falar com ele, o Sentinela aparece, Espinheiro foge e agora estão dizendo que o Sentinela talvez esteja *morto*? E que história é essa do Adrian ter sido molhado com a água do rio? – Ela abriu os dedos na direção de Adrian como se quisesse segurá-lo e sacudi-lo se ele estivesse a seu alcance. – O que você fez?

– Eu fui atrás do Sentinela e, depois que Espinheiro o jogou na água, fiquei esperando pra ver se ele ia aparecer. – Ele deu de ombros aliviado porque, na verdade, a história pareceu *mesmo* mais crível daquela vez.

– Vocês vão ser informados de tudo quando os curandeiros os liberarem da ala médica – disse o Guardião Terror. Ele estalou os dedos e Danna e Ruby foram colocadas na ambulância, resmungando.

"Nova?", disse o Guardião Terror. "Eu gostaria de falar com o Adrian em particular. Fique à vontade pra ajudar Oscar e Tsunami com a orientação."

Nova olhou para o grupo e reparou em Pega entre eles. Seus lábios se curvaram de repulsa.

– Na verdade, acho melhor eu voltar pra casa antes que as notícias fiquem complicadas demais. Gosto de contar para o meu tio a história sobre o meu ponto de vista antes que ele ouça de outra pessoa. – Ela olhou as roupas molhadas de Adrian mais uma vez e ele se empertigou mais. – Estou... feliz de você estar bem – disse ela parecendo quase incomodada em admitir. – Você nos deixou com medo por um momento.

– Nós somos super-heróis – disse ele. – Nós não estaríamos fazendo nosso trabalho se não déssemos medo em algumas pessoas de vez em quando.

Nova não respondeu, mas sua expressão se suavizou antes de ela se virar e começar a voltar na direção do rio. Adrian sabia que era uma longa caminhada até a casa dela e estava prestes a chamá-la e sugerir que esperasse. Talvez eles pudessem pegar uma das vans de transporte juntos. Mas as palavras não saíram e ele sabia que o convite seria recusado.

A maioria dos seus convites eram recusados quando envolviam Nova. De que adiantava?

Ele murchou os ombros de leve.

– Sobre isso – disse o pai dele.

Adrian se virou para ele. O Guardião Terror tirou a máscara do rosto e pareceu que seu pai se transformou. Não era só o traje. A mudança estava na posição relaxada. Na inclinação irônica da boca. No mesmo lugar onde estava o Guardião Terror, super-herói famoso e membro fundador dos Renegados, agora só havia Simon Westwood, o pai preocupado.

– Sobre o quê? – perguntou Adrian.

– Não é nosso trabalho como super-heróis dar *medo* em algumas pessoas de vez em quando.

Adrian riu.

– Pode não estar escrito na descrição do nosso trabalho, mas, ora. O que a gente faz é perigoso.

O tom de Simon ficou mais rígido.

– Você está certo. E como é tão perigoso, é de grande importância que nosso comportamento nunca caia na *imprudência*.

– Imprudência?

– É, imprudência. Você não pode deixar a equipe pra trás assim, Adrian. Por que você acha que organizamos recrutas em equipes? É nossa responsabilidade cuidarmos uns dos outros, e seus colegas de equipe não podem fazer isso se não tiverem ideia de onde você está.

– Nós todos tínhamos o mesmo objetivo. – Adrian fez sinal na direção em que Nova tinha seguido. – Nova também foi correndo atrás da Espinheiro.

– Sim, a tendência de Nova McLain de tomar decisões precipitadas está sendo bem documentada, e, pra ser sincero, eu esperava que passar tempo com você e sua equipe fosse ajudá-la a deixar isso pra trás. – Simon empurrou a capa dos ombros. – Além do mais, nesse caso específico, não é uma comparação justa. Nova ainda tinha Danna de olho nela. E ninguém tinha ideia de pra onde você tinha ido. Não é a sua cara, Adrian, e tem que parar.

– Eu estava tentando alcançar Nova e Espinheiro. Eu não sabia em que direção elas tinham ido e demorei um tempo pra encontrar, depois teve aquela coisa do Sentinela que atrapalhou meus planos, mas... – Ele massageou a nuca. – Eu não fugi para o Cassino Jack por uma tarde inteira sem contar pra ninguém nem nada do tipo. Estava fazendo meu trabalho!

– Não quero arrumar briga por causa disso – disse Simon. – Você é um ótimo líder de equipe e temos muito orgulho de você. Só quero lembrar que não há lobos solitários nos Renegados. Não tem *EU* em *herói*.

Adrian se balançou nos calcanhares.

– Você está esperando faz tempo pra dizer isso, né?

– *Tanto* tempo! – disse Simon, um sorriso se abrindo no rosto. – Na verdade, tenho quase certeza que era uma das coisas que sua mãe dizia.

Adrian riu.

– Ela adorava essas frases de efeito.

Embora a mãe de Adrian, a corajosa e maravilhosa Lady Indomável, tivesse sido morta quando ele era pequeno, as frases bregas dela ainda voltavam à mente dele às vezes. Espontaneamente, mas quando ele mais precisava ouvi-las.

Os super-heróis são tão bons quanto suas convicções.

Às vezes, um sorriso é a arma mais poderosa que temos.

Quando estiver em dúvida... voe.

Era fácil para ela falar, claro, considerando que ela era capaz de voar.

Adrian se virou para a equipe de limpeza. Havia uns dez Renegados reunidos em volta de Oscar enquanto ele fazia uma reencenação animada da briga com Espinheiro e o resto dos criminosos. Ele estava usando a bengala para bater num inimigo invisível, que Adrian achava que podia ser a explicação dele para como tinha acertado o cara que pegou a moça do café de refém.

Eles trabalharam em equipe, não foi? E tinham resgatado a garota com sucesso.

Ele gostava da equipe. Respeitava todo mundo. Amava até.

Mas não estava convencido de que um super-herói não precisava às vezes sair sozinho. Talvez não houvesse lobos solitários nos Renegados, mas... o Sentinela não era Renegado, era?

– Então – disse Adrian, se virando para Simon de novo –, se você e Tsunami estavam procurando o Sentinela, quem foi atrás da Espinheiro?

– Hugh e Tamaya – respondeu Simon.

Hugh Everhart, o outro pai de Adrian, o invencível Capitão Cromo. E Tamaya Rae, Pássaro do Trovão. A única outra fundadora além da mãe de Adrian que tinha o poder de voar.

– Tivemos alguma notícia? – perguntou ele.

Simon olhou o comunicador e balançou a cabeça.

– Estou com medo de eles terem perdido o rastro quando chegaram no local. Mas os cúmplices dela estão presos e vamos começar os interrogatórios em breve. Um deles vai falar.

– Pra que você acha que eles queriam todos aqueles remédios?

Simon deu um suspiro.

– As drogas que eles pegaram são usadas pra desenvolver um opioide poderoso. É um negócio bem lucrativo pra quem está disposto a produzir e vender. E, claro, pra cada traficante de rua que vende essas drogas, há muitos pacientes doentes nos hospitais que deixam de receber a ajuda que precisam. O saco que Espinheiro carregou era de analgésicos e vai ser difícil a indústria farmacêutica repor o estoque tão rápido. Está bem difícil trazer de volta a produção legítima de remédios. – Ele apertou o alto do nariz. – Por sorte, sua equipe conseguiu impedir que muitos desses remédios acabem nas ruas. Poderia ter sido bem pior.

Adrian queria aceitar o elogio, mas não conseguiu deixar de se concentrar mais no fracasso do que no sucesso. Eles deviam ter conseguido deter Espinheiro.

– Você me avisa quando encontrarem o paradeiro da Espinheiro? Se vocês enviarem uma equipe atrás dela, eu gostaria...

– Não – disse Simon. – Se Hugh e Tamaya não a trouxerem hoje, vamos designar outra unidade pra cuidar do caso. Sua equipe sofreu ferimentos demais. Vocês vão tirar uns dias de folga.

– Mas...

– Não. – Simon levantou a mão. – Não é negociável.

– Você está dizendo isso como meu pai ou como meu chefe?

– As duas coisas e também como alguém que gosta da Ruby e da Danna. Elas precisam de tempo para se recuperar, Adrian.

– Tudo bem, então que eu, Nova e Oscar façamos parte da equipe.

Simon coçou os fios escuros do queixo.

– Vai ser aquela história toda da Pesadelo de novo?

– Nós encontramos Pesadelo, não foi?

– Você quase morreu.

– É. Eu sou um super-herói, pai. Quantas vezes *você* quase morreu? E você não me ouve reclamando disso.

Simon deu um gemido bem-humorado.

– O que foi agora? Por que essa preocupação toda com a Espinheiro? Foi só uma missão, Adrian. Vocês detiveram seis de sete criminosos. Nós recuperamos a *maior parte* dos remédios que eles pegaram. Vocês se saíram bem.

– Eu gosto de terminar o que comecei.

– Isso é tudo?

Adrian recuou.

– Como assim?

– Fico me perguntando se você não está tentando demais provar seu valor depois do que aconteceu no parque de diversões.

Adrian amarrou a cara. Ele odiava ser lembrado de como fracassou no parque. Era verdade que ele tinha encontrado a Anarquista conhecida como Pesadelo, mas também tinha permitido que a Detonadora o manipulasse como se ele fosse um personagem pixelado num videogame velho. Ele repassou os momentos com a Detonadora mil vezes na mente, tentando entender o que poderia ter feito de diferente para impedi-la. Sua hesitação permitiu que a Detonadora explodisse duas bombas, o que resultou em dezenas de inocentes feridos, e Adrian não conseguia evitar a sensação de responsabilidade por cada um deles.

Foi Nova quem disparou e matou a Detonadora, botando fim ao terrorismo dela. Se Nova não estivesse lá, Adrian não sabia o que poderia ter acontecido. Ele devia ter feito mais para impedi-la. Devia ter descoberto logo que matar a vilã desativaria os explosivos.

Talvez porque ele tinha o código de autoridade de Gatlon ecoando na cabeça. *Matar um adversário sempre deve ser o último recurso.*

Nova identificou que eles tinham chegado ao último recurso. Ela fez o que precisava ser feito.

Por que ele não fez o mesmo?

– Desculpe – disse Simon, apertando o ombro do Adrian. – Foi falta de consideração minha. Você e Nova se portaram bem, considerando as circunstâncias. Lamento você não ter conseguido salvar Pesadelo, mas ninguém lamenta não termos mais que nos preocupar com a Detonadora.

– *Salvar* Pesadelo?

Simon ergueu uma sobrancelha.

– Não era isso que você queria?

Adrian puxou o ombro e Simon baixou a mão.

– Eu queria informações sobre a minha mãe e o assassinato dela. Achei que Pesadelo podia ter essas informações. Não teve nada a ver com *salvamento*. E daí que ela morreu? Isso não é nenhuma tragédia.

– Certo. Foi isso que eu quis dizer. E eu sei... independentemente de quem ela era e das coisas que fez, a morte dela foi uma decepção pra você. Pra todos nós, se ela realmente tinha informações que teriam solucionado o assassinato da Georgia.

Decepção nem começava a descrever o que Adrian sentia por ter perdido a conexão tênue com o assassino da mãe. Ele sabia que Pesadelo não era a assassina, ela era jovem demais, mas ele estava convencido de que ela sabia quem era. Mesmo agora, meses depois de ele ter encontrado Pesadelo no telhado observando o desfile, as palavras dela ecoavam na mente dele.

Quem não tem medo não pode ser corajoso.

As mesmas palavras que foram encontradas num cartãozinho branco no corpo da mãe dele depois que ela caiu vários andares e morreu.

– Bom, eu não desisti de encontrar o assassino da minha mãe. Pesadelo era Anarquista. Se sabia de alguma coisa, talvez outro Anarquista também saiba, ou algum outro vilão da época.

– Alguém como a Espinheiro?

Adrian nem tentou esconder o sorriso confuso.

– Ela era da época? Ainda não tive tempo de confirmar isso.

Simon levantou um dedo e quase cutucou o nariz de Adrian.

– Só vou dizer isto uma vez, Adrian. Não tente ir atrás da Espinheiro sozinho. Nem de nenhum Anarquista. Entendeu? É perigoso.

Adrian empurrou os óculos e abriu a boca para falar.

– E não tente me dizer que *perigo* é a forma de ação dos super-heróis.

Adrian fechou a boca.

– Nós temos métodos por um motivo – continuou Simon. – Pra ajudar a mitigar as ameaças e perigos. Se você souber alguma coisa da Espinheiro ou de algum outro vilão, tem que avisar e aguardar instruções. Quero descobrir quem matou sua mãe tanto quanto você, mas não quero perder você fazendo isso.

Adrian se obrigou a assentir.

– Eu sei, pai. Vou tentar ser menos... *imprudente*.

– Obrigado.

Adrian apertou os lábios num sorriso fino, segurando as palavras que realmente queria dizer. A desconfiança que ocupava sua cabeça havia semanas.

Apesar da bomba que supostamente a matou, apesar da quantidade de destruição na casa maluca do parque de diversões naquele dia, apesar de Adrian ter testemunhado a luta entre Pesadelo e Detonadora... apesar de tudo, ele tinha dúvidas.

Seus pais chamariam de negação. Sua equipe chamaria de seu otimismo típico e sinistro.

Mas Adrian não podia evitar.

A verdade era que ele não acreditava que Pesadelo estivesse morta.

CAPÍTULO CINCO

ADRIAN E SUA EQUIPE ficaram de fora das patrulhas pelo resto da semana com a justificativa de tempo para "recuperação de ferimentos e traumas", e não havia motivo para ir ao Quartel-General dos Renegados todo paramentado hoje. Normalmente, ele nem teria que ir ao quartel-general, só que o Conselho tinha enviado um comunicado global para todos os Renegados da divisão da cidade de Gatlon solicitando sua presença numa reunião obrigatória.

Foi uma mensagem misteriosa. Adrian não conseguia se lembrar de já ter ido a uma reunião da organização inteira. Às vezes, novas regras eram implementadas no código e as unidades de patrulha eram convocadas para discuti-las, ou havia reuniões de departamento com a administração, ou com a equipe de pesquisa e desenvolvimento, e assim por diante... mas *todo mundo*?

Infelizmente, seus pais já tinham saído quando ele acordou e não havia esperança de arrancar informações deles.

Adrian dobrou uma esquina, e passou embaixo de um andaime de construção conforme se aproximava do lado norte do quartel-general. A manhã estava nublada e o topo do prédio estava perdido nas nuvens, fazendo o arranha-céu parecer infinito.

Um veículo parado em uma das entradas laterais chamou a sua atenção. Era uma van blindada com as portas de trás fortificadas e as laterais cheias de janelas pequenas com película escura. A lateral dizia PENITENCIÁRIA CRAGMOOR: TRANSPORTE DE PRISIONEIROS.

Adrian foi diminuindo o passo até parar. Cragmoor era uma prisão localizada perto do litoral da cidade de Gatlon, construída para abrigar criminosos prodígios, pois a maioria das prisões civis não tinha equipamentos adequados para prender uma variedade de pessoas com habilidades extraordinárias.

Talvez tivessem ido buscar um prisioneiro que estava em uma das celas temporárias no quartel-general. Se bem que transferências assim costumavam ser feitas à noite, quando as ruas estavam vazias, sem passantes curiosos.

Ele continuou andando, olhando para as janelas da van ao passar. Não dava para ver nada dentro e os bancos do motorista e do carona estavam vazios.

Adrian deu de ombros e foi até a frente do prédio, onde turistas se reuniam em frente à entrada tirando fotos de tudo, desde as portas giratórias de vidro até a placa de rua próxima e o local onde o prédio desaparecia na nuvem densa acima. Adrian andou pela multidão, ignorando alguns ruídos de surpresa e comentários baixos de *Era o Adrian Everhart?*. Mas a fama não era dele. As pessoas não ligavam para Adrian Everhart, e sim para o filho da Lady Indomável ou para o filho adotado do Capitão Cromo e do Guardião Terror.

E tudo bem. Ele estava acostumado com a atenção, assim como estava acostumado a admitir que não tinha feito muita coisa para merecê-la.

Ele empurrou uma porta giratória enquanto sorria para os colegas Renegados por quem passava e para o jovial Sampson Cartwright no balcão de informações. Procurou Oscar ou Nova no saguão, mas, como não os viu, foi pela escadaria curva até a passarela que levava à quarentena de Max.

Max ficava quase sempre dentro da galeria de vidro durante o dia, trabalhando no modelo enorme de vidro da cidade de Gatlon que vinha construindo havia anos ou vendo as telas de televisão nos muitos pilares do saguão, mas hoje Max não estava em nenhum lugar visível. Ele devia estar nos aposentos particulares atrás da rotunda fechada.

Adrian levantou a mão e bateu com força na parede.

– Ei, Bandido. Sou eu. Você...

Max apareceu na mesma hora, a poucos centímetros de Adrian, do outro lado do vidro.

Adrian deu um gritinho, cambaleou para trás e bateu na amurada da passarela.

– Pelos céus, Max, não *faz isso*!

Max começou a rir.

– A sua cara!

Adrian fez cara feia e se afastou da amurada.

– Muito inteligente. Tenho certeza que você é o *primeiro* prodígio com invisibilidade a fazer isso com alguém.

– A originalidade é supervalorizada – disse Max, ajeitando o cabelo louro, que ficou armado de novo em seguida. O sorriso bobo não sumiu do rosto dele. – Valeu muito a pena.

Quando os batimentos do seu coração voltaram ao normal, Adrian começou a sorrir ao mesmo tempo que balançava a cabeça. Max só tinha 10 anos, mas costumava ser estranhamente sério para a idade dele. Era revigorante vê-lo fazendo uma brincadeira de criança e se divertindo tanto.

– Estou feliz de ver que você anda treinando – disse Adrian.

– Estou ficando bom nessa coisa de invisibilidade. Além do mais, consegui fundir uma moeda de um centavo com uma de cinco, o que é bem legal porque é mais difícil de fazer com metais diferentes. Mas o seu poder! – Max fez cara amarrada. – Desenhei uma minhoca ontem e ela só se remexeu por uns cinco segundos e morreu. Que ridículo. Até uma criança de dois anos consegue desenhar uma *minhoca*.

– Você não absorveu tanto do meu poder – disse Adrian. – Talvez você nunca consiga fazer seus desenhos fazerem muita coisa.

Max resmungou alguma coisa que Adrian não conseguiu entender.

Max tinha nascido com o raro dom da absorção de poder, o que queria dizer que ele roubava os poderes de qualquer prodígio de quem chegasse perto, e era por isso que Adrian o chamava havia muito tempo de "Bandido". A maioria das habilidades dele foi obtida quando ele era bebê: manipulação de metal e fusão de matéria dos pais biológicos, que eram parte de uma gangue de vilões; invisibilidade do Guardião Terror; e até telecinese do próprio Ace Anarquia durante a Batalha de Gatlon. Mas Max era pequeno demais para se lembrar disso. Mais recentemente, ele conseguiu um toque da habilidade de Adrian quando ele tirou Nova da quarentena que separava Max do resto dos Renegados. Max também disse que estava dormindo menos, o que provavelmente significava que ele tinha absorvido um pouco do poder de Nova também, embora ele não tivesse interesse em ficar acordado 24 horas por dia, mesmo que pudesse. Ele já ficava entediado demais na solidão.

Durante anos, Max só fazia experiências com as habilidades em particular, guardando segredo da extensão delas até mesmo de Adrian. Ele ficou surpreso ao descobrir que o garoto era bem mais talentoso do que todo mundo imaginava, principalmente graças a seu autotreinamento. Adrian sabia que Max sentia culpa por ter muitos dos poderes que tinha, como se não tivesse direito a nenhum deles. Mas, ultimamente, ele parecia mais ansioso para treinar e até se exibir um pouco. Adrian ficava feliz com isso. Max era o que mais se assemelhava a um irmãozinho na vida dele, e ele odiava pensar que o garoto podia se sentir culpado por uma coisa que não tinha como controlar. Nenhum prodígio devia sentir culpa pelo que era capaz de fazer.

– Cadê o Turbo? – perguntou Adrian, observando a cidade aos pés de Max.

– No alto da torre Merchant. – Max apontou para um dos arranha-céus de vidro mais altos. – Fiz uma caminha pra ele lá e agora ele dorme o tempo todo. Acho que você deve ter feito ele um pouco bicho-preguiça.

Semanas antes, Adrian tinha desenhado um dinossaurinho, um velociraptor, para provar para Nova que Max não tinha tirado seus poderes. A criatura desapareceu por um tempo e um dia apareceu inesperadamente no meio dos doces do pequeno café no saguão. Houve uma comoção enorme e muita gritaria, e alguém da equipe de limpeza acabou caçando a criatura com uma vassoura por quase vinte minutos até que Adrian ficou sabendo e assumiu o dinossauro como uma de suas criações. Max pediu para ficar com ele, e foi assim que ele herdou um bichinho do tamanho de um polegar.

– Comer, dormir, caçar – disse Adrian. – Isso cobre todos os instintos de dinossauro que conheço e duvido que ele vá fazer muito mais do que isso.

– Se por caçar você quer dizer mastigar os restos de carne do meu jantar... Aliás... – Max apontou para uma coisa atrás do ombro de Adrian. – Você sabia que está morto?

Adrian se virou e viu uma das telas passando um vídeo do Sentinela sendo jogado da barca e desaparecendo na água. Foi gravado pelo binóculo elaborado de Nova e era a melhor imagem que conseguiram pegar do Sentinela até ali.

– Você ficou preocupado? – perguntou Adrian.

– Não.

– Como assim? Nem um pouco?

Mas começou a responder e Adrian soube que seria para negar de novo, mas ele hesitou e admitiu:

– Acho que por uns cinco segundos, mas eu sabia que você ficaria bem.

– Obrigado pelo voto de confiança. – Adrian olhou em volta e, apesar de a passarela estar vazia, ele baixou a voz. – Mas a gente não devia falar sobre isso aqui.

– Tá, tá – disse Max, despreocupado. Ele era o único que tinha descoberto a identidade de Adrian, uma conclusão a que chegou depois de ver Adrian pular mais de metade da quarentena para salvar Nova. Era uma pena ele estar trancado ali o tempo todo porque o garoto seria um ótimo investigador. – Você pensa em contar pra eles?

Adrian engoliu em seco. Tentou encarar Max, mas o garoto ainda estava olhando a tela da televisão.

– Cada vez que os vejo – admitiu ele. – Mas, cada vez que os vejo, fica mais difícil.

Adrian nunca pretendeu guardar o segredo por tanto tempo. No começo, tinha ficado animado para contar aos pais sobre as tatuagens e como podia usá-las para dar superpoderes novos a si mesmo. Mas, depois, as coisas fugiram ao controle. Como Sentinela, ele violou muitas regras. Botou vidas civis em perigo. Causou danos a prédios e infraestruturas públicas. Fez buscas em propriedades particulares sem as "provas" de crime que os Renegados exigiriam. Usou força para apreender criminosos quando talvez, *talvez*, ele pudesse ter encontrado uma forma de detê-los sem causar males. A lista continuava.

Mas ele não conseguia se arrepender de nada. Violar as regras permitiu que ele fizesse muitas coisas boas. No mês anterior apenas, ele tinha capturado sozinho 17 criminosos, inclusive dois prodígios. Tinha impedido ladrões de carros, de casas, traficantes de drogas e mais. Sim, ele agiu em desacordo com o código algumas vezes, mas ainda era um super-herói.

Só que ele achava que seus pais não veriam dessa forma. O que eles fariam se descobrissem sua identidade secreta? Se fossem lenientes com ele quando qualquer outra pessoa seria presa, seria um desprezo descarado pelas leis do Conselho. Pelas leis *deles*.

Para falar a verdade, ele também não sabia se queria descobrir qual seria a escolha deles.

– Pode ser... – começou Max, apesar de sua voz soar baixa. – Pode ser que você não precise contar. – Ele apontou para a televisão. – Considerando que o Sentinela está morto.

Adrian piscou. Não tinha passado pela cabeça dele que podia ser o fim do seu alter ego, mas... Max estava certo. Seria uma saída fácil. Se ele nunca mais se transformasse, todo mundo acharia que o Sentinela tinha se afogado. Ninguém teria que saber.

Mas a ideia de nunca mais se tornar o Sentinela provocava um nó no seu estômago.

Os Renegados não eram suficientes. Gatlon precisava dele.

– Você acha que seria a melhor opção? – perguntou ele.

– Seria a mais fácil – disse Max. – E também... muito decepcionante.

O canto da boca de Adrian tremeu.

– Isso seria o pior de tudo.

Max suspirou.

– Sem Sentinela, sem patrulha... você vai morrer de tédio.

Adrian abriu um sorriso fraco.

– Isso não é totalmente verdade. Tenho... uma ideia de como preencher meu tempo. – Ao ver a expressão curiosa de Max, ele chegou mais perto do vidro. – Ainda tem três Anarquistas soltos por aí, não é? Abelha-Rainha, Cianeto e Fobia. Posso não estar na equipe oficial de investigação, mas, com tanto tempo livre, achei que podia pesquisar um pouco.

– As patrulhas descobriram alguma coisa desde que eles abandonaram os túneis do metrô?

Ele balançou a cabeça.

– Não. Mas eles estão por aí.

E com a investigação de Pesadelo tendo sido interrompida por causa da provável morte dela e tudo, ele precisava de um novo caminho se queria descobrir o assassino da mãe. Os Anarquistas eram sua melhor esperança para levar o assassino à justiça.

O comunicador de Adrian sinalizou a chegada de uma mensagem. Ele clicou na tela e a mensagem do Oscar surgiu em seu braço.

> Ruby foi liberada agora da ala médica. Estamos indo pra sala de reunião. Alguma notícia da Nova?

– Eu tenho que ir – disse Adrian. – O Conselho chamou todo mundo pra uma grande reunião hoje. Você por acaso não sabe sobre o que é, sabe?

A expressão de Max ficou estranhamente vazia.

– Talvez – respondeu ele.

– Ah, é?

Max balançou a cabeça.

– Mas posso estar enganado. Não sei. Vem me contar quando acabar, tá?

– Beleza. – Adrian tirou uma caneta do bolso de trás, substituta da que tinha caído no rio, e desenhou uma minhoca na parede de vidro. Empurrou o desenho e jogou a criatura na mão aberta de Max. – Um petisco para o Turbo quando ele acordar.

Ele encontrou Oscar, Ruby e Danna no corredor na frente do salão de reuniões.

– Você saiu – disse ele, sorrindo.

– Pois é! – respondeu Ruby, levantando os braços com alegria. – Eu devia ter ido pra casa ontem, mas tem aquela regra velha de esperar 24 horas. Não entendo por que os curandeiros acham que sabem como nossos poderes funcionam melhor do que a gente. Minha avó estava morrendo de preocupação.

– Bom, você parece ótima – disse Adrian, inspecionando o local onde a perna de Ruby estava coberta de heliotrópios na última vez que ele a viu. Apesar de ela estar de short jeans, não havia mais sinal de ferimento. Nem de curativos. – Ficar coberta de formações rochosas é irado, mas prefiro você sem.

– Ah, assim eu fico vermelha – disse Ruby, embora um olhar para as bochechas com sardas provasse que ela não estava.

Danna, por outro lado, sempre fazia uma careta ao se mover e ele percebeu uma atadura branca aparecendo embaixo da manga.

– Não quero sua pena – disse Danna antes que Adrian pudesse falar qualquer coisa. – Estou começando a gostar do visual coberto de ataduras. Parece que estou passando uma mensagem.

– Essa mensagem é de que você é sinistra? – perguntou Oscar.

– Você precisa perguntar? – respondeu ela, sorrindo para ele. – Os cortes foram profundos e nem todos estavam limpos, mas em uns dois dias estarei ótima. Além do mais, os ferimentos não foram nada em comparação às queimaduras do Sentinela.

Adrian fez uma careta e na mesma hora torceu para ninguém ter notado.

Passou pela cabeça dele que a coisa mais estranha de ver seus companheiros de equipe naquele momento não era o fato de os ferimentos graves terem quase sumido (os Renegados tinham os melhores curandeiros prodígios do mundo), mas que todos estavam com roupas civis. Até Oscar estava de colete e camisa de botão, as mangas dobradas nos antebraços.

Juntos, eles pareciam quase... normais. Era até legal.

– Ah! Antes que eu esqueça... – Ruby tirou uma pilha de cartões do bolso. – Vocês estão todos convidados.

Adrian pegou o cartão da mão dela e o virou. Era um anúncio da Olimpíada Anual dos Ajudantes, que aconteceria naquele fim de semana no Parque da Cidade.

– Olimpíada dos Ajudantes, que legal – declarou Oscar. – Ando pensando que essa coisa de ser super-herói é pressão demais. Ficar no papel de ajudante parece bem mais tranquilo.

– Pena que é uma competição para não prodígios – avisou Ruby. – Meus irmãos vão competir. Eles sempre sentiram um pouco de inveja de eu ser uma super-heroína descolada e meio famosa e tudo. Claro que eles sentem orgulho, mas inveja também.

– Espera aí. Você é uma super-heroína? – disse Oscar, fingindo choque. Ele se apoiou no ombro dela e piscou com malícia. – Sabia que eu sempre quis ser salvo por uma super-heroína?

Ruby riu e o empurrou para longe, mas ficou com as bochechas vermelhas.

– Você é uma péssima donzela em perigo, Oscar.

Danna revirou os olhos para os dois.

– Eu ganharia vários pontos como irmã mais velha se vocês fossem – concluiu Ruby. – E, antes que você pergunte, sim, Oscar, vai ter *food trucks*.

Oscar fez um sinal de aprovação com os dedos.

Adrian olhou o convite. Ele nunca tinha ido à Olimpíada dos Ajudantes, uma série de competições divertidas para crianças e jovens não prodígios. Não era como ele planejava passar a tarde de sábado, mas poderia ser divertido.

– Também tenho um convite pra Nova – disse Ruby. – Alguém a viu hoje?

– Ainda não. – Adrian olhou a hora no comunicador. Ainda faltavam dez minutos para a reunião começar. Ele olhou pelas portas abertas, por onde dava para ver centenas de Renegados conversando enquanto esperavam. – Será que ela já entrou?

– Nós olhamos – disse Danna. – Nem sinal dela. Mas é melhor a gente ir se sentar antes que encha demais.

– Vamos guardar o lugar dela – disse Ruby. – Alguém sabe por que chamaram a gente?

– Você acha que pode ter a ver com ontem? – perguntou Oscar.

– Você quer dizer por causa da morte do Sentinela? – retrucou Adrian.

Oscar olhou para ele de um jeito estranho quando eles seguiram na direção das portas.

– Não. Estou falando da Espinheiro ter escapado com todos aqueles remédios.

– Ah, é – disse Adrian, sentido vergonha por ter falado do Sentinela. – Já devem ter começado a interrogar os cúmplices. Talvez tenham descoberto alguma coisa.

– Pessoal!

Uma fagulha se acendeu no peito de Adrian. Nova estava correndo na direção deles, as bochechas vermelhas.

– Ah, que bom – disse ela, meio sem fôlego. – Só vi a mensagem uma hora atrás. Tive que correr de Wallow, ah, passando por Wallowridge. Eu tinha certeza que ia chegar atrasada. – Ela parou na hora que Ruby enfiou o convite embaixo do nariz dela. – O que é isso?

– Meus irmãos vão competir na Olimpíada dos Ajudantes.

Nova fez uma careta… instintiva, Adrian sabia. Mas, antes que ela pudesse dizer qualquer coisa, Oscar falou:

– Não se preocupe. Garantiram que vai ter *food trucks*.

A aversão dela foi substituída na mesma hora por um sorriso divertido.

– Ah, *nesse* caso…

Ela encarou Adrian, e, pelo momento mais breve do mundo, ele só conseguiu pensar no quanto os olhos azuis dela estavam brilhando mais do que o habitual ou por causa do ar matinal ou por causa da atividade física, ou talvez a iluminação daquele andar que fosse boa e…

Ele tinha que parar de pensar naquilo.

Nova pegou o cartão e olhou para a sala de reunião.

– A gente sabe o que está rolando?

– Não fazemos ideia – disse Danna, balançando o braço. – Mas é melhor a gente entrar antes que peguem todos os lugares bons.

CAPÍTULO SEIS

NOVA NUNCA TINHA ENTRADO na sala de conferências principal do Quartel-General dos Renegados. De acordo com os outros, ela não era usada com frequência. Oscar tinha mencionado uma vez a reunião anual na qual o Conselho gostava de entediar todo mundo com estatísticas sobre seus sucessos nos doze meses anteriores e com discussões longuíssimas sobre as prioridades para o futuro. Quando ele contou isso, Nova tentou agir com solidariedade: que horror, que saco, como as pessoas aguentam? Na verdade, não tem nada de que ela gostaria mais do que ouvir os planos do Conselho para Gatlon.

Danna entrou na frente na sala, que consistia em uma plataforma na frente virada para centenas de cadeiras de plástico enfileiradas. Os lugares estavam sendo ocupados rapidamente enquanto os Renegados entravam. Nova tentou ouvir as conversas, mas parecia que o resto da organização estava tão confuso sobre aquela reunião quanto a equipe dela.

Embora fosse Renegada havia meses, Nova ainda ficava ansiosa quando estava cercada de tantos super-heróis ao mesmo tempo. Ela se acalmou fazendo observações práticas: contando as saídas, determinando que objetos na sala seriam boas armas, estimando ameaças em potencial e desenvolvendo uma rota mental de fuga se alguma coisa acontecesse.

Mas nada acontecia, nunca. Ela estava começando a sentir como se toda a preparação dela tivesse sido desnecessária; os Renegados continuavam tão alheios às motivações dela quanto no dia em que ela entrou no teste. Mas ela não conseguia relaxar. Qualquer escorregão poderia revelar sua identidade. Qualquer dica poderia acabar com seu plano. Um ataque poderia acontecer assim que ela baixasse a guarda.

Era exaustivo manter a vigilância enquanto agia como se aquele fosse seu lugar, mas ela estava acostumada a ficar alerta. Não conseguia imaginar ser de outra forma, ao menos não dentro do quartel-general.

– Tem cinco lugares juntos – disse Danna apontando para uma fileira não muito longe da frente. Ela foi pegar os lugares.

– Nova McLain?

Nova se virou. Evander Wade, um dos cinco membros do Conselho, que era mais conhecido por seu codinome de Luz Negra, apareceu no meio da multidão.

– Você tem um segundo?

– Hã. – Nova olhou para Adrian e para a plataforma na frente da sala. Um microfone e um banco estavam aguardando um apresentador, mas o palco estava vazio. – Acho que sim.

– Eu guardo seu lugar – disse Adrian com um toque leve e quase imperceptível de dedo no cotovelo dela antes mesmo de seguir o grupo.

Quase imperceptível.

Nova e seus nervos traidores, claro, repararam bem.

– Eu queria discutir o pedido que você enviou duas semanas atrás – disse Evander, cruzando os braços sobre o peito. A postura não era defensiva, e sim para exibir poder natural. Nova já tinha visto Evander Wade parado assim várias vezes, com os pés firmes no chão, o peito meio estufado. Diferentemente do resto dos membros do Conselho, que conseguiam pelo menos fingir normalidade de vez em quando, Evander nunca parecia conseguir desligar seu eu "super-heroico". O fato de ele estar usando o icônico uniforme tornava o efeito ainda mais pronunciado: todo de lycra preta grudada nos músculos, com botas brancas, luvas brancas e um emblema no peito que brilhava no escuro.

Para Nova, ele parecia pomposo e meio ridículo, mas os grupos de garotas dando risadinhas que sempre andavam atrás dele nos eventos públicos deviam pensar de outra forma.

– Meu... pedido? – perguntou ela.

– Pra trabalhar em meio período no departamento de artefatos.

– Ah! Isso. Certo. Ainda... está sendo considerado?

– Bom, sinto muito por termos demorado tanto tempo pra responder. – Evander inclinou a cabeça na direção dela como se eles estivessem em uma conversa conspiratória. – As coisas andam movimentadas por aqui, sabe.

– Claro.

– Mas... bom, quando você pode começar?

O coração de Nova se expandiu.

– É sério? Hã... agora! Qualquer hora. Assim que vocês quiserem.

– Excelente. – Evander abriu um sorriso, os dentes brancos visíveis por baixo de um bigode ruivo curvo. – Já conversei com a Foto Instantânea. Ela é chefe do departamento e está animada pra ter você na equipe. Acho que vocês duas vão se dar bem.

Foto Instantânea. Nova conhecia aquele codinome. Simon Westwood, o próprio Guardião Terror, tinha mencionado o nome dela quando contou que o elmo do Ace não estava disponível para visitações públicas, *mas... "Talvez se você oferecesse um grande suborno ao pessoal das armas e artefatos. Ouvi falar que a Foto Instantânea ama jujubas azedinhas."*

Nova não sabia se ele estava brincando quando falou. O que sabia era que o elmo do Ace Anarquia estava em algum lugar daquele departamento. A maior parte do mundo acreditava que o Capitão Cromo o tinha destruído, uma mentira perpetuada pelo próprio Conselho. Até deixavam uma réplica danificada exposta perto das salas deles. Mas o verdadeiro elmo estava em algum lugar do prédio e, supostamente, essa Foto Instantânea sabia chegar a ele.

– Isso só nos deixa num dilema – declarou Evander.

– Deixa?

– Sinceramente, é parte do motivo de termos hesitado por tanto tempo. Tem algumas pessoas – ele fingiu uma tosse e murmurou "Tamaya" e tossiu de novo – que estão com medo de estarmos botando coisa demais nas suas costas. – Ele indicou a frente da sala, onde os outros quatro membros do Conselho estavam conversando ao lado da plataforma. Era surpreendente vê-los *todos* usando os trajes tradicionais de super-heróis até com capas e máscaras, o que deixou Nova ainda mais curiosa para saber qual era o motivo da reunião. – Você pode não saber que Tamaya está insistindo para começarmos a escrever leis trabalhistas pra cidade há... sei lá, uns seis anos. Não é uma prioridade, considerando todo o resto, mas todos nós temos projetos queridinhos. Nós estamos cientes de que você faz parte de uma unidade de patrulha e queremos que você continue. Além do mais, você foi chamada pra fazer trabalho de investigação e de entrada de dados nas aquisições que chegam, e isso tudo é exigir muito de você. Você precisa nos avisar se começar a ficar pesado. Se quiser tirar um tempo de folga, botar algum limite nas suas horas de trabalho, esse tipo de coisa, é só vir falar comigo... ou procurar a Foto Instantânea, pra que eu converse com ela. Mas, por favor – ele baixou a voz –, pelos céus, não reclame com Tamaya sem falar comigo primeiro, porque ela usa e abusa da frase "eu te disse" e ninguém precisa disso, sabe?

Nova o encarou.

– Não precisa se preocupar com isso. Estou muito empolgada com essa oportunidade. Acredite, quero me envolver em... bom, no tanto que vocês precisarem de mim. E tenho tanto tempo livre que é bom usá-lo pra algo produtivo. – Ela abriu um sorriso largo, que ficou mais fácil pelo fato de que ela não precisou mentir nenhuma vez. Considerando que não dormia nunca, *tinha* mesmo muito tempo livre, e ter acesso ao departamento de artefatos seria muito produtivo.

– Bom saber – disse Evander, e deu um tapinha nas costas dela com tanta força que ela tropeçou de surpresa. – Adrian sabia o que estava fazendo quando te escolheu no teste. O garoto tem uma intuição ótima. – Ele chegou para trás e apontou os dedos para ela como se estivesse disparando com pistolas de mentira. – Pode se apresentar ao departamento de artefatos amanhã de manhã. Vou avisar a Foto Instantânea que você vai.

Ela se virou com energia renovada.

Todas as tentativas anteriores de aprender mais deram em becos sem saída e coisas desconhecidas, ao ponto de fazê-la querer atacar alguma coisa com um pé de cabra. Em teoria, ela era uma espiã. Era pra ser a arma secreta dos Anarquistas. Agora, poderia chegar perto do elmo do Ace e começar a elaborar um plano de como recuperá-lo.

A maioria das pessoas já tinha se sentado quando Nova foi na direção da sua equipe.

– O que o Luz Negra queria? – sussurrou Adrian quando ela se sentou entre ele e Danna.

– Ele queria saber se ainda estou interessada em trabalhar no departamento de artefatos – disse ela. – Eu começo amanhã.

Adrian pareceu surpreso e meio desanimado, ela achou.

– Artefatos? Mas... e...

– Vou continuar nas patrulhas. Lembre que tenho bem mais horas no meu dia do que vocês.

Adrian assentiu, mas ela continuou vendo uma sombra de preocupação por trás dos óculos dele. Ela sabia exatamente o que ele estava pensando. Não era porque nunca *dormia* que ela não devia *descansar* de vez em quando. Era um argumento que ela ouvia com frequência. Mas as pessoas que precisavam dormir e descansar não conseguiam entender como a falta do que fazer a deixava irritável. Ela precisava de movimento, de trabalho, de agitação. Precisava se manter ocupada durante as longas horas em que o resto do mundo estava dormindo para afastar as ansiedades que sempre a estavam invadindo. E a preocupação constante de que ela não estava fazendo o suficiente.

– Está tudo bem – disse ela. – Eu quero fazer isso.

Lembrando o jeito leve como Adrian tinha tocado em seu cotovelo, Nova se preparou e botou a mão no joelho dele. Só que, no espaço entre seu cérebro dizer que era uma boa ideia e sua mão fazer o movimento, acabou virando um punho fechado incomodado que bateu desajeitado na lateral da coxa do Adrian antes de voltar rapidamente para o colo dela.

Adrian olhou para a perna com a testa franzida.

Nova limpou a garganta e desejou ter o poder de parar de corar conforme sua vontade em vez de falta de sono eterna.

A mão de alguém bateu no microfone e o som reverberou pelos alto-falantes. Os cinco membros do Conselho tinham subido ao palco: Evander Wade, Kasumi Hasegawa, Tamaya Rae, Simon Westwood e Hugh Everhart.

Hugh estava na frente do microfone. Embora o Conselho fingisse não ter uma hierarquia interna, a maioria das pessoas achava que Hugh Everhart, o invencível Capitão Cromo, era a figura principal da organização. Foi ele que derrotou o Ace Anarquia. Foi ele que atraiu inúmeros prodígios para o seu lado e lutou contra gangues vilãs que tinham tomado o controle da cidade.

Ele também era, de todo o Conselho, o que Nova achava que mais merecia seu ódio. Se alguém devia ter resgatado sua família quando todos foram mortos mais de uma década antes, esse alguém tinha que ter sido o Capitão Cromo.

Mas ele não impediu que os assassinatos acontecessem. Não apareceu quando ela mais precisou.

Nova jamais lhe perdoaria por isso. Jamais perdoaria nenhum deles.

– Obrigado a todos por virem hoje, mesmo tão em cima da hora – disse Hugh.

Seu uniforme de Capitão Cromo consistia em um tecido grudado que fazia parecer que até os músculos do pescoço dele levantavam peso. Os trajes clássicos eram reservados para ocasiões especiais: grandes comemorações e grandes anúncios. Indicava que, naquele momento, o Conselho era não só o grupo de líderes da organização. Eles eram os super-heróis que protegiam o mundo.

E, ao fazer isso, controlavam o mundo.

– Nós só pretendíamos fazer essa reunião em duas semanas – continuou Hugh –, mas, devido a eventos recentes, o Conselho concordou que uma ação imediata precisava ser tomada. Como sei que vocês sabem, a organização dos Renegados passou por um escrutínio recente, começando de forma notável com o ataque do Titereiro no nosso desfile e, mais recentemente, com o bombardeio da Detonadora no parque Cosmopolis.

Nova trocou um olhar com Adrian, mas, assim que seus olhares se encontraram, os dois desviaram os rostos.

– Acrescentem a isso o aumento na criminalidade e no comércio de armas e drogas no mercado clandestino e podemos entender por que o público está exigindo uma resposta nossa. As pessoas querem saber como planejamos proteger e defender nossos cidadãos face a tantas ameaças. O Conselho está fazendo tudo que pode para garantir às pessoas que a segurança delas é nossa maior prioridade e que precisamos do apoio e cooperação de todos para servi-los. Sobre isso, preciso lembrar a todos que é importantíssimo que os prodígios que carregam a bandeira dos Renegados sigam o código de autoridade de Gatlon, tanto no serviço quanto fora dele. A busca pela justiça é essencial para a nossa reputação, mas a segurança dos civis precisa ser sempre nossa maior prioridade. Sobre isso, quero comentar brevemente sobre o aumento que temos visto na ação de justiceiros.

Adrian começou a tossir esporadicamente. Ele baixou a cabeça e escondeu a boca no cotovelo.

Nova bateu nas costas dele, e ele fez uma careta.

– Estou bem – murmurou ele. – Foi só que... o ar entrou errado.

– Nós queremos ver justiça – continuou Hugh –, mas o limite entre justiça e vingança é estreito. O código existe para que possamos sempre saber de que lado da divisão devemos ficar. É egoísmo arriscar a vida de pessoas inocentes em função dos nossos objetivos. É imprudência botar civis em risco para podermos alcançar a glória. Esse pode ser o caminho dos vilões do passado, ou dos justiceiros, como o que se chamava recentemente de Sentinela. Mas *nós* não somos assim.

Adrian afundou na cadeira. Nova se lembrava dele falando do código certa vez, que as regras impostas pelo Conselho podiam ser hipócritas quando, durante a Era da Anarquia, eles mesmos não tiveram o menor problema em botar vidas inocentes em risco, desde que capturassem os inimigos no fim. Na época, os Renegados eram notórios por terem causado destruições catastróficas ou por se meterem em lutas que acabaram com muitos observadores inocentes feridos, mas não parecia incomodar na ocasião. Eles teriam feito qualquer coisa para garantir que seu lado saísse vitorioso.

Às vezes, Nova achava que os Renegados do passado tinham mais em comum com os Anarquistas do que qualquer um ousava admitir.

– Mas é claro – disse Hugh – que há momentos em que uma solução pacífica não pode ser alcançada. Há momentos em que um criminoso precisa ser detido da forma mais rápida e eficiente possível para impedir que faça ainda mais estragos. E, desde que impedir esse criminoso não interfira com a segurança dos nossos cidadãos, os Renegados que cumprirem o dever precisam ser comemorados e elogiados. – Ele respirou fundo, e o vinco que tinha aparecido entre as sobrancelhas dele sumiu. – E é por isso que hoje queremos parar um momento pra homenagear uma das nossas. – Seu olhar percorreu a multidão. – Nova McLain, conhecida como Insônia, poderia se levantar, por favor?

CAPÍTULO SETE

NOVA DEU UM PULO na cadeira sem saber se tinha ouvido direito.

Danna bateu nas costas dela e quase a empurrou da cadeira. As pessoas já estavam aplaudindo quando Nova se levantou hesitante no meio delas. Até o Conselho estava aplaudindo. O Capitão Cromo estava com um sorriso largo para ela... Seria de *orgulho*?

Nova estava com a sensação de que tinha acabado de sair de um daqueles sonhos bizarros de ansiedade sobre os quais as pessoas sempre falavam. Do tipo em que a pessoa era exposta na frente dos piores inimigos e acabava percebendo que tinha se esquecido de vestir a calça.

Mas ela não estava dormindo. Não era sonho.

Ela olhou para Adrian sem entender e viu que a expressão fechada de antes tinha sumido do rosto dele. Ele estava sorrindo. Era aquele sorriso aberto de parar o coração que ela abominava.

Oscar soltou um gritinho de orgulho e Ruby balançou as duas mãos no ar.

Quando os aplausos pararam, Hugh continuou:

– Tenho certeza de que a maioria de vocês soube que Nova McLain derrotou Ingrid Thompson, uma Anarquista mais conhecida como Detonadora, com um único tiro de misericórdia na cabeça durante o confronto no parque Cosmopolis. Se ela tivesse hesitado ou errado o alvo, muitas outras bombas teriam explodido dentro do parque de diversões naquele dia, e estimamos que centenas de pessoas teriam ficado feridas ou teriam sido mortas. É por causa da coragem e do pensamento rápido da Nova McLain que essa catástrofe não foi bem pior. Insônia, sentimos orgulho de ter você como Renegada.

Nova tentou fazer uma expressão satisfeita enquanto as pessoas em volta dela começaram a gritar de novo, mas achou que o sorriso poderia acabar parecendo uma careta. Não deu para não reparar que o olhar do Hugh Everhart para ela parecia quase... paternal.

Ele não tinha o direito de sentir orgulho de Nova e de nenhuma das realizações dela quando era por causa dele que ela nem tinha pai para olhar para ela daquele jeito.

Sentimos orgulho de ter você como Renegada.

Sua pele ficou arrepiada.

Ela sabia que devia sentir alegria; tinha conquistado a confiança e o respeito dos inimigos, como queria. Como Ace queria que ela fizesse. Mas, naquele caso, a admiração não era por causa da astúcia e da duplicidade dela. Era realmente merecida. Ela *foi* uma Renegada naquele dia, não foi?

A Detonadora era Anarquista. Elas estavam do mesmo lado. Por muito tempo, Nova a teria chamado de amiga.

Mas, naquele momento, Nova ficou ao lado dos Renegados.

Ela não só traiu Ingrid. Ela a *matou*. Podia chamar de legítima defesa, mas havia mais do que autopreservação quando ela puxou o gatilho. Ela estava com medo pelas crianças e famílias no parque. E com raiva da Ingrid por tê-la enganado de novo.

Ela sentiu medo por Adrian.

Nova sabia que às vezes era preciso fazer sacrifícios para levar a sociedade por um caminho diferente. Sabia que milhares de pessoas tinham morrido quando Ace começou a revolução. Mas as mortes provocadas pela Ingrid não teriam sido sacrifícios. Teriam sido assassinatos.

Nova não poderia ter ficado olhando sem fazer nada.

Nas semanas seguintes, ela refez seus passos daquele dia mil vezes na cabeça para tentar determinar se havia alguma coisa que ela poderia ter feito diferente.

Só que... ela não estava arrependida de ter matado Ingrid.

Também não sentia orgulho. Seu estômago ficava embrulhado cada vez que ela lembrava o aperto do gatilho e que, pela primeira na vida, ela não hesitou. As palavras estavam na cabeça dela, como estavam desde que ela era criança, olhando para o corpo inconsciente do assassino da família.

Puxa o gatilho, Nova.

Quando ela se deu conta, a cabeça da Ingrid estava se inclinando para trás e ela estava morta.

A coisa mais surpreendente foi a facilidade. Se isso a tornava uma Renegada, tudo bem.

Porque ela acreditava que também a tornava Anarquista.

Os aplausos foram morrendo e Nova se sentou na cadeira. Suas bochechas estavam quentes. Duas fileiras à frente, ela viu Genissa Clark e seus asseclas: Mack Baxter, Raymond Stern e Trevor Dunn. Ou, como o mundo os conhecia, Geladura, Sismo, Arraia e Gárgula, que Nova teve o grande prazer de derrotar durante o teste para os Renegados. Os quatro estavam com expressões de desprezo para Nova, e Genissa não escondeu o revirar de olhos enojado quando se virou para a frente.

Danna devia ter visto também porque fez uma careta para as costas da Genissa.

– Invejosa – sussurrou ela.

Nova abriu um sorriso fraco em resposta. A equipe da Genissa era uma das unidades de patrulha mais conhecidas dos Renegados e também o grupo que Nova mais desprezava. Não só por serem cruéis e arrogantes, mas porque eram o exemplo da corrupção que acompanhava o fato de um grupo de super-heróis ganhar poder demais. Por isso, a hostilidade de Genissa não afetava Nova. Na verdade, ela teria ficado mais preocupada se a Geladura *gostasse* dela.

Oscar esticou a mão pelas costas do Adrian e bateu com o nó do dedo no queixo de Nova.

– Eu lembro quando ela era só uma aspirante a Renegada sendo desafiada no teste. E olha só essa menina agora.

Nova se afastou, mas não conseguiu segurar a cara feia.

No palco, Hugh Everhart limpou a garganta.

– Temos mais uma ordem do dia antes de chegarmos ao motivo para termos pedido sua presença aqui hoje. Como vocês sabem, houve um roubo recente no Hospital da Cidade de Gatlon, no qual remédios caros que salvam vidas foram levados. Nós estamos fazendo tudo que podemos para encontrar os criminosos e recuperar os remédios roubados, mas, enquanto isso – ele indicou Luz Negra –, Evander teve a ideia brilhante de incluir uma arrecadação de fundos no nosso baile anual mês que vem para que possamos coletar dinheiro e aumentar a conscientização da necessidade crescente de remédios, principalmente com nossa indústria farmacêutica passando por dificuldades por falta de investimentos. Sei que existe um... um preconceito entre nossos civis, que acham que curandeiros prodígios serão suficientes para ajudá-los caso precisem de tratamento médico, mas... bom, não há uma quantidade suficiente deles por aí e suas habilidades podem ser limitadas. Nós temos que nos concentrar mais no nosso campo médico. Por isso, vamos pedir doações de objetos que possam ser considerados colecionáveis para um leilão ao vivo nas próximas semanas. Marquem nos seus calendários caso não tenham feito isso, pois espero ver um apoio forte de toda a nossa comunidade.

Nova franziu a testa. Se os curandeiros prodígios não eram suficientes para curar os pacientes doentes e feridos no hospital, por que isso não era *dito*? Por que não se encorajava mais civis a estudarem medicina? Por que os Renegados estavam tão determinados a agir como se pudessem mesmo salvar todo mundo se sabiam muito bem que não podiam?

– E agora – disse o Capitão –, está na hora de discutir o motivo principal para termos convocado essa reunião hoje. – Ele apontou para o Conselho. – Kasumi?

Kasumi Hasegawa, ou Tsunami, foi para a frente do palco e pegou o microfone enquanto Hugh desaparecia por uma porta próxima.

Ela tirou um punhado de fichas da manga do uniforme e disse:

– Para expandir a apresentação do Capitão Cromo, o ataque da Detonadora foi um lembrete de que não podemos permitir que vilões como Ingrid Thompson permaneçam no domínio total das próprias habilidades sem que medidas regulatórias ou preventivas sejam tomadas para garantir que esse tipo de ataque não continue acontecendo. Quando os prodígios abusam de seus poderes, é nosso dever lidar com a ameaça que eles oferecem para as pessoas inocentes, para nós e para si mesmos. Como o Capitão falou, nossos cidadãos estão exigindo uma reação a essas ameaças, e hoje vamos demonstrar exatamente que reação vai ser essa. Observem que o que vamos revelar hoje é confidencial e deve ser mantido exclusivamente entre Renegados até que vocês sejam avisados.

Nova se animou, interessada. Ela estava seguindo a cobertura recente da imprensa e a desilusão crescente com atenção. Por uma década, as pessoas acreditaram que os super-heróis sempre apareceriam para salvar o dia quando necessário. Embora Nova já soubesse havia tempos que aquela ideia era falsa, o que Ingrid fez pareceu ter aberto os olhos das pessoas. Os Renegados nem sempre estariam presentes.

Era hora de a sociedade perceber que eles mesmos deram tanto poder aos Renegados, mas só estavam recebendo promessas vazias em troca.

– Estamos organizando uma coletiva de imprensa que vai disponibilizar essas informações para a imprensa assim que acharmos seguro. – Tsunami virou uma ficha. Suas bochechas estavam vermelhas e Nova se deu conta de que Katsumi Hasegawa não ficava à vontade falando para um grupo grande.

Que ironia. Uma super-heroína, uma Renegada original, que devia ter enfrentado armas e bombas e uma quantidade enorme de criminosos com medo de uma coisa tão mundana quanto falar em público.

– Há anos – continuou Kasumi –, nossa talentosa equipe do laboratório de pesquisa está trabalhando em desenvolvimentos bastante animadores que vão nos ajudar na responsabilidade que é manter a cidade segura de prodígios que se recusam a seguir o código de autoridade. Desenvolvemos uma ferramenta inofensiva para a população não prodígio e, por isso, não coloca os civis em risco, mas oferece um jeito seguro e eficiente de neutralizarmos os prodígios que se recusem a seguir nossas leis. Queremos que essa ferramenta se torne nosso meio mais prático de lidar com a desobediência de prodígios. Nós a chamamos de... *Agente N*.

A respiração de Nova ficou acelerada. Ela se lembrava das palavras do Luz Negra no parque Cosmopolis depois que a ameaça dos explosivos de Ingrid foi controlada. *"Isso é prova de que nem todos os prodígios merecem seus poderes. É por causa de vilões como ela que precisamos do Agente N."*

Era isso. O que quer que o Agente N fosse, eles revelariam agora. Seu coração bateu com tanta força dentro da caixa torácica que parecia que estava tentando fugir.

Não era só uma hipótese, um experimento limitado aos laboratórios. Era real. O chamado *antídoto*. A arma que Luz Negra disse que tornaria o mundo um lugar mais seguro.

Mas mais seguro para quem?

– Para contar mais e dar uma demonstração da ferramenta – disse Kasumi, indicando a lateral do palco –, convido a dra. Joanna Hogan para o palco.

Com um alívio evidente por sua parte ter acabado, Kasumi voltou ao seu lugar.

A dra. Joanna Hogan era mais velha do que todo mundo do Conselho, com uns cinquenta e poucos anos, Nova supôs. Mas ela tinha um vigor jovem no caminhar que ficou visível quando ela foi até o microfone. Seu jaleco, branco e passado, sofria o contraste de um corte de cabelo curtinho estilo *pixie* pintado de rosa-chiclete.

– Boa noite. E obrigada por essa apresentação, Tsunami. Sou a dra. Joanna Hogan e sou uma das principais pesquisadoras aqui do QG desde que foi criado. É um prazer contar sobre esse novo desenvolvimento e fico grata por tudo que o Conselho fez para encorajar nosso trabalho. – Ela fez uma pausa para respirar fundo. – Hoje, vou contar mais sobre o produto chamado Agente N e vou dar demonstrações de sua capacidade para que vocês possam ver e entender sua eficácia em primeira mão. Sei que algumas pessoas vão querer rotular o Agente N como arma, mas é importante ter em mente que é, em essência, uma solução *não violenta* para um problema que nos aflige há mais de trinta anos. – Ela abriu bem os braços para indicar o período de tempo e algumas pessoas da plateia riram, concordando com insegurança. – Além de ser não violento, o Agente N é portátil e seus efeitos são quase imediatos. É completamente seguro para ser usado perto de civis não prodígios. Acho que vocês vão gostar de suas aplicações no mundo real.

A dra. Hogan pegou uma pasta que estava em cima de um banco no fundo do palco. Abriu as fivelas, levantou a tampa e a ergueu para que todos vissem. As pessoas todas se mexeram para tentar ver melhor. A algumas fileiras, um Renegado chamado Ótico tirou um dos globos oculares removíveis para ver melhor.

Dentro da pasta havia três fileiras de frascos, cada um cheio de um líquido escuro.

– Isto – disse Joanna Hogan – é o Agente N. É um agente neutralizador... e por isso tem esse nome. Aqui temos a substância em forma líquida, que tem uma variedade de usos viáveis, mas conduzimos experimentações bem-sucedidas com o agente em forma de cápsula também. – Ela tirou um frasco da pasta e o exibiu. – Este frasco, que contém só 10 ml do agente, tem a capacidade de remover rápida e permanentemente os poderes de qualquer prodígio do planeta.

Um murmúrio de surpresa se espalhou pela plateia e alguns Renegados sentados perto do palco puxaram a cadeira para longe.

Nova tentou disfarçar o tremor que se espalhou por seus ombros. Sentiu o olhar da Danna, mas não a olhou.

– Não fiquem alarmados – declarou Joanna. – Em forma líquida, a solução precisa ser administrada oralmente ou por via intravenosa para funcionar. Vocês estão todos seguros. – Ela baixou a mão e aninhou o frasco na palma. – Nós vemos o Agente N como uma consequência humanitária para os que desafiam as regulamentações do nosso Conselho. Depois que vocês forem treinados para o uso do Agente N, vamos começar a equipar todas as unidades de patrulha com dispositivos. Quando isto estiver nas suas mãos, qualquer um com habilidades extraordinárias que preferir se conduzir de forma ilegal não será mais tolerado. A pessoa estará abrindo mão do privilégio de ser prodígio.

Os rostos da plateia se contorceram com curiosidade e apreciação sutil.

Nova sentiu enjoo ao lembrar como ficou horrorizada depois que entrou na quarentena de Max, quando Adrian falou que Max era capaz de absorver os poderes dos outros só por estar na presença deles. Quando, por um momento, ela achou que poderia não ser mais prodígio.

Seu poder ser tirado contra a sua vontade... Isso não era uma violação dos direitos de prodígio, assim como os abusos que eles sofriam antes da Era da Anarquia? Ace lutou tanto para dar a todos os prodígios liberdade de revelar seus poderes sem medo de perseguição, mas agora os Renegados, as pessoas que deviam estar lutando a favor dos outros prodígios, estavam determinados a erradicar os que não seguiam o *código* deles. Apesar de nenhuma das leis deles terem sido votadas e nem aceitas oficialmente pelo povo. Apesar de os Renegados terem feito de si mesmos juízes e jurados, criadores e agentes da lei.

Nova observou o salão, segura de que não podia ser a única a ver a hipocrisia. Mudar um prodígio de forma tão profunda, alterar a essência de *quem eles eram*, só porque violavam uma lei com a qual nunca concordaram? E um julgamento justo? E um processo?

Mas, ao seu redor, ela só viu expressões intrigadas.

Até que seu olhar pousou em Adrian. Ele pelo menos parecia perturbado. Em determinado momento, ele tinha pegado a caneta e começado a bater com ela nos dedos com nervosismo.

– Além disso – continuou Joanna –, estamos animados com a oportunidade de usar o Agente N como uma sentença alternativa para alguns detentos presos na Penitenciária Cragmoor. Até o momento, sete detentos foram neutralizados como parte do nosso processo de testes e vamos escolher um comitê que vai analisar todos os residentes de Cragmoor um a um. Seu comportamento criminoso nunca foi tolerado pelos Renegados, e agora vamos garantir que não possa mais acontecer.

Um murmúrio de aprovação se espalhou pela plateia, mas as palavras dela deixaram Nova gelada. Era a primeira vez que falavam sobre o Agente N, mas sete detentos já tinham sido neutralizados? Com ordem de quem? Com aprovação de quem? Houve o julgamento de cada um deles? Os detentos tiveram alguma escolha na questão?

Ou as sete vítimas foram tratadas como meras cobaias em quem os pesquisadores aprimoraram a nova arma? Houve mais detentos que *não* foram neutralizados com sucesso e, se sim, o que aconteceu com eles?

Devia ser violação dos direitos humanos, mas... quem se importava com os direitos dos vilões?

Ao seu lado, Adrian murmurou alguma coisa sobre Cragmoor. Nova olhou para ele com curiosidade.

Ele se inclinou na direção dela e sussurrou:

– Eu vi uma van de transporte lá fora mais cedo. Acho que trouxeram um dos prisioneiros pra cá.

Nova só tinha lembranças vagas de Anarquistas que tinham sido capturados e enviados para Cragmoor antes da Batalha de Gatlon e achava que eles ainda estavam lá. Os outros Anarquistas nunca falavam dos aliados perdidos, e ela pensou neles poucas vezes ao longo dos anos.

– Agora darei uma demonstração do Agente N. Acho que vocês vão gostar de ver como é simples e eficiente. Por favor, tragam o indivíduo para o palco.

A dra. Hogan apontou para a porta pela qual o Capitão tinha saído. Luz Negra se adiantou e a abriu. Os que estavam na fileira da frente esticaram o pescoço para ver quem apareceria.

– Esse indivíduo foi condenado e considerado culpado por vários ataques aos nossos cidadãos. Ele usou suas habilidades para fazer lavagem cerebral em crianças inocentes, o que resultou em ferimentos sofridos por incontáveis cidadãos ao longo dos anos.

Nova inspirou fundo.

Ela estava enganada. Conhecia, sim, uma pessoa que estava presa na Penitenciária Cragmoor, afinal.

– É um criminoso que já trabalhou ao lado do próprio Ace Anarquia – disse a dra. Hogan quando o Capitão Cromo voltou puxando um prisioneiro. – Apresento Winston Pratt... o Titereiro.

CAPÍTULO OITO

NOVA ESCORREGOU PARA BAIXO na cadeira quando Winston foi levado para o palco. Ele estava usando um macacão listrado preto e branco em vez do terno de veludo roxo de sempre e havia correntes de cromo prendendo seus tornozelos e pulsos, mas ele não estava lutando com o captor. O cabelo laranja estava sujo e despenteado, mas a maquiagem continuava no rosto: lápis preto grosso em volta dos olhos, círculos rosados nas maçãs do rosto e linhas finas desenhadas dos cantos da boca pela lateral do queixo, parecendo uma marionete de madeira. Confirmava que, apesar do que Nova supusera pelos anos que o conhecia, Winston não usava maquiagem, mas tivera o rosto transformado pelo seu poder no de uma marionete.

Ou no de um mestre de marionetes.

Nova tentou se posicionar de forma a ficar escondida atrás do Renegado na fila da frente, mas ainda conseguindo olhar por cima do ombro dele. A última coisa de que precisava era que Winston a visse na multidão. Ela achava que podia confiar nele, mas não podia ter certeza, e não o via desde o interrogatório, meses antes. Ele não a entregou na ocasião e guardou segredo. Mesmo assim, ele podia decidir que aquela era a oportunidade perfeita de revelar a identidade dela, talvez em troca de perdão.

Não seria pior do que tinha feito com ele. No desfile, Nova o jogou para fora do balão e o fez cair nas mãos dos inimigos. Ela não o culparia se ele decidisse incriminá-la agora para salvar a própria pele.

Ela começou a balançar o joelho com energia contida. A adrenalina disparou pelo organismo dela, preparando-a para correr ao primeiro sinal de traição do Winston.

Mas Winston não parecia querer vingança. Parecia feliz da vida de ser o centro das atenções em uma sala cheia de Renegados, com todo mundo olhando para ele como frequentadores curiosos de uma convenção de super-heróis.

– Qual é o problema? – sussurrou Danna.

Nova levou um susto.

– O quê?

Danna desceu na cadeira até estar ombro a ombro com Nova. Danna era tão mais alta que o efeito foi cômico.

– Estamos nos escondendo de alguma coisa?

Com os lábios repuxados, Nova se ajeitou na cadeira.

– Não – disse ela... muito na defensiva, sabia bem. – Meu tio sempre diz que tenho que melhorar minha postura.

No palco, Simon Westwood tinha tirado a pasta do Agente N e levado o banco para o centro, bem na frente. Hugh Everhart botou a mão no ombro do Winston e o levou até o banco. Winston ignorou os dois e a dra. Hogan, que tinha se encolhido quando ele passou. Ele estava ocupado observando o salão com olhos alegres, cintilantes.

– Ah, meu Capitão – disse ele com a voz aguda e alegre. – É uma festa? Pra *mim*? – Ele balançou as correntes. – É meu aniversário?

O Capitão lançou um olhar fulminante para o prisioneiro e não respondeu.

Nova engoliu em seco.

Na lateral do palco, Pássaro do Trovão sussurrou alguma coisa no ouvido do Luz Negra, e um sorriso leve apareceu no canto de sua boca. Alguma coisa naquela expressão fez o sangue de Nova gelar.

Eles viam Winston como um ser humano? Ou ele não passava de um experimento científico aos olhos deles? Como Max e quantos outros?

Apesar da falação fácil, Nova conhecia Winston bem o bastante para saber que ele estava com medo. Estava escondendo da melhor forma que podia, mas, escondido no fundo dos olhos dele, havia uma súplica perplexa e silenciosa. Por misericórdia. Por resgate. Por uma forma de sair dali.

Ele devia saber que era inútil. Cercado de Renegados, preso no quartel-general deles, sem nenhum aliado...

Nova tremeu.

Ela era aliada dele.

Ela deveria ser aliada dele.

Mas Winston era um tolo que tinha estragado a missão deles no desfile e sido capturado. Era um vilão que se aproveitava de *crianças*, o que sempre pareceu aos olhos dela uma coisa desprezível demais até para um Anarquista.

Ainda assim, com todos os seus defeitos, ele foi leal a Ace. Ele era da equipe dela.

Ela devia fazer alguma coisa.

O que podia fazer?

O que Ace ia querer que ela fizesse?

Nada, sussurrou sua mente, e pareceu a sabedoria do Ace borbulhando na superfície dos pensamentos confusos. *Ele não vale que você revele seu segredo. Continue seu caminho. Concentre-se na sua missão.*

Joanna Hogan tirou uma seringa da pasta.

Winston não estava prestando atenção nela.

– Não lembro quantos anos eu tenho – disse ele, inclinando a cabeça para o lado. As correntes de cromo tilintaram quando ele levou as mãos ao peito e desenhou um coração imaginário.

A dra. Hogan encaixou um frasco de Agente N na seringa.

Nova segurou o banco embaixo das coxas.

– Minha nossa – disse Winston, balançando os pés. – Estou velho, acho. E olha só vocês, Renegados, tão alegres, inocentes. Ora, vocês são praticamente crianças! Na verdade... – Ele se inclinou para a frente e olhou para uma pessoa da primeira fileira. Seu sorriso ficou malicioso. – Acho que você *é* uma criança, seu pequeno defensor da justiça.

Winston pulou do banco. Um dedo esticado soltou um fio dourado cintilante. O fio de marionete se enrolou no pescoço de um jovem Renegado, e o garoto gritou. Winston moveu o dedo e o garoto foi para o palco.

Nova deu um pulo e se levantou, mas o resto da plateia também, atrapalhando a visão. Com um rosnado, ela subiu no banco para conseguir enxergar. O Capitão Cromo correu na direção do garoto, cujos gritos de fúria mal podiam ser ouvidos no meio da barulheira repentina.

Mas, no palco, Joanna Hogan estava serena quando esticou a mão e segurou o braço de Winston. Ele fez cara feia para ela. Seus dedos se curvaram, e o garoto Renegado que estava sob o controle dele correu para a dra. Hogan, os dentes à mostra e os dedos curvados como garras; um animal selvagem pronto para fazer picadinho dela e comer cada pedaço. Ele soltou um grito agudo e se jogou na médica, mas o Capitão Cromo o pegou segundos antes de chegar a ela. Ele prendeu os braços do garoto nas laterais do corpo e o segurou bem.

Winston Pratt sorriu.

A boca de Nova ficou seca.

Ela viu a segunda marionete dele antes de todo mundo porque todos estavam muito concentrados no garoto se debatendo nos braços do Capitão.

Ninguém reparou na Pega, a prodígio que furtava coisas dos outros. Ninguém a viu levantar a mão. A duas fileiras dela, Estalagmaster não reparou quando sua machadinha de ferro foi solta da bainha e voou até a mão da Pega. Ela levantou a machadinha e partiu para cima da Tsunami. Uma integrante do Conselho. Tsunami estava de costas para ela. Ninguém repararia até que fosse tarde demais.

Nova ficou paralisada, sem conseguir decidir se devia tentar impedir Pega ou não. Aquele era seu objetivo. Eliminar o Conselho. Destruir os Renegados. Um integrante a menos no Conselho seria uma coisa boa...

– *Não!*

O grito soou tão próximo do ouvido de Nova que, por um momento, ela achou que tivesse saído de sua própria boca, mas Danna se dissolveu num bando de borboletas e voou por cima da plateia.

No palco, cercada pelo caos, a médica enfiou a agulha no braço do Winston e apertou o êmbolo.

Danna voltou à sua forma a tempo de segurar o pulso da Pega e a puxar para longe da Conselheira. Pega gritou quando Danna dobrou tanto o braço dela para trás que ela foi obrigada a largar a machadinha. Tsunami se virou, os olhos arregalados.

Nova expirou, mas, se foi alívio que ela sentiu, durou pouco. Danna, os braços em volta da Pega, que se debatia, estava olhando diretamente para ela. Confusa. E talvez traída.

Tremendo, Nova afastou o olhar, as bochechas ficando quentes. Danna estava olhando para ela? Sabia que Nova tinha visto a coisa toda e não tinha feito nada para impedir?

A agitação no salão mudou de repente quando a gritaria da primeira marionete do Winston ficou em silêncio. De onde estava, Nova viu os fios dourados finos que ligavam os dois jovens Renegados aos dedos do Winston partirem e se desintegrarem.

Winston observou as mãos e flexionou os dedos com surpresa. Pequenas rugas se formaram na tinta escura em volta dos olhos. A respiração dele ficou errática. O queixo começou a tremer. Um grito baixo e perturbado surgiu entre os lábios dele.

– N-não – gaguejou ele, a voz tomada de terror. – O que houve? O que você fez?

O lápis preto começou a escorrer.

Nova cobriu a boca com a mão. *Era* maquiagem, ou pelo menos parecia agora, o tom preto de tinta escorrendo pelo rosto em lágrimas grossas. Misturou-se com as manchas rosadas nas bochechas, e logo todas as feições dele estavam derretendo em preto e vermelho. Até a pele branca de porcelana começou a sumir e escorrer pelas laterais do rosto e para a gola do macacão listrado.

Winston soltou outro grito. Os que estavam no palco deram um passo para trás. A dra. Hogan pareceu hipnotizada olhando a transformação de Winston. Todo mundo pareceu cauteloso e até assustado.

Winston olhou os dedos curvados, tremendo. Nova se perguntou o que ele estava vendo ou não vendo. Sentindo ou não sentindo.

Ele começou a soluçar. Lágrimas enormes escorreram pela sujeira nas bochechas. Ele virou a cabeça e limpou o nariz no ombro. O tecido listrado ficou com manchas pretas e vermelhas. Quando ele levantou a cabeça de novo, Nova viu que as linhas do queixo tinham sumido. A pele estava pálida e meio azulada. Ele continuou chorando e inspecionando as mãos sem acreditar, e devia saber, pelo que estava sentindo, pelo que podia sentir acontecendo no corpo, ele devia saber a verdade.

Ele não era mais prodígio. Não era mais vilão. Não era mais o Titereiro.

E, apesar de nunca ter gostado muito de Winston Pratt, Nova não pôde ignorar a pontada de pena que sentiu.

O que seria dele agora?

Enquanto os pensamentos se desenrolavam na cabeça dela, alguém na plateia começou a aplaudir. E outra se juntou. E logo a sala toda estava aplaudindo enquanto Winston Pratt chorava no palco.

O experimento foi um sucesso e todos estavam começando a entender o que queria dizer. Para os Renegados. Para o mundo.

E para os Anarquistas.

Com uma substância assim à disposição dos Renegados, quanto tempo demoraria para que os Anarquistas fossem aniquilados? Os Renegados não precisariam nem comprometer sua moral. Eles não estariam matando ninguém, só tirando os poderes.

A sala começou a se acalmar. Com o vilão neutralizado, os Renegados voltaram aos seus lugares. Os dois jovens que foram dominados pelo Titereiro foram levados para fora da sala por um curandeiro.

Nova começou a descer da cadeira, mas seu olhar pousou em Winston de novo e ela ficou paralisada.

Ele a estava encarando... aparentemente mais perturbado do que surpreso de vê-la.

Um dos joelhos dela se dobrou. Ela tropeçou para a frente, mas Adrian a segurou pelo cotovelo.

– Você está bem?

Ela piscou. No meio da confusão, tinha esquecido que ele estava ao lado dela. Ela puxou o braço, se sentou e tentou se esconder de Winston.

– Ótima – murmurou ela.

Winston foi levado do palco por dois seguranças. Embora estivesse caminhando com os próprios pés quando o Capitão o levou ao palco, agora seu corpo todo estava inerte, como o de uma marionete cujos fios foram cortados.

Nova só se sentou ereta quando a porta entre eles foi fechada. Como ele aguentaria uma mudança daquelas? Tinham tirado não só o poder dele, mas a identidade. Se ele não podia mais ser o Titereiro, quem ele era? *O que* ele era?

E essas mesmas perguntas seriam impostas a todos que se tornassem vítimas do Agente N.

O Conselho acreditava realmente que tinha o direito de decidir quem podia ser prodígio e quem não podia?

Quando as pessoas se acalmaram, Tamaya Rae foi até o microfone.

– Obrigada pela demonstração poderosa, Joanna. A partir da semana que vem, todas as unidades ativas de patrulha receberão um mínimo de 30 horas de treinamento do Agente N, no qual vão aprender os meios mais eficientes de administrar a substância, assim como as formas de se protegerem e também aos seus companheiros de equipe de serem vítimas do efeito da substância. Estamos preparando uma coletiva para informar à imprensa sobre o Agente N e como será usado para proteger ainda mais o povo desta cidade e garantir a justiça. Nessa ocasião, todas as unidades que tiverem completado o treinamento necessário serão equipadas com um suprimento de emergência de Agente N, que será usado como medida defensiva contra qualquer prodígio que demonstrar um ato de violência contra um Renegado ou um civil ou que demonstre desafiar o código por vontade própria.

– Sem julgamento? – sussurrou Nova. – Estão nos dando o poder de... usar essa coisa contra qualquer pessoa que tivermos vontade, sem necessidade de evidência de crime? – Ela balançou a cabeça. – Como *isso* pode estar dentro do código deles?

Adrian estava olhando para ela. Ela ousou encará-lo, sem conseguir esconder a repulsa. Adrian não disse nada, mas ela achou que viu suas preocupações espelhadas no rosto dele.

– Além disso – continuou Tamaya –, qualquer prodígio que seja procurado por alguma transgressão recente deve ser neutralizado assim que for visto, incluindo todos os membros conhecidos do grupo de vilões Anarquistas, e, como ainda não encontramos um corpo confirmando sua morte, isso inclui o justiceiro conhecido como Sentinela.

– Naturalmente – murmurou Adrian, coçando a nuca.

Tamaya prosseguiu.

– Vocês vão receber seus horários de treinamento...

– É reversível? – gritou Nova.

Tamaya fez uma pausa, irritada com a interrupção.

– Como?

Nova se levantou.

– É reversível? Hipoteticamente, se um prodígio fosse neutralizado por acidente ou... sem motivo devido, tem uma forma dos poderes serem restaurados?

A dra. Hogan deu um passo à frente e pegou o microfone.

– É uma boa pergunta e fico feliz que tenha sido feita, pois precisamos transmitir a todos os Renegados a importância de que essa substância seja tratada com a máxima responsabilidade. – Ela fixou o olhar em Nova. – Não. Os efeitos do Agente N são permanentes e irreversíveis. Não se iludam, essa substância é perigosa, e, ao seguirmos em frente, esperamos que seja manuseada com o máximo de cuidado o tempo todo.

– Obrigada, dra. Hogan – disse Tamaya. – Quero reiterar novamente que o que vocês ouviram aqui hoje é confidencial até que vocês sejam avisados. Vamos responder às perguntas imediatas depois desta reunião e quando vocês começarem o treinamento. Vocês estão dispensados.

A sala foi tomada de vozes. Nova e os outros seguiram a multidão, mas, assim que foram para o corredor, Adrian os puxou para o lado para eles esperarem Danna.

– Bom – disse Oscar –, isso foi mil vezes mais intenso do que eu esperava. Quem quer relaxar comendo pizza?

Nova o ignorou e se virou para Adrian.

– É do Max, né? É por isso que precisaram de tantas amostras de sangue dele.

– Só pode ser – respondeu Adrian. Uma ruga surgiu no espaço entre as lentes dos óculos dele, e Nova reconheceu a expressão de contemplação séria. – Eu sempre tive esperanças de que estivessem tentando encontrar uma forma de ajudá-lo. De... permitir que ele ficasse com os outros prodígios. Se bem que... – Ele apertou bem os lábios. – Foi graças ao Max que conseguiram derrotar o Ace Anarquia. Acho que não devíamos estar surpresos de tentarem encontrar um jeito de... de...

– Abusar do poder dele? – murmurou Nova.

Adrian franziu a testa, mas não discordou.

– Mas ele é um prodígio. Uma pessoa viva, que respira. E aquela coisa é... *sintética*. Replicar o poder dele assim... não parece possível.

– Possível? – observou Ruby com uma risada. – Adrian, eu já te vi criar criaturas vivas que respiram com um lápis e um pedaço de papel. *Eu* produzo pedras preciosas quando sangro. Danna vira um bando de borboletas. Você está mesmo questionando o que é possível?

– Como é que é? – disse Oscar. – Você não vai comentar todas as coisas impressionantes que sou capaz de fazer?

Ruby fez um gesto desanimado na direção de Oscar.

– Oscar consegue comer duas pizzas gigantes de uma vez enquanto cita toda a terceira temporada de *Star Avengers* de cor.

Oscar assentiu solenemente.

– É difícil acreditar até que eu existo.

Nova massageou a têmpora.

– Eu só queria saber se o Max sabe em que trabalharam esse tempo todo.

– Se sabe, nunca me disse nada – observou Adrian.

– Talvez fosse *confidencial*. – Nova não conseguiu esconder a mordacidade da voz. Tudo relacionado a Max era confidencial. A verdade sobre a habilidade dele, o motivo por trás da quarentena, e agora isso. Até onde ela sabia, a maioria das pessoas da organização nem sabia por que Max ficava trancafiado. O boato geral parecia ser que seu poder enfraquecia os prodígios que entravam em contato com ele e que ele tinha que ficar separado pela sua própria segurança e também dos outros... mas poucas pessoas pareciam saber a extensão do que ele era capaz de fazer. Como ele podia drenar as habilidades dos outros prodígios e absorvê-las para si. Como ele tinha tirado o poder do próprio Ace Anarquia.

Quando conheceu Max, disseram para ela que ele era valioso e perigoso ao mesmo tempo. Só agora ela estava começando a perceber o quanto essas palavras eram verdadeiras.

– O que me preocupa – disse Adrian – é como seria fácil abusar da substância.

Nova ergueu uma sobrancelha.

– Como assim? Você acha que um *Renegado* abusaria desse tipo de poder?

– Não todo mundo, claro, mas até os Renegados podem ter motivações egoístas às vezes. – Ele fez uma pausa e franziu a testa para ela. – Espera aí... você estava sendo sarcástica, né?

– Boa percepção – disse ela com rispidez.

Adrian olhou para ela, perplexo.

– Você está com raiva de *mim*?

Nova deu um passo para trás e respirou fundo para se acalmar. Estava sendo agressiva injustamente. Adrian não tinha nada a ver com isso, ela lembrou a si mesma. E, durante a apresentação, houve momentos em que ele pareceu tão chocado quanto ela.

– Não – disse ela, mais baixo agora. – Desculpe. Só estou... preocupada com o que o Agente N pode significar. Você mesmo disse que as pessoas vão abusar dele.

– Não, eu falei que seria *fácil* abusar, não que eu acho que alguém vá fazer isso. Vamos ter que ver como esse treinamento vai ser.

Nova balançou a cabeça.

– É corrupção clara de poder. Não podem mandar unidades de patrulha para as ruas com essa substância e esperar que erros não sejam cometidos. Que as pessoas não vão deixar as emoções tomarem conta. E os julgamentos justos? E as provas? E se alguém ganhar a vida usando a habilidade e essa habilidade for tirada sem nem pensarem duas vezes? – Ela pensou em Cianeto, que, mesmo com tantas transações ilegais, também fazia muitas misturas legítimas que ele vendia para clientes legítimos, de inseticidas a removedores de verrugas. – E se alguém mudasse de vida e passasse a usar o poder para ajudar pessoas? O Agente N tiraria essa escolha da pessoa. Os Renegados falam muito sobre direitos humanos, mas isso é uma violação do direito dos prodígios.

– Vilões não têm *direitos*.

Nova deu um pulo. Ela não tinha ouvido Danna se aproximar, e a cara de raiva que viu nela a deixou alerta na mesma hora.

– O Agente N vai ser usado em vilões. Nas pessoas que não seguem o código. Só que você parece muito interessada em defender essas pessoas.

– Nem todo mundo que discorda do código é vilão – observou Adrian.

Danna olhou para ele, horrorizada.

– É sério? E como você chamaria?

Adrian coçou a orelha com a caneta fechada.

– O código não está vigente nem há dez anos e o Conselho faz mudanças nele toda hora. Quem sabe como vai estar em dez ou cinquenta anos? As coisas não são todas pretas ou brancas, boas ou ruins. As ações das pessoas... suas motivações... são... – ele girou as mãos no ar – áreas cinzentas.

– Exatamente – disse Nova, e sentiu o nó no peito começar a afrouxar. – E as pessoas merecem ter uma chance de explicar suas ações e seus motivos antes de suas habilidades serem arrancadas delas.

– Eu não preciso saber qual foi a motivação da Espinheiro – disse Danna – para saber que ela é uma ladra e um perigo para a sociedade. Se eu tivesse o Agente N naquele dia, teria usado nela para neutralizá-la sem nem pensar duas vezes e não estaria sentindo culpa nenhuma agora. Algum de vocês diria algo diferente? – Ela olhou de cara feia para Nova.

Nova contraiu a mandíbula, irritada de sentir uma hesitação na sua própria convicção. Até Espinheiro merecia julgamento, claro. Até ela merecia a oportunidade de escolher um caminho diferente.

Mas Nova pensou em Ingrid. Porque atirou nela. E a *matou*. Não houve julgamento. Não houve argumentação. Foi legítima defesa. Foi proteção de vidas inocentes.

Também foi irreversível.

E ela não se arrependia.

Teria se arrependido de ver Espinheiro neutralizada pelo Agente N? Era um destino que devia ser melhor do que a morte, não era?

– Sabe, Nova – disse Adrian delicadamente, antes que ela pudesse formular uma resposta –, uma vez você disse que o mundo seria melhor sem prodígios. Então... será que, nesse sentido, o Agente N não pode ser uma coisa boa?

– Não – disse ela com firmeza. – É diferente. Eu acho *mesmo* que a humanidade ficaria melhor sem prodígios. As pessoas teriam controle sobre seu mundo de novo e seriam obrigadas a tomar suas próprias decisões. Cuidariam de si mesmas em vez de contar com super-heróis o tempo todo. Deixaria o jogo mais justo. – Ela refletiu sobre a própria equipe e pensou em todos os poderes incríveis que a cercavam só naquele grupinho e também em todos os poderes de todos os prodígios do mundo. Humanos normais, sem habilidades assim, jamais poderiam competir com o que os Renegados tinham se tornado. – Mas não é isso que está acontecendo aqui. Isso é opressão pura e simples. Se tiverem sucesso, os Renegados estarão se colocando mais acima ainda de todo mundo do que já fizeram. Não vai ter ninguém pra... nos desafiar. Ninguém pra nos atrapalhar e nos impedir de obtermos poder total. Onde vai ficar a humanidade?

– Ainda vai ser melhor do que era nas mãos dos vilões – disse Danna.

Nova fez cara feia e se obrigou a encará-la longamente daquela vez.

– E quando eles... – ela fez uma pausa – e quando *nós* tivermos o poder total, o que vai nos impedir de nos tornarmos vilões?

CAPÍTULO NOVE

ADRIAN AINDA ESTAVA esperando do lado de fora da sala de reuniões, batendo com o pé e ouvindo o aumento e a diminuição das conversas do outro lado da porta. O resto da equipe tinha ido para o refeitório a pedido de Oscar, claro, mas ele tinha tido uma ideia durante a reunião que o impediu de se juntar a eles. Estava esperando para falar com Hugh ou Simon havia uns vinte minutos, mas o Conselho estava levando uma eternidade para sair da sala, parando para falar com todo mundo que os abordava. Finalmente, Hugh se separou de um grupo de unidades de patrulha, todos evidentemente empolgados com a perspectiva do treinamento do Agente N.

– Ei, pai! – Adrian abriu caminho entre as pessoas que restavam no local.

Hugh se virou para ele, sorrindo.

– Adrian! O que você achou?

– Hã... legal – disse ele rapidamente, embora dizer parecesse traição, tanto das hesitações de Nova quanto das dele. Ele precisava de mais tempo para refletir sobre o Agente N e o que poderia significar para a organização e para a sociedade em geral. O que poderia significar para o Sentinela. Mas não era sobre isso que ele queria falar agora. – Eu tenho uma pergunta.

– Você e todo mundo – disse Hugh, botando a mão no ombro de Adrian e o guiando em meio às pessoas. – Nós vamos ter muitas outras informações pra passar nas próximas semanas e seu treinamento vai esclarecer muitas confusões...

– Não sobre o Agente N. Quero saber o que vai acontecer com o Titereiro.

– *Winston Pratt* – disse Hugh, levantando um dedo. – Ele não é mais o Titereiro e nem vai ser nunca mais.

– Certo – respondeu Adrian. – Estou querendo saber... ele vai ser enviado de volta a Cragmoor hoje ou...

– Cragmoor? Por que deveríamos mandá-lo de volta pra Cragmoor? – Os olhos de Hugh estavam cintilando. De verdade. – A Penitenciária Cragmoor é pra criminosos prodígios, e Winston Pratt não é mais um prodígio.

– Certo... então... pra onde ele vai ser enviado?

– Ele vai ser colocado em uma das celas temporárias aqui no QG até ter completado uma série de avaliações psicológicas e seus crimes do passado terem sido avaliados considerando o novo status dele. Ele não é mais a ameaça que já foi e isso vai ser levado em consideração.

– Celas temporárias, que ótimo – disse Adrian, juntando as mãos. – Ele está indo pra lá agora?

Pela primeira vez, Hugh olhou para ele com dúvida.

– Não – disse ele. – Ele vai ser levado para o laboratório primeiro pra podermos monitorá-lo em relação a possíveis efeitos colaterais da neutralização. Não esperamos que haja nenhum, mas nossos pesquisadores estão determinados a continuar coletando o máximo de informações possível pra que não tenhamos surpresas no futuro, blá-blá-blá. – Ele balançou a mão no ar.

– Para o laboratório – repetiu Adrian. – Por quanto tempo ele vai ficar lá?

– Não sei, Adrian. Alguns dias, talvez. Por que isso?

Eles tinham chegado ao elevador e Hugh apertou o botão de subir. Adrian ficou mais ereto e tentou canalizar a confiança do pai.

– Eu gostaria de fazer umas perguntas a ele.

– Você já fez perguntas a ele.

– Foi meses atrás, como parte da investigação da Pesadelo. As coisas são diferentes agora.

– Com certeza. E uma delas é que você não é mais um investigador. – Hugh entrou no elevador e Adrian foi atrás de rosto franzido.

– Eu também não estou fazendo patrulha, ao menos até Danna ser liberada – disse Adrian. – Por isso, estou com tempo livre, e pensei... – Ele hesitou quando Hipervelocidade e Celeridade entraram no elevador. – Hã... vocês podem esperar o próximo? – disse ele, empurrando ambos delicadamente para fora. Seus olhares foram para Adrian e para o Capitão, mas eles saíram sem discutir.

As portas se fecharam e Hugh fez um som de reprovação enquanto apertava o botão do andar do escritório do Conselho.

– Não precisa ser grosseiro, Adrian.

– Escuta.

– Estou escutando, mas posso escutar e ser educado ao mesmo tempo. – Ele olhou para Adrian com uma expressão de tanta concentração que parecia deboche.

Ele seguiu em frente.

– Pesadelo era uma Anarquista confirmada e ainda acredito que ela sabia alguma coisa sobre o assassinato da minha mãe.

A expressão do Hugh transmitiu ainda mais dúvida, mas Adrian ignorou.

– Se ela sabia alguma coisa, é razoável que os outros Anarquistas também possam saber. É provável que o assassino *fosse* uma Anarquista, né?

– Nós sempre vimos isso como uma forte possibilidade.

– E não é porque a Pesadelo está morta que a investigação acabou. Quero falar com o Tite... com Winston Pratt sobre isso pra ver se ele sabe de alguma coisa.

– Você está ciente de que estamos fazendo interrogatórios com ele desde que a Detonadora atacou a Biblioteca Cloven Cross, não está? – disse Hugh. – Alguns dos nossos melhores detetives o interrogaram para tentar revelar para onde o resto dos Anarquistas pode ter ido. Até onde pudemos descobrir, ele não sabe de nada. Não sei...

– Não quero saber onde estão os outros Anarquistas – disse Adrian. Mas, ao perceber que queria saber, sim, ele ajeitou os óculos e continuou: – Sim, claro que eu queria pegá-los, como todo mundo, mas não é sobre isso que eu quero perguntar. Alguém matou Lady Indomável, e, se Winston Pratt tiver alguma informação sobre esse caso, quero conversar com ele sobre o assunto.

– E se ele não tiver?

Adrian deu de ombros.

– Ninguém perde nada, né?

O elevador desacelerou e as portas se abriram num saguão impecável. Atrás de uma mesa, Prisma se levantou com uma pasta na mão.

– Capitão, senhor, terminei de preparar o memorando...

Hugh levantou a mão e ela ficou quieta. Sua atenção continuava voltada para Adrian, a boca repuxada e franzida.

– Por favor – disse Adrian. – Sei que é possível que eu não descubra nada, mas... tenho que tentar.

Hugh baixou a mão quando saiu do elevador.

– Vou aprovar uma autorização temporária para o laboratório com o único propósito de você falar com o sr. Pratt.

Um sorriso se abriu no rosto do Adrian.

– Obrigado!

– Mas, Adrian... – Hugh contraiu a testa. – Não se encha de esperanças, tá? Ele não é uma fonte confiável.

– Talvez não – disse Adrian, recuando quando as portas começaram a se fechar entre eles –, mas ele me levou até Pesadelo.

A AUTORIZAÇÃO CHEGOU NOVENTA minutos depois por uma notificação no comunicador. Quando a recebeu, Adrian estava em um dos dormitórios das patrulhas fazendo uma lista de tudo que sabia sobre a morte da mãe, sobre os Anarquistas, sobre Pesadelo e tentando pensar numa estratégia para interrogar o ex-vilão.

Ele pensou em procurar Nova para ver se ela queria ir com ele, pois a intuição dela poderia ser útil, mas lembrou que ela disse que ia para casa dar uma olhada no tio depois da reunião.

Apesar de ela nunca ter falado abertamente, Adrian desconfiava que podia haver algo errado com o tio dela. Talvez ele estivesse doente ou só ficando velho. Ele nunca achou que pudesse perguntar, mas já tinha reparado como Nova contraía a boca sempre que falava dele. Parte de Adrian sentia mágoa por ela não desabafar com ele, mas ele sabia que era hipocrisia pensar assim quando havia tantos segredos que ele não tinha revelado para ela ainda.

Ele foi para o laboratório sozinho. Procurou Max quando passou pela parede da quarentena, mas o garoto não estava no meio da cidade de vidro.

Um homem corpulento de jaleco branco estava esperando Adrian quando ele entrou no laboratório.

– Me siga e não toque em nada – disse ele bruscamente. – O paciente está passando por uma avaliação importante pós-procedimento e esperamos que ele fique cansado e agitado. Peço que limite sua reunião com ele a no máximo quinze minutos hoje, embora a terapeuta possa aprovar outros encontros nas semanas futuras.

– Terapeuta? – perguntou Adrian.

O homem enfiou as mãos nos bolsos do jaleco.

– Pra ajudar com a transição de prodígio a civil. Ainda estamos tentando entender a extensão total da dificuldade emocional resultante de uma mudança dessas, mas descobrimos que oferecer terapia desde o começo reduz severamente algumas das ramificações psicológicas que podem se desenvolver.

Adrian seguiu o homem por um labirinto de estações de trabalho, cubículos e depósitos.

– Quantas pessoas receberam o Agente N até agora? – disse ele, se perguntando se os sete que a dra. Hogan mencionou era o número exato e total.

Os ombros do homem se contraíram.

– Isso é confidencial, sr. Everhart.

Claro que era.

A postura do homem relaxou e ele andou mais devagar para que Adrian andasse ao lado dele.

– Mas posso dizer... – disse ele, olhando em volta de um jeito que indicava que ele *não* devia dizer nada – que todo mundo aqui anda... surpreendentemente satisfeito com as reações de muitos dos nossos pacientes. Foi um resultado inesperado, mas não é incomum que ex-prodígios sintam, bem, um certo alívio depois do procedimento. Eles costumam falar sobre as habilidades prévias como um fardo além de um dom.

Adrian tentou imaginar sentir gratidão por perder os poderes, mas não conseguiu. A perda o destruiria, e ele não conseguiu evitar uma certa desconfiança em relação às palavras do sujeito. Ou os pacientes neutralizados estavam falando o que achavam que os terapeutas queriam ouvir ou as pessoas do laboratório estavam distorcendo as palavras deles para justificar o uso de pacientes nos testes... contra a vontade deles, supôs Adrian.

– Chegamos – disse o homem, parando na frente de uma porta branca sem marcações.

A porta se abriu e uma mulher educada sorriu para eles.

– Estou terminando aqui. Um momento. – Ela entrou no aposento e deixou a porta aberta. Adrian esticou o pescoço e a viu se aproximar de uma cama estreita junto à parede, onde Winston Pratt estava deitado de costas. Ela se inclinou sobre ele e encostou os dedos em seu ombro para sussurrar alguma coisa.

Winston pareceu não reagir.

A mulher pegou uma bolsa e um bloco de anotações, e saiu para o corredor.

– Volto pra vê-lo de manhã – disse ela. Virando-se para Adrian, acrescentou: – Tente não aborrecê-lo, se puder. O dia foi difícil.

– Difícil? – comentou Adrian, perplexo com a solidariedade no tom dela. Ele era um vilão que tinha feito lavagem cerebral em inúmeras crianças inocentes para forçá-las a atacar os amigos, as famílias e até a si mesmas. E as pessoas estavam preocupadas de *ele* estar tendo um *dia difícil*?

Adrian controlou os pensamentos e abriu um sorriso pálido.

A mulher foi embora e Adrian se virou para a salinha. Havia duas cadeiras ao lado da cama e um prato de sanduíches, aparentemente intocado, na mesa ao lado. A iluminação estava fraca e calorosa e o ar estava com cheiro de produtos de limpeza e spray de lavanda.

– Hã... ele não devia estar algemado... pelo menos? – sussurrou Adrian.

O homem riu.

– Ele não é mais vilão – disse ele batendo no ombro de Adrian. – De que você está com medo? – Ele começou a se afastar. – Volto pra te buscar em quinze minutos, mas, se você acabar antes, peça pra me chamarem.

Adrian ficou parado logo depois da porta por muito tempo observando o vilão na cama. Ele sabia que Winston devia estar ciente da sua presença, mas não tirou os olhos do teto. Tinha tirado o uniforme listrado da prisão e estava com uma calça de moletom azul-clara e uma camiseta branca, e parecia tão desanimado que Adrian sentiu uma pontada da solidariedade que tinha criticado na mulher.

– Sr. Pratt? – disse ele, fechando a porta. – Sou Adrian Everhart. Já nos encontramos antes... Não sei se avisaram que eu viria hoje... mas eu gostaria de fazer umas perguntas.

Winston não se moveu, fora os movimentos das pálpebras se fechando e se abrindo em câmera lenta.

– Sei que muita gente falou com você ultimamente sobre os Anarquistas e onde eles podem estar escondidos, mas tem outro mistério sobre o qual eu espero que você possa me dar uma luz.

Como Winston continuou não reagindo, Adrian se sentou na beirada de uma das cadeiras e apoiou os cotovelos nos joelhos.

– Na última vez que falei com você, os Anarquistas tinham acabado de abandonar os túneis do metrô, e a maioria deles não foi mais vista. Eu soube que você foi interrogado longamente sobre o paradeiro deles e acredito quando você diz que não sabe onde eles estão.

Nenhuma resposta.

Ele estava tão diferente de quando Adrian o interrogou, sem as marcas permanentes de marionete no queixo e sem os círculos de blush nas bochechas, sem o sorriso sinistro. Continuava com o cabelo ruivo, mas ele agora caía sem vida sobre a testa.

Ele parecia tão... tão *normal*. Podia ser qualquer pessoa. Um professor de matemática. Um motorista de caminhão. Um dono de loja.

Qualquer pessoa, menos um vilão.

Adrian levantou o queixo e lembrou a si mesmo que, apesar da aparência inofensiva agora, o homem à sua frente tinha feito coisas desprezíveis. Perder os poderes não mudava isso.

– Entretanto – continuou Adrian –, você me deu informações bem úteis sobre Pesadelo.

Isso provocou um tremor na bochecha de Winston.

– Não sei o quanto eles mantêm você informado aqui, mas conseguimos encontrar o esconderijo da Pesadelo no parque Cosmopolis.

Winston desviou o olhar para ele, mas voltou a observar o teto.

– Você soube sobre o confronto que aconteceu lá entre a Pesadelo e a Detonadora? – insistiu Adrian. – Sabia que as duas estão mortas?

Ele esperou. Depois de um longo silêncio, Winston virou a cabeça para o lado. Ele parecia estar avaliando Adrian.

– As duas, mortas? – disse o vilão, experimentando as palavras. – Tem *certeza*?

Adrian contraiu a mandíbula. Ele não tinha certeza, claro, por mais convencido que o resto do mundo parecesse estar da morte da Pesadelo. Mas Winston não precisava saber disso.

– A Detonadora matou a Pesadelo com um dos explosivos dela, e uma pessoa da minha equipe matou a Detonadora. Eu vi acontecer.

Winston fez um som que sugeria que ele não estava convencido pela história de Adrian.

– A questão é a seguinte – disse Adrian, se inclinando para a frente. – Antes da Pesadelo ser morta, ela foi ouvida usando uma frase. Um tipo de... slogan. Ela disse "Quem não tem medo não pode ser corajoso". Essas palavras significam alguma coisa pra você?

Winston contraiu o rosto. E se sentou sem avisar, jogando as pernas pela lateral da cama. Imitou a postura de Adrian, apoiado nos joelhos, observando-o.

Um arrepio desceu pela coluna de Adrian, mas ele se recusou a demonstrar incômodo. Sustentando o olhar de Winston, ele apertou as mãos até uma das juntas estalar.

– Lady Indomável – sussurrou Winston. O nome pairou entre os dois, ocupando o silêncio, parecendo um segredo compartilhado, até que Winston se encostou e ergueu os joelhos para cruzar as pernas sobre a cama. Todos os sinais de melancolia sumiram e ele falou quase com alegria. – Você sabia que uma vez ela pegou meu balão e o levou até o condado vizinho? Eu não estava dentro na ocasião. Estava ocupado roubando um banco ou alguma outra coisa assim… – Ele estalou os dedos. – Não, não, um armazém, isso mesmo. O balão era nosso veículo de fuga. Não funcionou, obviamente. Levei quase um mês pra encontrar. Ela deixou o balão num *pasto de gado*, dá pra acreditar? *Renegadinha* intrometida. – Ele botou a língua para fora.

Adrian olhou para ele boquiaberto. E gaguejou:

– Ela era minha mãe.

– Bom, obviamente. Você é a cara dela, sabia?

Adrian abriu e fechou a boca por um momento, tentando determinar a importância dessa história, se é que havia alguma. Mas…

Mas.

A fúria ardeu no peito dele.

– Foi você? – gritou ele, ficando de pé.

Winston se encostou na parede, sobressaltado.

– Você a matou? Você a matou porque… porque ela roubou seu *balão?*

– Se eu…? – Winston soltou uma gargalhada aguda e bateu com as mãos nas laterais do rosto. – Se *eu* matei Lady Indomável? Minha nossa, não. – Ele fez uma pausa e refletiu. – Eu teria, se a oportunidade tivesse aparecido.

Adrian rosnou, as mãos ainda fechadas.

– Mas não matei! – insistiu ele.

– Mas você sabe quem foi, não sabe? Sabe que ela foi encontrada com aquele bilhete… com aquelas palavras junto do corpo. "Quem não tem medo…"

– "Não pode ser corajoso", blá-blá-blá. Foi um esforço meio grande demais pra ser profundo, não foi? – Winston bocejou exageradamente.

Adrian se sentou na cadeira.

– Quem a matou? Foi um Anarquista? A pessoa ainda está viva? Ainda está por aí?

A expressão nos olhos de Winston mudou. Não estava mais vazia e perturbada como quando Adrian chegou, nem jovial e livre de preocupações.

Agora, ele parecia estar considerando alguma coisa.

Estar... calculando.

Pela primeira vez desde que entrou na sala, Adrian viu o vilão que o homem já tinha sido. Ou era, apesar do que todo mundo queria acreditar.

– Vou te dar informações, mas peço uma coisa em troca.

Adrian ficou tenso.

– Não estou em posição de negociar com você.

– Não peço muito. Você pode até levar meu pedido pra aquele Conselho se quiser.

Adrian hesitou, mas Winston continuou falando sem esperar resposta.

– Quando eu era criança, meu pai me deu minha primeira marionete, uma de madeira com cabelo alaranjado como o meu e um rosto triste. Dei a ele o nome de Hettie. Na última vez que vi Hettie, ele estava dormindo na caminha ao lado da minha... na plataforma do metrô, na estação Blackmire. – A expressão dele passou a ser de súplica. – Me traga Hettie, sr. Renegado, e prometo que vou contar uma coisa que você quer saber.

CAPÍTULO DEZ

— ADMITE. Você teve uma quedinha por ele.

Nova virou o rosto para Mel, o queixo caindo de repulsa. Elas estavam espremidas no amado carro esportivo amarelo de Leroy, com Nova sobre o console central, entre Mel e Leroy.

– Não *mesmo*.

Mel deu uma risadinha e descartou a resposta de Nova com as pontas das unhas douradas brilhosas.

– Pft. Que garota da sua idade não baba por uma correção moral tão verdadeira, por tanta ousadia e puro... *heroísmo*. – Apesar do tom de deboche, havia um ar sonhador nos olhos dela enquanto ela olhava a cidade passar pela janela.

Nova olhou para ela.

– Que nojo.

Leroy riu.

– Acredite, não é o heroísmo que Mel acha atraente, é o poder.

Uma risada aguda escapou de Mel e ela se inclinou para a frente para olhar para ele.

– Ah, o Sentinela não é pra mim, obviamente. Tantos músculos e masculinidade gratuita. – Ela botou a língua para fora. – Mas o Leroy disse uma coisa ótima. Um poder daqueles abala mesmo meu coraçãozinho. Se você disser que não, é mentira.

Nova balançou a cabeça e olhou para a linha de sinais vermelhos à frente, sabendo que Leroy ignoraria a maioria. Por sorte, aquele bairro era uma cidade-fantasma naquela hora da noite.

– De jeito nenhum. Não havia nada de atraente naquele serzinho arrogante, pomposo, carente de atenção...

– Renegado?

– Aspirante a Renegado.

Mel abriu um sorrisinho.

– Seus protestos dizem muito. Mas ainda não encontraram o corpo, não é? Quem sabe, talvez seu Sentinela tenha sobrevivido.

Nova cruzou os braços sobre o peito ao sentir que estava lutando uma batalha perdida.

– Eu o vi ser jogado no rio. Aquela armadura afundou como se fosse feita de concreto. Não tem como ele ter saído rápido o suficiente. – Ela hesitou e acrescentou com uma certa irritação: – Se bem que ele já me surpreendeu.

– Pena – refletiu Leroy. – Eu estava começando a me divertir com sua crítica acalorada sobre o egoísmo dele e... como foi que você falou daquela vez? Que a personalidade dele era tão interessante quanto uma carpa inflada?

– Pensando bem, eu talvez tenha sido meio infeliz nesse comentário – declarou Nova –, considerando essa história de afogamento.

Leroy deu de ombros, mas o movimento súbito jogou o carro na pista oposta. Ele deu um sorriso malicioso e corrigiu a direção.

– Independentemente dos seus sentimentos pessoais, *sejam quais forem* – ele deu um sorrisinho de lado para Mel –, fico triste com a morte do justiceiro. Ele fez mais a favor da nossa causa do que qualquer outro vilão subterrâneo atualmente.

– O Sentinela? A missão pessoal dele era me caçar!

– Quando o mundo acreditava que a Pesadelo estava viva, sim, ele era um problema. Mas desde que você foi declarada morta, ele estava sendo bem útil e vivia constrangendo os Renegados.

Nova balançou a cabeça. Ela não gostava de pensar no Sentinela como sendo um benefício à causa deles. Não gostava de pensar em nada de positivo relacionado àquele bonequinho de ação arrogante.

Mas talvez Leroy tivesse razão. O Sentinela estava bem ativo desde o ataque no parque de diversões e aparecia com frequência na cena de um crime antes mesmo que as patrulhas de Renegados chegassem, embora ninguém soubesse como ele descobria tão rápido sobre os crimes. Ele tinha capturado mais criminosos de nível baixo do que alguns Renegados na carreira inteira, e o sucesso dele era mais devido à recusa de seguir o código de autoridade de Gatlon. Na verdade, alguma coisa dizia que *ele* não teria tido o menor problema em atirar naquele cara que fez a moça do café de refém, mesmo com riscos em potencial.

Mas ainda havia algo nele que dava arrepios nela. O jeito como ele falava, como se o mundo devesse parar para ouvir e ficar encantado com sua inteligência. As poses bobas que ele sempre fazia entre batalhas, como se tivesse lido quadrinhos demais. O modo como ele tentou intimidá-la durante o desfile e como ameaçou Leroy nos túneis. Ele agia como se fosse superior aos Renegados, mas não passava de um herói rejeitado com complexo de poder.

Mas não importava mais. Ele era um incômodo para os Renegados *e* para Nova, e agora estava morto. Em pouco tempo o corpo seria dragado do rio, sua identidade seria revelada, e a história, usada como assunto de discussão para o Conselho lembrar ao povo por que era má ideia ter justiceiros. Os prodígios precisavam entrar para os Renegados ou precisavam guardar seus poderes para si. Pelo menos era o que o Conselho queria que todos acreditassem.

Irritada com a conversa, Nova ficou feliz quando finalmente viu a catedral surgir no alto da colina.

Ou o que já tinha sido a catedral. Agora, era só a casca de uma estrutura. O lado nordeste estava relativamente incólume, mas o resto tinha sido demolido durante a Batalha de Gatlon. A nave e duas torres elaboradas que ficavam na entrada oeste tinham sido reduzidas a escombros, junto com o altar, o coral e os dois transeptos do lado sul. Ainda havia algumas colunas em volta do mosteiro aberto, embora parecessem mais as ruínas de uma civilização antiga do que uma destruição de apenas uma década antes.

Leroy parou em frente ao portão. As ruínas se projetavam no meio de um bairro morto. A batalha tinha destruído os quarteirões da cidade ao redor. Além disso, algumas pessoas tinham medo de que uma radiação perigosa e várias toxinas tivessem vazado para o chão como resultado de tantos superpoderes colidindo, deixando a área inabitável e temida pela maioria da população. Não havia ninguém os vendo. Ninguém que fosse perguntar sobre o carrinho amarelo parado em frente à destruição e nem sobre as figuras misteriosas andando pelo local.

A noite estava nublada. Com o poste de luz mais próximo a quatro quarteirões de distância, estava escuro como breu quando eles passaram por cima da placa que dizia PERIGO – NÃO ENTRE pendurada entre duas estacas de metal. Mel tirou uma lanterna de tamanho industrial da bolsa de tamanho industrial e andou na frente.

Não era mais seguro que eles entrassem nas catacumbas do Ace pelos túneis do metrô, por medo de estarem sendo monitorados pelos Renegados, e demorou um dia inteiro para eles tirarem os destroços que separavam o santuário do Ace da catedral derrubada desde o Dia do Triunfo. Mas agora eles tinham uma nova entrada secreta para suas visitas: uma escada estreita que ficava entre um arco caído e uma coluna de pedra tombada, escondida por um amontoado de bancos quebrados e canos caídos do órgão.

Assim que Nova desceu o primeiro lance de escada, parecia que ela tinha entrado num universo diferente. Não havia sinal da cidade lá embaixo. Não havia sirenes nem vozes irritadas vindo das janelas de apartamentos, nem o barulho dos caminhões de entrega seguindo pelas ruas. Ali não era Gatlon. Era um lugar esquecido. Era um lugar sem Renegados, sem lei, sem consequências.

Ela suspirou.

Não era verdade. Ainda havia consequências. Sempre havia consequências, não importava de que lado ela estivesse. Não importava ao lado de quem lutasse. Sempre haveria alguém decepcionado.

Ela levou a mão ao pulso vazio. Tinha se acostumado com a sensação do comunicador dos Renegados que costumava usar, e agora era estranho ficar sem. Ela o tinha deixado em casa para que, se alguém do quartel-general rastreasse seu paradeiro, não reparasse em nada de suspeito em sua localização.

Eles chegaram à primeira cripta, cheia de sarcófagos de pedra, e Nova sentiu a presença do Fobia, primeiro pelo tremor que percorreu seu corpo e depois pelo jeito como as sombras convergiram para um canto e se solidificaram na forma alta e protegida por uma capa.

Mel apontou a lanterna direto para o capuz, onde devia haver um rosto, mas só havia mais escuridão. Fobia se encolheu de leve e bloqueou a luz com a lâmina da foice.

– Que bom te ver – disse Mel. – Eu estava começando a pensar que alguém tinha feito um exorcismo e te enviado para o mundo inferior.

– Você acredita que eu vim de lá? – disse Fobia, a voz rouca mais sinistra do que o habitual na câmara úmida.

Mel cantarolou baixinho:

– Bom, não acho que seja do interior.

Fobia seguiu atrás deles por outra escada que espiralava para baixo. Uma luz fraca era sentida e vista emanando do subnível mais fundo. Depois que deixaram a escada para trás, eles passaram por uma câmara com teto abobadado de pedra e pilares antigos. As paredes eram cobertas de mais caixões, muitos entalhados com rostos de cavaleiros e homens sagrados, outros com provérbios em latim. Depois da câmara havia uma porta aberta e a fonte de luz: um castiçal com nove velas cônicas. O chão abaixo estava coberto da cera que tinha pingado e formado pequenos montinhos ao longo dos anos até cair no piso de pedra.

Dentro desse último aposento havia uma escrivaninha antiga, pilhas altas de livros, uma cama grandiosa de dossel e ossos. Muitos ossos. Incontáveis órbitas oculares espiando dos crânios vazios. Fêmures e caixas torácicas empilhados em prateleiras. Ossinhos de dedos de mãos e pés enfileirados com a precisão de mosaicos.

E lá estava Ace, sentado na única cadeira do aposento, tomando uma xícara de chá com um livrinho de poesia flutuando na frente do rosto. Ele tomou um gole da xícara de louça ao mesmo tempo que uma das páginas amarelas frágeis virou.

Ace Anarquia. O catalizador de uma revolução. O vilão mais temido do mundo. Mas também tio de Nova. O homem que a salvara. Que a criara. Que *confiava* nela.

Seu olhar se deslocou lentamente pela página amarela e gasta do livro, e só quando chegou ao fim do poema foi que ele desviou o olhar.

– Acey, querido – disse Mel com voz doce –, você está mais magro do que metade dos esqueletos daqui! Você não tem se alimentado? – Ela estalou os dedos. – Nova, tem uns potes de mel no carro. Você pode ser uma fofa e ir buscar?

– Obrigado, Vossa Majestade – disse Ace, a voz rouca e cansada –, mas já consumi mel suficiente por várias vidas.

– Besteira. É alimento dos deuses.

– Entretanto, como mero mortal, fico satisfeito com meu chá.

Mel fez um ruído de "você que sabe" no fundo da garganta e se sentou na beirada de um caixão de mármore. Ela apagou a lanterna e permitiu que o calor dos castiçais os envolvesse.

Nova nunca falava abertamente sobre o estado de saúde do Ace. Mel tinha assumido o papel de enfermeira dedicada e consultora de beleza, e, embora Ace costumasse reclamar de tantas repreensões, os dois caíram com facilidade nessa rotina. Mel comentava sobre a aparência dele, sobre sua saúde, dizia como estava preocupada com ele. Ace rebatia todas as preocupações. Todo mundo seguia em frente.

Nova achava que Ace não deixaria passar se ela apontasse a fraqueza crescente dele como Mel fazia, mas isso não a impediu de se preocupar. Dez anos na catacumba o deixaram tão pálido quanto os companheiros esqueletos e quase tão cadavérico quanto eles. Ele parecia se mover mais devagar cada vez que ela ia fazer uma visita, cada movimento acompanhado de juntas estalando e de caretas de dor, que nem sempre conseguia esconder. E isso quando ele se movia. Na metade do tempo, ficava sentado na poltrona quase em estado de coma, buscando livros e comida com a mente quando seu corpo se recusava a cooperar.

Nova não queria pensar na situação, mas a verdade não podia ser negada.

Ace estava morrendo.

O visionário mais brilhante da época deles. O prodígio mais poderoso da história. O homem que a carregou até a catedral depois que a família dela foi assassinada. Uma garota de 6 anos, e ele a carregou por quilômetros como se não fosse nada.

O livro de poesia se fechou repentinamente e voltou sozinho até uma pilha no canto.

– É um privilégio raro ser visitado por todos os meus irmãos de uma vez – disse Ace. – Aconteceu alguma coisa?

Nova sentiu o peso do foco de todo mundo nela. Ela ainda não tinha contado nada a Leroy e Mel, só que uma coisa importante havia acontecido e ela precisava de uma reunião de emergência... com Ace também.

Ela empertigou os ombros.

– Houve uma apresentação pra toda a organização hoje e... bom, eu tenho boas notícias e más notícias.

– As boas primeiro – disse Leroy. Nova olhou para ele, que deu de ombros. – A vida é curta.

Nova lambeu os lábios.

– Tudo bem. Recebi um elogio público por... hã. Por ter matado a Detonadora.

Um silêncio curto foi interrompido pela risada de Mel.

– Ah, querida. Nós temos que trabalhar no seu discurso. Você faz o elogio parecer uma sentença de morte.

– Bom, não foi um momento de muito orgulho pra mim, né?

– E por que não? – questionou Ace, e, embora falasse baixo, ele ganhou a atenção de todo mundo imediatamente. Até a capa do Fobia pareceu tremer quando ele virou a cabeça para o líder. – Ingrid pode ter sido uma ótima aliada por muitos anos, mas estava ficando impaciente e egoísta. Ela traiu você e, ao fazer isso, traiu todos nós. – Ele sorriu e a mudança fincou rugas fundas nas bochechas. – Vejo a morte dela como o sacrifício mais digno que ela podia ter feito, especialmente porque te fez conquistar muito respeito dos nossos inimigos. Isso por si só já vale mil explosivos da Ingrid.

O nó no peito de Nova se afrouxou.

– Obrigada, tio.

– E as más notícias? – perguntou Leroy, se balançando.

O nó voltou na mesma hora.

– O motivo principal da apresentação de hoje... – Nova respirou fundo e contou tudo que ouviu sobre o Agente N. Há quanto tempo os Renegados estavam desenvolvendo a substância. O que era capaz de fazer. O fato de que todas as unidades de patrulha a carregariam quando terminassem o treinamento.

Por fim, ela contou sobre o Titereiro.

– Bom, se tinha que ser algum de nós – disse Mel, batendo com as unhas na tampa do caixão –, fico feliz que tenha sido ele.

Nova a encarou, consternada.

– Ah, para – disse Leroy ao reparar na reação dela. – Você sempre odiava quando o Winston usava os poderes dele.

Nova olhou para ele de cara amarrada, as bochechas ficando quentes. Pareceu uma acusação, e uma que ela não gostou que fosse feita na frente do Ace. Mesmo que fosse verdade. Havia uma parte dela, e não era uma parte pequena, que não ficou triste de saber que o Titereiro não existia mais. Que nenhuma criança seria obrigada a sofrer o controle mental que ele podia exercer com os fios brilhosos e sinistros.

Isso a tornava tão ruim quanto os Renegados, que estavam entusiasmados com o Agente N e suas possibilidades? E a tornava traidora dos Anarquistas, sua família?

– Os Renegados não podem decidir quem fica com superpoderes e quem não fica – disse ela, o maxilar contraído.

– E a quem deveríamos entregar essa decisão? – perguntou Fobia. – Ao destino? Aos caprichos da sorte? O Titereiro era um tolo e agora está sofrendo as consequências.

Nova ficou surpresa de ver que ninguém parecia chateado. Winston estava com eles havia tanto tempo. Seria possível que, mesmo por tantos anos, ele tivesse sido apenas tolerado?

Por algum motivo, o pensamento a deixou triste.

– Então, nós perdemos a Detonadora e o Titereiro – disse Ace. – Nossos números estão diminuindo.

– E estaremos todos encrencados quando esse agente neutralizador for aprovado para uso – disse Nova.

– Como eles puderam criar um veneno assim? – perguntou Leroy, massageando a mandíbula. – Deve ser uma maravilha da engenharia química.

– Desconfio que estejam usando a criança – disse Ace.

Nova se virou para ele. Tinha evitado contar para os Anarquistas sobre Max, temendo que algum deles pudesse querer ir atrás dele especificamente. Mas claro que Ace sabia da existência dele. Foi Max quem tirou um pouco dos poderes dele durante a Batalha de Gatlon.

– Que criança? – perguntou Mel.

– Uma cuja presença pode sugar o poder das nossas almas. – As pálpebras do Ace se fecharam e ele se encostou na cadeira. – Não tenho dúvida de que ele teve uma função no desenvolvimento desse... desse Agente N.

– S-sim – disse Nova. – Ele é chamado de Bandido. – Falar aquilo parecia traição, mas ela tentou ignorar o sentimento. Sua lealdade estava *ali*, não numa quarentena no Quartel-General dos Renegados.

Mas Ace abriu os olhos de novo e estavam ardendo.

– Ele é uma abominação.

Nova deu um passo para trás, surpresa com a veemência dele e a injustiça daquela declaração. Ela queria ser solidária com Ace e o ressentimento que ele devia ter por Max por tantos anos. O bebê que o enfraqueceu, que custou tudo a ele.

Mas... Ace sempre lutou pelos direitos dos prodígios. Por liberdade e igualdade. Chamar Max de abominação por um poder que ele não era capaz de controlar ia contra tudo que Ace tinha lhe ensinado.

Ela queria dizer isso, queria defender o garoto, mas as palavras não saíram.

– Nós temos que saber mais – disse Leroy. – Como a substância funciona, como planejam administrá-la, quais podem ser suas limitações.

Nova assentiu.

– Começamos o treinamento semana que vem. Vou descobrir mais. Você acha... se eu conseguir roubar uma amostra, você acha que consegue replicar?

Ele franziu a testa, em dúvida.

– É improvável sem a... matéria-prima.

Ela supôs que ele estivesse falando do Bandido.

– Mas eu gostaria de estudá-la e ver o que podemos aprender.

– Se você fizer uma amostra falsa, pode ser que eu consiga trocar – sugeriu Nova.

– Nossos esforços precisam ir além de descobrir as propriedades dessa substância – disse Fobia, entrando na luz da vela. – Nós temos que pensar em como pode ser usada como arma contra nossos inimigos.

– Concordo – murmurou Ace. – Nossa Pesadelo trouxe essa notícia como um problema a ser superado, mas... acho que você pode ter nos contado sobre nossa salvação.

– Salvação? – comentou Mel. – Aqueles tiranos querem tirar nossos poderes!

– De fato – declarou Ace –, e a busca deles por poder os levou a criar o que pode ser o fim deles. Como Nova falou, eles são tão vulneráveis a essa arma quanto nós. Se conseguirmos encontrar uma forma de usá-la, como Fobia sugeriu, podemos voltá-la contra eles.

– Esperem aí – disse Nova. – Encontrar uma forma de nos proteger é uma coisa, mas mesmo que pudéssemos botar as mãos no Agente N e encontrar uma forma de usá-lo contra os Renegados... que diferença tem isso do que eles querem fazer com a gente? – Ela olhou para Ace. – Você começou sua revolução porque queria autonomia e segurança pra todos os prodígios, mas isso é só outra forma de perseguição.

– O que você propõe, pequena Pesadelo? – perguntou Ace. – Nós não podemos derrotar os Renegados em uma batalha de habilidades. Eles são muitos e nós somos poucos. Eles precisam ser enfraquecidos pra serem derrotados.

– Mas se neutralizarmos os poderes de todos os prodígios que acreditam em coisas diferentes de nós... – Ela gemeu de frustração. – Não pode ser isso que você tinha em mente. Não pode ser por isso que sempre lutamos. Acabaríamos ficando iguais a eles.

– Não acabaríamos, não. – A voz do Ace se espalhou pela catacumba. – Isso é um meio pra chegarmos a um fim. Vamos acabar com os Renegados e reconstruir nosso mundo sobre as cinzas deles.

Imparcialidade. Justiça. *Paz.* Esses são ideais pelos quais vale a pena fazer sacrifícios.

– Mas você está falando do sacrifício *deles*. Dos poderes deles, das vidas deles...

– *Eles* são o inimigo. *Eles* fizeram suas escolhas, assim como Ingrid e Winston. Todo mundo precisa assumir a responsabilidade das suas decisões. Todo mundo precisa sofrer as consequências. É a única forma da verdadeira justiça prevalecer. – Ace começou a se levantar, impulsionado pela força de suas crenças, mas caiu rapidamente na cadeira de volta. Um acesso de tosse veio com tudo e ele escondeu a boca na manga.

Nova e Mel ameaçaram ir na direção dele, mas Ace levantou a mão e fez sinal para que ficassem onde estavam.

Nova retorceu as mãos, odiando o som da tosse rouca. Seus olhos começaram a lacrimejar ao ver os dedos dele enterrados no braço da poltrona, lutando contra uma dor que ela nem conseguia imaginar.

Ele precisava de um médico. Precisava de um hospital. Precisava de um dos curandeiros dos Renegados.

Mas, claro, isso não era uma alternativa possível.

– Acho que você devia se deitar – murmurou Mel quando a tosse parou.

– Daqui a pouco, daqui a pouco – disse Ace, a voz rouca. – Nova. Descobriu mais alguma coisa sobre o meu elmo?

Nova se empertigou. Nisso, pelo menos, ela havia feito algum progresso.

– Ainda não, mas meu pedido de trabalhar no armazém de artefatos foi aprovado. Eu começo amanhã. Se o elmo estiver lá, como o Guardião Terror falou, vou encontrar.

E tinha que estar. Nenhum artefato era tão poderoso quanto o elmo do Ace, que ele usava para ampliar sua habilidade de telecinese. Sem o elmo, ele conseguia erguer um livro e uma xícara de chá com facilidade, mas teria dificuldade em erguer qualquer coisa mais pesada do que um sofá.

Mas *com* o elmo... ele seria imbatível. Poderia destruir os Renegados e tudo que eles tinham construído praticamente sozinhos.

Os Renegados tiveram sorte quando o derrotaram da última vez, usando Max e sua absorção de poder. Os Anarquistas não cairiam nesse truque de novo.

– Que bom, que bom. – Ace expirou. – Descubra o que puder sobre esse Agente N, mas não perca seu objetivo principal de vista. Use o garoto se precisar.

Nova piscou sem entender.

– O Bandido?

Ace arquejou. A tosse deixou seu rosto manchado e vermelho, e, embora a respiração ainda estivesse fazendo barulho, ele parecia quase energizado.

– *Ele* está com meu elmo?

– Hã... acho que... – Ela parou de falar.

Ah.

Ele quis dizer o *outro* garoto.

– Sua parceria com o garoto Everhart continua sendo uma das melhores coisas que você conquistou até agora – disse ele. – O nome e as alianças familiares dele têm um poder próprio que podemos precisar explorar.

– Sim, poder – disse Mel, os olhos rindo na luz das velas. – Eu falei que era atraente.

Nova olhou para ela de cara feia.

– Não sei bem o quanto vou conseguir... *explorar* Adrian. Ele é o líder da minha unidade de patrulha, mas nós não... nos falamos muito ultimamente.

Era uma verdade simples, mas que fez sua respiração travar.

As coisas não foram mais as mesmas depois do parque de diversões, e Nova sabia que a culpa era sua. Adrian tentou beijá-la. Por um momento, ela até achou que poderia querer que ele a beijasse. Que poderia *gostar*.

Mas ela estragou tudo. Fugiu correndo. *Literalmente*. Ela nem lembrava que desculpa deu na época, mas lembrava bem a rejeição que apareceu no rosto dele.

Ele não tentou beijá-la mais depois daquilo. Nem a convidou para sair. Não tentou ficar sozinho com ela nem levou sanduíches no meio da noite, nem passou pela casa dela para ver se ela estava bem. Todas aquelas coisas que pareceram uma chateação antes, mas agora...

Por mais que ela odiasse admitir, mesmo para si mesma, ela sentia falta dele. Sentia falta do jeito como ele olhava para ela. Ninguém nunca tinha olhado para ela do jeito como Adrian Everhart olhava.

– Você tem medo... – declarou Fobia. – Tem medo de sentir profundamente, medo de que a verdade vá...

– Chega – interrompeu Nova, quase gritando. – Não preciso de avaliação agora, obrigada.

– Algum problema? – perguntou Leroy. – Você não está brigando com sua equipe, está?

Ela balançou a cabeça.

– Não, está tudo bem. Nós só andamos ocupados com as patrulhas, e eu... estou concentrada em encontrar o elmo e descobrir as fraquezas do Conselho e... um monte de outras coisas muito importantes de reconhecimento.

– Ah, mas, criança – disse Ace –, nós já conhecemos uma das maiores fraquezas do Conselho. – Ele riu e o som fez Nova se remexer de incômodo. – Você fez amizade com o filho dos nossos inimigos. Não desperdice essa vantagem. Conquiste a confiança dele. Conquiste o respeito. – Ele fez uma pausa e acrescentou: – Conquiste o afeto dele. E, quando chegar a hora certa, vamos usá-lo como uma vantagem considerável.

A pele de Nova ficou arrepiada com a ideia de conquistar o *afeto* de Adrian, mas ela se obrigou a assentir.

– Claro. Vou fazer o que puder.

Fazer o que puder. Para encontrar o elmo. Para saber mais sobre o Agente N. Para se aproximar de Adrian Everhart. Seu peito se apertou com o peso das expectativas cada vez maiores deles.

Ela *estava* fazendo o que podia, mas, no momento, estava fazendo o que podia para não exibir o pânico crescente.

Ela era capaz. Não fracassaria.

– Eu sei, pequena Pesadelo – disse Ace. – Tenho fé em você. E, quando você conseguir, vamos ascender de novo. Vamos ascender de novo.

CAPÍTULO ONZE

NOVA SAIU DO ELEVADOR no décimo quarto andar do quartel-general. Esperava um espaço moderno e chique como o saguão principal ou como o escritório do Conselho na cobertura ou os salões de treinamento no subsolo. Esperava móveis brancos brilhantes e iluminação industrial. Esperava um sistema elaborado de requisição e fornecimento, automatizado, com computadores e máquinas. Esperava um laboratório agitado, onde armas eram inspecionadas e relíquias eram preservadas. Como já tinha trabalhado no sistema de catalogação de armas, ela sabia como a coleção era extensa, e tinha imaginado que o armazenamento seria tão elaborado e monitorado quanto a divisão de pesquisa e desenvolvimento ou as salas de treinamento virtuais.

Por isso mesmo, assim que saiu no andar que abrigava os depósitos de armas e artefatos, ela curvou o lábio de surpresa... e decepção.

A pequena área da recepção era despretensiosa de todas as formas. Duas escrivaninhas de madeira diferentes entre si a receberam, mas não havia ninguém sentado atrás delas. Uma só tinha um computador, um pote cheio de canetas e uma prancheta. Já a segunda estava cheia de globos de neve e bibelôs de elefante e um vaso de cerâmica com pintura extravagante com uma hera. Um calendário diário de papel estava quase uma semana atrasado. Uma caneca de café do Luz

Negra guardava tesouras, furadores e doces, junto com canetas com flores falsas na ponta.

Uma plaquinha dizia:

Tina Lawrence
"Foto Instantânea"
Diretora, Armas e Artefatos

Alguém tinha desenhado uma carinha sorridente ao lado do nome da Tina Lawrence com tinta com purpurina.

Paredes cercavam as duas mesas, mas havia uma porta grande entreaberta à direita de Nova, pela qual ela ouviu um assobio animado. Ela se aproximou da porta e a empurrou mais um pouco. A sala que ela viu estava cheia de arquivos. Uma mulher que devia ter quase setenta anos estava inclinada na frente de uma gaveta, mexendo em arquivos. Tinha uma franja branca e usava óculos roxos de gatinha. Fez uma pausa em um arquivo e guardou um saquinho plástico cheio de pedrinhas dentro para depois fechar a gaveta. Pegou uma pasta em cima, marcou uma coisa no papel e se virou.

Ao ver Nova, ela soltou um ruído de surpresa e quase caiu com a pasta apertada contra o peito.

– Desculpe – disse Nova. – Eu não estava tentando assustar você. Sou...

– Nova McLain, sim, sim, claro – disse a mulher, tirando os óculos de leitura com timidez e os colocando no alto da cabeça. – Já são dez horas?

– Ainda não. Cheguei cedo. – Nova olhou para o cesto de sacos plásticos que a mulher estava guardando, mas não conseguiu ver o que havia dentro. – É melhor eu voltar depois?

– Ah, não, tudo bem. – A mulher foi na direção dela e ofereceu a mão. – Sou Tina.

Nova apertou a mão dela. Embora a proposta de contato de pele tenha parecido um sinal de confiança extrema quando ela se juntou aos Renegados, agora já estava acostumada. Era um lembrete de que ninguém sabia quem ela era de verdade.

– Foto Instantânea, né? – disse ela, puxando a mão. – Fiquei curiosa com o codinome.

Tina bateu com um dedo na têmpora.

– Só de inspecionar um objeto, consigo perceber se carrega poderes extraordinários ou não. Quando meus olhos pousam em um objeto prodigioso, parece que uma câmera se fecha na minha visão e guarda eternamente o objeto na minha memória. É útil na minha linha de trabalho aqui, mas não muito mais do que isso.

Nova procurou ressentimento no tom dela, mas não encontrou nenhum.

Tina passou por ela e foi para a pequena área da recepção.

– Vamos preparar as coisas pra você. Assim, você pode começar a se familiarizar com o sistema. Callum vai chegar daqui a pouco e vai te mostrar tudo. – Ela botou a pasta na mesa amontoada e foi para trás da escrivaninha quase vazia. – Ele é o encarregado do estoque e da manutenção. Quando você estiver familiarizada com o sistema, nós vamos precisar de muita ajuda no cofre.

– No cofre? – disse Nova, ficando mais alerta.

Tina balançou a mão distraidamente na direção da parede dos fundos.

– É só como a gente chama. Houve uma chegada de muitos itens novos ultimamente por causa da biblioteca e da moradia dos Anarquistas. Tenho uma prateleira inteira lá dentro cheia de acessórios de cabelo da própria Abelha-Rainha, acredite se quiser.

Nova tossiu.

– Ah, é?

– Que foram deixados quando os Anarquistas abandonaram a *toca*.

Ela disse *toca* como se fosse uma palavra suja.

– Mas, agora – continuou Foto Instantânea, o tom se animando –, acho que vamos mandar você monitorar os empréstimos. Este é o nosso formulário de saída. – Ela empurrou a pasta com uma tabela quase toda em branco para Nova. – Não é o sistema mais tecnológico do mundo, mas você sabe o que dizem. Em time que está ganhando... – Ela parou de falar.

Nova abriu um sorriso apertado. Ela sempre achou que não era porque um time estava ganhando que não seria bom implementar melhorias. Mas não pareceu inteligente emitir opinião contrária nos primeiros cinco minutos do trabalho novo.

Havia umas seis folhas de papel enroladas sobre a prancheta. Nova puxou a folha da frente e olhou as colunas.

NOME (CODINOME)	OBJETO (Nº DO OBJ)	DATA DE SAÍDA	DATA DE DEVOLUÇÃO
Zak Ashmore (Enxurrada)	Dente de Serpente (H-27)	14/06	19/06
Norma Podavin (Madame Pântano)	Lanterna estelar (P-14)	17/06	
Glen Kane (Pulverizador)	Arcelia (J-60)	17/06	02/07
Fiona Lindala (Peregrina)	Besouro mecânico (O-139)	25/06	03/08

Ela não reconheceu nenhum dos nomes e codinomes na tabela, mas reconheceu alguns objetos retirados. Nova virou a página de novo e seu coração acelerou. *Capa de Sol. Chave da Verdade. Relógio de Bolso de Zênite.*

– Eu não sabia que essas coisas podiam ser emprestadas.

– Bom, você não está aqui há muito tempo, né? – perguntou Tina. – Todos os novos recrutas precisam de noventa dias para poderem acessar os estoques.

Nova colocou a pasta na mesa.

– Como a gente encontra o que está disponível pra empréstimo? Tem um catálogo, por acaso?

– Só a base de dados – disse Tina. – Você sabe sobre a base de dados, né?

Nova assentiu. Ela tinha passado um tempo catalogando as armas novas que foram confiscadas do Bibliotecário, um negociante de armas do mercado clandestino, para que se familiarizasse com o sistema. Mas ninguém tinha dito nada sobre as informações estarem abertas a todos os Renegados, nem que eles podiam *pegar emprestado*.

– Mas tem limitações, né? Vocês não deixariam qualquer um entrar aqui e pegar – Nova hesitou e considerou as próprias palavras para ter certeza de não estar exagerando na escolha –, sei lá, o elmo do Ace Anarquia, por exemplo.

Tina riu e começou a remexer numa gaveta.

– Ah, claro. Seria muito útil no estado em que está.

Nova franziu a testa. Tina estava se referindo à mentira que os Renegados tinham divulgado para o público durante dez anos de que o elmo do Ace Anarquia tinha sido destruído?

– Mas você está certa – acrescentou Tina, entregando um fichário de três aros para Nova. – Cada objeto tem um código baseado na usabilidade e no nível de perigo. Os objetos mais perigosos exigem autorização de nível mais alto. Aqui tem todas as informações de que você precisa. Os níveis de código estão explicados na página quatro, e o procedimento de empréstimo na sete. Por que você não começa a ler enquanto esperamos Callum?

Nova pegou o fichário e se sentou à escrivaninha. Tina se ocupou mexendo nas pilhas de papéis por um momento e depois sumiu na sala dos fundos de novo.

Nova abriu a capa do fichário. Na primeira página havia um ensaio curto descrevendo a importância de manter a integridade histórica dos artefatos que faziam parte da coleção dos Renegados. A página dois listava as expectativas de qualquer Renegado que quisesse usar uma arma ou artefato. Um papel colado no alto da página observava que cada Renegado precisava assinar uma cópia das regras para seus arquivos antes de poder retirar o primeiro objeto.

A terceira página delineava os passos de busca e retirada, seguidos do procedimento de devolução de um objeto e sua colocação no lugar certo.

Como Tina falou, a quarta página listava os vários códigos e limitações dos artefatos e como eles eram categorizados no sistema maior. Eram divididos em tipos: armas de combate mano a mano, armas de longa distância, explosivos e a vaga e curiosa categoria *sem precedentes*. Havia fontes de poder: geradas pelo usuário, geradas pelo oponente, elementais, desconhecidas, outros. Havia níveis de perigo numa escala de zero a dez. Alguns objetos eram classificados pela facilidade de uso: alguns podiam ser operados por qualquer pessoa, até não prodígios, enquanto outros estavam ligados a um usuário específico e seriam inúteis nas mãos de qualquer outra pessoa, como a coroa que tinha sido usada por um prodígio chamado Caleidoscópio.

Nova olhou para a frente e viu que Tina tinha fechado a porta da sala de arquivo.

Ela mordeu a bochecha por dentro, ligou o computador e abriu a base de dados dos objetos.

Ela havia feito o download de um registro da coleção de artefatos semanas antes, mas, na ocasião, uma busca pelo elmo do Ace não deu em nada. Ela não chegou a parar e examinar a lista melhor. Talvez o departamento tivesse um registro mais completo.

Ela digitou uma busca no formulário.

`Ace Anarquia`

Dois objetos apareceram na lista. Uma relíquia de pedra encontrada nos destroços da catedral que tinha servido de abrigo para Ace Anarquia antes da morte dele (importância: histórica; nível de perigo: zero; aplicações: nenhuma). Também tinha uma coisa chamada Lança de Prata.

Nova clicou no link e ficou surpresa de descobrir que, apesar do nome, a Lança de Prata não era de prata, mas sim de cromo. Era o dardo que o Capitão usou para tentar destruir o elmo e que estava guardado agora junto com o resto das armas criadas por prodígios no armazém.

Ela voltou ao campo de busca e tentou *Alec Artino*, o nome de batismo do Ace, mas não encontrou resultados.

Ela tentou *Elmo*.

Uma lista surgiu na página. *Astro-Elmo. Elmo de Cylon. Elmo da Desilusão. Kabuto da Sabedoria. Capacete de Ouro do Titã.*

Nenhum era do Ace.

Apesar da decepção, ela teve uma fagulha de interesse pela mera amplitude da coleção. Lembrava-se de ter lido sobre o elmo de Cylon e como Phillip Reeves confundiu um batalhão inimigo inteiro com ele durante a Guerra das Quatro Décadas, apesar de, supostamente, ele não ser prodígio. E que Titã sobreviveu de ser esmagado numa avalanche, feito que muitos atribuíam ao seu capacete. Alguns daqueles artefatos eram tão míticos que Nova tinha dificuldade de acreditar que eram reais e mais dificuldade ainda de acreditar que estavam guardados num armazém sem graça no décimo quarto andar.

E as pessoas podiam... *retirar* esses objetos?

O elevador apitou. Nova se empertigou, esperando um estranho, o tal Callum que Tina mencionara, mas sua expressão educada vacilou quando seus olhos pousaram numa garota pálida e magrela com cabelo preto brilhoso acima dos ombros.

Pega. Uma Renegada e uma ladra, embora o resto da organização parecesse disposto a deixar o defeito de lado.

Nova passou a mão em volta da pulseira que seu pai tinha feito quando ela era criança, uma de suas últimas criações antes de ele ser assassinado. Pega tinha tentado roubá-la durante o Desfile dos Renegados. E teria conseguido se Adrian não tivesse visto acontecer.

Nova ainda tremia quando pensava em como Adrian segurou seu pulso e redesenhou o fecho na pele.

Pega parou quando viu Nova, e o rubor de desprezo das duas devia ter sido idêntico. A garota estava carregando uma cesta de plástico, que ela carregou até a mesa de Nova e largou no chão com um estrondo.

– Divirta-se – disse ela com cara amarrada. Ela deu meia-volta e foi na direção do elevador.

– Espera. – Nova se levantou da cadeira e contornou a escrivaninha. – O que é isso?

Pega soltou um suspiro melodramático, com ombros murchos, olhos revirando e tudo.

– Você é nova, né?

Nova contraiu a mandíbula. Agachou-se e tirou a tampa da cesta. Dentro, ela viu o que parecia ser um monte de lixo. Um saca-rolhas.

Um cinzeiro de metal. Uma pilha de cartões-postais velhos com fotos de Gatlon de antes da Era da Anarquia.

– Estou na equipe de limpeza – disse Pega, apoiando as mãos fechadas nos quadris. – Você sabe como é, depois que seus amigos de patrulha fazem a maior zona, *de novo*, nos mandam até o local pra arrumar as coisas e pegar qualquer objeto que possa ser útil. – Ela empurrou a cesta com o pé. – Aqui estão nossas últimas descobertas. Pra vocês catalogarem ou o que quer que vocês façam. Aqui só tem lixo, se você quiser minha opinião.

– Não estou surpresa – disse Nova –, considerando que qualquer coisa de valor que você encontre é capaz de ir parar nos seus bolsos e não no sistema dos Renegados, né?

Pega retribuiu o olhar e elas ficaram paradas num silêncio carregado de ódio mútuo por um momento antes da garota dar outro suspiro de exasperação.

– Não enche. Eu fiz meu trabalho. Agora, faz o seu. – Ela se virou e saiu andando.

Nova pegou uma boneca no topo da pilha, e uma coisa metálica chamou a sua atenção.

– Espera – disse ela, enfiando a mão na cesta. Seus dedos envolveram a beirada da peça curva de metal e ela a tirou de dentro.

Sua pulsação acelerou.

Era a máscara da Pesadelo. *Sua* máscara.

CAPÍTULO DOZE

– ONDE VOCÊ CONSEGUIU ISSO? – perguntou Nova.

Pega apertou o botão do elevador e se virou lentamente, a expressão de puro desinteresse.

– Onde você acha? – respondeu ela, mal olhando para a máscara. – Tirei dos escombros do parque Cosmopolis. Você estava lá nesse dia, não estava? – Ela cruzou os braços. – Os superiores acharam que devia ser arquivada, mas nem ligo se você jogar fora. É só um pedaço de alumínio modelado. Até eu conseguiria fazer uma igual se quisesse.

Nova dobrou os dedos na defensiva.

– Isso tem muito tempo. Por que você só trouxe agora?

Pega ergueu a sobrancelha em desafio.

– Porque no último mês ficamos remexendo no lixo que foi deixado pelos Anarquistas patéticos nos túneis do metrô. Eu mereço uma medalha pelo tanto de lixo que tive que olhar. Não havia nada de valor e nadinha que ajudasse na investigação. Uma perda de tempo, tanto isso quanto *aquela* casa maluca. Mas – ela levantou as mãos – o que eu tenho com isso? Sou só uma trabalhadora.

– Vocês encontraram mais alguma coisa... interessante?

– Tipo partes de corpos? Minha habilidade não funciona com carne humana.

– E... também não tinha nada nos túneis?

O elevador apitou e Pega se virou.

– É você que tem que catalogar, né? Acho que você vai descobrir.

Nova amarrou a cara. Ficou parada no mesmo lugar ainda segurando a máscara.

– E *como* seus poderes funcionam, afinal? Você é tipo um detector de metais ambulante? Um ímã? Como é isso?

As portas se abriram e revelaram um garoto magrelo com cabelo castanho desgrenhado e sardas. O rosto dele se iluminou quando ele viu Pega.

– Pega Maria, você por aqui? Trouxe algum tesouro hoje? – Ele tentou bater com o punho no dela, mas ela o ignorou e passou direto para entrar no elevador.

– Esse não é meu nome – respondeu ela com desprezo, e enfiou o polegar em um botão. – E os meus *poderes* – disse ela, olhando para Nova com cara amarrada – não são da sua conta.

O garoto deu um passo para trás quando a porta se fechou.

Nova aproveitou a distração e enfiou a máscara de metal na cintura da calça por trás. Os objetos que não estivessem na base de dados não tinham sido recebidos, certo?

– Essa garota precisa relaxar – disse o garoto, se virando para Nova. – Mas ela traz umas coisas legais. Uma vez, tirou uma caixa de música antiga do fundo da baía Harrow. Não tinha nenhum poder especial, mas mesmo assim era tão legal! – Seu sorriso se alargou. – *Você* deve ser a famosa Insônia. – Ele praticamente pulou até ela e esticou a mão. – Callum Treadwell. É um prazer.

– Nova – disse ela, apertando a mão dele. – Tina disse que você me mostraria tudo.

– Posso fazer isso, sim. – Callum pegou a cesta de plástico e a colocou embaixo da escrivaninha. – Tem umas coisas muito legais aqui. Você vai adorar. Vem.

Ele foi na direção da sala de arquivos sem verificar se Nova estava indo atrás. Abriu a porta, cumprimentou Tina com a mesma atenção que tinha dado a Nova e Pega e passou direto pelas fileiras de arquivos a caminho de uma porta maior de metal no fundo da sala.

– Aqui é a sala do arquivo – disse ele, indicando os armários de metal. – Qualquer papel ou documento histórico que tenhamos sobre os artefatos são guardados aqui, junto com objetos que sejam pequenos demais e poderiam se perder nas estantes grandes. São coisas como fulgurito fundido por descarga elétrica de um relâmpago, poeira espacial com partículas carregadas, feijões mágicos, coisas assim.

– Feijões mágicos?

Callum parou na porta e lançou um olhar ansioso para ela.

– Nunca se sabe.

Ele passou o comunicador por um leitor digital e Nova ouviu as trancas estalando. Callum empurrou a porta com o ombro.

– E aqui – disse ele, levantando os braços como um apresentador de circo revelando um grande espetáculo – fica o cofre.

Nova entrou atrás dele. A porta se fechou.

O cofre era enorme e ocupava todo o décimo quarto andar do prédio. Só não era totalmente aberto por causa das vigas estruturais do edifício e das fileiras e mais fileiras de prateleiras industriais. Era de concreto frio e aço com luzes fluorescentes no teto, sendo que uma estava piscando no canto da visão de Nova.

Mas ela ficou sem ar mesmo assim.

– Aquilo é... o Escudo da Serenidade? – perguntou ela, apontando.

– Ah, você é fã! – Callum foi na direção da prateleira e ergueu o escudo com o cuidado que teria com um vaso de valor incalculável. – O próprio. Doado pela Serenidade em pessoa. Em condição quase impecável, exceto por esse amassado aqui. – Ele virou o escudo e mostrou a Nova. – Um estagiário o deixou cair alguns anos atrás. Não fui eu, juro! – Ele baixou a voz para um tom conspiratório. – Mas, se alguém perguntar, o dano foi feito numa batalha.

Callum botou o escudo no lugar e foi andando pelo corredor.

– O cofre é organizado por categorias. Tina mostrou o fichário? Está tudo lá. Dentro de cada categoria, cada objeto ganha um número e é armazenado em ordem. Exceto pelas armas, que são por ordem alfabética e *depois* pelo número. Todas as espadas e as espingardas vão estar juntas na seção de armas, mas aqui, nos artefatos, um cálice pode estar num corredor completamente diferente de uma cota de malha, por exemplo. A não ser que tenham sido inseridos no sistema juntos, e, nesse caso, teriam números subsequentes. Parece confuso, mas você vai pegar o jeito.

– Tem mesmo algum cálice? – perguntou Nova.

Callum se virou para ela, mas continuou andando enquanto balançava os braços.

– Tem! Tem a Taça da Viúva. É só colocar uma aliança de casamento dentro que a taça transforma automaticamente qualquer vinho em veneno. *Incrível*, né? Não se engane pelo título com gênero específico, funciona em esposas também. – Ele balançou a cabeça. – Eu adoraria saber como descobriram algumas dessas coisas.

Ele seguiu por um corredor central com fileiras de estantes ao longe, tão longe que Nova não conseguia ver até onde iam. Ela seguiu os passos dele, tentando ignorar a máscara apertando a coluna.

Callum recitou as várias categorias enquanto eles andavam.

– Armaduras corporais aqui e trajes deste lado. Aquele tipo de coisa: capas icônicas, máscaras, conjuntos de botas e cintos com cores combinando, coisas assim. Muita coisa nostálgica. Quando tiver oportunidade, você devia dar uma olhada no macacão do Raios Gama. É uma obra de arte.

Nova viu um manequim usando a armadura inconfundível da Chapa de Ebulição e outro com o traje do Ninja Azul, que era, conforme Nova reparou, mais de um tom verde-mar.

Callum prosseguiu.

– Aqui temos artefatos de proteção, sendo o mais notável o Escudo do Magnetron. Atrás daquelas portas sinistras – disse ele, apontando para duas portas fortificadas de cromo na parede mais distante – fica o arsenal oficial. Falando assim pode parecer impressionante, mas é onde estão as armas básicas. Uma espada que é só uma espada, uma besta que é só uma besta. Que não têm poderes especiais, mas continuam sendo úteis para muitos Renegados. Também é lá que guardamos a artilharia pesada, como armas e bombas e tal. *E*... – ele levantou os braços – ... o que você mais estava esperando! Nossa coleção de belos artefatos sobrenaturais, específicos de prodígios e simplesmente históricos. Temos brincos que fornecem poder. Luvas de boxe equipadas com superforça. Um tridente carregado de relâmpagos. E tantas coisas mais. É um tesouro de surpresas e maravilhas. Inclusive meu favorito: A Cimitarra do Sultão, que dizem que pode cortar qualquer material do planeta, exceto o invencível Capitão Cromo.

Ele abriu um sorriso para Nova, e ela não conseguiu identificar se ele estava sendo sarcástico, então abriu um sorriso irônico.

– Alguém tentou?

O sorriso dele vacilou e Nova se virou antes que ele pudesse decidir se ela estava brincando. Ela viu uma pilha de ossos numa prateleira próxima, embora não conseguisse identificar de que animal eram, e um prato raso de bronze em outra. Em um corredor, ela viu uma algema de ouro. No seguinte, uma roda de pedra que era da altura dela.

Andar pelo armazém dava a sensação de andar por um museu abrangente da história dos prodígios, mas ela estava sentindo mesmo uma irritação pelo fascínio de Callum em relação aos objetos ao redor. Ele nem estava tentando esconder o quanto amava tudo, e pareceu tão impressionado com a pá de prata que tinha o poder de liquefazer terra quanto por um pincel que transformava segredos em retratos pintados e fez o infeliz artista ser queimado na fogueira no século XVII.

Conforme eles andavam pelo cofre, ela supôs que Callum não era prodígio. Só civis ficavam empolgados *assim* com superpoderes e objetos sobrenaturais. Além do mais, ele não estava de uniforme. Ela se perguntou se pareceu mais seguro dar o trabalho de cuidar de objetos tão poderosos para alguém que não seria capaz de usar a maioria, mesmo se tentasse.

– E o que você faz aqui? – perguntou Nova quando Callum terminou de contar sobre o prodígio do século XV que defendeu sozinho um vilarejo inteiro de conquistadores usando apenas seus poderes de manipulação da flora e um galho tirado de um salgueiro. (O galho estava dois corredores depois.) – Você é historiador de prodígios?

– Poderia ser mesmo – disse ele, rindo. – Mas não. Eu catalogo, limpo, pesquiso, separo, guardo... o que Foto Instantânea precisar que eu faça.

– Eu gostaria de ajudar com isso tudo – disse Nova, segurando o entusiasmo. – Sou fascinada por isso tudo e quero aprender o máximo que puder. Foto Instantânea disse que eu começaria trabalhando na mesa de empréstimos, mas eu gostaria de vir fazer mais coisas aqui dentro depois. Catalogar, limpar... posso fazer tudo isso.

– Que ótimo – disse Callum, batendo as mãos. – Cuidar da mesa de empréstimos pode ser bem chato. Só que, às vezes, algum Renegado pode não saber direito o que está procurando, ou que armas vão funcionar bem com as habilidades específicas deles, e nós ajudamos a descobrir as melhores opções. Isso também é muito legal. A gente aprende à beça sobre os super-heróis que temos. – O olhar dele brilhou quando ele apontou para Nova. – Fico feliz de você também gostar de artefatos porque pode parecer meio lento aqui depois de participar de patrulhas e emboscar o Bibliotecário e lutar com a Detonadora e tudo mais que você fez. Essa experiência aqui vai ser bem mais tranquila, mas também muito gratificante.

– Parece perfeito.

– Legal. – Callum apontou com o polegar na direção da recepção. – Vamos te acomodar e ver que coisas a Pega trouxe.

– Espera – disse Nova, olhando a parede dos fundos do cofre. – O que tem lá?

– Ah, lá fica a coleção restrita.

Os nervos de Nova vibraram.

– Restrita como?

– Que não pode ser emprestada. – Callum enfiou as mãos nos bolsos. – Quer ver?

Nova se virou para ele.

– É permitido?

– Ah, é. A gente não pode emprestar, mas tem que ir lá tirar o pó de tempos em tempos. Vem. – Ele a levou até o último corredor.

As prateleiras estavam mais vazias do que no resto do cofre. Com o coração disparado, Nova observou os objetos enquanto Callum falava sobre as qualidades destrutivas de Fogo Furioso e que o anel do Matéria Escura podia em teoria explodir a lua se fosse parar nas mãos erradas, e que um par de óculos proféticos já tinha causado mais problema do que valia.

– Isso é... incrível – declarou Nova com sinceridade. – Mas por que essas coisas não estão protegidas com mais segurança? Até agora, só vi você, Foto Instantânea e duas portas trancadas e – ela indicou uma câmera no teto – umas poucas câmeras de segurança. Onde estão as barreiras de laser? Os detectores de movimento? Os guardas armados?

– Por favor. Nós estamos no Quartel-General dos Renegados. – Ele abriu bem os braços. – Quem tentaria entrar aqui?

Ela olhou para ele boquiaberta.

– É sério? Isso é...

Arrogância, ela teve vontade de dizer. *Idiotice. Uma confiança exagerada e nada realista.*

Mas segurou os pensamentos a tempo.

– Hã... certo – gaguejou ela. – Isso mesmo. QG dos Renegados. – Ela riu com constrangimento. – Quem tentaria entrar aqui?

– E considerando que a grande maioria dos objetos está disponível para retirada... – Callum deu de ombros. – Não tem necessidade de proteção adicional. O pessoal do centro de segurança fica de olho na gente aqui. – Ele indicou a câmera.

– Com certeza – disse Nova, se afastando dele. Ela passou os dedos por prateleiras que, para falar a verdade, pareciam não ter sido limpas na história recente.

Mas não havia sinal do elmo do Ace.

Ela murchou os ombros.

– A seção restrita não está de acordo com as suas expectativas?

Ela se virou. Callum a estava observando enquanto segurava um par de óculos de aviador na mão.

– Os óculos proféticos – disse ele com ênfase. – Fala sério. Como isso pode ser decepcionante?

– Desculpe – disse Nova. – Eu só estava... – Ela inspirou fundo e confessou. – Eu ouvi um boato de que o elmo do Ace Anarquia estava aqui. Achei que seria legal ver em pessoa. E não no pique do Capitão lá em cima.

– Ah – disse Callum, colocando os óculos no lugar. – Aquilo é uma réplica. O que ele carrega no desfile é falso mesmo. O verdadeiro está aqui, mas, se os óculos não te impressionaram, o elmo vai ser uma decepção *enorme*.

– Como assim?

– Vou mostrar. – Ele passou por ela.

Nova arregalou os olhos. *Não podia* ser tão fácil.

Na metade do corredor, Callum parou na frente de um cubo de metal em uma prateleira.

– Ta-dá – disse ele, batendo em cima. O cubo era do tamanho de um forno de micro-ondas pequeno. – Aqui está o elmo do Ace Anarquia.

Nova ficou olhando, sentindo o horror e a negação surgirem no pensamento.

– Não entendi.

– Bom, depois da Batalha de Gatlon – disse Callum, apoiando o cotovelo na prateleira enquanto se preparava para começar outra história –, o Conselho tentou destruir o elmo, mas não conseguiu. Pra impedir que caísse nas mãos erradas de novo, o Capitão Cromo fez uma caixa indestrutível de cromo pra guardar o elmo pra sempre. E lá está. Protegido. Seguro. Completamente inacessível. – Ele bateu no cubo de novo. – E eu entendo. Provocou tanta destruição, e esse tipo de poder não deveria ficar disponível pra ninguém, sabe? Mas, ao mesmo tempo, o historiador em mim fica meio triste de uma relíquia tão importante ficar aí dentro sem poder ser vista e estudada pra sempre.

A boca de Nova ficou seca quando ela chegou mais perto da caixa. Deveria haver alguma coisa especial ali. Um holofote apontado para a prateleira. Uma corda para impedir a aproximação das pessoas. Um pedestal. Mas não havia nada. Só uma caixa poeirenta numa prateleira poeirenta.

Por que o Guardião Terror não falou isso quando contou que o elmo não tinha sido destruído, quando disse que estava ali, no departamento de artefatos?

Ninguém vai usar aquele elmo para atormentar as pessoas desta cidade de novo.

As palavras dele tinham significado novo agora. Nova tinha imaginado um cofre com senha, um sistema de segurança que exigisse verificação de retina e de digitais, até mesmo guardas armados vigiando o elmo.

Mas não tinha imaginado aquilo.

Preso num cubo de cromo. Para sempre.

Ela sentiu um puxão no pulso. A pulseira estava forçando a pele, como se estivesse atraída pela caixa e pelo elmo ali dentro.

Nova levantou a mão. A pulseira deu um puxão mais forte, até que a filigrana fina afundou na pele. As garras vazias que não tinham recebido a pedra que segurariam se esticaram na direção do elmo preso.

– Eita – disse Callum. – Eu nunca vi isso.

Nova baixou o braço e deu um passo rápido para trás.

A atenção do Callum se voltou para seu pulso.

– De que é feita essa pulseira?

– Não sei. – Ela fechou a mão sobre a pulseira para escondê-la. Era verdade. Ela *não* sabia qual era o material. Até onde ela sabia, não tinha nome, e ela não ia contar para Callum que era feita de tiras solidificadas de energia etérea que só o pai dela conseguia acessar.

Assim como não ia contar que era feita do mesmo material do elmo.

– Cobre, talvez? – perguntou Callum, coçando a orelha. – Cobre pode ser magnetizado? Vou ter que pesquisar. Enfim. – Ele moveu a mão na direção da caixa de novo. – Aí está. O elmo que quase destruiu o mundo. Pronta pra voltar?

Callum a levou para fora do cofre falando o tempo todo, embora Nova não tivesse ouvido uma palavra. Ela ignorou os objetos impressionantes pelos quais eles passaram. Mal estava sentindo a máscara incomodando nas costas.

O que ela diria para o Ace? O que diria para os outros Anarquistas? Desde que descobriram que o elmo não tinha sido destruído, eles botaram todas as esperanças na recuperação dele. Que fosse devolver a força e o poder do Ace.

O que eles fariam agora?

Tinha que haver um jeito de abrir aquela caixa. O Capitão Cromo não teria tornado o acesso ao elmo *impossível*. E se os Renegados precisassem dele um dia?

Ela não podia ir perguntar ao Capitão, mas… sabia de uma pessoa que talvez tivesse uma ideia.

CAPÍTULO TREZE

ESTAÇÃO BLACKMIRE. A antiga entrada do metrô abandonado tinha um buraco do tamanho de um carro pequeno, protegido com fita amarela. A calçada estava coberta de escombros da explosão, e ainda havia marcas de queimadura na parede. Foi por lá que os Anarquistas fugiram quando os Renegados foram atrás dele depois que o ataque da Detonadora na biblioteca deixou claro que o grupo não estava tão adormecido quanto parecia. Embora houvesse patrulhas regulares fazendo buscas nos túneis e monitorando os vários pontos de acesso, para o caso de os vilões tentarem voltar ao seu abrigo, não houve sinal deles. Fora a Pesadelo e a Detonadora, claro.

Na última vez que Adrian entrou nos túneis, determinado a descobrir qual era a ligação deles com a Pesadelo, ele estava usando a armadura do Sentinela. Mesmo agora, os dedos de Adrian tremiam de vontade de abrir a camisa e puxar a tatuagem de zíper que o transformaria no justiceiro. Ele desejava a segurança que a armadura lhe daria. Mas ignorou a vontade, sabendo que era um pouco paranoia e talvez um pouco de hábito.

Os túneis estavam abandonados. Para onde quer que Cianeto, Abelha-Rainha e Fobia tivessem ido, eles não tinham sido descuidados a ponto de voltar lá.

Ele se agachou na frente de uma placa de NÃO ENTRE que já tinha sido pintada com tinta spray com um aviso para qualquer um que não soubesse o que havia lá embaixo.

Um círculo desenhado em volta de um *A* verde-ácido.

Adrian pegou a caneta e desenhou uma lanterna.

Ele passou por cima da fita e apontou a lanterna para as paredes pichadas e para os parafusos no concreto onde antes ficava uma catraca. A escada abaixo sumia na escuridão.

Ele prestou atenção, mas, se havia ruídos no metrô, ficaram todos escondidos sob o som da cidade.

Mas não haveria ruídos, pensou ele, além dos ratos. Não havia mais vilões lá embaixo. Não havia mais Anarquistas.

Ele desceu a escada, os tênis fazendo barulho, o raio da lanterna batendo em pôsteres de shows antigos, azulejos quebrados e mais pichação, muita pichação.

Ele passou por um mezanino com duas ramificações: uma escada indo na direção da pista para o norte e outra para o sul. Seu comunicador fez um ruído baixo enquanto ele descia para a plataforma mais baixa. Devia ser o último alerta que ele receberia antes de perder a recepção no subterrâneo. Ele ignorou o som, como vinha fazendo desde que Espinheiro o jogou no rio, e Max observou que talvez fosse a hora de deixar o Sentinela para trás. O ruído não foi da notificação que ele recebia quando os companheiros de equipe enviavam mensagens nem de quando havia convocação para uma patrulha vinda da central. Era o alarme que ele mesmo tinha configurado para ser notificado quando um dos esquadrões de patrulha era chamado para uma situação de emergência.

Anos antes, como parte de um esforço para garantir a segurança dos recrutas, foi decidido que todos os chamados às unidades de patrulha podiam ser acessados em tempo real por todos os Renegados ativos e que os movimentos das patrulhas de serviço podiam ser rastreados e monitorados. A informação ficava disponível para qualquer Renegado que quisesse, mas todos costumavam estar tão ocupados com seus trabalhos que Adrian não sabia se algum aproveitava. Exceto ele e, mesmo assim, só depois que virou o Sentinela.

Era uma parte de como ele conseguia ser tão eficiente. Sempre que ouvia que uma unidade de patrulha estava sendo chamada para cuidar de um crime particularmente importante, ele só precisava entrar no sistema para ver aonde o grupo estava sendo enviado. Se houvesse uma caçada acontecendo, ele conseguia seguir os movimentos pela cidade com tranquilidade. Com as tatuagens de molas nas solas dos pés, Adrian conseguia se mover mais rápido do que a maioria dos Renegados, exceto os que tinham poderes de voo e supervelocidade. Essa vantagem muitas vezes permitia que ele chegasse à cena do crime e lidasse com os criminosos antes que os Renegados designados aparecessem.

Ao longo da semana anterior, ele pensou em desligar as notificações cada vez que o comunicador fazia barulho. Ficou mergulhado numa batalha constante consigo mesmo. O desejo quase irresistível de se envolver em situações, de provar seu valor e suas boas intenções. Mas, por outro lado, ele sabia que era mais seguro deixar que as pessoas continuassem acreditando que o Sentinela estava morto, principalmente com a revelação do Agente N. O Sentinela era um homem procurado, e ele sabia que, quando as patrulhas estivessem equipadas com o agente neutralizador, poucas hesitariam em usá-lo nele.

Sem conseguir resistir totalmente à tentação, Adrian olhou para a notificação mais recente só para ver se não havia ninguém sendo assassinado ou algo do tipo. Mas não: uma unidade de patrulha tinha sido convocada para resolver um roubo de carro. Seus colegas podiam muito bem cuidar disso.

Ele dispensou o alerta e silenciou todas as outras notificações que estavam entrando.

Fez uma pausa na base da escada e apontou a lanterna para as paredes. Havia um buraco vazio onde antes ficava um extintor de incêndio e um telefone público antigo com o fone faltando na ponta do fio em espiral. A plataforma estava coberta de corpos de vespas mortas, algumas embalagens de chocolate e umas silhuetas desenhadas com giz vermelho e marcadas com a sinalização oficial dos Renegados.

Ele chegou mais perto e observou as placas mais próximas: PROVA 19: TENDA DO TITEREIRO (1/3). PROVA 20: VÁRIOS PERTENCES

DO TITEREIRO. PROVA 21: EMBALAGEM DO DISPOSITIVO DE LIBERAÇÃO DE VENENO.

Nenhum dos objetos mencionados estava no local, só os contornos de giz e a sinalização indicando o que estava lá antes que as equipes de investigação e de limpeza dos Renegados fossem confiscar tudo.

Adrian franziu mais a testa. Ele devia ter imaginado que todos os pertences dos Anarquistas teriam sido removidos dos túneis. Por algum motivo, esperava que só as armas ou as coisas que indicavam atividade criminal teriam sido levadas para o quartel-general, mas estava claro que ele tinha se enganado. Parecia que nada tinha sido esquecido.

Ele andou até a beira da plataforma e olhou para os trilhos, virando a cabeça para um lado e para outro, onde desapareciam nos túneis. Mais placas. Mais linhas de giz. E também mais evidências da batalha que tinha acontecido. Um túnel tinha desabado um pouco por causa das bombas da Detonadora. Havia mais vespas mortas nos trilhos.

Adrian conhecia muitos dos Renegados que se envolveram naquela luta. Alguns ele conhecia a vida quase toda. Eles tiveram sorte de ninguém ter morrido, mas houve inúmeros ferimentos, de ossos quebrados e queimaduras sérias a pulmões e gargantas em carne viva por causa dos venenos do Cianeto. Mesmo agora, Adrian ainda sentia o cheiro acre dos produtos químicos pairando no ar úmido.

Os curandeiros trabalharam dobrado por semanas depois daquilo.

E, no final, os Anarquistas fugiram. Era o sal metafórico nas muitas feridas.

Adrian suspirou. Ele não encontraria a marionete de Winston Pratt lá embaixo. Teria que falar com a equipe de limpeza, talvez pedir um favor para a equipe de separação e identificação. Ele esperava que já não tivessem enviado as coisas dos Anarquistas para o lixão. *Lá* não seria divertido de olhar.

Ele estava quase se virando quando sua lanterna passou por uma das identificações presas ao lado do túnel seguinte.

PROVA – NÃO SE APLICA: PESADELO?

Uma seta tinha sido desenhada, apontando para o túnel.

Adrian empurrou os óculos e desceu para o trilho. Quatrocentos metros depois, chegou a uma câmara ampla com teto abobadado, onde múltiplas linhas de trem se cruzavam. Uma série de plataformas estreitas podiam ser vistas dos dois lados dos trilhos, não para passageiros, mas talvez para equipes de manutenção.

Adrian nunca tinha estado naquele trecho dos túneis. Nunca tinha feito parte de uma das patrulhas enviadas para verificar se os Anarquistas não estavam acumulando armas ou recrutando membros novos. Só tinha ido visitar a gangue de vilões uma vez, quando pegou Geladura e sua equipe tentando intimidar os Anarquistas para que fizessem confissões falsas. Apesar de não concordar com as táticas deles, ele não pode deixar de pensar que, se tivesse deixado Genissa e a equipe dela resolverem as coisas, talvez os Anarquistas tivessem sido presos naquele dia e a cidade tivesse sido poupada de muitos traumas.

Seu queixo tremeu quando ele pensou nisso.

Havia um vagão abandonado no fim da câmara, ainda no trilho, como se pudesse sair andando a qualquer segundo, embora o acúmulo de sujeira e poeira na janela deixasse claro que não se movia havia muito tempo.

Adrian se aproximou do vagão e leu a placa em uma das janelas.

PROVA 47: VAGÃO – USADO POR PESADELO?

Adrian flexionou os dedos e os fechou em punhos, e foi até a porta da lateral. Ele tinha chegado tão perto. O tempo todo, tinha procurado por ela e, se tivesse interrogado os Anarquistas um pouco mais, se tivesse ousado procurar com mais atenção na moradia deles, teria encontrado aquilo. Teria encontrado Pesadelo.

Ele entrou no vagão, mas, se esperava encontrar qualquer coisa útil lá, suas esperanças logo evaporaram. O interior estava tão desprovido de pertences quanto a plataforma de Winston. O que ficou foram só os marcadores dos Renegados: cem quadradinhos brancos grudados em paredes e no chão indicando onde as provas foram encontradas. Aqui: uma malinha de roupas. Ali: uma bancada de trabalho com armas desconstruídas em vários estágios de montagem. Naquela janela: uma capa de revista com uma foto do Capitão Cromo cheia de buraquinhos.

Ele tentou imaginá-la, uma garota que ele não conhecia, que não o conhecia e nem à sua família, sentindo tanta hostilidade por seu pai a ponto de jogar dardos em fotos de revista, praticando para o dia em que tentasse assassinar um dos super-heróis mais amados de todos os tempos. O que poderia ter motivado tanto ódio nela?

Ele balançou a cabeça e se virou. O vagão se moveu com o peso dele quando ele voltou para os trilhos. Ele tentou imaginar morar lá embaixo. O ar parado e úmido. Os anos de lixo acumulado em volta dos trilhos. As teias de aranha penduradas entre os lustres quebrados. Sem brisa, sem luz do sol, sem flores e sem árvores, e sem animais e sem pássaros... fora os ratos e as baratas, claro.

As únicas coisas com cor eram as pichações e uma fileira de pôsteres de propaganda em uma parede, embora a cobertura de plástico estivesse tão suja que nem dava para ver o que pretendiam vender. Um promovia a abertura de uma exposição nova no Museu de Arte de Gatlon; Adrian não pôde deixar de imaginar o quanto daqueles objetos de arte valiosíssimos tinham sumido durante a Era da Anarquia. Outro pôster oferecia "pele de dia de casamento" depois de sessenta dias usando um creme noturno novo. Ao lado havia uma propaganda de ações de um resort tropical, mas alguém tinha desenhado imagens grosseiras por cima da modelo de biquíni.

Adrian inclinou a cabeça e inspecionou o último pôster. Havia um livro desenhado, uma história de suspense com uma figura sombria delineada entre dois pinheiros. A frase de efeito do livro era: *Não é que ele tenha voltado... ele nunca foi embora.*

E embora Adrian não pudesse ter certeza, quase parecia que o pôster grande estava... torto.

Ele passou pelos trilhos, a lanterna seguindo pelo túnel seguinte. Não havia mais sinalização dos Renegados por lá, ao menos que ele pudesse ver. Talvez aquela fosse a última plataforma que os Anarquistas tinham ocupado.

Ao se aproximar do pôster, ele viu que estava torto mesmo. Nada drástico, mas o suficiente para fazer seus dedos se coçarem para arrumar. Era provável que aquilo que o sustentava tivesse começado a se soltar da parede depois de tantos anos. Mas... havia alguma coisa que deixou os pelos da nuca de Adrian eriçados. Uma mancha de sujeira no canto, quase a marca da mão de alguém. O jeito como a parede de azulejos estava lascada em volta da moldura.

Adrian estava esticando a mão para o pôster quando uma sombra surgiu no canto do olho dele.

Com o coração na boca, Adrian se virou e apontou a lanterna para o túnel.

Um rato guinchou com raiva e correu para trás de uma jarra vazia de leite antes de seguir pelos trilhos.

Um suor frio estava lhe cobrindo a testa quando Adrian apontou a lanterna pelo túnel, pelos trilhos, para o teto abobadado. O que quer que tivesse provocado o sobressalto tinha desaparecido ou, ele tinha que admitir que era o mais provável, tinha sido apenas sua imaginação.

Mesmo assim, foi impossível afastar a sensação de que ele não estava sozinho, de que alguma coisa o estava observando das sombras.

Os batimentos do seu coração estavam começando a desacelerar quando uma melodia soou no comunicador, fazendo-o pular de novo. Ele soltou um palavrão e foi desligar correndo. Com irritação, ele olhou a mensagem. Não era possível que ele estivesse recebendo sinal lá embaixo, e ele já tinha desativado as notificações da central...

Ah. Claro.

Não era uma mensagem, não era um alerta. Era o lembrete que ele tinha programado para estar no Parque da Cidade em uma hora, correndo o risco de ser vítima da fúria de Ruby se acabasse se atrasando para a primeira competição dos irmãos dela.

Ele fez um cálculo rápido de quanto tempo levaria para chegar lá, falou outro palavrão e saiu correndo.

CAPÍTULO QUATORZE

O PARQUE ESTAVA MAIS LOTADO do que Adrian já tinha visto, cheio de crianças, quase todas vestidas de lycra cintilante, meias-calças em cores néon e capas espalhafatosas. Havia barraquinhas onde vendedores ofereciam pequenos uniformes dos Renegados ou fantasias que imitavam os trajes nostálgicos de super-heróis do passado. Outros vendiam camisetas customizadas, bijuterias feitas à mão e até fantasias de super-heróis para gatos e cachorros. Além das lojas, havia uma fila comprida de *food trucks*, como prometido, e um pátio com cavalinhos infláveis e até um palco temporário onde uma banda estava montando os amplificadores e microfones.

Mas a grande atração do dia, ficou logo claro, estava no campo esportivo entre os jardins de flores nativas e os laguinhos com patos e as pistas de corrida. Havia mais de dez competições para as crianças, separadas por faixa etária e nível de habilidade, nas quais elas podiam ganhar medalhas e serem nomeadas ajudantes (extraoficiais) de super-heróis. Havia pistas de corrida e quadras de ginástica artística, arco e flecha e salto em distância, luta livre e artes marciais. Uma tenda grande perto do parquinho tinha até competições voltadas para o intelecto, como testes de leitura rápida e de soletrar. Adrian não tinha certeza de como ser um excelente soletrador poderia ajudar a defender a justiça, mas gostava de saber que a Olimpíada dos Ajudantes era inclusiva. Todas as crianças mereciam se sentir capazes de serem super-heróis, ainda que apenas por um dia.

Ele estava com medo de já estar atrasado quando chegou às arquibancadas que cercavam o evento principal, uma pista de obstáculos elaborada que ocupava um campo de futebol inteiro. Encontrou Ruby, Danna e Nova perto da frente.

Ruby acenou para ele com animação e mostrou um lugar que tinham guardado para ele.

– Vem, vem – disse ela. – Os gêmeos estão na próxima rodada.

– Cadê o Oscar? – perguntou ele, se sentando ao lado de Nova. Contrariando o entusiasmo de Ruby, Nova parecia vagamente perplexa enquanto observava a multidão de crianças fantasiadas.

– Onde você acha? – respondeu Danna, apoiando o queixo nas mãos.

Adrian não respondeu. Comprando comida, obviamente.

– Lá estão eles! – Ruby deu um pulo e começou a gritar os nomes dos irmãos, mas eles não ouviram ou ficaram constrangidos demais para olhar para a irmã mais velha. Eles estavam junto de um grupo de crianças, todas com 11 ou 12 anos, mas as cabeças idênticas de cabelo louro eram fáceis de encontrar. Adrian só tinha visto os gêmeos uma vez, em um piquenique de família dos Renegados no verão anterior, mas lembrava que os rostos deles eram versões mais jovens do da Ruby, com as sardas e tudo. Ele se perguntou se Ruby teve o mesmo cabelo louro denso na idade deles antes de começar a tingir com mechas pretas e brancas.

– Eles estão ótimos – disse Adrian, admirando os trajes cinza e vermelhos dos dois.

– Obrigada. Minha mãe e minha avó fizeram os trajes. Jade não quis tirar o dele a semana toda. Vou adorar quando o dia de hoje acabar porque talvez ele deixe a roupa ser lavada.

– Abram caminho, estou passando! – Oscar seguiu pelo banco, uma das mãos segurando uma sacola de papel que já estava com o fundo todo cheio de gordura. Adrian e Nova viraram as pernas na direção do outro para abrir espaço para ele passar e seus joelhos bateram.

– Desculpe – murmurou Adrian, fazendo contato visual com ela pela primeira vez desde que chegou.

Ela sorriu, uma expressão meio tímida.

– Você já veio nisso antes?

– Não, mas ouvi falar. Até que é divertido, né?

Nova repuxou os lábios. Ela demorou muito para responder, e quando finalmente falou, foi quase com tristeza.

– As pessoas gostam mesmo de super-heróis.

– Eu trouxe pra todo mundo – disse Oscar, que tinha se sentado ao lado de Ruby e estava distribuindo caixinhas de papelão cheias de batata frita salgada. – Mas vão com calma, tá? Tem também churrasquinho grego e asinhas de frango pra vender, e estou de olho num carrinho de torta de morango pra sobremesa. – Ele apoiou a bengala entre as pernas e olhou para o campo. – Quais são... ah, já vi.

Ruby franziu a testa para ele.

– Você não conhece meus irmãos.

– Eu sei, mas eles são a sua cara. – Ele apontou, pegou uma batata da caixa da Ruby e comeu metade. – Menos o cabelo. Quanto falta pra eles começarem?

– Vai ser a qualquer momento – disse Ruby, olhando para Oscar de forma especulativa. – Esterlino vai se sair muito bem no de agora, mas Jade está mais animado para o arco e flecha mais tarde.

No campo, as crianças receberam orientação de fazerem fila no começo da pista. Um juiz estava dando as instruções. Ruby começou a balançar as pernas tão rapidamente que o banco todo tremeu. Sem aviso, ela botou as mãos em concha em volta da boca e gritou:

– *Vamos lá, Esterlino! Tá no papo!*

Danna se encolheu e cobriu uma orelha.

Uma sirene tocou e a corrida começou. Os competidores dispararam e começaram a escalar uma parede falsa de tijolos. Ruby deu um pulo e gritou com toda a potência da voz. Oscar se juntou a ela e também gritou alto. Uma das crianças chegou ao topo rápido demais: uma garota de pele escura com uma capa curta nos ombros, parecida com a do traje da Lady Indomável.

Adrian sentiu um nó na garganta ao vê-la. Ela era nova demais para se lembrar da mãe dele quando ela ainda estava viva, e ele sentiu um calor no coração de pensar que o legado dela estava vivo. Que ela ainda podia ser inspiração para as crianças do presente.

Ele também queria isso. Queria ser um exemplo. Como sua mãe e seus pais e todos os super-heróis que existiram antes dele.

Mas, quando a garota ganhou a liderança, se balançando por uma sequência de barras paralelas com Esterlino logo atrás, ele ouviu Oscar se inclinar e dizer para Ruby:

– Quer que eu a cegue com uma flecha de fumaça? – Ele apontou para a pista e uma espiral de fumaça saiu da ponta do dedo. – Uma pequena. Ninguém saberia.

– Nem ouse – sussurrou Ruby, empurrando a mão dele para baixo. – Esterlino vai alcançá-la nos barris rolantes, você vai ver. – Ainda apertando o pulso de Oscar, ela colocou a caixa de batata frita no banco para poder levantar o outro punho no ar e torcer como louca.

Oscar olhou para a mão dela e para Adrian com uma expressão de euforia e pânico ao mesmo tempo.

Adrian fez um sinal de positivo que esperava que fosse encorajador.

Ele se encostou e comeu algumas batatas. Ofereceu para Nova, mas ela fez que não.

– Você está bem? – perguntou ele, reparando que a expressão dela continuava tão séria agora quanto estava quando ele chegou.

– Estou, estou – murmurou ela distraidamente.

– Nova?

Ela olhou para ele e depois para o campo.

– É que... tem muita coisa na minha cabeça.

A boca de Adrian tremeu. Ele não queria dizer *Sei como é*, mas... bom, ele sabia.

– Você já teve seu primeiro dia no departamento de artefatos, né? Como foi?

A postura dela enrijeceu e ela pareceu refletir sobre alguma coisa enquanto olhava os irmãos de Ruby pularem por uma cama elástica comprida e correrem por um labirinto de canos transparentes. Eram todos obstáculos incrivelmente relevantes para o heroísmo da vida real, Adrian reparou.

Nova se inclinou na direção dele e baixou a voz.

– Sabia que o elmo do Ace Anarquia está lá?

Adrian se virou para ela, sobressaltado.

– Hã... na verdade, acho que está disposto no escritório do Conselho.

Nova olhou para ele com expressão de "você não está enganando ninguém".

Ele abriu um sorriso tímido.

– Aah. Você quer dizer o elmo *real*.

– Sim, o real – sussurrou ela enfaticamente. – Quantas pessoas sabem?

– Não sei. Não é exatamente um segredo, mas também não é algo que seja muito comentado. É mais fácil deixar que as pessoas acreditem que o de cima é o verdadeiro.

– E que foi destruído – disse Nova. – Só que *não foi* destruído.

– Não por falta de tentativa. – Ele inclinou a cabeça para o lado. – Você parece preocupada.

– Claro que eu estou preocupada. É perigoso! – Ela baixou o volume da voz de novo e Adrian chegou a cabeça perto da dela para ouvir, tão perto que uma mecha do cabelo dela roçou no ombro dele. – E está lá, desprotegido. Sabe quem comanda aquele departamento? Uma mulher de setenta anos com psicometria leve e um cara que nem é prodígio. E são *eles* que fazem a segurança de um dos objetos mais poderosos de todos os tempos? Qualquer pessoa pode entrar lá e pegar.

Adrian levantou as duas mãos para acalmá-la.

– Não é tão ruim assim.

Nova cruzou os braços.

– Por quê? Por causa de um cubo grande de metal?

Ele riu.

– É, exatamente. Você sabe quem fez aquele cubo, né?

– Sei e, embora o próprio Capitão Cromo possa ser invencível, acho que não devíamos contar só com o trabalho dele para proteger o elmo. Na verdade, eu gostaria de falar com seu pai sobre isso. Se ele pudesse esclarecer qualquer fraqueza em potencial, posso trabalhar pra elaborar um sistema de segurança mais abrangente.

– É indestrutível – disse Adrian. – Não tem nenhuma fraqueza.

– Indestrutível – repetiu Nova, o olhar ardendo no dele. – Mas não *impossível de abrir*?

Adrian hesitou. Seria possível...?

Não. Ele balançou a cabeça de novo.

– Impossível de abrir por qualquer pessoa que quisesse usar o elmo para o mal de novo.

Algo surgiu na expressão de Nova, e ela chegou mais perto dele até que seus corpos ficaram encostados dos ombros até os joelhos. Ele engoliu em seco.

– Então *dá* pra abrir – disse ela. – Por quem?

– Hã... não foi isso que... ninguém consegue abrir. Tenho certeza de que meu pai conseguiria se quisesse. Mas ele não vai querer. Por que faria isso?

Ela lambeu os lábios, o que atraiu o olhar dele. No mesmo momento, a plateia explodiu num grito e Adrian se levantou instintivamente. A caixa de batata frita caiu do colo dele e as batatas se espalharam nos sapatos de Nova.

– Ah... desculpe!

Nova ignorou as batatas, se levantou de novo e colocou a mão no cotovelo dele. O coração de Adrian palpitou no peito. Do outro lado de Nova, ele ouviu Ruby gritando:

– *Vai! Vai! Vai!*

Seu olhar foi na direção do campo e ele viu que Esterlino e a garota com a capa da Lady Indomável estavam na metade da pista, lado a lado, pendurados em cordas com nós.

– Adrian.

Ele olhou para Nova, as bochechas quentes.

– Tem certeza de que ele não deixou nenhuma vulnerabilidade? – insistiu ela, e a intensidade da expressão o fez perceber como era importante para ela. A sinceridade dela o surpreendeu. Ele jamais teria pensado em duvidar da segurança do elmo. Se o Capitão Cromo dizia que estava resolvido era porque estava resolvido. Mas, obviamente, Nova não tinha a mesma confiança. – Preciso ter certeza de que não existe uma vulnerabilidade desconhecida. Agora que estou trabalhando no departamento de artefatos, é meu trabalho manter a segurança dos objetos de lá, sabe? E o elmo... a gente não pode deixar que caia nas mãos erradas.

– Nunca vai haver outro Ace Anarquia, Nova. Você está exagerando.

– Você não sabe. Eu só preciso ter *certeza*. Pode ser que o Capitão Cromo tenha instalado um recurso, um jeito de pegar o elmo caso fosse necessário de novo e ele não pudesse abrir a caixa. Uma... espécie de chave. Ou tem algum outro jeito pra outra pessoa abrir? Mesmo que hipoteticamente?

Adrian respirou fundo e tentou levar a pergunta a sério.

– Não sei. Meu pai poderia abrir com facilidade manipulando o cromo. E talvez... – Ele levou uma das mãos ao bolso e tirou a caneta. Virou-a nos dedos enquanto pensava. – Será que eu consigo?

– Você? – disse Nova, e ele tentou não se ofender com o tom de descrença dela.

– Não sei. Eu nunca tentei desenhar nada usando o cromo do meu pai. Mas não vejo por que seria diferente de desenhar em vidro ou em concreto ou nas pedras da Ruby.

Ela apertou o braço dele.

– O que você desenharia pra conseguir chegar dentro da caixa?

Ele curvou a boca para um lado.

– Uma porta?

Nova franziu a testa e o sorriso provocador de Adrian sumiu.

– Mas é segura, Nova. Eu nunca abriria aquela caixa e nem sei se funcionaria mesmo. Além do mais, não tem outros prodígios como eu... ao menos que eu saiba.

Nova refletiu um pouco e, para sua decepção, afastou as mãos.

– Você pode estar certo, mas há prodígios novos todos os dias. Nós não sabemos que tipo de poder será descoberto agora. Quem sabe? Pode ser que o cromo do seu pai não seja sempre invencível.

Ruby, Oscar e Danna soltaram gemidos simultâneos. Adrian olhou. Esterlino tinha chegado ao último obstáculo: uma piscina grande cheia de redes, boias e tubarões robóticos. Apesar de Esterlino ser bom nadador, a garota estava abrindo vantagem rapidamente.

– Se você pensar em qualquer outra coisa, qualquer fraqueza possível que a caixa possa ter... você me avisa? – perguntou Nova.

– Pode deixar – respondeu ele, sorrindo. – Prometo.

A garota saiu da piscina e correu pela linha de chegada. Esterlino chegou segundos depois.

Jade, bem atrás, chegou em sétimo.

– Segundo lugar – comentou Ruby. – Não é ruim.

– Você está de brincadeira? – disse Oscar. – Qualquer Renegado que valha seu alter ego teria orgulho de ter aquele garoto como ajudante. O Jade também. Na verdade... – Ele massageou o queixo. – Acho que preciso de dois ajudantes. Será que seus irmãos ficariam interessados?

– Pra quê? Ficar indo comprar comida pra você? – perguntou Ruby.

– Entre outras coisas importantes que um ajudante faz. Ajudaria a aliviar minha agenda pra eu fazer mais trabalhos de salvar donzelas.

Ruby riu com deboche.

– Eu também ajudei a salvar a barista.

– É, mas ela agradeceu a mim, e planejo explorar isso pra sempre. É um lembrete constante dos riscos e recompensas que acompanham o verdadeiro heroísmo.

– A luta é real – disse Danna, se inclinando na frente de Ruby para roubar uma batata de Oscar.

A arquibancada começou a esvaziar enquanto a pista de obstáculos era refeita para o grupo seguinte.

– Temos uma hora até a luta livre do Jade e depois os dois têm arco e flecha – disse Ruby, verificando os horários num folheto. Ela levantou a cabeça, sorrindo. – Alguém quer fazer pintura facial combinando?

– Você leu minha mente – respondeu Oscar.

– Hã, vão na frente – disse Adrian, lembrando a expressão de Oscar quando Ruby segurou o braço dele. – Eu queria mostrar uma coisa pra Nova e pra Danna... hã... ali. – Ele apontou para um amontoado de barracas perto do lago. – Mas nos encontramos na luta livre, tá?

Danna inclinou a cabeça para ele, desconfiada, mas ninguém discutiu quando Adrian seguiu na direção do pé da arquibancada e entrou no meio da multidão. Quando olhou para trás, Nova e Danna estavam ao seu lado, mas Oscar e Ruby não estavam em lugar nenhum.

– Isso foi estratégia pra deixar os dois sozinhos, né? – disse Danna.

– É – disse ele, coçando a nuca. – Foi óbvio demais?

– A sutileza não parece estar funcionando muito, então... – Danna deu de ombros.

– Ei – disse Adrian, estalando os dedos –, como foi seu exame médico?

Danna abriu um sorriso largo.

– Estou liberada pra trabalhar. Vou preencher os papéis do meu retorno na segunda.

– Não se preocupe, eu cuido disso – declarou Adrian. – E você está se sentindo bem?

– Estou ótima. Os arranhões nem deixaram cicatriz. – Ela lançou um olhar de lado para Nova e seu tom mudou. – Também não tive nenhum desmaio aleatório, então... acho que estou novinha em folha.

Nova pareceu ficar pálida, mas escondeu rapidamente com expressão de preocupação.

– Que ótimo, Danna.

– Desmaios aleatórios? – disse Adrian.

Danna deu de ombros.

– Lembra quando a Nova estava na ala médica depois da quarentena? Fui visitá-la e... foi bem estranho, mas eu cheguei a desmaiar. Mas... eu *nunca* desmaio.

– Caso clássico de exaustão – disse Nova. – Você ainda estava se recuperando das queimaduras, lembra?

Danna a encarou pelo que pareceu tempo demais e depois sorriu.

– Isso mesmo. Clássico. – Parecia que ela queria dizer mais, mas pensou melhor. – Eu vi uma barraca ali atrás que queria olhar. Nos vemos na luta livre, tá?

Ela se desintegrou no bando de borboletas. As pessoas ao redor ofegaram e as crianças apontaram e gritaram enquanto as borboletas subiam e saíam voando.

– Falando em sutileza – murmurou Nova enquanto eles seguiam por um caminho de corrida. – Eu estava pensando se ela conseguia fazer isso com roupas civis. Eu não sabia se havia algo no uniforme dos Renegados que permitia que ela variasse entre as formas sem perder as roupas ou se era parte do poder dela.

– Eu também tenho dúvidas sobre esses detalhes às vezes. Tipo: o Simon consegue fazer as roupas desaparecerem, assim como pequenos objetos se estiverem na mão dele. Mas ele não consegue tocar num carro ou num prédio e fazer a estrutura toda desaparecer. É interessante entender a extensão das habilidades das pessoas. Claro que é pra isso que temos as sessões de treinamento.

– Você acha que a Danna poderia carregar um objeto? Não só roupas?

Ele refletiu sobre a pergunta e tentou lembrar se já tinha visto Danna desaparecer com uma arma, mas ela sempre ficava mais à vontade em um combate mano a mano.

– Não sei. Vou ter que perguntar quando começarmos o treinamento do Agente N na semana que vem. Não faria muito sentido equipá-la com uma arma neutralizadora se for pra perdê-la na primeira vez que ela se transformar.

Nova grunhiu um som de concordância.

– Todos nós temos nossas fraquezas – disse ela. – Até a magnífica Monarca.

CAPÍTULO QUINZE

Foi meio parecido com estar no desfile dos Renegados de novo, com tantas crianças fantasiadas e as barraquinhas cheias de itens bregas de super-heróis. As crianças empolgadas em volta dela eram adoráveis, ainda que sua fé fosse deturpada. Nova não conseguiu deixar de pensar em Evie, que seria um pouco mais nova do que os irmãos de Ruby. Se sua família tivesse sobrevivido, ela e Evie teriam sido criadas amando os Renegados como aquelas crianças? Evie estaria entre elas agora, usando asas da Pássaro do Trovão ou uma máscara do Guardião Terror, se preparando para correr e se jogar por uma série de competições para provar que ela podia ser uma super-heroína... ou pelo menos uma ajudante?

Talvez Evie acabasse se revelando um prodígio, como Nova e o pai delas. Como o tio Ace. Ela não demonstrou sinal de superpoderes quando estava viva, mas ela era bebê, e muitos prodígios só desenvolviam suas capacidades mais tarde. Nova tentou não ficar pensando nas perguntas que não tinham como ser respondidas, mas pensar deixou seu coração doendo.

– Nova.

Ela levou um susto. Adrian a estava observando, a testa franzida.

– Você ainda está pensado naquele elmo?

O elmo.

Pela primeira vez... não, ela não estava. Um leve sorriso tocou os lábios dela.

– Na minha irmã, na verdade. Eu... acho que ela gostaria disso aqui.

A tristeza se refletiu na expressão de Adrian.

– Desculpe. Esqueci que você tinha uma irmãzinha.

Ela não respondeu, mas sabia o que devia dizer. *Tudo bem... tem muito tempo...*

Ela nunca entendeu por que isso devia fazer diferença. A perda de Evie ainda doía todos os dias.

– Sei que não é a mesma coisa – disse Adrian –, mas... acho que o Max também ia gostar de uma coisa assim.

Nova suspirou. Adrian estava certo: Max teria adorado a Olimpíada dos Ajudantes, embora o Bandido fosse poderoso demais para ser relegado a um mero papel de ajudante. Por ter vivido nos túneis por tanto tempo, Nova tinha uma boa ideia de como devia ser difícil para Max ficar dentro da quarentena dele o tempo todo, vendo o mundo passar do lado de fora da prisão. Ele perdia tanta coisa. Perdia o mundo todo.

– Eu queria que ele pudesse estar aqui – disse Nova. – Queria que os dois estivessem.

Seus olhares se encontraram, espelhos de desejos não realizados, e Nova reparou num risco de pó cinzento na bochecha de Adrian. Ela franziu a testa e levantou a mão para limpar. Adrian ficou imóvel.

– Você está imundo – disse ela, e agora que estava olhando reparou em teias grudadas no ombro e em manchas de sujeira nas mangas. – O que você foi fazer hoje?

– Ah... nada de importante. Só fui dar um passeio por uns túneis abandonados do metrô. Sabe como é, uma manhã típica de sábado.

– Túneis do metrô?

– É uma longa história, mas... fui autorizado a conversar com Winston Pratt depois da apresentação daquele dia.

Um dos dedos do pé dela prendeu em alguma coisa no chão e Nova tropeçou. Adrian esticou a mão para segurá-la.

– Você fez o quê?

– Achei que poderia descobrir alguma coisa sobre os Anarquistas. Não se empolga; ele não disse nada de útil. Mas disse que, se eu levasse a marionete dele, me daria umas informações.

Uma marionete dele. Hettie. Ele deixou que Nova brincasse com a marionete algumas vezes quando ela era criança, e a sensação sempre foi de que era uma honra.

– Eu fui procurar a marionete, mas, claro, não tinha mais nada lá. Lá embaixo só tem abelhas mortas e lixo.

Nova fez cara feia. Odiava pensar nos Renegados remexendo na casa dela, analisando e inspecionando tudo que encontravam.

– Falando em abelhas – disse Adrian, o tom mais leve –, como estão as abelhas do seu tio?

Ela riu do absurdo inesperado da pergunta. Tinha quase esquecido a mentira que contou para explicar as colmeias da Mel no quintal.

– Hã... não muito bem, pra falar a verdade. Mas ele não é do tipo que desiste.

Adrian abriu um sorriso.

– Você deve ter puxado isso dele.

Era um elogio óbvio, e Nova sentiu o pescoço ficar quente.

– Ah, sim, a teimosia é característica da família.

Espontaneamente, as palavras do Ace surgiram na mente dela, lembrando-a que aquilo não era uma saída casual de fim de semana. Nova tinha uma missão e Adrian era parte dessa missão. *Conquiste a confiança dele. Conquiste o respeito. Conquiste o afeto dele.*

Não devia ser tão difícil, ela pensou a semana toda. Adrian era bonito, talentoso, honrado, gentil. Então por que cada nervo do corpo dela se rebelava contra a ideia de fingir atração por ele? De flertar com ele só por flertar? De fingir interesse?

A resposta foi jogada na cara dela e ela mexeu na pulseira.

Porque talvez não fosse fingimento.

E descobrir que ela realmente gostava dele, apesar de tudo, seria custoso demais.

Mesmo assim, se ela queria arrancar informações úteis de Adrian ou usar sua lealdade para minar seus pais, Nova tinha que se aproximar dele.

Nova tinha que...

Seus pensamentos foram interrompidos quando sua atenção se voltou para um grupo de árvores no lado norte do lago. Seus pés hesitaram, e ela olhou em volta e viu um parquinho não muito longe. Sua respiração travou.

– Você sabe onde estamos?

– Isso parece uma pergunta capciosa.

Ela segurou a manga dele e voltou a andar.

– O vale da estátua é pra cá.

– Vale da estátua?

– É, você sabe. Você tinha um desenho de lá no seu caderno de desenhos, um que você me mostrou quando estávamos vigiando a biblioteca. A estátua da figura encapuzada.

– Ah, é. Você disse que ia lá quando era criança, né?

– Só fui uma vez. – Nova não conseguiu explicar a euforia que estava se espalhando pelos seus membros. Seus pés aceleraram quase que por vontade própria. Eles dobraram uma esquina e o caminho pavimentado virou-se para um lado enquanto uma trilha menor de cascalho levava a uma região de bosque denso. – Meus pais me levaram naquele parquinho, mas eu saí andando e encontrei... – Nova empurrou um galho baixo e parou.

Ela estava no alto de uma escada rudimentar coberta de musgo. Os degraus desciam em curva até uma pequena ravina cercada de carvalhos enormes e arbustos densos.

– Aquilo – sussurrou ela.

Ela desceu para o vale. A clareira não era muito maior do que o quarto que ela dividia com Mel na casa onde morava, e havia uma parede de pedra baixa posicionada em círculo. Um banco de ferro fundido de um lado ficava virado para uma estátua solitária.

Nova sentiu como se tivesse voltado no tempo. Nada tinha mudado desde que ela era pequena.

– Pode ser bobeira, mas... até ver o desenho que você fez, havia uma parte de mim que achava que este lugar era um segredo só meu. E isso nem faz sentido. Milhares de pessoas devem vir aqui todos os anos. Mas... como eu era muito pequena quando encontrei, acho que eu tinha a sensação de que o local era meu. Como se eu tivesse imaginado e ele tivesse passado a existir. – Ela riu e soube que teria ficado constrangida de admitir isso para qualquer pessoa em qualquer outro momento. Mas estar lá de novo era tão surreal que ela nem ligou.

Ela contornou a estátua. Estava igual ao que ela lembrava, talvez com mais musgo do que na época. Uma figura encapuzada usando vestes soltas, tipo um monge medieval. O rosto entalhado embaixo do capuz era amorfo, com olhos fechados e um sorriso satisfeito e feições arredondadas. As mãos estavam esticadas para o céu como se estivesse tentando pegar alguma coisa.

Ela não sabia a idade da estátua, mas parecia estar ali havia mil anos. E que ficaria por mais mil.

– Só conheci este lugar uns dois anos atrás – disse Adrian. – Mas voltei várias vezes pra desenhar. Quantos anos você tinha quando encontrou?

– Uns quatro ou cinco – disse ela, passando o dedo pela manga da estátua. – Naquela noite, sonhei com isso. Foi antes de eu parar de dormir, obviamente, e até hoje é o único sonho de que me lembro com detalhes. – Ela olhou o vale. A floresta era tão densa que os sons do festival não eram mais ouvidos. Só melodias de pássaros e folhas balançando. – Eu sonhei que estava andando por uma floresta com flores maiores do que a minha cabeça e uma copa tão densa que não dava pra ver o céu. A região toda vibrava com vida... insetos e pássaros... Só que eu ficava encontrando coisas que não eram daqui. Degraus de concreto cobertos de musgo e plantas penduradas em postes de luz em vez de árvores... – Ela passou a mão no ar, acompanhando as plantas de memória. – Era Gatlon, mas estava em ruínas. Era só uma floresta coberta de plantas. E então... eu encontrei esta clareira e havia a estátua. Estava de costas pra mim quando cheguei, mas, mesmo antes de chegar perto, eu sabia que ela estava segurando alguma coisa. Eu a contornei e olhei e... – Ela fez uma pausa, com a sensação de que estava de volta no sonho, se afogando no sentimento de admiração que tinha quase esquecido.

– E aí você acordou? – perguntou Adrian.

Ela saiu da visão e olhou para ele.

– *Não*. A estátua estava segurando uma coisa. – Ela hesitou, sentindo-se infantil agora e meio na defensiva.

– Você vai me fazer adivinhar?

Ela balançou a cabeça e tentou controlar a emoção que sentia com a lembrança.

– Estava segurando... uma estrela.

Ao falar em voz alta, Nova percebeu como era ridículo.

– O que quer que isso signifique – concluiu ela.

– Lógica de sonhos – disse Adrian. – Ou... lógica de pesadelos, talvez. Não sei se esse sonho foi bom ou não.

Nova riu.

– Foi um sonho bom. Não sei bem o porquê, considerando que toda a civilização tinha sido destruída, mas... foi um sonho bom. – Ela massageou a nuca. – Meus pais ficaram furiosos quando me encontraram e nunca mais me trouxeram no parquinho. Mas nunca esqueci o sonho. Devo ter fantasiado em encontrar aquela estrela por anos depois.

– É engraçado como alguns sonhos ficam na cabeça – disse Adrian, sentando-se na grama e esticando as longas pernas. – Você tem sorte. A maioria dos sonhos que lembro da infância eram pesadelos. Ou melhor... um pesadelo. Tive o mesmo durante anos.

Nova se sentou ao lado dele.

– Sobre o quê?

Ele se remexeu.

– Deixa pra lá. Eu não devia ter dito nada. Não é importante.

– E o meu era?

– Era – insistiu ele. – O seu é incrível. Uma selva? Uma civilização dizimada? Uma estátua segurando uma *estrela*? É épico. E o meu era só... – Ele balançou a mão com desdém. – Você sabe. Um pesadelo. Nem me lembro de muita coisa, só que me apavorava muito.

– Vou tentar adivinhar – disse Nova, apoiando a bochecha na mão. – Você sonhava que chegava no QG e descobria que tinha esquecido de vestir roupas de manhã.

Ele olhou para ela com irritação.

– Eu tinha uns 4 anos. O QG nem existia ainda.

– Ah.

– Não, era mais que... tinha uma *coisa* me observando o tempo todo. Eu chamava de monstro porque eu era muito original, sabe. Na metade das vezes eu nem conseguia ver, mas sabia que estava lá, esperando pra...

– Pra quê?

– Não sei bem. Me matar, talvez. Ou matar minha mãe, ou as pessoas de quem eu gostava. Acho que nunca tive um sonho em que a coisa fazia algo além de ficar se esgueirando ao longe, esperando pra me pegar ou me caçar. – Ele tremeu. – Pensando bem, não deve ser tão surpreendente. Eu cresci cercado de super-heróis. Cada vez que minha mãe saía do nosso apartamento, eu não sabia se ela ia voltar. E os noticiários viviam cheios de histórias de gente sendo sequestrada ou sendo encontrada morta na sarjeta... O que meu subconsciente podia fazer com tanta informação? – Ele abriu um sorriso melancólico. – Estou vendo por que seu subconsciente acharia melhor deixar a cidade toda acabar.

Uma risada surpresa escapou da boca de Nova, e, apesar de saber que Adrian estava brincando, ela se perguntou se havia algo de verdade nas palavras dele.

– Pesadelos – refletiu ela. – Não sinto falta disso.

O rosto do Adrian se suavizou e ela não conseguiu afastar o olhar. Seus nervos formigaram.

– A gente devia voltar – murmurou ele, sem interromper o contato visual. Sem se mexer.

– Devia – concordou Nova. Mas ela também não conseguiu se mexer. A expectativa se misturou com nervosismo. Seu coração estava disparado.

Conquiste o afeto dele.

Ela viu a mão dele apoiada na grama e tentou reunir coragem para tocar nele. Tentou canalizar Mel Harper e imaginar o que ela faria. Um roçar de ombros, um leve toque com as pontas dos dedos?

O pensamento a fez tremer.

O que Mel faria?

Nova desceu o olhar para os lábios de Adrian.

Ela engoliu em seco e se inclinou para a frente.

Adrian respirou fundo e, antes que Nova soubesse o que estava acontecendo, tinha ficado de pé e começado a limpar a roupa.

– Uau, a gente tem que ir logo – disse ele, olhando para o comunicador. – Não vamos querer nos atrasar pra... hã... a justa ou... sei lá o que era...

Nova olhou para ele incrédula.

Caramba. Ela tentou dar um beijo nele e... *ele a rejeitou.*

Então era essa a sensação.

Ela sentiu uma vergonha enorme e ficou grata por ele parecer determinado a não olhar para ela, pois lhe deu um momento para se recuperar e engolir a decepção.

Engolir para bem fundo.

Tão fundo que ela quase conseguiu se convencer de que não estava lá.

CAPÍTULO DEZESSEIS

NOVA NÃO SABIA qual charada era mais frustrante.

Adrian, que tinha passado de alguém que tentou beijá-la no parque de diversões a alguém que age como se ela tivesse uma doença contagiosa e incurável.

Ou o elmo do Ace, que estava preso numa caixa impossível de abrir.

Nova não gostava de charadas em geral, mas, entre as duas que a intrigavam no momento, ela achava bem menos incômodo se concentrar na caixa de cromo, e por isso passou a manhã toda sentada na escrivaninha na entrada do armazém de artefatos pensando nisso.

Como se abre uma caixa que não pode ser aberta?

Como se destrói um material indestrutível?

O que poderia ser tão forte a ponto de passar pelo cromo e libertar o elmo do Ace da prisão?

Nova ainda não tinha resposta, mas sabia quem tinha. O Capitão Cromo. Ele tinha feito a caixa. Devia saber como desfazer. E embora Nova não soubesse o que poderia dizer para que ele revelasse o segredo, ela sabia que teria que tentar.

Antes que o Ace definhasse completamente.

Ela estava imaginando uma conversa muito longa, muito inteligente e muito criativa com o Capitão quando as portas do elevador apitaram e sua segunda charada entrou na recepção. Nova levou um susto.

– Adrian?

Ele estava praticamente quicando quando correu até a mesa dela.

– Está *aqui* – disse ele, um sorriso largo no rosto.

Ela olhou para ele boquiaberta, com a sensação de que devia saber do que ele estava falando, mas só conseguia pensar no elmo.

– Como?

– Eu estava achando que todas aquelas coisas dos túneis tinham sido jogadas fora depois de serem verificadas como provas, mas conversei com a chefe da investigação da cena do crime hoje de manhã e ela me disse que tudo foi trazido pra *cá*. Nada é jogado fora enquanto a investigação não é encerrada, então agora as coisas dos Anarquistas devem estar numa pilha por aqui, esperando para serem marcadas e categorizadas e – ele balançou a mão na direção do cofre – o que quer que aconteça lá dentro exatamente.

Nova o observou com um nó no estômago.

– A marionete do Winston.

Adrian apoiou os cotovelos na mesa e se inclinou na direção dela.

– Exatamente. Além disso, recebi aprovação do Conselho e da terapeuta do Winston. Ele pode receber a marionete em troca de informação, desde que Foto Instantânea verifique primeiro para ter certeza de que não esteja escondendo um poder secreto mágico.

A marionete de Winston. Pela qual ele estava disposto a trocar informações.

Nova engoliu em seco.

– Ah. Que... ótimo.

– A Foto Instantânea está lá dentro?

A porta da sala do arquivo se abriu, mas foi Callum e não Foto Instantânea que saiu. Ele parou na hora que viu Adrian.

– Não acredito! Rabisco em pessoa! Sou muito fã.

– Ah, obrigado – disse Adrian, aceitando um aperto de mão firme com expressão confusa.

Nova fez um gesto de um para o outro.

– Hã... Adrian, Callum. Callum, Adrian.

– Você veio retirar alguma coisa? – perguntou Callum. – Temos uma pena linda, acho que você ia adorar.

– Ah, é? – disse Adrian, mas descartou o interesse rapidamente. – Não, obrigado. Na verdade, me disseram que tem um lugar aqui onde estão todas as coisas que foram confiscadas da moradia dos Anarquistas nos túneis do metrô.

– Isso mesmo. Tem uma sala lá nos fundos. Mas vou logo avisando, está uma bagunça lá. Estou planejando arrumar faz tempo, mas... – Callum deu de ombros. – Ei, pode ser uma coisa legal pra gente fazer junto, né?

Nova demorou um momento para perceber que ele estava falando com ela. E olhou para ele de repente.

– É. Legal. Boa ideia.

Callum apontou para Adrian.

– Olha, eu devia verificar se você tem autorização, mas... ah, quem eu quero enganar? Claro que você pode ver. Vem comigo. – Ele moveu o braço.

Adrian abriu um sorriso animado para Nova e foi atrás.

– Esperem – disse ela, pulando da cadeira. – Posso ir também, ou...?

Callum riu.

– Essa garota! A curiosidade dela é insaciável!

Nova interpretou a resposta como um sim, colocou uma plaquinha de JÁ VOLTO na mesa e foi atrás deles. Callum percorreu a seção da frente do armazém e deu a Adrian a mesma orientação que tinha dado a ela no primeiro dia, até que eles chegaram a uma sala independente perto do canto dos fundos e com paredes que não chegavam ao teto.

Callum abriu a porta.

– Chegamos. Vocês dois, se divirtam. Vou avisar a Foto Instantânea que vocês estão aqui.

Nova parou ao lado de Adrian na porta, o queixo caído. Ela até esperava ser tomada de tristeza quando visse suas coisas e os pertences da família, agora nas mãos dos Renegados, sem serem apreciados e nem amados.

Mas só sentiu um sufocamento.

E um certo alívio.

As chances de Adrian encontrar qualquer coisa naquele amontoado de objetos era pequena.

Adrian empertigou os ombros, inclinou o corpo para passar entre duas estantes altas e entrou na sala.

– Ele não estava brincando, né?

Nova foi atrás dele. Era como se os Renegados tivessem enchido carrinho atrás de carrinho com as coisas aleatórias que tinham encontrado nos túneis e simplesmente... largado lá sem cuidado e sem cerimônia. Se bem que, conforme seus olhos foram se ajustando ao caos, ela começou a reparar que houve umas tentativas de organização. Viu o guarda-roupa amado de Mel encostado numa parede, cheio de vestidos de lantejoulas e lenços de seda, mas também o roupão de Leroy e um saco de lixo com as roupas de Nova saindo pela boca. Outros acessórios, como joias, sapatos e similares, quase tudo de Mel, estavam num carrinho ali perto. Os móveis estavam numa pilha bamba no meio, incluindo a poltrona amada e comida de traças de Leroy. Itens práticos de uso doméstico estavam espalhados erraticamente por uma série de prateleiras, de chaleiras elétricas a abridores de lata e até uma vassoura, embora Nova não conseguisse se lembrar de ninguém usando vassoura nos túneis.

Ah, não, teve uma vez que ela viu Ingrid correndo atrás de um rato com uma vassoura na mão...

Adrian andou pelo caminho estreito, e Nova viu o que tinha chamado a atenção dele. Uma tenda colorida, caída embaixo de uma mesa comprida.

– Parece que tem umas coisas do Titereiro aqui – disse Adrian, e se agachou para remexer no tecido de nylon.

– Que ótimo – disse Nova, sem conseguir demonstrar o menor sinal de entusiasmo. O cheiro do metrô estava por toda parte e ela odiou ser lembrada disso depois de muitas semanas de vida na superfície. Apesar de existirem coisas que foram tiradas dela naquele dia que ela gostaria de ter de volta, tinha que admitir que não estava triste de ter deixado a prisão subterrânea para trás.

Triste de deixar Ace para trás, sim, mas não de ter saído de lá.

– Andei pesquisando sobre os Anarquistas – disse Adrian. Ele encontrou uma cozinha de brinquedo atrás das tendas e começou a abrir os armários cheios de mofo. – Sabia que o pai do Winston Pratt fazia brinquedos?

Nova olhou para a nuca dele.

– Não – disse ela, e era verdade. Ela sabia bem pouco sobre Winston e quem ele era antes de ser o Titereiro.

– Não tenho muita certeza, mas algo me diz que essa marionete que ele quer pode ter sido feita pelo pai dele. Faz sentido ele ser apegado a ela, né?

Nova não respondeu. Ela havia visto uma mesa atrás de algumas estantes.

Sua mesa.

– Mas não consegui descobrir nada sobre a origem dele – observou Adrian. – Nem sobre o Fobia. Na verdade, não consegui descobrir *nada* sobre o Fobia.

Nova empurrou uma arara com mais vestidos de Mel para ir até sua mesa.

– Que estranho – disse ela sem entusiasmo, embora, na verdade, também não soubesse quase nada sobre o Fobia. Com um poder como o dele, tão imerso nos maiores terrores da humanidade, ela não tinha certeza se queria saber sua origem. Ela sabia que havia épocas em que o Fobia parecia quase normal. Como se pudesse haver um cara normal debaixo da capa, calado e solitário, com um senso de humor esquisito e ambições sutis.

Quem ele foi antes? Como ficou daquele jeito?

Se Fobia já tinha revelado esses segredos, ela não sabia nada.

– Mas tem muita informação sobre Mel Harper – disse Adrian com uma risadinha. Nova olhou na direção dele e o viu remexendo em uma caixa de papelão com a marcação simples de PORCARIAS. – Ela cresceu em uma fazenda uns 80 quilômetros ao sul daqui. Alega que pisou numa colmeia de vespas quando tinha 12 anos. Os ferrões provocaram um choque anafilático e ela desmaiou. Quando acordou, horas depois, ela estava inchada como um balão.

– Espera... *ela* disse isso? – perguntou Nova.

– Aham. Foi em uma entrevista de jornal no começo da Revolução Anarquista.

Nova franziu a testa. Era difícil imaginar Mel admitindo já ter ficado inchada como um balão.

– Mas ela sobreviveu, obviamente, e encontrou a rainha da colmeia esmagada por seu sapato. Depois disso, a colmeia toda ficou sob o controle dela. – Adrian olhou para Nova. – *Isso* é que é história original.

– Por que sempre são tão traumáticas? – murmurou ela.

Ela chegou à mesa e abriu a gaveta de cima. Seu coração deu um pulo. Viu de cara um conjunto de chaves de fenda rolando na gaveta. Foram suas primeiras ferramentas, obtidas por Ace quando tinha só 4 anos. Ela mexeu com carinho em um dos cabos, pois só percebeu o quanto sentia falta delas naquele momento.

– O Cianeto também tem uma história triste – disse Adrian.

Nova mordeu a bochecha. Já tinha ouvido Leroy contar sua história. Ele foi vítima de bullying no ensino médio e foi abordado por alguns colegas depois de uma aula no laboratório de química. As coisas fugiram do controle rapidamente e os colegas o agrediram... não só com os punhos, mas jogando produtos químicos e ácidos nele.

Se bem que, quando Leroy contava a história, ele gostava de pular para a parte em que ele encurralou o parceiro de laboratório em um banheiro e garantiu que o rosto dele ficasse eternamente coberto de cicatrizes piores do que as dele mesmo. Nova se lembrava de Leroy rindo, mas não achava engraçado para nenhum dos dois.

– Às vezes – disse Adrian, a voz parecendo vazia –, acho impossível imaginar por que alguém se juntaria ao Ace Anarquia. Por que alguém faria coisas tão horríveis como o que os Anarquistas fizeram?

Nova contraiu a mandíbula.

– Mas aí eu ouço as histórias e... sei lá. Às vezes, dá pra ver que faz sentido, sabe?

Nova reuniu as chaves de fenda na mão e se virou para olhar para Adrian e verificar se ele estava ocupado antes de as enfiar num bolso do cinto.

– Alguma coisa?

– Nada de marionete, mas... sabe o que é isto? – Adrian exibiu uma caixa de sapatos cheia de discos de metal.

Nova arregalou os olhos.

Adrian não esperou a resposta dela.

– As estrelas que Pesadelo arremessava. Acho que detectavam calor... ou talvez fosse movimento? Não sei, mas nos causaram um mundo de problemas. São uma arma danadinha. – Ele tirou uma da caixa e a virou para inspecionar dos dois lados. – Eu sempre quis saber como funcionavam. A gente devia levar para o departamento de pesquisa e desenvolvimento.

– Eu levo – disse ela rapidamente. – É parte do meu trabalho aqui, sabe. Olhar as coisas... decidir o que pode ser útil... e garantir que chegue nas pessoas certas. Vou levar até lá quando meu turno aqui acabar.

Adrian colocou a estrela na caixa e a empurrou pela mesa.

Nova expirou.

– Pelo menos a gente não precisa se preocupar mais com ela, né? Os outros Anarquistas são assustadores, mas estou bem feliz de Pesadelo estar fora de combate.

– Acho que sim... – respondeu Adrian.

Nova franziu a testa para ele.

– Como assim, acha?

Ele deu de ombros.

– A gente não provou que ela está morta.

Os braços dela ficaram arrepiados.

– Como é?

Adrian começou a mexer num baú cheio de truques baratos de mágica e de brindes de festa de plástico.

– O corpo não foi encontrado, e nem... nenhuma evidência de que ela tenha morrido.

– Porque ela foi *obliterada* – disse Nova, com um tom mais enfático do que pretendia. – A bomba da Detonadora a destruiu. Claro que não sobrou nada!

– Pode ser. Realmente, provocou muitos danos, mas... não deveria ter sobrado alguma coisa? Partes do corpo? Sangue?

Nova olhou para ele surpresa. Tanto tempo, ao longo de tantas semanas, ela teve certeza só *disso* pelo menos. De que aquela única coisa tinha dado certo. Ela havia fingido a própria morte. Os Renegados acreditavam que a Pesadelo tinha morrido. Tinham cancelado a investigação. Era menos uma preocupação para ela, que ela aceitou com alívio.

Mas Adrian não acreditava?

– Mas... mas ninguém poderia sobreviver àquela explosão.

– Você sobreviveu.

Ela ficou imóvel.

– Você estava na casa maluca quando a bomba explodiu.

– Eu... eu estava do outro lado da casa – sussurrou ela. – E estava protegida por um cilindro de metal gigante.

Adrian curvou os lábios para cima de novo, mas ela percebeu que ele só estava cedendo para agradar-lhe.

– Eu sei. Você deve estar certa. Ela deve estar morta. Eu só... fico me questionando às vezes.

– Bom, não precisa.

Ele riu, mas logo ficou sério de novo. Empurrou a caixa de papelão para debaixo da mesa e se levantou.

– Nós nunca conversamos sobre o que aconteceu naquele dia.

A pulsação de Nova acelerou, e, de repente, ela estava de volta no canto abandonado do parque Cosmopolis e Adrian estava dizendo como ficou preocupado quando achou que ela estivesse morta, e estava chegando mais perto, e sua respiração estava ficando mais rápida...

– Você *quer* conversar? – O olhar dele estava nela, inseguro.

O rubor subiu por seu pescoço e se espalhou pelas bochechas. Ela queria conversar?

Não.

Só queria fingir que não tinha acontecido. Queria recomeçar.

Ela queria que ele tentasse beijá-la de novo porque, desta vez, ela não fugiria.

– Me... me desculpe – disse ela, molhando os lábios. – Acho que eu... fiquei com medo.

Era verdade. *Ainda* era verdade. Ela estava com medo. Com medo do que sentia por Adrian Everhart, um Renegado. Com medo de não conseguir fugir do sentimento, por mais que lembrasse a si mesma que ele era o inimigo.

Com medo porque sabia que não estava tentando se aproximar dele *só* porque Ace tinha sugerido. Era só uma desculpa conveniente para fazer exatamente o que ela queria o tempo todo.

– Claro que você ficou com medo – disse ele. – *Eu* fiquei apavorado.

– Ficou?

– Mas você teve mais coragem do que eu. Eu fiquei paralisado e você... – Ele parou de falar.

Nova ficou olhando para ele, perplexa. *Ela* era corajosa? *Ele* ficou paralisado?

– Ainda assim, mesmo que a Detonadora fosse um monstro, sei que não deve ter sido fácil. Você matou uma pessoa e... – Ele levantou as duas mãos como se estivesse tentando acalmá-la, mas Nova não se chateou. Só ficou perplexa. – Você fez o que tinha que fazer, mas não deve ter sido fácil, e... eu só... se você quiser conversar, pode falar comigo.

– Sobre... ter matado a Detonadora – disse ela, enquanto seus pensamentos se reorganizavam na cabeça.

Lá estava ela, pensando num quase beijo, e Adrian queria conversar sobre a vez em que ela matou uma pessoa.

– Desculpe – disse Adrian. – Acho que eu não devia ter dito nada. Eu só achei...

– Não, tudo bem. Me ofereceram terapia por causa do trauma se eu quisesse, mas não achei que precisava. – E ela não ia revelar seus pensamentos mais profundos para um psiquiatra dos Renegados, mesmo que precisasse. – A questão é que matar a Detonadora não foi difícil. – Ela expirou e quis chegar mais perto de Adrian, mas tinha tanta coisa entre eles. Tanta história. A vida dela toda espalhada aos seus pés, e ela não conseguiu passar por cima. – Não foi nada difícil. Ela estava fazendo mal àquelas pessoas e teria feito bem mais. – As palmas das suas mãos estavam ficando úmidas, mas ela se obrigou a sustentar o olhar de Adrian e falar a verdade, a falar o que soube na ocasião que era verdade. – Ela teria feito mal a *você*.

A surpresa surgiu no rosto dele.

– Nova...

Ela se virou, o coração disparado com o jeito como ele olhou para ela.

Ele repetiu:

– *Nova*.

Ela ergueu o rosto e Adrian estava sorrindo. Ele apontou para alguma coisa atrás dela.

Nova olhou. E murchou os ombros.

A marionete de Winston, Hettie, estava na prateleira mais alta acima da mesa antiga de Nova, as pernas de madeira penduradas na lateral, os olhos tristes voltados para eles como se ela estivesse ouvindo a conversa toda e tivesse achado muito desanimadora.

Ela segurou um gemido.

– Que ótimo.

Depois que Adrian pegou a boneca, eles seguiram pelo armazém e encontraram Foto Instantânea conversando com Callum na seção dedicada a artefatos com propriedades de cura.

– Deveria ir para a parte de defesa – disse Callum, mostrando um pingente preto grande em uma corrente fina.

– Discordo – declarou Foto Instantânea, digitando alguma coisa numa etiquetadora manual. – O lugar é aqui, junto com os outros objetos de cura.

– Mas não *cura* – disse Callum.

– Protege de doenças – retorquiu Foto Instantânea.

– É, protege a pessoa pra que não fique doente, mas não faz nada se a pessoa já estiver doente. É preventivo. É uma medida de defesa. *Defesa*.

– Com licença – disse Adrian, chamando a atenção deles.

Callum abriu bem os braços.

– Nova, fala pra ela! O Amuleto da Vitalidade é de cura ou de defesa? – Ele mostrou o colar. O pingente redondo e grande estava pendurado na corrente. Parecia velho, velhíssimo, com um símbolo rudimentar marcado no que poderia ser ferro na forma de uma palma de mão aberta com uma serpente enrolada dentro.

Nova balançou a cabeça.

– Desculpe, Callum. Nunca ouvi falar.

Ele encolheu os ombros.

– Bom, tudo bem... é mais usado como proteção contra venenos e doenças, mas teve também um relato de ter desviado um ataque sugador de energia feito por um prodígio.

– Legal – disse Adrian. – Posso ver?

Callum entregou o pingente para ele.

– Está na parte de cura há anos, mas não faz sentido.

– Tudo bem, Callum, tudo bem – disse Foto Instantânea, pressionando uma etiqueta na beirada de uma prateleira. – Pode botar onde você quiser. Oi, Adrian. Eu soube que você foi olhar a sala dos Anarquistas. Encontrou o que estava procurando?

– Na verdade... – Adrian mostrou a marionete. – Posso ter autorização para retirar?

Ela botou a etiquetadora de lado e pegou a marionete da mão dele. Tirou os óculos de gatinha da cabeça e inspecionou a boneca de todos os ângulos. Depois de um momento longo e silencioso, ela devolveu Hettie a Adrian.

– É só uma marionete mesmo – confirmou ela. – Não tem nada de extraordinário. Você tem minha permissão pra tirar do armazém. Callum, você pode anotar na base de dados?

– Legal, obrigado – disse Adrian. Ele foi devolver o medalhão para Callum, mas hesitou. Olhou melhor para o desenho e franziu a testa.

Nova chegou mais perto para tentar ver o que tinha capturado o interesse dele, mas era só um pingente grande e feio, pelo que ela podia perceber. Se bem que era capaz de proteger de doenças. Ela se perguntou até que ponto. Um resfriado normal? Peste negra? Tudo que havia entre um e outro? E por que não estava no hospital, e sim pegando poeira lá?

– Isto está disponível para retirada também? – perguntou Adrian.

– Claro – respondeu Callum. – Mas, quando você devolver – ele olhou intensamente para Foto Instantânea –, vou botar na parte de defesa.

Ela fez sinal para eles irem embora.

– Só se lembre de preencher o formulário, sr. Everhart – disse ela. – Nova pode ajudar com isso.

Nova abriu um sorriso tenso.

– Por aqui.

CAPÍTULO DEZESSETE

Winston Pratt segurou a marionete com as duas mãos e olhou para o rosto triste com indiferença aparente. Adrian não sabia o que esperar quando levou o boneco para ele. A terapeuta insistiu em estar presente e comentou que objetos que eram importantes e de valor sentimental para um paciente podiam resultar em explosões fortes de emoção, *tanto* positivas *quanto* negativas. Por isso, Adrian se preparou para gritinhos de satisfação ou soluços desesperados. Mas não para a apatia total.

Nem para a confusão quando Winston inclinou a cabeça para um lado e para o outro. Ele parecia estar inspecionando o rosto do boneco, mas Adrian nem fazia ideia do que ele estava procurando.

– E então? – disse Adrian, a paciência no limite. A terapeuta olhou para ele de cara feia, mas ele ignorou o olhar. – É o Hettie, não é?

– Sim – disse Winston Pratt. – É o Hettie. – Ele passou o polegar na lágrima preta na bochecha da marionete, como se tentando limpar a tinta. Não adiantou. Ele segurou o boneco com as duas mãos, levou-o à altura dos olhos e sussurrou: – *Você* fez isso comigo.

Adrian lançou um olhar à terapeuta. Ela pareceu preocupada, como se estivesse pronta para interferir e desviar a atenção de Winston para assuntos mais alegres ao primeiro sinal de problema. Depois de limpar a garganta, ela deu um passo sutil para a frente.

– O que o Hettie fez com você, sr. Pratt?

Winston ergueu o olhar, sobressaltado, como se tivesse esquecido que eles estavam lá. Seu lábio se curvou de irritação.

– Hettie é uma marionete – disse ele, sacudindo o boneco de forma que a cabeça de madeira se movesse para a frente e para trás. – Ele não pode fazer nada que não tenha sido feito para fazer.

A terapeuta piscou sem entender.

– Sim – disse ela lentamente –, mas você disse...

– É o que ele simboliza – disse Winston. A indiferença dele sumiu e seu rosto ficou tomado de emoção de repente. A testa se franziu, os olhos arderam. A respiração ficou irregular. – É o que ele fez! – Com um grito, ele moveu o braço e jogou a marionete, que bateu na parede e caiu no chão, os membros virados em ângulos estranhos.

Adrian ficou olhando, paralisado, e se perguntou se devia voltar em uma ou duas horas.

Nesse momento, Winston respirou fundo e riu de forma quase tímida.

– Eu não tive a intenção de fazer isso. – Ele olhou para Adrian. – Você pode pegar pra mim de novo, por favorzinho?

Como a terapeuta não fez nenhuma objeção, Adrian pegou o boneco do chão. Winston o arrancou da mão dele e passou mais um momento tentando raspar a lágrima com a unha, para depois bufar de irritação e colocar Hettie ao seu lado.

Ele encarou Adrian e deu de ombros com uma certa tristeza.

– Eu não devia ter descontado minha raiva no pobre Hettie – disse ele, fazendo carinho no cabelo laranja do boneco. – Não é culpa dele.

Adrian forçou um sorriso, sem saber como responder. Ele esperou dez segundos e levantou as sobrancelhas.

– E aí?

– E aí? – disse Winston.

Adrian começou a fechar as mãos em punhos e teve que enfiá-las nos bolsos numa tentativa de não deixá-las tão evidentes.

– Nós tínhamos um acordo. A marionete em troca de informações. Você prometeu me dizer quem matou minha mãe.

Winston estalou a língua.

– Não, não. Eu prometi contar uma coisa que você ia querer saber.

Adrian apertou ainda mais a mão até conseguir sentir as unhas penetrando na palma. Ele sabia que não devia ter confiado num Anarquista. Sabia.

Ele estava a dez segundos de dar um pulo e arrancar a marionete do vilão quando Winston começou a sorrir. Com provocação e malícia.

– E eu *vou* contar uma coisa que você quer saber. Mais do que você imagina.

Adrian prendeu o ar.

– Você me disse que viu a Detonadora matar a Pesadelo – disse Winston. – Que você estava *lá*. Mas... lamento informar, jovem mestre Everhart, que você se enganou. – Os olhos dele cintilaram. – Nossa preciosa Pesadelo está bem viva.

ELE FOI ATÉ o escritório do Conselho primeiro, mas só Luz Negra estava disponível. Adrian achava que podia ter contado para ele, que estava numa posição tão alta quanto qualquer um dos outros. Mas, não; ele precisava falar com seus pais primeiro. Eles sabiam toda a história da busca dele pela Pesadelo. Sabiam por que era tão importante para ele.

Mas, de acordo com Prisma, o Capitão Cromo e o Guardião Terror tinham saído para jantar com o representante da segurança alimentar de Gatlon e só voltariam ao escritório no dia seguinte. Apesar da pressão de Adrian, ela se recusou a dizer aonde eles tinham ido; não seria apropriado divulgar essa informação nem para *ele*, disse ela, pedindo desculpas intensamente.

Por isso, ele foi para casa trincando os dentes pelo caminho todo.

Winston Pratt se recusara a dizer qualquer outra coisa, por mais que Adrian pedisse e por mais que oferecesse pertences dos Anarquistas como suborno, até a terapeuta ficar irritada. Pratt nem se abalou. Tinha dado a informação que pretendia dar e sua boca era um túmulo. Ele até fez um gesto de zíper sobre os lábios para provar isso.

Era tão *irritante* saber que ele tinha mais informações, mas se recusava a compartilhá-las. Adrian teria dado uns tapas na cabeça de Pratt se achasse que a terapeuta ia permitir.

A Pesadelo estava viva.

Ele sabia. De alguma forma, ele *sabia*. Ela não tinha morrido naquela explosão. Tinha escapado quando ele estava distraído com as bombas explodindo no parque. Ela ainda estava à solta.

E havia uma chance de ele a encontrar. Havia uma chance de ele encontrar a ligação dela com o assassino de sua mãe.

Ele estava andando de um lado para o outro da sala de jantar havia quase duas horas quando a porta da frente finalmente se abriu e a gargalhada estrondosa de Hugh ecoou pela casa. Adrian correu até o saguão. Seus dois pais estavam sorrindo, mas as expressões sumiram quando seus olhares pousaram nele.

– A Pesadelo está viva – disse ele subitamente. – Winston Pratt confirmou. Ela não foi morta pela Detonadora. Ainda está por aí!

– Opa, opa, opa – disse Hugh, levantando as mãos. – Vai devagar.

Adrian fez uma pausa para respirar fundo. Seus pais tiraram as jaquetas e ele falou de novo.

– Quando conversei com Winston Pratt no outro dia, nós fizemos um acordo. Se eu levasse a marionete dele, ele responderia a uma das minhas perguntas.

– Sim, nós sabemos – disse Simon. – Nós tivemos que aprovar a ideia.

– Certo – disse Adrian. – Bom, eu levei a marionete, e hoje ele me disse que a Pesadelo não está morta. Ela nos enganou!

Os dois o encararam, as jaquetas de lã sobre os braços.

– E como exatamente ele sabe disso? – questionou Simon.

Adrian passou a mão pelo cabelo.

– Não sei. Ele não quis dizer mais nada, mas parecia ter certeza.

– Ele está preso há meses – disse Hugh –, sem contato com o mundo externo. Não teria como saber se a Pesadelo está viva ou não.

– Sinto muito, Adrian, mas Hugh está certo. Ele só está tentando te distrair... nos distrair. É uma técnica clássica de vilões. Nos fazem olhar para alguma coisa aqui enquanto fazem planos para nos atacarem lá. Nós temos que manter o foco para encontrar Espinheiro e o resto dos Anarquistas, não caçar um fantasma.

– Não, mas... – Adrian parou de falar. Seu olhar foi de um para o outro, e ele sentiu o golpe repentino da pena. Ele se balançou nos calcanhares. Não queria acreditar neles, mas não conseguia explicar por que estava convencido de que Winston Pratt estava contando a verdade.

Porque você quer que seja verdade, sussurrou uma voz. Seu subconsciente irritante.

Se não era verdade, o rastro para encontrar o assassino da sua mãe estava perdido de novo, voltava a ser uma vaga esperança de que talvez, talvez um dos outros Anarquistas pudesse saber de alguma coisa. Isso se eles fossem encontrados de novo.

E significaria que ele tinha sido enganado por um vilão horrível. Ele tinha entrado nos túneis, procurado no armazém dos artefatos. Podia ter sido uma missão armada, sem prêmio a ser conquistado no final?

– Sinto muito – disse Hugh, mas Adrian o interrompeu com um movimento da mão.

– Não sinta. Eu... devia ter pensado nisso tudo antes de deixar que ele me abalasse. Eu só...

– Você queria que fosse verdade – disse Hugh. – Nós entendemos.

– É, bom... – Adrian limpou a garganta. – Como foi o jantar?

Hugh bateu nas costas de Adrian quando seguiu na direção da escada.

– Longo.

– Mas... – disse Simon, revelando uma caixa de papelão de comida que estava invisível na mão dele – a gente trouxe cheesecake pra você.

Pareceu um pequeno consolo, mas Adrian o aceitou.

Ele foi até seu quarto, no porão da mansão, o garfo em uma das mãos e a sobremesa na outra. O porão era enorme, embora ainda estivesse inacabado, pois o trabalho dos seus pais para reformar a casa tinha sido mais voltado para os andares acima. Adrian tinha domínio sobre o que acontecia lá embaixo, o que, até o momento, significava que ele tinha montado algumas prateleiras com bonecos de ação e alguns dos seus desenhos favoritos de quadrinhos, a maioria de artistas que eram prolíficos antes da Era da Anarquia. Também havia sua cama, um sofá pequeno, uma escrivaninha e um rack com videogames e uma televisão. Não era um ambiente luxuoso, mas era dele.

Ele se jogou no sofá. Não sabia com quem estava mais frustrado. Seus pais, por não estarem dispostos nem a considerar que Pesadelo podia ainda estar viva. Ou Winston Pratt, por revelar uma informação potencialmente falsa e quase certamente inútil. Ou com ele mesmo, por acreditar nele. Por *ainda* acreditar nele, apesar da lógica das palavras dos seus pais.

Ele botou alguns pedaços de cheesecake na boca, mas não estava nem sentindo o gosto. Sua mente repassava a briga no parque de diversões de novo. O momento em que a Detonadora jogou a bomba na Pesadelo e Adrian a viu tentar desviar da explosão.

Tentar... e falhar? Ele não teve certeza na hora e não tinha certeza agora. O que sabia era que não tinham encontrado o corpo dela, nem pedaços, por mais nojento que o pensamento fosse.

Só a máscara.

Mas que importância tinha? Mesmo que Winston estivesse certo e ela estivesse viva, Adrian não estava mais perto de encontrá-la. Não tinha mais pistas para investigar. Nem dicas para seguir. Ele achava que podia revirar as coisas dos túneis do metrô, mas só de pensar ele já sentia dor de cabeça. E se os investigadores não encontraram nada de útil, por que ele achava que se sairia melhor?

Depois de comer metade da fatia de torta, Adrian se levantou e andou até a mesa. Remexeu lá até encontrar um lápis de carvão.

Ele desenharia por um tempo. Sempre ajudava a concentrar seus pensamentos, ou ao menos a acalmá-los.

Depois de pegar um caderno em espiral na prateleira, ele se sentou e encontrou uma página em branco. Deixou que o carvão guiasse seus dedos e fizesse formas apressadas e sombras afoitas no papel até uma imagem começar a tomar forma.

Samambaias enormes. Uma escadaria coberta de musgo. Uma figura com capa assombrando o fundo.

Um tremor percorreu Adrian com tanta força que o carvão fez uma linha escura na paisagem, estragando a imagem. Adrian se sentou mais ereto. A figura estava virada, e, por um momento, seu subconsciente resgatou imagens do monstro que assombrou seus pesadelos quando criança. Havia anos que ele não pensava naqueles terrores, mas contar a Nova sobre eles tinha despertado um sentimento de impotência que ele teria preferido deixar enterrado.

Mas, quando viu o todo do desenho, ele percebeu que não era o monstro que ele estava desenhando. Era a estátua.

A estátua do Parque da Cidade.

Aquilo não era o *seu* sonho, era o de Nova.

Adrian afastou o caderno quando uma ideia se apurou na mente dele. Olhou para a porta fechada que separava seu quarto do único outro aposento concluído no porão, embora "concluído" fosse um termo subjetivo. Tinha quatro paredes e um teto, tudo coberto de drywall, mas não muito mais do que isso. Não havia acabamento, nem textura, nem mesmo janelas.

Ele se levantou segurando o caderno enquanto abria a porta. Ao entrar na escuridão, ele balançou o braço até a mão bater numa corrente fina. Com um puxão, ele acendeu a lâmpada exposta no centro do teto.

Quando eles foram morar lá, Adrian chamou o espaço de seu "estúdio de arte" com uma certa ironia. Desenhou um cavalete, uma segunda mesa de trabalho e uma estante para guardar seus livros, que ele admitia estar um pouco torta. Fora isso, o espaço continuava vazio e meio abandonado.

Ele fez um círculo completo e inspecionou as paredes brancas expostas.

Seu olhar se voltou para o desenho.

E para cima. Espaço branco. Vazio. Uma tela esperando para ser preenchida.

Ele olhou para o escasso material de artes que tinha acumulado ao longo dos anos enquanto uma visão tomava seus pensamentos.

Adrian se virou, voltou para o quarto e subiu a escada barulhenta. Encontrou Hugh na frente da televisão na sala, depois de ter trocado de roupa e colocado uma calça de moletom e uma camiseta velha de triatlo. (Ele foi comentarista, não competidor, pois teria sido muito injusto.)

– Chega de falar da Pesadelo hoje – disse Hugh sem nem tirar o olhar da televisão. – Por favor. – Ele foi mudando de canais até chegar no noticiário.

Adrian amarrou a cara.

– Eu nem ia falar.

Hugh olhou para ele sem acreditar.

– Eu só queria perguntar se posso pintar meu estúdio.

– Que estúdio?

– Aquele meu estúdio de arte. O espaço vazio lá embaixo ao lado do meu quarto.

– O depósito?

Adrian empurrou os óculos.

– Se *depósito* foi o código pra "coisas de desenho do Adrian", sim.

– Acho que ele quer dizer o quarto que planejávamos usar como armazenamento – disse Simon, aparecendo atrás de Adrian com uma tigela de pipoca –, mas acabamos não precisando dele.

– Isso, ele mesmo. Posso pintar?

Simon se sentou no sofá e apoiou os pés na mesa de centro.

– Por mim, tudo bem.

– Legal. Alguma ideia de onde posso encontrar tinta acrílica vendida por galão? – Assim que perguntou, ele levantou a mão. – Querem saber? Podem deixar pra lá. Tenho uma caixa velha de giz pastel lá embaixo. Posso fazer minha própria tinta.

– Por que tenho a sensação de que não estamos falando de um bege neutro com acabamento fosco? – questionou Hugh.

Adrian sorriu.

– Faz alguma diferença?

– Bom, não.

– Foi o que pensei. Valeu!

– Opa, opa, opa – disse Hugh, tirando o som da televisão. – Essa conversa não acabou.

Adrian parou com um pé já na porta da sala.

– Não?

Hugh suspirou.

– Quinze minutos atrás, você estava pronto pra organizar uma caçada de grandes proporções pra achar a Pesadelo e agora vai pintar um quarto? Por que você não para vinte segundos e nos conta o que está fazendo?

Adrian se irritou.

– Bom, eu *não* vou atrás da Pesadelo, e nem da Espinheiro, aliás, assim como também não vou fazer patrulha, considerando que minha equipe ainda está esperando o pedido de reincorporação. Então, preciso me ocupar, né?

– Adrian – disse Simon em tom de aviso.

Hugh pareceu igualmente irritado, e, por algum motivo, Adrian teve uma lembrança da mãe, tantos anos atrás, olhando para ele com severidade e o dedo esticado insistindo para que ele *se comportasse, jovenzinho.*

Ele se controlou rápido.

– Vou pintar um mural.

Hugh ergueu as sobrancelhas com interesse.

– Mural?

– É. A ideia ainda está bem recente. Posso...? – Ele fez um gesto na direção do saguão.

Simon olhou para Hugh com expressão exasperada.

– Quando ele ficou tão adolescente assim?

– Adrian – disse Hugh, enfiando um pouco de pipoca da tigela de Simon na boca –, a gente só quer conversar com você por um minuto. Você está parecendo tão distante desde... bom, desde o parque Cosmopolis.

Apesar de ele não ter falado como acusação, Adrian ficou na defensiva. *Ele* estava distante? Os dois que sempre estavam ocupados tentando governar todo o mundo civilizado.

Mas ele sabia que não devia dizer isso.

– Vocês andam ocupados. Com a morte da Detonadora e o anúncio do Agente N e tudo mais, eu não queria incomodar.

– Você nunca nos incomoda – disse Simon. – Sempre é nossa maior prioridade, não importa o que mais temos que resolver. Sei que não temos te dado muita atenção ultimamente, mas isso não quer dizer que não reparamos como você mudou.

Adrian sentiu as tatuagens no corpo formigarem.

– Eu não mudei – insistiu ele.

O comentário levou a um ruído debochado dos *dois* pais. Ele amarrou a cara.

– Como estão as coisas entre você e Nova? – perguntou Hugh.

Adrian olhou para ele com surpresa e, pela primeira vez, começou a se arrepender de ter ido lá. Ele devia ter pintado o quarto sem nem perguntar. Eles nem desciam lá. É provável que eles só descobrissem depois que ele tivesse saído de casa. Mas não... ele estava se esforçando para ser responsável e era isso que recebia em troca.

– Como assim?

– Vocês dois estão... namorando?

Como Adrian reagiu com um olhar meio horrorizado, Hugh levantou as mãos com as palmas viradas para ele.

– A gente pode perguntar, não pode?

– Nova é minha amiga – disse Adrian rapidamente para acabar com o assunto. – Nós estamos bem. Não quero falar sobre isso.

Simon grunhiu e cantarolou baixinho:

– Eu te disse...

Adrian ficou se perguntando o que exatamente ele tinha dito para Hugh e quanto tempo havia que sua vida amorosa (ou a inexistência dela) era assunto de conversa.

– Tudo bem – disse Hugh. – Peço desculpas por ter tocado no assunto. Eu só... só espero que você saiba que sempre pode conversar com a gente. – Ele abriu um sorriso encabulado, como se não conseguisse acreditar no quanto aquela era uma fala de pai.

– Sobre qualquer coisa – reforçou Simon.

Adrian assentiu. Apesar de aguentar aquela conversa ser a última coisa que ele queria estar fazendo no momento, ele tinha que admitir que era bom ser lembrado de que seus pais se importavam com ele, mesmo que ele não acreditasse que era a prioridade principal dos dois, como eles alegaram. Normalmente, isso nem era problema. Eles eram os maiores super-heróis do mundo. O que ele esperava?

– Claro, pai. – Ele olhou para Simon. – E pai. Juro que estou bem. Então... – Adrian chegou mais perto da porta. – Posso ir agora?

Hugh bufou e balançou a mão para Adrian.

– Tudo bem. Volta pra sua solidão. Vai fazer sua obra de arte.

Adrian deu um aceno rápido para os dois e correu para o corredor antes que eles decidissem conversar sobre assuntos mais íntimos de pais para filho.

Chegou no andar de baixo num piscar de olhos e remexeu numa caixa de artigos velhos de arte. Vários deles tinham sido reunidos por sua mãe quando ele ainda era criança e estava aprendendo a desenhar. Havia gizes de cera quebrados e pincéis com as cerdas ressecadas e grudadas, e um conjunto de aquarela em que todas as cores tinham se misturado e virado um marrom-esverdeado.

Ele encontrou os pastéis num saco plástico. Embora muitos estivessem quebrados e meio derretidos, ele ficou feliz de ver a variedade de cores que encontrou.

Depois de se sentar de pernas cruzadas na frente da parede, ele começou a desenhar uma coleção nova de materiais. Uma série de latas de tinta, cada uma com tons intensos terrosos e matizes azuis tropicais.

Em minutos, estava com latas de tinta espalhadas no piso de concreto, além de um conjunto de pincéis novinhos.

Ele olhou para as paredes brancas mais uma vez e começou a pintar.

CAPÍTULO DEZOITO

NORMALMENTE, OS SALÕES DE TREINAMENTO, localizados no subsolo do QG dos Renegados, eram uma agitação só. Era lá que os Renegados treinavam corrida pelos vários obstáculos e testavam novas técnicas com seus poderes. Mas, quando Nova chegou ao local no primeiro dia do treinamento do Agente N, o salão amplo estava tomado por um silêncio estranho e nervoso.

Pela primeira vez, ninguém estava levantando peso nem dando socos, ninguém estava manipulando a água da piscina enorme nem dando estrelas através de aros em chamas, ninguém estava percorrendo uma corda bamba nem escalando paredes. O salão todo tinha sido reservado para as unidades de patrulha que trabalhariam com a nova arma química pela primeira vez, e o efeito fez o salão parecer sem vida e comum.

A pele de Nova ficou arrepiada quando ela seguiu pela passarela comprida que ocupava o comprimento do salão. Tinha chegado cedo e só havia uns doze Renegados esperando perto dos alvos de projéteis, inclusive Adrian, embora não houvesse sinal de Oscar, de Ruby e nem de Danna ainda. Adrian estava conversando com Eclipse, líder de uma das outras patrulhas.

Nova soltou o ar devagar.

Durante toda a manhã, sua mente foi marcando a lista crescente de prioridades.

Primeiro: controle de danos. Ela precisava saber o que Winston tinha contado a ele e garantir que seu segredo continuava protegido.

Depois disso, seus objetivos eram um pouco mais vagos. Aproximar-se de Adrian. Conquistar a confiança do Conselho. Descobrir mais sobre o Agente N. Descobrir como usar o Agente N contra os Renegados.

E, claro, acima de tudo... devolver o elmo do Ace. Tudo se encaixaria, ela sabia, se ao menos pudesse devolver o elmo ao seu verdadeiro dono.

Até onde ela sabia, Adrian Everhart era sua melhor esperança. Ele achava que seus poderes conseguiriam abrir a caixa. Nova encontraria um jeito de fazer isso acontecer. Ela não seria rejeitada de novo. Alguma coisa aconteceu entre eles no parque. Ela sabia que não estava imaginando a forma como a respiração dele ficou mais curta. O jeito como o olhar dele ardeu para ela.

Ainda havia alguma coisa lá. Talvez ela o tivesse magoado no parque de diversões, e talvez os muros que ele ergueu na semana anterior fossem resultado da rejeição dela, e talvez fosse levar um tempo e muita persistência para derrubar os muros.

Mas Nova gostava de um desafio.

Ela empertigou os ombros e desceu uma das escadarias estreitas na direção da área de treinamento. Adrian olhou e reparou nela. Ele começou a sorrir, por reflexo, ela sabia. Ele sorria para todo mundo.

Ainda assim...

Com o foco em Adrian, Nova perdeu a noção de quantos degraus tinha descido. Avaliou mal o último e quase caiu para a frente, mas conseguiu se segurar no corrimão.

Ela ficou de pé, as bochechas já vermelhas.

Sobressaltado, Adrian correu até ela.

– Tudo bem?

– Tudo – respondeu ela, puxando os punhos do uniforme. – Estou bem.

O sorriso de Adrian se alargou e ele parecia querer pegar no pé dela, mas se controlou.

Nova endireitou a postura e abriu um sorriso brilhante no rosto, deixando-o paralisado.

– E como foi com o Titereiro?

Adrian piscou, e na mesma hora Nova percebeu que tinha que segurar o entusiasmo. Ela diminuiu o tom de alegria e fechou a mão no cotovelo dele. Ele ficou tenso, mas não resistiu quando ela o puxou para a sombra da passarela, longe das unidades de patrulha que aguardavam.

– Ele disse alguma coisa... de útil?

Ele estava contemplando a mão dela, ainda no seu cotovelo, e logo a puxou para longe. Foi uma mudança sutil, mas não sutil o suficiente. O coração de Nova se apertou.

– Não... exatamente – disse ele.

– Ah, é?

Ele fixou a atenção nela, e Nova percebeu que ele não planejava contar a ela como foi o encontro com Winston. Seu estômago ficou embrulhado. O que significava? O que Winston tinha dito?

– Na verdade... – disse ele lentamente –, lembra que falei que eu não estava *totalmente* convencido de que a Pesadelo está morta?

A pele dela ficou gelada.

– L-lembro.

– Bom. – Ele massageou a nuca. – Winston Pratt concorda.

Sua boca se moveu, mas nenhuma palavra saiu.

– Ele me disse que a Pesadelo não está morta. Pareceu ter *muita* certeza. Mas... depois que falei com meus pais, eles lembraram que ele está na prisão desde antes da morte dela e não tem como ele saber se ela está viva ou não. Então... parece que fui enganado.

Ela piscou.

– Ah... é?

Ele deu de ombros.

– Sei lá. Ele foi tão convincente. Mas, obviamente, ele sabia que a Pesadelo estar viva me distrairia, considerando o interrogatório da última vez. Quanto mais eu penso, mais parece provável que ele estivesse brincando comigo. Como se eu fosse – ele revirou os olhos – uma *marionete*.

– Uau – refletiu Nova, apertando a mão no antebraço dele. – Adrian... sinto muito

E estou tão, tão aliviada, pensou ela.

Adrian olhou para ela e, desta vez, não se soltou logo do toque dela.

– Não foi só perda de tempo. Se eu não tivesse ido ao departamento de artefatos, não saberia sobre o Amuleto da Vitalidade. Fiz umas pesquisas e o que ele faz é incrível.

– Ah, é? Você devia passar um dia comigo no cofre qualquer hora dessas. Tem *muita* coisa legal lá. Não sou especialista nas coisas como o Callum, mas... eu poderia mostrar umas coisas especiais.

O sorriso de Adrian se alargou e lá estava de novo. O olhar semicerrado. A corrente de eletricidade que parecia brilhar no lugar onde a mão dela tocava seu braço.

– Eu gostaria disso – disse ele.

Nova sorriu.

– Eu também.

– Oh-oh. – Era a voz de Oscar.

Nova puxou a mão. Virou-se e viu Oscar, Ruby e Danna parados ao lado da escada. Oscar balançou o dedo na direção de Nova e de Adrian.

– Tem alguma coisa rolando aqui? Parece que tem alguma coisa rolando aqui.

– Procurando um cantinho a sós embaixo da passarela? – disse Danna com um sorrisinho debochado. – Definitivamente, tem.

– Melhor a gente dar privacidade pra eles. – Ruby passou os braços em volta de Oscar e de Danna e os virou para o outro lado.

– Muito engraçado, pessoal – disse Adrian, correndo atrás deles. – A gente só estava conversando.

– Não foi o que pareceu... – disse Oscar, mas parou. – Na verdade, foi o que pareceu, sim.

Nova deu um suspiro e foi atrás.

– Está animada? – perguntou Danna.

Embora a expressão dela estivesse neutra, Nova sentiu na mesma hora o corpo sintonizado nela, como se avaliando uma ameaça. Desde a reunião em que o Agente N foi relevado, ela sentiu uma mudança em Danna. Uma desconfiança, uma distância, uma armadilha nas palavras dela. No jeito como seus olhos pareciam seguir Nova sempre que elas estavam juntas.

– Animada? – perguntou Nova, tentando atingir o mesmo nível de indiferença que Danna exibia.

– Com o treinamento do Agente N. – Danna apontou para a estação onde dezenas de pistolas tinham sido posicionadas na frente de vários alvos. – Estou curiosa pra ver o que vão nos mandar fazer hoje.

Nova engoliu em seco sem saber direito o que Danna queria que ela dissesse. Nova não foi sutil na hora de manifestar sua reprovação ao Agente N, mas sabia que teria que dançar conforme a música se quisesse evitar levantar mais alarmes.

Ela relaxou a mandíbula para responder.

– Eu só quero ser a melhor Renegada que puder ser.

O olho de Danna tremeu, e, apesar de ela não ter dito nada, Nova percebeu que ela não ficou convencida.

Nova ficou agradecida quando Pássaro do Trovão entrou no meio das unidades de patrulha, as asas pretas dobradas nas costas.

– Bom dia, Renegados. Hoje começa nosso período oficial de treinamento do Agente N. Vocês são nosso segundo grupo de patrulhas e estou feliz em dizer que, até agora, o treinamento tem sido ótimo. Não duvido que vocês também excedam as expectativas. – Ela voltou um olhar tranquilo para as unidades reunidas. Quase pareceu uma ameaça.

Danna deu um passinho para trás, e Nova lembrou que ela disse uma vez que tinha um certo medo da Pássaro do Trovão. Na ocasião, ela fez uma piada: aves eram predadores naturais de borboletas, observara ela. Mas, agora, Nova sentiu a intimidação da Conselheira na pele.

Ela observou as outras unidades de patrulha reunidas no salão. Havia seis, e, embora Nova já conhecesse a maioria, sua atenção se fixou em Geladura e seu grupo, que pareciam mais ansiosos do que todo mundo para começar.

Gárgula a pegou olhando e fez expressão de desprezo, exibindo dentes pretos de pedra.

Pássaro do Trovão colocou uma pasta numa mesa, e o coração de Nova pulou quando ela a reconheceu como sendo a mesma pasta que a dra. Hogan mostrou na reunião. E, realmente, quando Pássaro do Trovão levantou a tampa, eles viram 19 frascos de líquido verde. O vigésimo espaço estava vazio, não tinha sido substituído depois que eles neutralizaram Winston.

Nova lambeu os lábios e praticamente salivou por causa dos frascos. Quase não conseguiu se segurar para não tocar na bolsinha do cinto, onde um frasco idêntico estava guardado, cheio da mistura que Leroy preparou de acordo com as especificações dela: uma mistura de tinta de caneta, tinta acrílica e amido de milho para engrossar a mistura. Nova teve medo de sua memória não conseguir replicar a substância muito bem, mas, ao observar as fileiras de frascos, ficou claro que eram quase idênticos.

Seus dedos tremeram, mas ela sabia que precisava ser paciente.

Uma oportunidade apareceria. Ela só precisava esperar.

Pássaro do Trovão tirou um dos frascos e o mostrou para as patrulhas reunidas.

– Hoje, vamos fazer uma série de exercícios elaborados para deixar vocês mais à vontade com os diferentes métodos que podem precisar usar em campo para neutralizar um prodígio com o sérum do Agente N. Vamos praticar com um sérum falso, claro. Mas, primeiro, vamos discutir algumas questões de logística e as precauções na hora de usar o Agente N. – Quando ela virou o frasco de um lado para o outro, o líquido escorreu como mel. – Como vocês podem ver, o sérum é bem grosso. Precisa entrar no fluxo sanguíneo do prodígio e chegar no cérebro para ter efeito. Nossos cientistas descobriram que, quando o sérum chega ao cérebro, a transformação começa imediatamente e é completada em segundos, como vocês testemunharam com o Titereiro. O tempo que o sérum demora pra chegar ao cérebro depende de como e em que parte do corpo é administrado. Quando injetado de forma intravenosa, chega ao cérebro em menos de um minuto na maioria dos prodígios dependendo da frequência cardíaca.

Nova apertou os dedos nos cotovelos. *Nossos cientistas descobriram...*

Ela pensou de novo nos criminosos trancafiados na Penitenciária Cragmoor. Quantos tinham sido usados de cobaias enquanto os cientistas aperfeiçoavam aquela arma?

Arraia levantou um dedo.

– E se for um prodígio de sangue frio?

– Ou que não tem sangue? – acrescentou Gárgula.

Nova apertou os olhos para ele. A pele de Trevor Dunn, o Gárgula, podia ser capaz de se transformar em pedra, mas ela ainda tinha quase certeza de que ele tinha sangue. Talvez chegasse o dia em que ela pudesse testar essa teoria...

Ao seu lado, Danna murmurou:

– E se não tiver cérebro?

As bochechas de Nova tremeram e ela esqueceu por um momento que devia ser cautelosa com Danna.

– São boas perguntas – disse Pássaro do Trovão. – Há muitas exceções e circunstâncias incomuns na ampla variedade de prodígios, e vamos falar disso tudo na segunda sessão de treinamento. Pra hoje, saibam que mais de noventa e cinco por cento de todos os prodígios serão neutralizados um minuto depois da administração do sérum. Como falei, precisa entrar no fluxo sanguíneo, e, devido à densidade, vai ser ineficiente se aplicado de forma tópica. Mas vocês têm algumas opções. A mais óbvia é por uma injeção diretamente numa veia ou artéria. Uma injeção no coração vai ter ação particularmente rápida. Vocês também podem administrar o sérum por uma ferida aberta, embora isso possa desacelerar o processo. Além do mais, o sérum pode ser administrado oralmente para depois ser absorvido pelo fluxo sanguíneo pelas paredes do estômago. Entretanto, como não esperamos que muitos prodígios bebam o sérum por vontade própria, não esperamos que essa seja uma opção viável na maioria dos casos.

– E se for inalado? – perguntou uma garota chamada Cometa Prateado. – Pode ser usado como gás?

– Em teoria, pode – disse Pássaro do Trovão. – O líquido pode ser vaporizado e, se inalado, vai acabar chegando ao cérebro. No entanto, é importante lembrar que somos todos tão suscetíveis aos efeitos do Agente N quanto os nossos inimigos, e, no momento, não temos meios de nos proteger. Tentar usar o sérum numa outra forma, como a de uma bomba de gás, seria arriscado demais.

Pássaro do Trovão colocou o frasco do Agente N de volta na pasta e tirou um dardo pequeno de um bolso. Nova engoliu em seco. O dardo era quase idêntico ao projétil com veneno que ela já tinha usado para tentar matar o Capitão Cromo. Nova levou a mão à caneta que ela sempre carregava no cinto de armas, o que ela havia elaborado muito tempo antes com um compartimento secreto. Não dava para ter certeza sem olhar melhor, mas ela desconfiava que um dos dardos do Agente N caberia direitinho ali dentro.

– Quando o treinamento terminar – disse Pássaro do Trovão – e tivermos revelado publicamente a existência do Agente N, vocês serão equipados com pistolas especiais e dardos como este aqui. Hoje, os dardos estão vazios, e as armas perto do estande de tiro – ela indicou o local – já estão carregadas. Agora, quero que todos peguem um...

– Tenho uma pergunta – disse Nova.

Pássaro do Trovão olhou para ela.

– Pode falar.

– Vai haver alguma consequência para os Renegados que abusarem do Agente N?

– Abusarem?

– Isso é uma responsabilidade enorme – disse ela. – Não estou convencida de que nós, como indivíduos, estamos qualificados para tomar a decisão importantíssima de um prodígio poder ou não manter os poderes, mesmo aqueles encontrados violando a lei.

Pássaro do Trovão abriu um sorriso, mas de lábios apertados.

– Não há responsabilidade maior do que proteger e servir aos cidadãos desta cidade, e o resto do Conselho e eu confiamos integralmente na avaliação das nossas unidades de patrulha.

– Certo, mas não deveria haver algum tipo de limitação? Uma forma de lidar com qualquer pessoa que possa decidir usar o Agente N como punição, ou para ganho pessoal, ou numa situação em que não era necessário? E se um Renegado neutralizar alguém por, digamos, roubar uma barra de chocolate? Isso é abuso de poder, não é? Eu só quero saber qual seria a consequência pra uma coisa assim.

Pássaro do Trovão sustentou o olhar dela por um bom tempo.

– Suas preocupações são relevantes. Vou discutir as potenciais consequências com o resto do Conselho e vamos enviar um memorando com nossas decisões.

– Um memorando? – disse Nova com uma risada debochada. – Ah, que bom. Todos os memorandos são sempre levados muito a sério.

– O que é isso, uma aula de ética básica? – murmurou Genissa Clark num volume de voz alto o bastante para todo mundo ouvir.

– *Além disso* – disse Pássaro do Trovão, o tom severo –, durante nossa próxima sessão de treinamento nós vamos discutir que fatores esperamos que sejam considerados durante um conflito antes que o Agente N seja administrado. Nós confiamos no julgamento de vocês, mas vamos oferecer instruções a serem seguidas quando vocês estiverem considerando se neutralizar um oponente é a melhor ação a tomar. – Ela olhou para Nova como se estivesse esperando para ver se a resposta era adequada.

Não era, claro, mas, sentindo o olhar de Danna, Nova segurou a língua.

– Muito bem. – Pássaro do Trovão apontou para o estande de tiro. – Peguem uma arma, por favor.

As equipes foram na direção do estande de tiro e assumiram a posição na frente dos alvos.

Todo mundo, exceto Genissa Clark. Nova apertou os olhos quando ela se afastou do grupo e se aproximou da Pássaro do Trovão. As pontas das asas enormes cobertas de pena da Pássaro do Trovão arrastaram no chão quando ela e Genissa foram para a lateral do salão de treinamento. As duas inclinaram as cabeças para a frente e Genissa começou a sussurrar alguma coisa, indicando ocasionalmente a pasta cheia do Agente N.

Pássaro do Trovão estava com a testa franzida, mas de uma forma que sugeria mais contemplação do que reprovação.

Ruby foi na direção de um grupo de baias liberadas no estande de tiro e os outros foram atrás, mas Nova ficou. Seus dedos tocaram no bolso do cinto e se fecharam no frasco lá dentro. Sua atenção grudou na pasta aberta deixada sozinha.

Os Renegados estavam concentrados nas armas novas e nos alvos à frente.

Ela ergueu o queixo e foi na direção do bebedouro do outro lado do salão. Inclinou-se sobre ele e tomou um longo gole de água. Quando se virou, viu Genissa e Pássaro do Trovão ainda absortas na conversa e o resto das unidades de patrulha concentradas no treinamento.

Ela foi até o estande de tiro. Quando passou pela pasta, ela esticou a mão e pegou um frasco de dentro para, com a mesma rapidez, colocar o falso no lugar.

Sua pulsação estava vibrando quando a amostra do Agente N desapareceu no bolso do cinto.

Nova sorriu e, naquele momento, Adrian olhou para ela. Ele reparou na expressão dela e sorriu também.

CAPÍTULO DEZENOVE

ADRIAN INSPECIONOU A ARMA e a virou na palma da mão. Ele não era totalmente ignorante sobre armas de disparo, mas, mesmo com todo o tempo que tinha passado em treinamento e até desenhando uma boa cota de pistolas, ele nunca se sentiu à vontade com uma na mão.

Não o incomodava até recentemente. Talvez sua frustração tivesse começado no parque de diversões, quando Nova matou a Detonadora com um único tiro na cabeça, enquanto ele tinha hesitado. Ou talvez fosse porque, agora com o Agente N se tornando parte da prática normal deles, as unidades de patrulha tivessem que ser certeiras no tiro, e ele sabia que ficava bem aquém do esperado nessa habilidade específica.

Não que ele fosse o único prodígio que não era tão impressionante no uso de armas modernas. Muitos Renegados preferiam usar os próprios poderes no lugar de armas. Ele conhecia muitos integrantes de patrulhas que *nunca* tinham disparado uma arma. Ele não podia ser tão ruim assim, ele disse para si mesmo. Não podia ser o pior.

Nova apareceu na baia ao lado e ele não pôde deixar de espiá-la verificando o cartucho e o mecanismo de segurança com a eficiência de alguém que usa armas tranquilizantes todos os dias.

Quando terminou a inspeção, Nova ergueu a arma nas duas mãos e disparou. Foi tão rápido que Adrian se perguntou se ela havia se dado ao trabalho de mirar, mas um olhar para o alvo deixou claro que o dardo havia acertado na mosca.

Do outro lado de Nova, Danna soltou um assobio baixo.

– Que beleza, hein, Insônia. Estou bem feliz de você estar do nosso lado.

Nova pareceu ficar tensa com o comentário, mas não respondeu.

Adrian expirou, ergueu a própria arma e avaliou o que havia à frente. Havia alvos de todos os tamanhos, alguns próximos e outros distantes. E havia outros alvos também, de recortes de papelão de vilões conhecidos da Era da Anarquia a uma variedade de garrafas, latas e vasos de cerâmica. Ele reparou que havia até um pôster da Espinheiro com a palavra PROCURADA.

Preparando-se para o coice, ele mirou no pôster e disparou.

O dardo passou por cima do pôster e acertou a parede mais distante.

– Psst, Nova.

Adrian se virou. Oscar estava olhando para Nova da última baia.

Nova disparou outro dardo, derrubou uma garrafa de vidro e baixou a arma.

– O quê?

– Você acha que pode fazer uma arma na bengala pra mim, tipo das que os cavalheiros da era vitoriana tinham? Estou pensando aqui: se vamos todos carregar armas agora, posso muito bem fazer isso com classe, né?

Antes que Nova pudesse responder, Pássaro do Trovão se aproximou andando atrás das baias.

– Enquanto vocês se familiarizam com as armas, quero que cada um pense em como vocês e seus colegas de equipe podem fazer uso das suas habilidades únicas junto com os projéteis do Agente N. Conseguir pensar rápido em ação e usar os recursos disponíveis durante conflitos costumam ser o que separa os vitoriosos dos derrotados.

Os sons de dardos acertando alvos martelaram nos ouvidos de Adrian.

– Tentem pensar fora da caixa. Como suas habilidades podem fazer um uso mais eficiente do Agente N?

– Posso mergulhar minha cauda no sérum – disse uma voz nasalada. Era Raymond Stern, ou Arraia, membro da equipe de Genissa. – Perfuraria o inimigo com a mesma facilidade de um dardo.

– Ótimo, ótimo – disse Pássaro do Trovão. – É um excelente ponto. Mas acho que vai ser mais prudente ficar com os dardos por enquanto, pois, claro, se você tivesse um corte, por menor que fosse, na sua cauda, a ferida seria infectada pelo sérum, e nós não queremos isso.

– Não? – murmurou Nova.

Adrian abriu um sorriso de compreensão.

– Mais alguém tem alguma ideia sobre usar o Agente N junto com seus poderes?

– Posso mergulhar uma lança de gelo nele – disse Geladura. Ela puxou o gatilho da arma e enviou um projétil na cara do Rato, um anarquista já morto. – Ou congelar os pés de um inimigo no chão pra que ele fique imóvel enquanto administramos a injeção.

– Muito bom – disse Pássaro do Trovão.

Nova baixou a arma e se virou de costas para os alvos.

– Só que – disse ela, praticamente gritando –, se você consegue congelar os pés de alguém no chão e deixar a pessoa imóvel, a pessoa deixa de ser uma ameaça e não há mais necessidade de usar o Agente N. Nesse caso, o prodígio deveria ser preso e levado a julgamento. – Ela voltou o olhar ardente para a Conselheira. – *Certo?*

Pássaro do Trovão assentiu calmamente, inabalada.

– Você está certa, Insônia. Mas, com esse exercício em mente, só quero ideias de como se *poderia* usar os poderes em sincronia com a nova ferramenta. Prefiro ainda não editar nossas sugestões.

– E como seu poder vai ser utilizado? – perguntou Geladura, com um sorrisinho debochado para Nova. – Quem sabe convidar seu oponente pra uma festa do pijama e esperar que ele durma pra aplicar a injeção? Demora um pouco, mas a gente tem que usar o que tem.

Ao lado dela, Trevor deu uma risadinha.

– O namorado dela pode desenhar um estilingue.

– Boa ideia – declarou Ruby. – Assim, todos podemos ver a Nova disparar um dos dardos no seu olho.

– Já chega – disse Pássaro do Trovão, de cara fechada para eles. – Quero que cada um passe os próximos dias considerando a pergunta para discutirmos mais no próximo encontro. Enquanto isso, vamos continuar a praticar com os alvos.

Quando as equipes voltaram a atenção para o estande de tiro, Adrian olhou para o grupo de Genissa intrigado. Ele sabia que eles estavam só tentando fazer Nova reagir porque ela tinha humilhado Trevor no teste dela, mas mesmo assim. Todo mundo sabia que Nova era uma das melhores no tiro entre todas as unidades de patrulha. Seu talento com armas era inigualável e suas invenções os ajudaram várias vezes. Caramba, foi ela quem matou a Detonadora! Eles ainda achavam que logo Nova não era digna de ser Renegada?

Ele balançou a cabeça, ergueu a arma e se concentrou novamente no pôster da Espinheiro. Tentou conjurar seus sentimentos de raiva: sua frustração quando ela fugiu com os remédios, o constrangimento que sentiu quando ela o jogou no rio, e logo na frente de Nova.

Não que Nova soubesse que era ele. Mas uma pequena parte dele ainda esperava que um dia pudesse contar a verdade a ela.

Ele estava imaginando a cara arrogante da Espinheiro e se preparando para puxar o gatilho quando um dardo acertou a placa de madeira logo acima do ombro da vilã.

Ruby bufou.

– Tão perto.

Adrian sorriu. Ele não era o único guardando ressentimento então.

– Ei, estão sabendo do baile que vai rolar? – perguntou Oscar. Ele estava sentado no muro baixo que dividia as baias, passando a arma de uma das mãos para a outra, aparentemente desinteressado em disparar.

– Claro – respondeu Ruby sem baixar a arma. Ela deu outro tiro. – A organização toda vai, ao que parece.

Oscar coçou a orelha.

– É, ouvi falar que vai ser uma ostentação danada. E agora, com o leilão de arrecadação de fundos, vai ser... por uma boa causa e tal.

– Oscar tirou o pente da arma, o virou algumas vezes e colocou de volta. – Achei que podia ser legal se a gente fosse junto. Ouvi falar que podemos levar a família e pensei em falar com a minha mãe e... – Ele ergueu o rosto rapidamente, mas voltou a olhar para baixo. A atenção de Ruby estava grudada nos alvos, mas Adrian viu o olhar. A agitação, o nervosismo. – Pensei que você podia levar seus irmãos, Ruby.

Isso fez Ruby virar a cabeça para ele.

– Meus irmãos?

– É – disse Oscar. – Você disse que eles queriam muito ser Renegados, né? Pode ser que eles gostem de encontrar algumas das patrulhas. Adrian poderia apresentar os dois pros pais dele, eles poderiam nos ouvir falar do trabalho. – Ele deu de ombros. – Pode ser divertido pra eles.

Ruby o observou por um longo momento antes de dizer com um certo cuidado:

– Você está falando sobre ir a um baile chique... e acha que eu deveria levar meus *irmãos*?

Oscar olhou para ela.

– Pode ser que eu goste de ser inclusivo.

Ruby se virou para os alvos e foi dar outro disparo, mas a arma só deu um estalo, vazia.

– E Nova poderia convidar o tio – sugeriu Oscar.

Nova soltou uma gargalhada.

– Ele não é do tipo que vai a bailes.

– Ah. Mas... você vai? – perguntou Oscar.

Nova recuou, e Adrian sentiu um enfático *não* chegando, mas ela hesitou. Seus olhos se encontraram e ele viu indecisão lá. Uma pergunta. Uma... esperança?

– Vou pensar – disse Nova.

– Tudo bem. – Oscar olhou o comunicador. – Alguém sabe que horas é o intervalo do almoço?

– Possivelmente depois que a gente tenha realmente treinado – observou Ruby.

Oscar inspecionou a arma. Ele parecia tão entusiasmado para aprender a manejar uma arma nova quanto Adrian.

– Vamos lá – disse Adrian, erguendo a arma de novo. – Pago uma pizza se você acertar na mosca antes de mim.

Dez segundos depois, ele devia uma pizza a Oscar.

Adrian gemeu.

– Chega, não aguento – disse Nova, baixando a arma. – Vou ensinar a você como fazer isso.

Adrian riu e balançou a cabeça para ela.

– Sinceramente, Nova, os melhores treinadores dos Renegados já tentaram me ensinar. Mas não é uma habilidade que eu tenha.

– Ah, por favor. Não é tão difícil. – Ela parou ao lado dele e pegou a arma. – Sabe o que é a mira?

Ele olhou para ela com irritação.

– É uma pergunta legítima, considerando que parece que você não *usa* – disse ela. – Vamos começar pelo básico.

– Você sabe quantas vezes eu usei uma arma? – disse ele. – Devo ter praticado mil vezes quando comecei nas patrulhas. Então, sim, eu sei o que é a mira. E o cão, o cano, o tambor... tudo. Entendo como uma arma de fogo funciona e toda a física da propulsão. Sei como elas *funcionam*. Só não sou muito bom em enfiar a bala no que estou tentando acertar.

– Tudo bem, espertinho. – Nova devolveu a arma para ele pelo cabo. – Me mostra o que você faz.

Ele gemeu.

– Você não precisa fazer isso.

– Então você não se importa de ser medíocre? – Ela estalou a língua, decepcionada.

Ele fechou a cara para ela, mas havia um sorriso nos seus lábios.

– Em que devo mirar, ó sábia professora?

– No centro daquele alvo. O mais próximo.

– Ah, o mais próximo. Você já está começando com expectativas baixas.

– Não, *você* botou minhas expectativas lá embaixo. Agora, para de falar e atira.

Ele torceu o lábio, mas cedeu. Ergueu a arma e disparou.

Ele ouviu o dardo acertar alguma coisa, mas, o que quer que fosse, não era o centro do alvo.

– Bom, pra começar – disse Nova –, você precisa relaxar. Você se contrai quando atira.

– Claro que eu me contraio. É barulhento e... barulhento.

– Você precisa relaxar – repetiu ela. – E segura a arma assim, firme. Você não é um caubói. – Ela fechou as mãos em cima das dele e firmou o cabo da arma entre os dois.

Adrian engoliu em seco. As mãos dela eram menores do que as dele, mas havia uma confiança no toque dela que o surpreendeu. Ela sempre pareceu tão insegura com qualquer coisa que envolvesse contato físico... mas talvez isso fosse só mais uma coisa que ele imaginou.

– Assim – disse Nova, erguendo os braços dele para estarem paralelos ao chão. A bochecha dela estava no ombro dele agora. – E afasta mais as pernas. Você quer pernas fortes e estáveis.

Ele firmou os pés, mas suas pernas não pareciam fortes e estáveis. Na verdade, quanto mais perto ela chegava, mais fracos os membros dele ficavam.

– Você pensa na mira? – perguntou ela.

– Claro que sim.

– Nem percebi.

Ele desviou o olhar para ela.

Ela estava sorrindo, provocando. Mas seus cílios tremeram de surpresa e ela se afastou alguns centímetros.

– Acho que esse é o problema – disse ela, se virando para os alvos. – Você gosta de observar o mundo todo. Mas precisa parar e se concentrar. No momento que você aperta o gatilho, nada devia existir exceto você e o alvo. Aqui, tenta de novo. Desta vez, ignora tudo. Só se concentra naquele alvo.

Enquanto ele alinhava o alvo com a mira, Nova foi para trás dele e encostou uma das mãos em suas costas enquanto a outra se fechava sobre as dele no cabo.

– É uma extensão do seu braço – disse ela. – Como... como a sua caneta.

Ele riu.

– Não é como a minha caneta.

– Não discuta comigo.

Ele abriu mais o sorriso.

– Imagine seus braços absorvendo o coice – continuou Nova – e enviando toda a energia pelos seus pés até o chão. Isso vai ajudar a manter o corpo relaxado pra você não se contrair quando disparar.

Mas ele não conseguiu pensar em nada além da proximidade dela. Das mãos dela entre suas omoplatas. O braço roçando no dele. Ele se viu querendo enrolar. Querendo prolongar o momento mais um pouco. Ele inspirou fundo e sentiu um tremor.

Ele a sentiu ficar imóvel.

– Quando... – A voz dela saiu rouca e ela limpou a garganta. – Quando você estiver pronto.

– Eu tenho que atirar em alguma coisa? – sussurrou Adrian, sobressaltando-a.

– No alvo – disse ela secamente. – Ignora todo o resto.

Ele virou a cabeça o suficiente para encarar o olhar dela de novo.

– Você quer que eu ignore *tudo*?

Ela sustentou o olhar dele, mas a confiança sumiu. Ele viu o rubor surgir nas bochechas dela. *Céus*, como ela era linda.

Adrian engoliu em seco e afastou o olhar. Segurou a arma com mais força, encontrou o alvo e disparou. Mas se esqueceu de firmar a postura. De relaxar os ombros. De se concentrar.

O dardo foi longe.

Ele deu um sorriso tímido e deu um passo para trás até eles não estarem mais se tocando.

– Como falei, eu não tenho jeito.

CAPÍTULO VINTE

NOVA SEGUIU PELA VIELA atrás das casas em ruínas, as mãos fechadas nas laterais do corpo.

Qual era o *problema* de Adrian? Ela estava se esforçando tanto para flertar com ele e fazendo papel de boba. Não havia como ser mais óbvia. Mas ou Adrian era o garoto mais distraído daquele lado da ponte Stockton ou...

Ela trincou os dentes.

Odiava tanto aquele *ou,* e ela foi ficando mais e mais furiosa cada vez que pensava nisso.

Ou... Adrian não estava mais interessado nela. Talvez Nova tivesse perdido sua chance quando fugiu dele no parque de diversões.

Ace tinha mandado que ela ficasse próxima de Adrian Everhart, e ela sabia que estava fazendo o melhor possível. Ela entendia o motivo por trás daquilo. Sabia que a confiança de Adrian podia levar a uma fraqueza dos pais dele. E era exatamente por isso que ela ficava furiosa cada vez que ele recuava, evitava contato visual ou se afastava do toque dela. Repetidamente.

Isso estava tornando sua missão mais difícil. Ela odiava isso.

A irritação dela não tinha nada a ver com a mágoa que ela sentia no peito cada vez que Adrian provava que o que já tinha sentido por ela havia acabado.

E, aparentemente, os melhores esforços dela não seriam suficientes para trazer o sentimento de volta.

Um brilho dourado surgiu em seu canto de visão e Nova parou. Uma borboleta-monarca estava voando em um canteiro de alumãs que tinha crescido desenfreadamente no jardim negligenciado de um vizinho.

A pulsação de Nova disparou enquanto ela olhava o inseto voar por cima de uma flor roxa antes de ir até outra, metódica na caçada por néctar. Seus pés, ainda calçando as botas dadas pelos Renegados, estavam grudados no asfalto rachado da viela. Ela disse para si mesma que não estava com medo; *ela*, Nova Artino, com medo de uma *borboleta*? Mas a pele arrepiada dos braços sugeria o contrário. E se Danna estivesse de olho nela hoje quando ela pegou o frasco do Agente N? Ela havia tomado cuidado, mas foi o suficiente?

A borboleta foi até um aglomerado de plantas do outro lado do jardim. Uma andorinha trinou num cabo de energia acima. Nova quase esperou que a ave descesse e pegasse a borboleta com o bico porque assim ela não teria que se preocupar se a criatura era mesmo espiã da Danna.

Ela não teria que passar o resto do dia se perguntando se Danna a estava seguindo.

Não ficaria apavorada de Danna já ter descoberto seu segredo.

Ela estava começando a calcular as chances de a borboleta ficar parada por tempo suficiente para ela correr até em casa e encontrar alguma coisa com que a capturar, quando a criatura terminou de se alimentar e saiu voando por cima da fileira de casas na direção da rua seguinte.

Pelo menos estava indo para longe do quartel-general.

Devia ser só uma borboleta comum, ela disse para si mesma. Nada com que se preocupar.

Nova seguiu o resto do caminho na direção do seu jardim infestado de ervas daninhas, ignorando o zumbido ensurdecedor das colmeias de Mel quando entrou na sombra da casa em ruínas. Suas mãos estavam tremendo quando ela abriu a porta de correr de vidro e entrou na cozinha suja. Continuou tremendo quando abriu a fivela do cinto. Colocou-o na bancada ao lado da cafeteira com café frio pela metade e de uma variedade de frascos e béqueres, remanescentes do trabalho mais recente de Leroy.

Ela tirou o comunicador em seguida e o jogou na mesa, onde havia um vaso cinza esquecido. Um buquê de flores que floresceu na ponta da caneta de Adrian estava murcho agora, as flores mortas e com textura de papel pendendo esquecidas nos caules.

Seu coração pulou, mas não foi de tristeza, e sim de ressentimento.

Maldito Adrian Everhart.

Havia mais de um mês que ele tinha ido à casa dela e desenhado as flores. Quando ele a chamou para ir ao parque de diversões com ele num encontro que não era encontro. Foram semanas nas quais seu coração deu um pulinho cada vez que ela passava pelo buquê, cada dia esvaindo a cor das pétalas, até formarem uma natureza-morta triste e abandonada naquela casa triste e abandonada.

Se bem que, para falar a verdade, a casa tinha ficado bem menos abandonada com os cuidados de Mel Harper. Ela assumiu a nova casa com dedicação singular, dando a Nova a impressão de que Mel estava vivendo uma fantasia de cuidar da casa que tinha guardado por anos, mas deixava bem escondida. Sempre ficou claro como Mel odiava viver nos túneis, longe das flores e do sol e da brisa. Eles ficaram presos por anos, sem conseguirem abandonar Ace conforme a saúde dele ia definhando e sem arriscar deixar os Renegados desconfiados das atividades deles indo para um lugar mais próximo da civilização.

Mas, desde que eles foram obrigados a sair de casa, dos túneis, da catedral e do Ace, ficou claro que pelo menos Mel estava amando a mudança. Ela passava as semanas arrumando com alegria o novo lar, cantando músicas de programas de televisão a plenos pulmões conforme trabalhava. Os móveis foram arejados, o piso foi esfregado e, embora o papel de parede feio ainda estivesse na sala, pelo menos as teias de aranha tinham sido removidas. Nova ficou surpresa com a dedicação com que Mel atacou a sujeira na casa toda e também com o fato de que não a ouviu reclamar nem uma vez de uma unha quebrada e nem de calos nos dedos. Quando mencionou isso para

Mel, só recebeu uma piscadela em resposta e a observação sábia de que "uma verdadeira rainha se faz não em tempos de prosperidade, mas em tempos de dificuldade".

Nova tirou as botas e as jogou num canto da sala. Leroy estava lendo um jornal perto da janela, onde tinha pendurado um cobertor amarelo-mostarda para ter privacidade. Mel detestava o cobertor e tentou várias vezes substituí-lo por uma cortina leve, mas Leroy foi firme e insistiu que eles precisavam mais de privacidade do que de beleza. A luz do dia que entrava pelo cobertor deixava o ambiente com uma sensação doentia, como se as paredes estivessem sofrendo de um estágio avançado de icterícia.

Era o aposento da casa que Mel mais detestava.

Uma manchete no alto do jornal do Leroy dizia "ESPINHEIRO", PRODÍGIO LADRA DE REMÉDIOS, AINDA À SOLTA.

Mas, quando Leroy baixou o jornal, Nova viu que ele estava lendo os quadrinhos.

– Dia difícil, Insônia? – Seus óculos de leitura desceram até a ponta do nariz cheio de cicatrizes, revelando um anel de pele descolorida em volta de um olho.

Os outros Anarquistas tinham todos passado a chamá-la assim ultimamente, pelo seu codinome Renegado. No começo, isso a irritou, mas agora ela não achava que eles falavam com deboche. Na verdade, era um lembrete constante do que ela fazia com os Renegados. Ela era espiã. Detetive. Uma arma.

– Não quero falar sobre isso.

Nova enfiou a mão na manga, retirou o frasco do Agente N que tinha tirado do salão de treinamento e o jogou para Leroy. Ele não fez esforço nenhum para pegar, deixou que quicasse no peito e caísse no colo. Dobrou o jornal e pegou o frasco para inspecionar o líquido. A solução se moveu densamente quando ele inclinou o frasco para um lado e para o outro.

– Que coisa apavorante.

– A maioria das unidades de patrulha vai ter terminado o treinamento no fim da semana que vem. É quando vão começar a nos equipar. Vamos ter que tomar cuidado redobrado.

Ele virou o frasco e viu uma bolha de ar subir pelo elixir.

– Isso é pra mim?

– Por enquanto. Como Ace falou, nós temos que ver se podemos usar como arma contra os Renegados antes que eles usem contra nós. Ou se conseguimos replicá-lo. Pode ser que eu consiga roubar mais nas próximas semanas, mas não o suficiente pra usar contra a organização toda.

– Vou ver o que posso fazer.

– Além do mais, houve uma conversa sobre a eficiência em forma de gás. Fico pensando se é uma possibilidade. Um gás pode ser usado contra mais de um Renegado de cada vez, pelo menos.

– Vai ser fácil descobrir as propriedades e que tipo de combustão seria necessária para a vaporização – disse Leroy. – Também vamos precisar determinar a redução de potência quando as moléculas ficam difusas para que possamos prever o alcance do efeito. Posso começar essas coisas, mas, se você não criar umas granadas de mão desconstruídas para a substância, não vai haver muito que possamos fazer com a informação.

– Descubra como transformar isso em gás e vou começar a trabalhar num dispositivo de dispersão – disse Nova. – Estou de olho em uns explosivos que vi na coleção dos Renegados que acho que podem ser alterados pra alguma coisa assim. Além do mais, seriam bem fáceis de roubar.

– Pena que seu único contato confiável sobre explosivos não esteja mais entre nós.

Nova trincou os dentes.

– Não sei bem se chamaria Ingrid de *confiável*.

Leroy ergueu uma sobrancelha para ela, ou o que seria uma sobrancelha se os pelos não tivessem sido queimados.

– Eu estava me referindo ao Bibliotecário.

Nova franziu o nariz, quase constrangida.

– Houve um certo debate no quartel-general sobre se o Capitão Cromo seria afetado pelo Agente N. Ele não poderia receber uma injeção, considerando que nenhuma agulha pode perfurar a pele dele, mas não está claro se o líquido faria mal a ele se o engolisse ou se o gás fosse inalado. Se você conseguir elaborar alguma teoria sobre isso, eu adoraria ouvir.

Ele bateu com um dedo no queixo.

– Vou ver o que consigo encontrar, mas não sei bem o quanto consigo fazer com uma amostra tão pequena. E, sem acesso ao laboratório dos Renegados, aos testes, aos suprimentos... e, claro, ao garoto.

Um tremor desceu pela espinha dela. Max tinha sido mencionado várias vezes nas conversas deles ultimamente, desde que ela contou sobre o Agente N. Nova não conseguia deixar de achar que contar aos Anarquistas sobre Max o deixara vulnerável, e ela odiava a sensação.

– Faça o melhor que puder agora – disse ela, se virando. – Vou tentar trazer mais amostras depois da próxima sessão de treinamento.

Ela subiu a escada até o quarto que dividia com Mel. Foi um alívio tirar o uniforme dos Renegados da pele e vestir suas próprias roupas. Ela tinha acabado de puxar a camiseta pela cabeça quando Mel abriu a porta e entrou no quarto, o cabelo enrolado numa toalha e um roupão de seda amarrado na cintura. O cheiro de sabonete de aveia e mel se espalhou pelo quarto e se misturou com os aromas sufocantes dos perfumes, cremes e cosméticos de Mel.

– Ah, querida! – disse Mel. Ela tirou a toalha da cabeça e começou a tirar a água dos cachos. – Voltou cedo hoje. Não tem assassinatos e caos suficientes nas ruas pra manter os Renegados ocupados? – Ela jogou a toalha no chão e esticou um braço pálido na direção do colchão no canto do quarto. Um grupo de vespas pretas que estavam andando em cima do lençol voou para ela e pousou no ombro e nos dedos. Nova viu uma desaparecer na abertura da manga.

– Nossos horários foram ajustados para o treinamento do Agente N.

– Ah, é? Isso quer dizer que você viu o querido garoto Everhart hoje?

O estômago de Nova deu um nó.

– Eu o vejo quase o tempo todo.

– Que bom. – Mel se sentou na frente do espelho da penteadeira e começou a passar um pente de dentes largos pelo cabelo úmido. –

Fui ver Ace hoje de manhã. Ele queria ter certeza de que você está próxima dele, como ele pediu, e que está de ouvidos abertos para captar qualquer coisa que possa ser útil em relação ao Conselho.

A pele de Nova ficou arrepiada. Ela ficava incomodada de pensar nos outros Anarquistas, especialmente Ace, falando sobre ela quando não estava presente.

– Pode dizer para o Ace que eu o vejo sempre – disse Nova e andou até a janela. Ela afastou duas ripas da persiana vagabunda de plástico e olhou para a viela. Uma abelha gorda estava andando no vidro, tentando dar um jeito de entrar.

– E como as coisas estão indo?

A boca de Nova ficou seca enquanto ela acompanhava os movimentos da abelha.

Como estavam as coisas com Adrian?

– Bem.

Era verdade. Estavam bem. Sempre bem. Ele continuava tão simpático com ela quanto sempre tinha sido. Sempre receptivo. Sempre com um sorriso encorajador e uma palavra gentil. Sempre tão legal.

– Isso não parece bom – refletiu Mel.

Nova abriu a janela e esperou a abelha entrar. Virou-se de costas e apreciou o ar fresco na nuca. Esperava que Mel a estivesse observando, mas não. Mel Harper estava totalmente absorta no espelho da penteadeira passando delineador preto nos olhos. Era um ritual diário para ela, um ritual que Nova achava tão incompreensível agora quanto na época dos túneis.

Mel nem podia sair de casa, e Nova duvidava que ela quisesse se arrumar para Leroy ou Fobia.

– Como o Ace estava quando você o viu? – perguntou ela.

Mel baixou as pálpebras de forma suspeita.

– Você está desviando do assunto.

– Andei pensando – disse Nova, ignorando a acusação –, talvez a gente possa começar a levá-lo pra dar umas voltas a pé. Ninguém vai às ruínas da catedral. Se ele puder sair no sol, tomar ar fresco, mesmo que só por alguns minutos por dia, seria bom, né?

Mel enrijeceu.

– Levá-lo pra dar umas voltas? Ele não é cachorro.

– Estou falando sério. – Ela fez um gesto na direção de Mel. – Sair dos túneis fez tão bem a você, a todos nós. Se a gente puder tirá-lo das catacumbas, deixar que *respire* de novo...

Mel se levantou da cadeira.

– Ele é o *Ace Anarquia*. Você esqueceu? Se alguém o visse...

– A gente toma cuidado.

– Ele seria morto na mesma hora ou trancado naquela prisão horrível.

– Ele já está numa prisão!

– De jeito nenhum. Não vale o risco.

Nova bufou e olhou pela janela de novo. O dia estava lindo, fresco, com uma brisa e raios de sol passando pelas nuvens. Às vezes, tinha medo de que a fraqueza do Ace estivesse tanto na mente quanto no corpo. Ficar trancado, longe da mesma sociedade que ele tentou ajudar...

Ele nunca reclamava. Tinha Nova e os outros, ele diria. Tinha seus livros e seu chá, e isso era tudo de que ele precisava.

Mas Nova sabia que não era o bastante. Ele estava morrendo. Em pouco tempo, seria só mais um esqueleto esquecido embaixo das ruínas sagradas.

– Eu entendo – disse Mel, a voz mais gentil agora. – De verdade. Ace é como um pai pra mim também, sabe. Odeio vê-lo assim. Mas você sabe como ajudá-lo e não é com um pouco de ar fresco.

Nova repuxou os lábios. *O elmo.*

– Eu sei – sussurrou ela. Um pensamento lhe ocorreu e ela olhou para Mel. – Você não é *mais velha* do que o Ace?

Mel deu um gemido de consternação. Pegou um pote na penteadeira e jogou na direção da cabeça de Nova, que desviou, e o pote bateu na parede e explodiu em uma nuvem de talco.

– Nunca me faça ouvir essas palavras da sua boca novamente, entendeu?

Nova riu.

– Desculpe, desculpe. Obviamente me enganei. – Ela se levantou, pegou o pote quase vazio e o devolveu à penteadeira. Sua boca ficou seca quando ela observou a variedade de cosméticos e perfumes, a maioria coberta de vespas curiosas. – Na verdade, Mel? Acho... acho que preciso da sua ajuda com uma coisa.

Mel cruzou os braços, ainda irritada.

– É sobre o Adrian.

A expressão dela mudou para curiosidade.

– Ah, é?

– Não sei bem se ele... ainda está interessado em mim. Pelo menos não... daquele jeito. – Com o olhar cético de Mel, Nova tentou reunir a dignidade que lhe restava e enrijeceu os ombros. – Talvez você possa me ajudar a pensar... em como deixá-lo interessado. De novo.

Uma ansiedade iluminou o rosto de Nova.

– Ah, minha doce garota – disse ela, colocando os dedos sobre o peito. – Eu estava esperando que você perguntasse.

Nós já conhecemos uma das maiores fraquezas do Conselho... e, quando chegar a hora certa, vamos usá-la como uma vantagem considerável.

Foi o que Ace disse e ele estava certo. Se o Capitão Cromo e o Guardião Terror tinham uma fraqueza, essa fraqueza eram os filhos adotivos, Adrian e Max. Nova podia usar a confiança de Adrian a seu favor, principalmente se essa confiança viesse acompanhada de sua *afeição*.

Mas por que conquistar o amor dele parecia tão horrivelmente constrangedor?

– Não posso fazer isso – disse Nova, os braços cruzados com força sobre o peito.

– Você pode e vai. Aqui, assim.

Mel cruzou uma perna comprida por cima do joelho e chegou um pouco mais perto de Nova no colchão. Os dedos expostos cutucaram a canela de Nova de forma tão suave que ela acharia que tinha imaginado se Mel não tivesse acabado de descrever essa exata técnica de flerte com detalhes sofríveis.

– Aí, você vira os ombros, assim.

Mel jogou o cabelo para o lado e chegou o corpo mais perto.

– Dá sua atenção total a ele. Como se não houvesse nada no ambiente que fosse tão interessante pra você quanto *essa* conversa. Ele precisa acreditar que você está hipnotizada por tudo que ele está dizendo.

Mel apoiou um cotovelo no joelho e o queixo na mão. Seus olhos esfumados se grudaram nos de Nova. A expressão foi tão intensa que Nova corou.

– Agora vem o golpe final – disse Mel. – O que quer que ele diga depois, você vai rir. Não com intensidade demais, mas o suficiente para ele perceber que você o acha encantador e que poderia ouvi-lo falar o dia todo. Pronta?

– E se ele não disser nada engraçado?

Mel deu uma risadinha e um tapinha no joelho de Nova. Foi uma risada doce que gerou uma pontada de orgulho no peito de Nova, isso até ela perceber que Mel não estava rindo por estar achando graça, e sim por estar tentando demonstrar o que estava dizendo.

Nova ficou vermelha. Era impressionante o jeito como Mel conseguia atrair qualquer pessoa. Fazê-la se sentir tão importante, tão inteligente, tão *digna*, isso só com algumas risadinhas em momentos apropriados e o mais leve dos toques.

Ela balançou a cabeça, se levantou e chutou alguns sapatos espalhados de Mel para o canto do quarto.

– Não vai dar certo nunca – disse ela. – Ele vai perceber direitinho.

– Você se preocupa demais – disse Mel, apoiando as mãos na cama. – Se ele perceber que você está tentando flertar com ele, mesmo que você seja péssima no que está fazendo, ele vai ficar encantado com a tentativa e lisonjeado de qualquer jeito. É assim que a chama vai reacender e vocês vão voltar ao não relacionamento carregado de tensão, antes mesmo que você possa piscar esses olhinhos lindos pra ele.

Nova amarrou a cara.

– Acho que você está subestimando a inteligência dele.

– E acho que você está superestimando o ego de todos os garotos adolescentes. Pode acreditar em mim, pequena Pesadelo. Você é capaz. Não é gastronomia química ou… isso aí que o Leroy faz.

Nova bufou com deboche.

– Prefiro apostar nos produtos químicos.

Ela passou as palmas das mãos nas laterais da calça. Tinham começado a suar quando ela estava refletindo sobre a possibilidade de olhar para Adrian como Mel tinha olhado para ela. Tocando nele. Sugerindo com cada gesto, cada olhar, que ela queria que ele tentasse beijá-la de novo.

Seu coração disparou quando um pensamento atordoante passou pela cabeça dela.

Caramba. E se *funcionasse*?

CAPÍTULO VINTE E UM

ADRIAN ESTAVA AO MESMO tempo nervoso e exausto quando chegou ao mezanino acima do saguão do quartel-general. Ele sabia que devia estar botando o sono em dia, pois tinha ficado acordado até tarde pintando nas noites anteriores. O mural estava começando a ganhar forma, ainda que só nas primeiras camadas de sombras e luz, contornos gerais e uma sugestão do trabalho que ainda estava por vir. Os detalhes ainda precisavam ser preenchidos, todos os realces que dariam vida ao mural.

Ele só largou o pincel quando o alarme o lembrou que havia outra coisa que ele queria fazer, uma coisa bem mais importante do que o novo projeto de arte. Mais importante ainda do que sua caçada pela Pesadelo e pelos Anarquistas. Uma ideia que vinha crescendo no fundo da sua mente desde que ele saiu do armazém de artefatos tomado de partes iguais de curiosidade e esperança.

Ele atravessou a passarela e andou ao redor da parede de vidro da quarentena. Sentia o peso do Amuleto da Vitalidade no peito, quente mesmo pelo tecido do uniforme.

Ele tinha passado horas lendo sobre o medalhão na base de dados e fazendo o tanto de pesquisa que dava para fazer sozinho, embora a história do amuleto não fosse tão bem documentada quanto a de alguns artefatos da coleção dos Renegados. Tinha sido forjado por um prodígio ferreiro na Idade Média. As habilidades do ferreiro eram questionáveis, mas ele era uma espécie de curandeiro, e o amuleto logo ganhou a reputação de ser capaz de afastar a peste. *Aquela* peste. Naturalmente, um objeto tão cobiçado acabou sendo roubado e o ferreiro enforcado por crimes de feitiçaria não muito depois, e por isso uma duplicata nunca chegou a ser feita, até onde se sabia.

O amuleto desapareceu dos livros de história por alguns séculos depois disso e acabou reaparecendo no final do século XVIII, quando foi comprado em um leilão por um príncipe supersticioso e talvez paranoico, que alegaria pelo resto da vida que o amuleto o protegeu dos inimigos que sempre tentavam envenená-lo. O príncipe acabou morrendo de (aparentes) causas naturais na velhice, e o amuleto foi passado por gerações de duquesas e barões até ser vendido para pagar uma dívida grande muitos anos depois. Voltou a desaparecer do olhar público, até ser doado para um pequeno museu com tema de prodígios, cuja coleção completa foi doada aos Renegados depois do Dia do Triunfo.

Doada ou *confiscada*... os detalhes de como os Renegados obtiveram a maioria dos artefatos nos cofres eram bem vagos.

Acreditava-se que o amuleto pudesse proteger o portador de envenenamento, doença e de "qualquer ameaça que sugasse a força física ou enfraquecesse sua capacidade prodigiosa", de acordo com a descrição na base de dados. Não estava claro o quanto a teoria tinha sido testada, mas deu a Adrian uma ideia que ele não conseguiu afastar.

Qualquer ameaça.

Era o que a descrição dizia.

E o que ou quem era uma ameaça maior do que o Max?

Adrian não era idiota. Ele sabia que a pessoa que usou o Amuleto da Vitalidade ao longo dos anos provavelmente não encontrou uma ameaça do calibre de Max. Desconfiava que sua teoria não tivesse sido testada, e seus poderes seriam colocados em risco para que ele fosse o primeiro.

Imunidade aos poderes do Bandido *não era* impossível. O Capitão Cromo era prova disso. E, a cada passo que Adrian dava na direção da quarentena, uma voz falava mais alto no fundo da mente dele: *E se desse certo?*

E se aquele medalhão pequeno e despretensioso pudesse protegê-lo do poder de Max? E se pudesse permitir que ele chegasse perto do seu irmãozinho, talvez até que desse um abraço nele pela primeira vez na vida?

Apesar de ser tarde, o saguão enorme do QG ainda estava meio iluminado pelas telas de televisão posicionadas por todo lado e jogando luz na cidade de vidro em miniatura de Max. Já tinha sido quase toda consertada depois do ataque telecinético de Max, quando ele estava praticando levitação e perdeu a concentração, fazendo uma torre de vidro atravessar a palma da mão dele. O ferimento estava cicatrizando, embora os curandeiros prodígios não pudessem ajudá-lo devido à natureza dos poderes dele. Um médico civil teve que substituir um tendão do dedo de Max por um tirado do antebraço, um procedimento que pareceu a todos meio antiquado. Mas correu bem, e o médico prometeu que o único efeito colateral permanente seria uma cicatriz.

Desde que começou a se recuperar do acidente, Max se manteve ocupado colocando os prédios de vidro quebrado no lugar usando seu poder de fusão da matéria para a maioria dos consertos.

A cidade de vidro sempre ficava tão diferente à noite. Normalmente, a luz do dia que entrava pelas janelas deixava a cidade reluzente, com as torres de vidro em tons de laranja e amarelo. Mas agora parecia que o crepúsculo caía sobre as construções como se até o modelo estivesse se preparando para uma noite pacífica de sono.

Não que a verdadeira Gatlon fosse pacífica. De muitas formas, Adrian às vezes achava que preferia aquela cidadezinha de vidro isolada do mundo. Não havia crimes nem destruição nem sofrimento. Nem vilões nem heróis.

Fora o próprio Max. O único prodígio naquele pequeno universo.

Só que, quando Adrian parou ao lado da parede curva de vidro, ele viu que Max não estava sozinho.

– Ora, falando em vilão – disse ele.

Dentro da quarentena, Hugh ergueu o olhar das cartas que tinha na mão. Seu rosto se iluminou.

– Quem você está chamando de vilão?

– É só uma expressão, pai.

Hugh inclinou a cabeça.

– É bom te ver, Adrian.

Adrian acenou e tentou disfarçar a decepção. Não era incomum Hugh ir visitar Max, e ele sabia que era bom para o garoto ter interação humana que não envolvesse seringas e trajes protegidos.

Ainda assim. O medalhão pesava em seu pescoço e ele estava ansioso para testar sua teoria.

– Espera aí – disse Max, levantando um dedo na direção de Adrian. – Estou quase dando um chutão na bunda dele.

Hugh olhou para ele com expressão estupefata.

– Não fala *bunda*.

– Tudo bem. Estou quase dando um chutão no *popô* dele. – Max devolveu uma carta e balançou o cabelo desgrenhado. Eles estavam sentados de pernas cruzadas no meio do Parque da Cidade, e Max, que já era pequeno para a idade, parecia infinitesimal ao lado do Capitão, cujos músculos naturais serviam como inspiração para artistas de todo o mundo desenharem seus super-heróis de quadrinhos.

Hugh abaixou duas cartas.

– Sabe de uma coisa, não é pra você deixar o adversário saber que você está com a mão boa.

– Pode ser que eu esteja blefando – disse Max.

Hugh o observou.

– Não é assim que um blefe funciona.

– Tem certeza? – disse Max, pegando a carta que recebeu.

Hugh aceitou a aposta e jogou algumas balas em uma pilha que havia entre os dois. Eles mostraram as cartas: Max venceu com dois pares. Hugh não tinha nada.

Max suspirou, quase como se estivesse decepcionado com a jogada, enquanto empurrava a pilha de balas na direção do carrossel do parque. Ele olhou para Adrian e balançou a cabeça.

– Ele não resiste a ver uma boa mão, mesmo quando sabe que não pode vencer. Acho que é um distúrbio diagnosticável. Tipo uma necessidade psicológica de encerramento junto com uma aversão à ambiguidade e uma postura autoritária.

Hugh fez uma careta.

– Como é? Eu não sou assim. Sou?

– Ah – disse Adrian, evitando comentar.

Hugh fez um ruído de deboche e recolheu as cartas.

– Talvez eu só goste de ver meu filho mais novo vencendo na vida. – Ele apontou para a pilha de balas quando se levantou. – Posso pegar um Choco-Malt pra comer no caminho?

– Não – disse Max, puxando as balas para longe dele. – Mas pode ir à lojinha da esquina comprar mais. – Ele apontou para uma rua de lojas de vidro. – Tenho quase certeza de que a mais próxima fica na rua Broad.

– Está certo. – Hugh se curvou e deu um abraço em Max. – Obrigado por arrumar um tempinho para o seu velho. Nos vemos depois.

Max se inclinou no abraço.

– Boa noite, pai.

Hugh sorriu para Adrian ao sair da quarentena.

– Você voltou às patrulhas hoje? – perguntou ele, dando um abraço lateral rápido em Adrian.

– Voltei, mas nós só devemos ser chamados pra problemas menores nos próximos dias.

– Como estão Danna e Ruby?

– Totalmente recuperadas – disse Adrian. – Prontas pra voltar ao trabalho.

– Bom, sei que vocês são jovens e ansiosos, mas acho que essa pausa pode ter sido boa pra elas, pra todos vocês. – Ele bocejou, mas Adrian percebeu que foi um bocejo falso. – Vou embora. O dia foi longo no Conselho. Fiquem longe de problemas, meninos.

Assim que ele foi embora, Max gemeu.

– Às vezes eu acho que ele realmente acredita que vive numa história em quadrinhos.

– Se alguém vivesse, esse alguém seria o Capitão Cromo – disse Adrian. Ele viu Max levantar o telhado da torre Merchant e começar a colocar os doces dentro. – Escuta, Max. Tenho uma coisa pra te mostrar. Uma coisa meio importante. Se funcionar, pelo menos vai ser meio importante.

Max se virou para ele, o interesse aguçado.

– Você vai desenhar um dragão pra mim? O Turbo é legal, mas um *dragão*...

Como se reconhecendo o nome, o velociraptor em miniatura saiu de debaixo da ponte Stockton, onde Max tinha feito um pequeno ninho de jornal picado para ele.

– Hã, não.

Max franziu o nariz. Abriu um saco de jujubas e deu uma para o dinossauro. Adrian reparou nas ataduras brancas nas costas da mão dele.

Um médico prodígio teria deixado o ferimento totalmente cicatrizado semanas antes...

Ele suspirou. Max estava bem. Não importava.

– Fica ali – disse ele.

Max olhou para onde Adrian estava apontando, mas não se mexeu.

– Por quê?

– Não discute, tá? Se der certo, vai ser a melhor coisa que aconteceu no quartel-general desde... – Adrian parou de falar, sem saber como continuar.

– Desde que atualizaram os simuladores de realidade virtual com habilidade de voo? – sugeriu Max.

Adrian inclinou a cabeça.

– Como você sabia disso?

Max só deu de ombros e foi para o local para onde Adrian tinha apontado. Pegou uma plaquinha de rua ao passar pela Burnside.

– Beleza – disse Adrian. – Está com seu botão de emergência?

As sobrancelhas grossas de Max se franziram de desconfiança, mas ele levantou o braço e exibiu a pulseira que usava desde que caiu na cidade e a torre de vidro atravessou sua mão. Ele já a tinha antes, mas, até aquela noite, nunca pareceu importante que ele usasse.

– Que bom. Espera aí.

– Aonde você vai?

Ansioso de expectativa e meio orgulhoso pela ousadia, Adrian foi na direção da antecâmara que separava a quarentena do laboratório onde o sangue e o DNA de Max tinham sido estudados, testados e alterados para fazer o Agente N.

Pelo vidro, ele reparou que Max estava franzindo a testa. Adrian fez um sinal de positivo, que não foi retribuído, e abriu a porta da sala terciária. Na sala seguinte, ele passou direto por araras com trajes de proteção, cada um equipado com punhos de cromo para oferecer uma certa proteção para os cientistas e pesquisadores prodígios que tinham que chegar perto de Max com regularidade.

Adrian se aproximou da porta lacrada da quarentena, onde uma nova placa havia sido incluída depois do fiasco de quando Nova entrou para tentar ajudar Max. A placa avisava os prodígios para ficarem longe a não ser que tivessem seguido todas as medidas de segurança exigidas. Adrian parou um momento para refletir se aquela não era uma ideia horrível. Ele estava esperançoso, mas havia um risco. Um risco enorme, para falar a verdade.

E se a natureza do poder de Max inutilizasse artefatos prodígios?

Adrian levantou a mão, apertou os dedos sobre o amuleto e acompanhou o símbolo da palma aberta e da serpente enrolada.

– Que isso funcione – sussurrou ele, e abriu a porta.

Max arregalou os olhos. Ele se desencostou da parede, como se estivesse se preparando para correr para longe do caminho de Adrian, mas não havia para onde ele ir que não os aproximasse mais.

– O que você está fazendo? – gritou ele. – Sai daqui!

– Confia em mim – disse Adrian, dando um passo cauteloso. E mais um por cima da rodoviária de Scatter Creek, que o botou num caminho direto pela avenida Drury. – Estou testando uma teoria.

– Teoria? – gritou Max. – Que teoria? Que você ficou maluco? – Ele levou a mão ao botão no pulso.

– Espera! Não aperta ainda. Acho... acho que posso estar imune ao seu poder.

Max riu, mas sem achar graça. Ele pressionou as costas no vidro quando Adrian deu mais um passo à frente.

– Nós *sabemos* que você não é imune. Então, sai logo daqui, vai. Isso não é engraçado.

– Não, está vendo isso? – Ele mostrou o amuleto. – Estava no armazém de artefatos. Acho que pode proteger contra poderes como o seu.

Max olhou para ele boquiaberto.

– *Como é?*

Adrian tinha se deslocado por um quarto do espaço da quarentena. Ele tentou lembrar em que ponto tinha começado a sentir o efeito do poder de Max quando entrou correndo para buscar Nova, mas aquela noite era um borrão na memória dele.

Ele continuou andando. Um passo lento e hesitante atrás do outro. Nem estava respirando direito, esperando o menor sinal de aviso de que o amuleto podia estar falhando. Lembrava-se claramente do torpor que surgiu nas mãos da outra vez. A forma como seu corpo parecia estar se movendo em melaço. A sensação de um plugue sendo aberto em seu umbigo e toda a sua força se esvaindo por ali.

Qual era a proximidade dele em relação a Max quando começou? Ele devia estar mais perto agora, mas se sentia perfeitamente normal. Tenso e nervoso, mas normal.

Ele estava na metade do caminho. Passou pela torre Merchant. Percorreu o Parque da Cidade.

Max apertou os olhos, temeroso, mas também curioso. Seu olhar estava grudado nos pés de Adrian, observando seu caminhar pela cidade que eles construíram ao longo dos anos.

Adrian chegou ao local onde Nova tinha caído. O grupo de prédios próximos ainda exibia sinais da queda, embora os cacos de vidro tivessem sido removidos.

A placa de rua esquecida caiu da mão de Max e estalou no chão.

– Se você perder seus poderes por causa disso – sussurrou Max –, não vou assumir responsabilidade nenhuma.

– Você não deve assumir responsabilidade nunca – disse Adrian. Ele vivia trabalhando para acabar com a crença de Max de que tinha feito uma coisa errada. Não era culpa dele ser assim. Não era culpa de nenhum prodígio.

Depois de percorrer três quartos da quarentena, Adrian começou a sorrir.

Ainda petrificado, Max não retribuiu o sorriso.

– Me sinto ótimo – disse Adrian, sem conseguir afastar uma certa descrença da voz.

Ele parou a três passos de Max. Tão perto que dava para esticar a mão e pousar no ombro dele.

Foi o que ele fez.

Max se encolheu, tentando fugir do toque, mas depois ficou paralisado. Seus olhos se arregalaram.

Adrian começou a rir e puxou Max para um abraço, apertando-o com força e depois soltando.

– Me sinto ótimo! – disse ele de novo, bagunçando o cabelo desgrenhado de Max. – Ótimo mesmo. Não acredito que deu certo! – A risada dele ficou mais alta. – Se bem que… *acredito*, sim. Claro que deu certo. Eu sabia que daria. Aliás, você precisa cortar esse cabelo.

– Desenha alguma coisa – pediu Max, ignorando sua alegria. – Rápido.

Adrian pegou a caneta, ainda com um sorriso largo.

– Claro, Bandido. Algum pedido?

Max balançou a cabeça. Adrian chegou perto da janela e desenhou a primeira coisa que surgiu na mente: um pin dos Renegados, como o que ele deu a Nova no teste.

Quando o tirou do vidro totalmente formado, Max deu um gritinho de choque.

– Como?

Adrian o encarou e, por baixo da descrença perplexa, viu o começo de possibilidades surgindo na mente do garoto.

Durante quase toda a sua vida, Max ficou separado das pessoas que o amavam, exceto Hugh. E Hugh podia amar Max, mas também vivia ocupado tentando equilibrar as responsabilidades de pai com as reuniões do Conselho, as aparições públicas e atos heroicos ocasionais.

Quando foi a última vez que Max se sentou ao lado de alguém para jogar videogame e comer besteira de madrugada?

Nunca. Essa era a verdade. Ele nunca tinha tido uma experiência assim.

– Tive uma ideia incrível – disse Adrian. – Amanhã, vou trazer batata e refrigerante e uma pizza supergordurosa, e vou acabar com a sua raça numa maratona de *Crash Course III*. A não ser que você prefira, sei lá, aprender a jogar gamão. A gente pode fazer isso. Não faz diferença. Você decide. É só me avisar.

Max balançou a cabeça, perplexo.

– Adrian, *como?* – repetiu ele, com mais ênfase agora. Ele pegou o medalhão e o virou para examinar a parte de trás, que continha uma imagem espelhada da mão protetora. – O que é isto? Como funciona?

– Não sei! – respondeu Adrian, ainda sorrindo. – Protege de doenças e venenos e outras coisas, por isso achei...

– Não sou veneno! Não sou uma doença!

– Eu não quis dizer isso.

– Não devia funcionar! – Max largou o amuleto. – Não devia.

– Mas funciona. Depois, vou fazer uma tatuagem em mim mesmo com esse símbolo – disse Adrian, apontando. – Isso vai me deixar permanentemente imune, aí posso dar o amuleto pra quem quiser te visitar. Dá pra imaginar a cara da Ruby? E do Oscar e da Danna? Eles vão ficar tão empolgados pra virem te ver. E o Simon, claro. – Ele ofegou um pouco e se inclinou para a frente. – Cara. O Simon. Ele vai ficar... sei lá. Acho que vai até chorar.

– O Guardião Terror, chorando? – disse Max. – Vamos filmar. – Ele falou de brincadeira, mas Adrian percebeu que ele estava atordoado, à beira das lágrimas. – Você disse tatuagem?

– Ah. É. É assim que eu faço... você sabe o quê. Aquelas coisas que eu faço.

Max observou a camisa de Adrian e gaguejou:

– Você faz *tatuagens* em si mesmo? E é assim que...

Adrian levantou as mãos.

– Isso não é importante agora. – Ele passou o braço pela cintura de Max e o ergueu enquanto dava um gritinho animado. – O Amuleto da Vitalidade! Visitantes! Pense nas possi... – sua voz engasgou quando ele viu uma figura no saguão. – Nas possibilidades.

– Me coloca no chão!

Ele botou Max no chão e deu um passo para trás enquanto limpava a garganta.

– Visitantes como... Nova?

Max se virou.

Nova estava parada não muito longe do balcão de informações do saguão, olhando para a quarentena com a boca aberta.

– Aja com naturalidade – sussurrou Adrian, a felicidade superando rapidamente a surpresa. Ele cutucou a cintura de Max e os dois levantaram a mão e acenaram.

CAPÍTULO VINTE E DOIS

— Explica – disse Nova assim que pisou na passarela. Os braços estavam cruzados sobre o peito, o cérebro repassando cem explicações, cada uma mais absurda do que a anterior. Adrian estava dentro da quarentena. Sorrindo. Aparentemente bem.

Nesse momento, o pingente no pescoço dele captou a luz, e Nova fez um ruído de surpresa e deu um pulo para a frente. Ela encostou o dedo na parede de vidro.

– *Isso?* – A voz estava carregada de descrença. – Sério?

– Sério – confirmou Adrian, mostrando mais dentes do que ela já tinha visto antes. Ele estava praticamente reluzindo de alegria.

Ele começou a explicar sua teoria e a pesquisa que fez com o Amuleto da Vitalidade e por que achou que o protegeria do poder de Max, mas houve tantas pausas e saltos na história dele que Nova teve dificuldade de acompanhar.

Além do mais, ele não conseguia parar de rir. Em parte, era a risada de um cientista maluco que não esperava que seu experimento mais recente fosse dar certo, e em parte a risada de um cara que finalmente podia chegar perto do irmãozinho sem uma parede de vidro no meio.

Ele ficava esticando a mão para bagunçar o cabelo de Max ou para dar socos leves no ombro dele, e também passava o braço em volta do pescoço de Max para o puxar em um falso estrangulamento. Max parecia não saber como reagir a essa enxurrada de afeto do irmão, mas ficava sorrindo. Era um sorriso tão cheio de descrença quanto Nova sentia, mas um sorriso mesmo assim.

Era fofo o jeito como Max olhava para Adrian. Com um pouco de assombro misturado com muita esperança.

No dia anterior, Max era um prisioneiro e um pária. Valioso e amado, sim, mas também uma anomalia. Um experimento científico. Uma cobaia. Ele sabia tanto quanto todo mundo.

– E o Agente N? – perguntou Nova.

Adrian se virou para ela sobressaltado.

– O que tem?

– Foi criado usando o sangue do Max. O amuleto protege as pessoas dele também?

Adrian uniu as sobrancelhas acima dos óculos. Ele olhou para Max, que só deu de ombros e disse:

– Não olhem pra mim.

– Não sei – disse Adrian. – Talvez. – Ele abriu a boca para falar mais, mas hesitou. Observou Max novamente e olhou para Nova. – Sim. Tenho quase certeza de que sim.

– E o Conselho sabe disso? Botaram tantos recursos no desenvolvimento do Agente N... e havia esse colar no cofre o tempo todo, capaz de proteger uma pessoa dele? Pode haver outras coisas. Primeiro, o Capitão é imune a Max, e agora isso? – Ela mordeu a língua para não falar mais com medo de sua ansiedade ficar evidente.

Proteção do Max. Proteção do Agente N.

Talvez os Anarquistas não precisassem se preocupar tanto assim com a arma nova, afinal.

– Estou convencido de que ninguém sabia sobre o medalhão e o que era capaz de fazer – disse Adrian –, senão outra pessoa o teria tirado do cofre assim que o Agente N foi revelado. E você os ouviu na apresentação. Não há antídotos conhecidos. E a invencibilidade, como meu pai tem, é o superpoder mais raro já documentado. Não tem ninguém como ele. Não há motivo pra achar que os poderes dele podem ser replicados, ao menos no que diz respeito ao Max.

Deve haver outras coisas que poderiam agir como proteção contra o poder do Max, mas, até onde consegui descobrir, este é o único artefato desse tipo.

Talvez Adrian estivesse certo, mas, mesmo assim, a existência daquele amuleto dava esperança a ela de que o Agente N não fosse o toque de morte dos Anarquistas.

Ela se perguntou se um amuleto daquele poderia proteger os outros de um poder como o dela também. Como Anarquista, Nova usava mais sua capacidade de fazer as pessoas dormirem como arma, mas o sono em si não *enfraquecia* uma pessoa além de deixá-la vulnerável. Na verdade, o sono ajudava a recuperá-las. Era um enigma interessante, sobre o qual ela teria que pensar bem se Adrian compartilhasse a descoberta do Amuleto da Vitalidade com outros Renegados.

– Posso usar o amuleto alguma hora? – pediu ela, abrindo um sorriso. – Seria mais fácil ajudar Max a reconstruir as partes quebradas da cidade dele se eu pudesse entrar.

– Claro! – os dois disseram ao mesmo tempo, e o brilho no olhar de Max fez o coração de Nova dar um pulo.

– Mas – disse Adrian – acho que devíamos dar ao Simon primeiro. – Ele fez uma careta de quem pede desculpas. – É só simbólico, mas... sei que seria muito importante para ele.

Ela se recusou a fechar o sorriso.

– Claro. Eu entendo.

A expressão de Adrian estava tão fofa que Nova sentiu uma certa culpa por pensar em como o amuleto poderia servir aos *seus* objetivos antes dos de Max.

– Sei que não muda tudo – disse Adrian. – Você continua preso na quarentena. Continua sem poder sair para o mundo. Mas... é alguma coisa, né?

– É muita coisa – disse Max – Mesmo isso... – Quando ele fez um gesto entre ele mesmo e Adrian, seu controle das emoções começou a desaparecer. – Isso foi... Isso é...

Adrian passou o braço pelos ombros de Max e puxou o garoto para perto.

Nova se virou. A sensação era de estar invadindo. Não só por não ser parte da família, mas porque ela nem era uma Renegada de verdade. Ela não merecia o prazer daquele momento com eles.

O velociraptor, que tinha desaparecido no ninho, surgiu e fez um som melancólico enquanto cutucava o tornozelo de Max com as garras afiadas. Max secou os olhos, se inclinou e o pegou, evitando claramente o olhar de Nova.

– Max – disse ela com hesitação –, por que... por que você não vai viver com uma família não prodígio?

Adrian fez uma careta.

– Eu também pensei nisso, mas... – O rosto dele estava contraído de dor, mas Max só deu de ombros.

– Tudo bem – disse ele, resignado. – Estou bem aqui.

– Não está, não – disse Nova. Ela fechou as mãos com força. – Você é prisioneiro! Você é um... um...

Adrian olhou para ela com advertência no rosto e ela segurou as palavras que estavam na ponta da língua.

Você é um projeto de ciências pra essas pessoas.

– Não é seguro eu sair no mundo – disse Max, deixando o dinossauro pequenininho mordiscar a ponta do seu polegar. – Eu poderia encontrar um prodígio sem querer a qualquer momento e não seria justo com ele ou ela. Além disso, se a notícia de quem eu sou e o que posso fazer se espalhasse... eu viraria um alvo. Ainda tem vilões por aí que iam me querer usar com objetivos próprios...

– Ou zelotes antiprodígio que adorariam botar as mãos num garoto que pode acabar com superpoderes – acrescentou Adrian.

– Além disso... – disse Max, a voz distante. – Precisam de mim aqui.

Nova trincou os dentes. Apesar de talvez haver um pouco de verdade no que Max estava dizendo, ela não conseguiu deixar de sentir que também havia muita propaganda de medo com a intenção de mantê-lo um prisioneiro complacente.

– Por causa do Agente N? – perguntou ela.

Max assentiu.

– Há quanto tempo você sabe? – perguntou Nova. – Você sabia o que estavam fazendo com suas amostras de DNA esse tempo todo?

– Não... exatamente – disse Max, colocando Turbo no bolso. – Por muito tempo, achei que estivessem tentando encontrar um jeito de *me* neutralizar. Pra não terem mais que me deixar separado de todo mundo. Mas acabei percebendo que era mais do que isso. Achei que era uma coisa estilo o Agente N, mas não tinha certeza.

– Pelos céus, Max, talvez *funcionasse* em você – disse Adrian, os olhos se iluminando de novo. – Não acredito que só pensei nisso agora. Fiquei muito empolgado com o amuleto, mas... por que não podemos simplesmente injetar Agente N em você? Você não seria mais prodígio! Poderia... – As palavras morreram quando Max começou a balançar a cabeça.

– Já tentaram – disse ele. – Não funciona em mim.

– Tentaram tirar seus poderes? – Nova estava perplexa. – Por quê? Porque você é uma ameaça?

Max riu pela repulsa óbvia dela.

– Não, porque eu pedi. Depois dos primeiros sucessos com prodígios de Cragmoor e como o Agente N não os transformou em pilhas enormes de gosma radioativa nem nada, eu pedi que usassem em mim. Eu queria que desse certo. Não é muito divertido ser prodígio quando se está preso num lugar assim. – Ele indicou sua prisão de vidro.

– Ah – disse Nova. Sua raiva veemente em defesa de Max sumiu. – Acho que consigo entender isso.

– Nova se preocupa com os direitos dos prodígios – explicou Adrian. – Ela tem medo de começarmos a abusar do poder do Agente N.

– Se me lembro bem – disse Nova –, você também não estava exatamente convencido de que ele seria manuseado com total responsabilidade.

– Por quê? – perguntou Max. – É só para os maus. Nunca neutralizariam um Renegado.

Todos os músculos no corpo de Nova se contraíram, ansiosos para argumentar sobre a distinção entre *Renegado* e *maus*.

– Estão planejando distribuir por todas as unidades de patrulha para usarmos como acharmos adequado. Garanto que erros serão cometidos e esse poder será mal usado. Quanto tempo vai levar até que os prodígios inocentes sejam ameaçados ou chantageados só porque ainda não foram recrutados para os Renegados ainda? Essa vida não é para todo mundo, sabe.

– Ameaçados e chantageados? – perguntou Max. – Por quem?

– Sei lá. Que tal Geladura e os capangas dela? – disse Nova, lembrando-se de uma época, não muito tempo antes, em que ela testemunhou Geladura tentando intimidar Ingrid para que fizesse uma confissão falsa. – Ou ladras, como Pega? Nem todos os Renegados são corteses e respeitáveis como Adrian.

Ela cometeu o erro de olhar para Adrian quando falou e viu a lisonja surpresa no rosto dele. Ela apontou para ele.

– Não entenda isso errado.

– Tem um jeito errado de entender?

Ela fez cara feia e Adrian levantou as mãos, ainda sorrindo por causa do elogio.

– Tudo bem, concordo que precisa haver restrições, e não gosto da ideia de que vão começar a injetar a substância em todos os prodígios questionáveis por aí. Na minha opinião, uma pessoa como o Sentinela não merece esse tipo de punição sem ter a chance de se explicar primeiro.

– Ah, por favor – disse Nova. – Ele é a menor das minhas preocupações.

A expressão de Max se animou com um sorriso estranho e bobo.

– Claro que você não está preocupada agora que ele virou comida de peixe e tal. Não é, Adrian?

Adrian repuxou os lábios.

– É. O que quero dizer é que ainda tem detalhes que precisam ser resolvidos em relação ao Agente N, mas tem potencial. Estou feliz de não termos mais que nos preocupar com o Titereiro, e teríamos evitado muitas dores de cabeça se a Detonadora tivesse sido neutralizada antes da ocorrência no parque Cosmopolis. – Ele se virou para

Max. – E agora que já descobriram o Agente N, não precisam mais de você e das suas amostras de sangue, né? Acabaram os exames?

– Acho que sim – disse Max. – Não tiram nada há um tempo e... acho que não teriam concordado em tentar me neutralizar se ainda precisassem dos meus poderes funcionando.

– Certo. Está vendo? Não vai haver mais testes, não vai haver mais amostras, e agora, isto. – Adrian bateu no Amuleto da Vitalidade e puxou Max para outro abraço exuberante. – Parece que o Bandido acertou na loteria.

Max gemeu alto e saiu do abraço dele.

– Sabe, você gosta de zoar o Hugh por ser tão brega, mas às vezes você é igual.

Nova sentiu de novo como se estivesse invadindo a privacidade deles.

– Preciso me aprontar para o trabalho nos artefatos. Vejo vocês mais tarde, tá?

– Trabalho? – perguntou Adrian. – Estamos no meio da noite.

– São as melhores horas pra trabalhar – concordou Nova com um sorriso tranquilo. – Gosto da paz e da tranquilidade.

Ela acenou e foi na direção do elevador, o sorriso sumindo assim que ela virou as costas. Havia um amuleto que podia proteger Max. Um amuleto que talvez pudesse proteger do Agente N.

Seus nervos vibraram com a possibilidade.

Ela queria aquele amuleto.

Mas não tanto quanto queria o elmo do Ace. E, naquela noite, era isso que ela planejava pegar.

CAPÍTULO VINTE E TRÊS

PASSAVA DA UMA DA MADRUGADA quando Nova passou o comunicador pelo relógio digital e entrou no cofre. Algumas luzes espalhadas iluminaram as estantes, uma atrás da outra, enchendo o corredor de um brilho opaco e sinistro. Nova fechou a porta e colocou a bacia grande de plástico que tinha levado em um carrinho.

Ela ignorou as câmeras de segurança, embora pudesse sentir as lentes a observando enquanto empurrava o carrinho pelo corredor principal. Olhar para as câmeras sempre atraía desconfiança, então ela manteve a expressão neutra. O andar, casual.

Foto Instantânea só chegaria horas depois. Até lá, Nova tinha o cofre só para si.

Ela esperava que fosse tempo suficiente.

Uma ideia brilhante tinha ocorrido a Nova no dia anterior. Ela jamais conseguiria usar magia para abrir a caixa de cromo que guardava o elmo do Ace. A caixa jamais seria aberta com um machado místico e nem esmagada com um martelo indestrutível. Adrian nunca desenharia uma abertura para ela, por mais que flertasse com ele daquele jeito sofrido e desajeitado.

Mas Nova tinha esquecido de que *ela mesma* era capaz. Podia não ter superforça e nem poderes psíquicos, e nem controle sobre os elementos da natureza. Mas tinha a ciência, tinha persistência e conseguiria abrir a caixa.

Ela não se apressou, pois sabia que havia alguém na sala de segurança naquele momento que podia estar observando seu progresso lento pelos corredores. Podiam estar curiosos para saber por que ela estava lá no meio da noite. Podiam estar até desconfiados. Mas perderiam o interesse até ela chegar ao elmo. Nova manteve os gestos lentos e triviais. Ela e o carrinho foram de fileira em fileira, as rodinhas barulhentas dando nos nervos. Ela fez paradas frequentes para olhar a prancheta pendurada na lateral do carrinho, fingindo tomar nota de tempos em tempos. Tirou itens comuns do carrinho e passou um tempo os organizando com cuidado nas prateleiras.

Nova nunca tinha estado no cofre sem ter a falação constante de Callum no ouvido e reparou pela primeira vez agora que várias relíquias pareciam zumbir, como se tivessem uma corrente elétrica leve. Algumas até emitiam um brilho acobreado sutil, não muito diferente do elmo do Ace.

As similaridades a fizeram hesitar quando ela passou pela Ampulheta Infinita, onde a areia branca cintilante estava sendo atraída para a parte de cima do recipiente. Nova chegou mais perto e colocou o dedo na base de ébano. *Aquele brilho.* Era familiar. O tom e a vibração exatos de todas as coisas maravilhosas que ela havia visto seu pai criar quando era pequena.

Ela olhou por todo o corredor. Agora que estava procurando, ficou fácil encontrar os artefatos cintilantes. Ela sabia que devia haver coisas no cofre que realmente foram feitas por seu pai, mas não *todas* aquelas. Não a Pena de Ravenlore, que existia havia séculos. Não o Sabre Ártico, que tinha sido forjado do outro lado do mundo.

Ela balançou a cabeça e virou o carrinho para o corredor principal.

– Mantenha o foco – sussurrou ela. Teria tempo de refletir sobre os muitos mistérios do departamento de artefatos depois. Agora, ela só tinha que pensar no elmo do Ace e como libertá-lo.

Nova entrou no último corredor e passou pela placa de ACESSO RESTRITO no fim da prateleira. Na metade da fileira, ela posicionou o carrinho a uma curta distância da caixa de cromo e ficou de costas para a câmera na extremidade. Ela abriu a caixa de plástico e tirou seu equipamento: uma bateria e conectores, um balde grande cheio de uma solução eletrolítica que Leroy havia preparado para ela mais cedo e uma roda de aço que ela tinha encontrado na sarjeta em Wallowridge, que ela teve o trabalho de limpar em um banho de cloreto de sódio e ácido acético.

Ela verificou a prancheta de novo fingindo estar seguindo obedientemente as ordens vindas de cima. Em seguida, ela abriu a caixa e virou a solução na bacia. O cheiro de produtos químicos se espalhou e a fez franzir o nariz. Nova segurou a tosse, pegou a roda e a mergulhou na bacia.

Ela respirou fundo e segurou a caixa de cromo. O metal estava frio ao toque, e, embora fosse pesada, ela conseguiu colocar a caixa na bacia com pouco esforço. A solução cobriu as laterais. Ela não sabia qual era a grossura das paredes da caixa, mas esperava que a solução fosse funda o bastante para corroer a base toda. Esperava que houvesse tempo suficiente para completar o processo. Esperava que ninguém se desse ao trabalho de entrar na seção restrita enquanto o experimento estivesse acontecendo.

Ela esperava muitas coisas.

Eletrólise. A ideia a atingiu como um dos raios laser do Sentinela. Era o processo usado para fazer revestimentos de metal, e o cromo era usado para revestir outros metais o tempo todo. Usando uma bateria, ela poderia alterar a carga de átomos neutros na base da caixa. Os átomos perderiam elétrons e isso os transformaria em íons com carga positiva, que se soltariam da caixa. Ao longo do tempo, os íons positivos do cromo se deslocariam pela solução, atraídos pelos elétrons que estavam sendo empurrados pelo outro lado da bateria, e voltariam a ser metal sólido na superfície da roda.

O resultado: não haveria mais caixa de cromo.

Ou, pelo menos, haveria um buraco grande na caixa de cromo.

Como bônus, ela talvez tivesse até uma roda nova coberta de cromo e quase indestrutível quando o processo estivesse terminado.

Era tão simples, tão óbvio, que ela não conseguiu acreditar que não tinha pensado naquilo antes. Tinha até começado a se perguntar se o próprio Capitão poderia ser enfraquecido desse jeito, mesmo sabendo que seria consideravelmente mais difícil prendê-lo numa bateria ou mergulhá-lo num tanque de produtos químicos.

Ela prendeu os condutores.

Cruzou os dedos e ligou a bateria.

E torceu.

Ela meio que esperava que a bateria fosse ganhar vida com fagulhas e um chiado de energia, mas não foi isso que aconteceu. Só o leitor digital na lateral indicou que os amperes estavam fluindo pelo sistema. Nova ajustou os botões e aumentou a voltagem.

Ela inspecionou a roda, não exatamente esperando ver uma mudança visível. O processo levaria tempo.

– Um cátodo vigiado não galvaniza – murmurou ela e empurrou a célula eletrolítica para as sombras da estante.

Ela decidiu que a deixaria funcionando por uma hora e depois voltaria para dar uma olhada. Sabia que podia demorar o dia todo para que houvesse algum sinal visível da erosão do cromo. E tudo bem. Ace tinha ficado uma década sem o elmo. Se podia ser paciente assim, ela também podia.

Desde que funcionasse no final. E desde que ela impedisse que Callum e Foto Instantânea fossem olhar a coleção restrita enquanto o processo estivesse em andamento. Ela não tinha certeza absoluta de como conseguiria isso, mas estava considerando um derramamento de produto químico tóxico na fileira seguinte. Ou talvez ela pudesse orquestrar uma distração do outro lado do cofre. Alguns potes de pedras radioativas quebradas os manteriam ocupados por um tempo...

Nova limpou as mãos, colocou o balde no carrinho e começou a levá-lo para longe, deixando a caixa de cromo e seu experimento para trás.

Ela estava quase no fim do corredor quando um som chamou a sua atenção. Parecia que havia alguma coisa... fervendo.

Nova franziu a testa e se virou lentamente.

Havia uma nuvem de vapor saindo da prateleira onde ela tinha deixado o experimento.

Sua pulsação acelerou.

– O que foi agora? – murmurou ela, abandonando o carrinho. O som de borbulhar ficou mais alto. O vapor ficou mais denso. O ar carregado de produtos químicos fez sua garganta arder.

Quando chegou perto da bacia de plástico, ela viu que a solução eletrolítica estava fervendo, soltando bolhas grandes que estouravam na superfície e espirravam pelas laterais.

– Como é que isso…

Explodiu.

Nova ofegou e pulou para trás quando a solução voou para toda parte, cobrindo a parte inferior da prateleira acima. Transbordou pelas beiradas da bacia e caiu no chão. Um dos cabos condutores se soltou da bateria e voou da célula, quase arrancando o olho de Nova antes de bater na parede.

Com o circuito interrompido, o que sobrou do líquido foi esfriando até ficar imóvel, exceto pelos filetes escorrendo pela lateral.

A caixa de cromo estava intacta, parecendo irritantemente inocente dentro da bacia.

Nova olhou para a sujeira dos produtos químicos. Para a bateria destruída. Para a roda que tinha esfregado por uma hora inteira para garantir que ficasse limpa e os átomos de cromo pudessem aderir nela.

Um grito gutural escapou de sua boca. Ela pegou a coisa mais próxima ao alcance, um broche cravejado de pedras, e o jogou pelo corredor. Quando acertou o piso de concreto, ele emitiu um brilho branco ofuscante. Nova levantou os braços na frente do rosto e cambaleou para trás, mas a luz desapareceu tão rápido quanto tinha surgido e o broche quicou e deslizou mais alguns metros. Quando o fantasma do broche sumiu da visão de Nova, o broche apareceu, felizmente intacto.

– Bom – disse ela, esfregando as pálpebras. – Eu não devia ter feito isso.

– McLain?

Ela deu um pulo e girou em um círculo inteiro antes de perceber que a voz severa tinha vindo do seu comunicador.

Ela engoliu em seco e levantou a mão.

– Hã... sim?

– Aqui é Recuo, da segurança. Nós vimos o que pareceu ser uma pequena explosão no departamento de artefatos. Está tudo bem?

Nova mandou seus nervos se acalmarem.

– Hã... está. Desculpe. Está tudo bem. Eu estava – ela limpou a garganta – limpando alguns objetos aqui e, hã, devo ter calculado mal a... solução... de limpeza. Desculpe por ter causado preocupação.

– Quer que enviemos uma equipe de limpeza?

– Não – disse ela, acrescentando uma risada leve. – Não, não. Eu cuido disso. Você sabe que as coisas aqui podem ser meio... temperamentais. Acho melhor eu mesma cuidar.

– Tem certeza?

– Absoluta.

A comunicação foi interrompida e Nova inspecionou os resultados do experimento fracassado, tão fracassado.

Ela passou as mãos pelo cabelo e soltou um palavrão.

Porcaria de ciência e persistência.

Com os ombros murchos, ela pegou o broche e o colocou no lugar delicadamente, depois foi procurar um esfregão.

CAPÍTULO VINTE E QUATRO

O peito de Adrian estava doendo por causa da tatuagem nova, ainda sensível por causa dos mil furinhos da agulha. De todas as tatuagens que ele tinha, aquela foi a mais fácil de se convencer a fazer. Ele soube que a faria assim que o Amuleto da Vitalidade permitiu que ele ficasse na presença de Max.

O feitiço funcionou e a tatuagem também funcionaria. Depois daquilo, ele poderia entrar e sair da quarentena quando quisesse.

Por causa da grande importância do desenho, ele não simplesmente copiou o símbolo na pele. Ele passou horas olhando dicionários, enciclopédias e tomos sobre simbolismos e práticas antigas de cura. Os símbolos que o ferreiro tinha feito muito tempo antes no medalhão eram encontrados em múltiplas religiões e culturas, muitas vezes carregando mensagens de proteção e saúde.

A mão direita aberta era considerada protetora contra o mal, e as cobras eram associadas à cura e à medicina desde sempre. Quanto mais ele lia, mais entendia como o desenho podia proteger alguém das forças que desejariam seu enfraquecimento.

Proteção. Saúde. Força.

As palavras apareceram várias vezes na pesquisa e se repetiram como um mantra na mente de Adrian conforme ele trabalhava na tatuagem.

Uma serpente enrolada na palma de uma mão aberta.

A mão erguida em desafio: Pare. Você não pode passar.

A serpente, pronta para devorar qualquer mal que ousasse ignorar o aviso da mão.

Juntos... *imunidade*.

A tatuagem, feita diretamente sobre seu coração, funcionaria. Adrian já tinha conseguido coisas impressionantes ao tatuar desenhos novos na pele. Ele tinha ampliado os limites do seu poder além de qualquer coisa que ele pudesse ter pensado que era possível. Tinha se transformado no Sentinela, e o escopo das suas habilidades parecia infinito, limitado apenas por sua imaginação.

Então, quem podia dizer que ele não podia também se dar aquela habilidade? Não invencibilidade completa, como o Capitão tinha. O único jeito que ele conseguia pensar de obter *isso* seria com uma tatuagem que cobrisse o corpo inteiro, e ele não estava pronto para esse tipo de compromisso.

Mas a invencibilidade de Max? Podia ser feito. Era possível. Ele nunca tinha tido tanta certeza de uma coisa na vida.

Ele foi até o espelho inspecionar o próprio trabalho. O desenho parecia bom. Limpo e preciso. Apesar de ter que trabalhar de cabeça para baixo em si mesmo, ele ficou satisfeito de ver como conseguiu equilíbrio na forma. Ficou do jeito que ele imaginou. Uma réplica perfeita do símbolo no Amuleto da Vitalidade.

Adrian relaxou os ombros, apertou as palmas das mãos sobre a tatuagem e deixou o poder penetrar no corpo. Teve a mesma sensação calorosa e ardente que tinha cada vez que fazia isso, conforme o desenho se espalhava por sua pele e seus músculos, por sua caixa torácica até o coração batendo com firmeza. Conforme se tornava parte dele.

Quando ele afastou a mão, a tinta estava reluzindo em laranja, como ouro incrustado na pele. Mas sumiu rápido e só restou a tatuagem, em nada diferente do que estava quando ele tirou o curativo. Diferentemente dos outros desenhos, as tatuagens não desapareciam quando ele as trazia para a realidade. Talvez por terem sido feitas com a intenção de serem permanentes. Talvez porque ele não estivesse criando uma manifestação metafísica do desenho, e sim o usando para se modificar.

Adrian estava tão confiante das tatuagens e das habilidades novas quanto já tinha estado com qualquer outra coisa. Quando estava guardando o kit de tatuagem, ele se viu desejando poder ter metade dessa certeza em relação a Nova e os sinais confusos que ela vinha dando.

Ele tinha certeza... bom, quase... uns oitenta e três por cento de certeza de que Nova estava flertando com ele no salão de treinamento. E no parque. Vários pequenos momentos voltaram à mente dele. Um sorriso um pouco largo demais. Olhos se demorando por um segundo a mais. O jeito como ela se sentou mais perto dele do que precisava. Os dedos roçando nas costas dele quando ela o ensinou a atirar.

Era flerte. Não era?

E flerte significava interesse. Não significava?

Mas aí ele se lembrou do parque de diversões e como ela se afastou rapidamente quando ele tentou beijá-la e que tudo ficou esquisito entre eles depois disso, e concluiu que devia estar imaginando coisas.

O maior problema era que o que eles viveram no parque de diversões deixou Adrian dolorosamente ciente do quanto ele tinha começado a gostar de Nova.

Gostar *mesmo*.

Ele gostava da coragem dela, a coragem destemida com que ela enfrentou o Gárgula no teste. A falta de hesitação na hora de perseguir Espinheiro e matar a Detonadora. A coragem que chegava perto do descaso. Às vezes, ele desejava poder ser mais como ela, sempre tão confiante com as próprias motivações que não se importava de forçar um pouco as regras de tempos em tempos. Era assim que Adrian se sentia quando era o Sentinela. Sua convicção de que sabia o que era certo lhe dava coragem de agir, mesmo quando ele teria hesitado como Adrian ou Rabisco. Mas Nova nunca hesitava. A bússola dela não parecia falhar.

Ele gostava porque ela desafiava as regras da sociedade ao se recusar a se curvar para o Conselho quando tantos outros estariam fazendo de tudo para impressioná-los. Ao se recusar a pedir desculpas pela decisão deles de irem atrás do Bibliotecário, apesar dos protocolos, porque ela acreditava totalmente que eles tinham feito a escolha correta com as opções que tiveram.

Ele gostava que ela o tinha vencido de lavada em todos os jogos do parque de diversões. Gostava que ela nem hesitou quando ele deu vida a um dinossauro na palma da mão dela. Gostava que ela correu para dentro da quarentena para ajudar Max, apesar de não ter ideia do que ia fazer quando chegasse lá, só sabendo que tinha que fazer *alguma coisa*. Ele gostava que ela demonstrava compaixão por Max, às vezes até indignação pela forma como as habilidades dele eram usadas... mas nunca pena. Ele até gostava que ela fingia entusiasmo por coisas como a Olimpíada dos Ajudantes quando ficava claro que ela preferia estar fazendo qualquer outra coisa.

Mas, por mais comprida que a lista de coisas que o atraíam em Nova McLain tivesse ficado, ele ainda achava os sentimentos que ela tinha por ele um mistério, com uma falta irritante de evidências para apoiar a teoria de que talvez, só talvez, ela também gostasse dele.

Um sorriso aqui.

Um rubor ali.

Era uma lista irritantemente curta.

Ele devia estar interpretando aquelas coisas.

Não importava, ele disse para si mesmo repetidamente. Ele não podia correr o risco de ficar íntimo demais de ninguém agora. Se Nova descobrisse sobre suas tatuagens ou reparasse que seus desaparecimentos coincidiam com as ações do Sentinela, ou mesmo se ela visse um dos seus blocos que detalhavam a armadura e as habilidades do Sentinela, ela descobriria. Ela era muito observadora. Rápida. Ela saberia num piscar de olhos, e quanto tempo levaria até que ela contasse ao resto da equipe, aos seus pais ou à organização toda? Nova deixou seus sentimentos pelo Sentinela bem claros, e esses sentimentos podiam ser tudo, menos bons.

Pelo menos a vida assumiu um ritmo mais tranquilo quando ele botou a armadura do Sentinela de lado. Sua suposta morte foi aceita como fato, apesar de não ter havido sucesso na dragagem do fundo do rio em busca do corpo. Adrian sabia que seria mais fácil continuar assim. Deixar o Sentinela morrer com a crença pública.

Ele não se arrependia de nada do que tinha feito enquanto estava usando a armadura e não conseguia compreender por que o Conselho e os Renegados estavam tão determinados a impedi-lo, mesmo depois de todos os criminosos que ele capturou, de todas as pessoas que ajudou. Estavam tão concentrados no *código* que não conseguiam apreciar o bem que podia ser feito quando alguém se desviava das regras.

Mas, arrependimento ou não, o Sentinela era considerado inimigo dos Renegados, e ele não conseguia aguentar a ideia de ter que explicar sua identidade secreta para os pais, nem para o resto da equipe. Inclusive Nova. *Principalmente* Nova. A melhor forma de guardar seu segredo era mantendo uma distância entre eles.

Mesmo se ela estivesse flertando.

E ela estava, com certeza.

Ele sabia com oitenta e sete por cento de certeza.

Seus pensamentos dispararam.

Com a tatuagem concluída, ele precisava de outra distração.

Ele alongou os ombros e voltou para o estúdio de arte. O que começou como um momento de inspiração aleatória tinha virado outra coisa... bem, meio espetacular, se Adrian podia dizer. O que antes era uma sala escura e sem janelas, com paredes brancas sem graça e piso de concreto, era agora uma visão que deixaria qualquer pessoa sem fôlego.

A pintura, inspirada no sonho que Nova contou sobre sua infância, tinha se tornado um paraíso tropical ocupando todas as paredes do chão ao teto. Conforme as sumaúmas cresceram, seus galhos se esticaram num emaranhado de folhas e vinhas formando uma copa que devorou cada centímetro do teto acima. Abaixo, o piso foi ocupado por raízes grossas e emaranhadas, pedras e samambaias, além de canteiros de flores bem coloridas. Também havia resquícios da ruína abandonada que Nova descreveu, inclusive uma série de degraus levando ao canto onde a estátua podia ser vista, cercada de um muro de pedra em pedaços e coberto de plantas. A estátua estava de costas e o rosto encapuzado e as mãos esticadas não podiam ser vistos, aumentando o mistério da imagem. Com musgo na superfície e lascas de idade, a estátua era uma figura solitária e firme, o que restava de uma civilização perdida.

Era só tinta, mas Adrian não se lembrava de já ter sentido tanto orgulho de sua arte. Quando entrava no aposento, ele imaginava que sentia o cheiro das flores. Ouvia pios das aves nativas e o chiado de mil insetos. Sentia a umidade na pele.

Ele tinha acabado de abrir uma lata de tinta, pretendendo terminar alguns realces num canto de samambaias, quando uma voz brusca ecoou pela casa.

– *ADRIAN!*

Ele ficou paralisado.

Havia muito, *muito* tempo que ele não ouvia Hugh gritar assim.

Ele colocou o pincel de lado e subiu a escada com hesitação.

Encontrou os pais no escritório no segundo andar curvados sobre um tablet à mesa de mogno.

– Chamaram?

Os dois olharam para ele, sem palavras por um momento.

Hugh ficou de pé e apontou para o tablet.

– O que você estava *pensando*?

Adrian deu um passo para trás.

– Como?

Simon mostrou o tablet para Adrian.

– Você pode explicar isto pra nós?

Adrian se aproximou com hesitação e olhou a tela. Eram as filmagens de segurança da quarentena de Max e...

– Eu... ia contar pra vocês sobre isso.

– Espero que sim – disse Hugh, ainda quase gritando. Ele abriu bem os braços, um gesto de frustração que Adrian não o via fazer havia muito tempo. – Como você pôde...? Por que você não...? O que você estava *pensando*?

– Adrian – disse Simon com bem mais paciência. – Você... – Ele parou de falar. Empertigou os ombros. Recomeçou: – Você sacrificou seus poderes... só pra ficar próximo do Max?

Adrian o encarou boquiaberto. Pelo jeito como ele falou, Adrian percebeu que ele achava a ideia ridícula e também invejável. Como se ele já tivesse considerado fazer aquilo mais vezes do que era capaz de admitir.

– Não – disse Adrian. – Eu não sacrifiquei meus poderes.

– Então o que está acontecendo neste vídeo? – perguntou Hugh. – O pobre segurança de serviço quase teve um ataque cardíaco quando viu isso.

Adrian passou a mão pelo cabelo.

– Desculpe. Eu... eu ia falar com vocês sobre isso...

– Estamos falando agora – disse Hugh com rispidez.

– Você pode parar de gritar? – pediu Adrian.

Hugh fez cara feia, mas se acalmou um pouco.

– Desculpe.

Adrian suspirou.

– Eu... descobri um jeito de ficar imune ao Max.

– Ninguém é imune ao Max – disse Hugh.

Adrian franziu a testa.

– *Você é* imune ao Max.

A voz dele subiu de tom de novo.

– E sou o único. Agora, tenta de novo. A verdade desta vez.

– Eu encontrei uma coisa nos cofres – disse Adrian, com mais vigor agora. – Chama-se Amuleto da Vitalidade. É um medalhão antigo que dizem que protege contra qualquer coisa que enfraquece uma pessoa, como veneno ou doença. E pensei... bom, que talvez funcionasse contra os poderes do Max também. E funcionou. Funciona.

Hugh e Simon trocaram olhares de dúvida.

– É verdade. – Ele indicou o tablet. – Estou usando o medalhão no vídeo. Dá pra ver.

– O que você quer dizer com *encontrou*? – perguntou Simon.

– Eu fui buscar aquela marionete para o Winston Pratt e Foto Instantânea estava lá conversando sobre isso com aquele cara, hã, Callum. Fiz umas pesquisas e descobri o que era capaz de fazer e... achei que funcionaria. – Ele se concentrou em Simon. – Estou com o amuleto lá embaixo. Eu ia dar pra você. Você pode usar pra poder ver o Max, como eu fiz. Pode chegar perto dele que nada vai acontecer com você.

– Adrian, isso é... impossível – disse Simon.

– Está no vídeo! – Ele indicou o tablet. – Eu não mentiria sobre isso.

– Mas como você soube? – perguntou Hugh.

– Foi um palpite que tive. E deu certo.

Hugh se balançou nos calcanhares e a sala foi tomada pelo silêncio.

– Imunidade – murmuro Simon, por fim. – Do Max?

Adrian prendeu os polegares nos bolsos.

– E... de outras coisas.

– Venenos e doença – disse Hugh – e *Max*.

Adrian coçou a nuca.

– Não tenho certeza, mas... acho que também pode proteger de... uma coisa tipo... o Agente N.

As expressões deles foram idênticas. De descrença, mas também de curiosidade.

– Como nós não sabíamos disso? – perguntou Hugh.

Adrian deu de ombros.

– Achei que, como temos tantos curandeiros prodígios, ninguém se preocupa tanto em se proteger de venenos e doenças. O medalhão nunca foi retirado por nenhum Renegado, isso desde o dia em que a base de dados foi criada. Não deve ter parecido importante.

– Bom, agora vai ser – disse Hugh. – Uma coisa assim... eu nunca pensei...

Por um momento, Simon pareceu quase sentir orgulho. E... esperança.

– Foi um gesto muito corajoso, Adrian.

– Obrigado – murmurou Adrian enquanto sentia um calor no coração.

Hugh se apoiou no parapeito da janela.

– Nós temos que conversar sobre isso. Sobre o que poderia significar para Max e para o Agente N. Por enquanto, não conte pra ninguém sobre esse... Amuleto da Vitalidade, certo?

– Sim, claro – disse Adrian. – Só que já contei pra Nova.

Hugh revirou os olhos.

– Claro que contou. Bom, pede pra *ela* não contar pra mais ninguém, tá?

Adrian assentiu, apesar de haver um tom de decepção acompanhando as palavras. Ele estava animado para contar a Oscar e aos outros. Ele enfiou as mãos nos bolsos e se balançou com impaciência.

– Era só isso?

Seus pais trocaram outro olhar e Adrian se irritou. O que era aquilo de tantos *olhares* silenciosos agora? Eles não sabiam que dava para ver?

Os dois suspiraram praticamente ao mesmo tempo.

– Era – disse Hugh. – Era só isso.

CAPÍTULO VINTE E CINCO

NOVA ESTAVA QUASE TERMINANDO de limpar o desastre quando soou um apito no cofre. Ela inclinou a cabeça e franziu a testa. Parecia o alerta da recepção, mas... era cedo demais para alguém ter chegado, não era?

Ela esperou até ouvir o sinal mais uma vez, suspirou e foi até a frente do armazém.

Havia uma garota na mesa de retiradas batucando com os dedos na bancada.

Nova parou.

O olhar gelado de Genissa Clark grudou no de Nova e desceu até a ponta do esfregão. Seus lábios se curvaram de leve.

– Primeiro você vai das patrulhas para um trabalho administrativo e agora te rebaixaram pra limpeza? Sua família deve estar morrendo de orgulho.

Nova trincou os dentes, mais pela menção cheia de descaso à sua *família* do que à tentativa de insulto.

Durante seu tempo se passando por Renegada, Nova foi obrigada a admitir que muitos Renegados tinham boas intenções, mesmo sendo parte de uma hierarquia social danosa. Mas ela também ficou ainda mais ciente de que muitos Renegados desejavam autoridade sobre os que consideravam inferior, e Geladura estava entre os piores.

Quando os Anarquistas moravam nos túneis do metrô, a equipe de Geladura fazia visitas frequentes e debochava dos Anarquistas, destruía os bens deles, desperdiçava seus recursos... tudo em nome de "manter a paz". Nova a desprezava, assim como à equipe dela, mais do que à maioria dos outros Renegados.

– Não existem trabalhos que não sejam importantes – disse Nova, encostando o esfregão na mesa da Foto Instantânea –, só indivíduos pretensiosos de mente pequena que buscam aumentar a própria importância desmoralizando todas as outras pessoas. – Ela abriu um sorriso largo, contornou a mesa e ligou o computador. – Posso ajudar em alguma coisa?

Genissa pegou a prancheta com as informações de retirada e jogou para Nova.

– Preciso do Amortecedor do Tormenta.

Nova olhou a primeira folha da prancheta e viu que Genissa já tinha começado a preencher as informações do pedido.

– Amortecedor do Tormenta? – disse ela com ceticismo. – O que é isso?

Genissa ficou olhando para ela em silêncio por um longo momento.

Nova a encarou. Como cultivou uma paciência de vida inteira, ela era boa em competições de encarar.

Finalmente, Genissa deu um suspirou de exasperação.

– Amortecedor de *Som*. Eu achava que as pessoas deste departamento tinham que ser úteis.

O Amortecedor de Som era familiar agora que Nova estava pensando – um metrônomo que, enquanto o pêndulo balançava, criava um perímetro à prova de som além da área em que o tique-taque podia ser ouvido.

– Pra que você precisa disso? – perguntou Nova, botando a prancheta na mesa.

Genissa grunhiu.

– Me desculpe. Seu trabalho é fazer perguntas ou me trazer o que eu peço?

O sorriso meloso da Nova voltou.

– Na verdade, *meu trabalho* é defender os inocentes e fazer justiça. Então, pergunto de novo. Pra que você precisa disso?

Pequenos cristais de gelo estavam se formando em volta das pontas dos dedos de Genissa, estalando nas mangas do uniforme, e Nova percebeu que ela achava que aquela conversa era a maior perda de tempo do mundo. Nova até gostou.

– Minha unidade tem uma noite movimentada à frente – disse Genissa, a voz seca e irritada. – E, diferentemente de certas unidades de patrulha, nós nos esforçamos para não perturbar a paz. – Ela se inclinou para a frente, apertou o dedo na folha de retiradas e gerou uma onda de gelo estalando no papel. – Ah, espera... Desculpe, que falta de consideração a minha. Eu devia ter percebido que nossa missão ia te chatear. Mas tenho certeza de que sua equipe foi deixada de lado por um bom motivo.

Nova apertou os olhos.

– Como é?

– Nós fomos designados para o caso da Espinheiro – gabou-se Genissa. – E finalmente temos uma pista. Devemos estar com ela presa nas próximas 48 horas. Mas não se preocupe. – Ela se inclinou sobre a bancada. – Vamos dizer para todo mundo que ela foi uma oponente muito *difícil*, pra poupar vocês do constrangimento. Agora você vai pegar essa coisa pra mim ou vou ter que procurar alguém que saiba fazer o trabalho?

O sangue de Nova ferveu só de pensar que Espinheiro pudesse ser encontrada e capturada, e que logo Geladura receberia todos os créditos.

Mas ela exibiu o sorriso como uma arma.

– Você já assinou o acordo de empréstimo?

– Claro.

– Muito bem. – Nova se afastou da mesa. – Daqui a pouco eu volto com seu... Amortecedor.

Não foi difícil encontrar o Amortecedor de Som do Tormenta, guardado na seção de ferramentas com poder, entre um pilão com superfície de espelho e uma coleção de esferas vermelhas pequenas.

Nova pegou o metrônomo de madeira na prateleira e se virou, a mandíbula ainda contraída.

Ela parou e se virou lentamente para as esferas de novo.

Eram seis, todas aninhadas numa bandeja não muito maior do que uma caixa de sapatos. Nova pegou uma e a inspecionou. O dispositivo parecia uma romã: era brilhante e liso, com uma coroa presa de um lado.

– Oi, mísseis de névoa – sussurrou ela lendo o rótulo embaixo da caixa. Eram alguns dos dispositivos explosivos que ela havia mencionado para Leroy que achava que podiam ser alterados para trabalhar com uma forma gasosa do Agente N, mas ainda não tinha tido tempo de inspecioná-los. Os famosos mísseis de névoa eram invenção de Fatalia, que era capaz de soltar um vapor ácido pela respiração que pulverizaria os pulmões de qualquer oponente que o respirasse. Mas o poder dela só era eficiente de perto, o que seus inimigos acabaram descobrindo. Por isso, ela criou os mísseis, parecidos com uma granada de mão, nos quais podia injetar o ácido pela respiração. Com o impacto, o ácido era solto no ar. Nova viu uma linha fina em volta da circunferência do dispositivo, onde ele se abriria para liberar o vapor tóxico.

Ela se perguntou se ainda havia algum vapor de Fatalia dentro das bombas.

E se perguntou se seria difícil enchê-las com algo como o Agente N. Como as estava vendo na vida real, ela já estava imaginando como poderia fazê-las funcionar.

Se os Anarquistas fossem realmente tentar enfraquecer os Renegados com a arma deles mesmos, um dispositivo de dispersão como aquele seria bem mais eficiente do que tentar derrotar cada oponente com um dardo. Além do mais, nem todo mundo podia ser acertado por um disparo. Os dardos não perfurariam o Capitão Cromo e nem o Gárgula.

Os Renegados não usariam o Agente N em forma de gás porque era arriscado demais. Mas se ela tivesse o Amuleto da Vitalidade...

O som da recepção ecoou pelo cofre.

Com a bochecha tremendo, Nova botou o míssil de névoa de volta no lugar.

Ela se virou para a recepção e jogou o metrônomo para Genissa sem preâmbulos. Genissa tropeçou e pegou o dispositivo por pouco com uma cama de cristais de gelo. Ela olhou para Nova de cara feia.

– Prontinho! Divirta-se! – disse Nova com alegria.

Com um som de repulsa, Genissa pegou o Amortecedor e foi na direção do elevador.

– De nada! – gritou Nova para ela.

Quando ela saiu, Nova afundou na cadeira e bateu com os dedos na prancheta. Roubar ou retirar os mísseis? Se ela fosse pega os roubando, vários alarmes seriam disparados. Mas, se ela conseguisse transformá-los em bombas do Agente N, mais tarde eles poderiam ser rastreados até o pedido de retirada. Só que, àquela altura, os Anarquistas estariam em modo de ataque, e aquela mentira já teria acabado mesmo.

Seus lábios tremeram. Talvez ela devesse esperar e conversar com Leroy e Ace primeiro.

O elevador apitou de novo e Callum apareceu, a expressão eufórica.

– Houve mesmo uma explosão?

Nova ficou tensa.

– O quê?

– Fui avisado pela segurança. O que houve?

As entranhas de Nova foram tomadas de pânico, mas Callum não pareceu tão preocupado, e sim curioso. E ansioso, claro. Sempre tão ansioso.

– N-nada – disse ela. – Eu só estava... hum... limpando umas coisas. Acho que talvez tenha misturado uns produtos químicos errados.

Callum desanimou.

– Só isso? Eu estava achando que você tinha descoberto uma função mágica nova ou algo do tipo.

Ela balançou a cabeça, fingindo decepção.

– Ah, não. Desculpe.

– Que sem graça. – Ele balançou a mão no ar, a expressão mudando. – Mas melhor assim. Combustão espontânea é legal e tudo, mas não é uma coisa boa no local de trabalho. – Ele se inclinou sobre a mesa e virou a folha de retiradas. Nova tinha reparado que ele sempre olhava quem estava retirando equipamentos e o que tinha sido retirado, um argumento a favor de roubar os mísseis, pensando bem. Ele fez uma careta. – Geladura veio aqui? Ela me apavora.

– Você não é doido pelas habilidades de superfloco de neve dela?

Ele riu.

– Você está de brincadeira? Ela usa o poder dela todo errado. Se eu pudesse manipular gelo, usaria patins o tempo todo e faria um caminho constante de gelo na minha frente aonde quer que fosse. – Ele empurrou a prancheta para longe. – Pra que ela queria o Amortecedor de Som?

– Não sei – murmurou ela, se recusando a admitir que sua equipe tinha sido dispensada do caso da Espinheiro. – Não é meu trabalho fazer perguntas. – Ela fez uma pausa. – Quer dizer, não é mesmo, né? Nós podemos dizer não se alguém quiser retirar uma coisa que achamos que a pessoa não deve?

Ele grunhiu.

– Normalmente, não. Não se a pessoa tem autorização e assinou o acordo. Mas, se você estiver muito hesitante com alguma coisa, pode pedir à Foto Instantânea para levar ao Conselho. Só precisei fazer isso uma vez, quando tive certeza de que um novo recruta estava usando uma chave mestra pra invadir apartamentos. Infelizmente, eu estava certo.

Nova ficou de boca aberta.

– O que houve?

– Ele foi tirado das patrulhas e passou muito tempo fazendo serviço comunitário depois. Trabalha na praça de alimentação agora.

– Sorte dele. Se fizesse uma coisa assim atualmente, provavelmente seria injetado com Agente N.

– Acho que não. – Callum esfregou a penugem clara no queixo. – Ele estava violando a lei, mas não era perigoso. A punição pareceu adequada.

Nova grunhiu, mas não tinha certeza se concordava. Quando o público soubesse sobre o Agente N, suplicaria para que fosse aplicado em todos os casos de prodígios fazendo coisas erradas. E o Conselho estava tão ansioso para sustentar sua reputação que ela desconfiava que aceitariam com facilidade.

E, a cada prodígio neutralizado, o poder dos Renegados cresceria mais e mais.

– Você também não gosta do Agente N, né?

Ela levou um susto.

– Como?

Callum se encostou na mesa.

– Acho trágico. Imagina uma pessoa ter habilidades extraordinárias que são arrancadas de repente? É um desperdício. Saber como este mundo poderia ser, como a humanidade poderia ser se ao menos escolhêssemos fazer o melhor, ajudar os outros... sermos, bom, heróis. Não gosto de pensar nessa chance sendo tirada de alguém antes que a pessoa tenha vivido seu potencial.

– Certo – disse Nova. – Só que ter superpoderes não transforma a pessoa num herói altruísta automaticamente. As pessoas são gananciosas e cruéis e... para alguns, ter superpoderes os torna ainda *mais* gananciosos e cruéis. – Ela contraiu a mandíbula. – Genissa Clark é prova disso.

– É... – disse Callum, falando lentamente como se estivesse formando os pensamentos enquanto falava. – Mas acho que, quando tem a escolha entre fazer o bem ou fazer o mal, a maioria das pessoas escolhe o bem.

– E eu acho – respondeu Nova – que nada é tão preto no branco quando as pessoas querem fingir que é. Fazer o bem e fazer o mal não são mutualmente exclusivos.

Ele inclinou a cabeça.

– Por exemplo?

Nova puxou a cadeira e se sentou.

– Sei lá. Ace Anarquia?

A expressão do Callum se transformou em prazer.

– Estou ouvindo. Continua.

Nova franziu a testa para ele. Caramba, como ele era estranho.

– Bom, ele é vilão, né? Todo mundo sabe disso. É inquestionável. Ele matou pessoas. Destruiu metade da cidade.

– Mas?

– Mas, se não fosse ele, os prodígios ainda estariam vivendo com medo. Sendo perseguidos, sendo vítimas, sofrendo abuso... *Ele* criou um mundo em que os prodígios podiam se defender. Declarar o que somos e não ter medo de sermos punidos por isso. Ele lutou pelos direitos de todos os prodígios. Enquanto os Renegados só parecem interessados em defender os prodígios que concordam com seu código.

– Mas as pessoas ainda sentiam medo – disse Callum. – A Era da Anarquia não foi uma época boa... pra ninguém. Foram os Renegados que fizeram as pessoas se sentirem seguras de novo. Então, na verdade, foram os Renegados que mostraram ao mundo que os prodígios mereciam direitos.

– Os Renegados não existiriam sem o Ace Anarquia.

– Os fins justificam os meios?

– Às vezes.

– Então Ace Anarquia foi um herói.

Ela olhou para ele com desconfiança.

– Eu não falei isso.

O sorriso dele voltou, e Nova teve a impressão de que aquela conversa não passava de um debate divertido para ele. Ela se perguntou se ele era um daqueles tipos que faz o advogado do diabo capaz de argumentar dos dois lados independentemente da verdadeira opinião.

– Vem comigo – disse ele, dando as costas para ela.

– Hã? Aonde a gente vai?

– Quero mostrar uma coisa.

Nova não se moveu. Enquanto Callum esperava a chegada do elevador, ele olhou para ela com impaciência.

Nova se levantou.

– Tudo bem. Mas espero que eu não seja demitida por causa disso.

Callum riu.

– Você e eu somos os únicos nessa organização toda que acham que trabalhar no departamento de artefatos é fascinante. Acredite em mim. Ninguém vai te demitir.

O elevador chegou e Nova o seguiu para dentro. Sentiu-se compelida a negar a suposição dele; ela não estava trabalhando ali porque os artefatos eram *fascinantes*. Estava ali porque tinha um trabalho a fazer. Tinha um elmo para recuperar.

Mas ela acabou se dando conta de que Callum não estava totalmente errado. Ela achava mesmo o trabalho interessante. Como inventora, ela sabia apreciar a inovação que tinha sido aplicada em muitas das coisas da coleção.

Ainda assim, pensou ela. Ela não ia bancar a nerd como Callum fazia.

O elevador começou a subir, e Nova olhou para o painel de números. Com um sobressalto, ela se afastou da parede.

Callum a estava levando para o andar mais alto, onde ficavam as salas particulares do Conselho.

Seus membros foram tomados de tensão.

Por que ele a estava levando para o Conselho? Tinha descoberto quem ela era? Sabia?

Ela não devia ter defendido Ace Anarquia. Não devia ter sido tão descuidada com o experimento de eletrólise. Não devia ter criticado os Renegados e o Agente N.

Nova fechou os dedos e teve a sensação familiar do poder aquecendo a pele. Ela mirou na nuca do Callum. Meio segundo e ele estaria inconsciente.

Ela olhou para a câmera presa ao teto do elevador e hesitou.

– Você já subiu aqui? – perguntou Callum, olhando os números mudando acima das portas de metal. – Tem algumas das coisas mais iradas da coleção expostas perto das salas do Conselho, se bem que, cá entre nós, as escolhas deles são questionáveis. Tudo tem um lugar, mas as pessoas vivem obcecadas demais por armas e guerra. Se dependesse de mim, eu exibiria algo como a Tocha do Legado. Pode não ser chamativa, mas teve um papel importante na história inicial dos prodígios.

Enquanto ele falava, Nova se permitiu relaxar.

Ele não ia entregá-la para o Conselho. Só estava indo mostrar mais dos seus objetos amados.

Fazia sentido.

Prisma estava sentada atrás de uma mesa imponente quando eles saíram do elevador, a pele de cristal cintilando na luz de um candelabro de vidro. Ela abriu um sorriso quando viu Callum, os dentes gerando uma série deslumbrante de arco-íris pelo piso branco reluzente.

– Oi, Garoto Maravilha – disse ela. – Já está na hora de trocar os objetos em exposição?

– Hoje não. Eu só queria mostrar pra Insônia. Vocês se conhecem?

Prisma virou o sorriso para Nova.

– Nos encontramos uma vez. É ótimo te ver de novo. – Ela esticou a mão. Quando Nova a apertou, percebeu que a pele dela era dura e fria ao toque como vidro. Aqui, percebeu ela, estava outro prodígio que talvez não fosse vulnerável aos dardos do Agente N.

Se bem que ela não conseguia imaginar por que alguém ia querer neutralizar Prisma. Até onde ela sabia, a mulher era feita de uma espécie de cristal e... só. Seu único "poder" era dar um show quando a luz batia na pele dela do jeito certo.

– Podem ir – disse Prisma, indicando a porta. – O Conselho ainda não chegou e vocês vão ter sossego pra olhar.

Eles passaram por um saguão circular com várias estantes e quadros em destaque, mas Callum não comentou sobre os artefatos valiosos. Nem mesmo sobre o quadro enorme que exibia a derrota do Ace Anarquia no Dia do Triunfo – um quadro que a enfureceu tanto quanto na primeira vez que ela o viu. Callum só a levou por uma porta ampla e por um corredor curto que passava pela sala da Tsunami, seguindo até o terraço do prédio do quartel-general.

Nova saiu e sentiu a queda de temperatura. Eles estavam cercados de vidro e aço; sob os pés deles e para cima, formando um abrigo transparente sobre suas cabeças. Callum foi na frente e botou as mãos em uma amurada que envolvia o terraço.

Nova foi atrás.

Sua respiração travou.

A vista era diferente de qualquer coisa que ela já tivesse visto. Ela havia passado muito tempo nos terraços de prédios, até de arranha-céus, mas nunca tinha estado tão alto. Ela nunca tinha visto Gatlon espalhada, como um sonho. Havia a baía ao longe, onde o sol da manhã dançava nas ondas como ouro derretido. Ela viu tanto as pontes Sentry e Stockton sobre o rio, majestosas com pilares enormes e os arcos graciosos dos cabos de suspensão. Havia a marcante torre Merchant, com o pináculo de vidro, e o Hotel Woodrow, com séculos de idade, ainda exibindo o fantasma de uma placa nos tijolos. Coisas que ela tinha visto mil vezes, mas nunca assim. De tão longe, ela não conseguia mais ver as cicatrizes que o tempo deixou na cidade. Os prédios que estavam ruindo sob a força das intempéries. Os bairros abandonados. As pilhas de lixo e detritos nas calçadas e vielas. Não havia barulho lá em cima competindo com a tranquilidade. Nem sirenes, nem gritos, nem buzinas. Não havia miados de gatos de rua e nem o crocitar dos corvos demarcando território.

Era deslumbrante.

– Sabe o que é incrível? – disse Callum. Ele apontou e ela seguiu o ângulo do dedo dele até o Parque da Cidade, com campos verdejantes e florestas em tons de outono, como um oásis inesperado no mar de concreto e vidro. – Está vendo aquela árvore perto do canto sudeste do parque? A sempre-viva, do tipo que se destaca junto a todas as outras, decíduas? É um cipreste-rei. Sabe como é lento pra uma dessas crescer?

Nova olhou para ele sem conseguir discernir aonde ele estava indo com aquilo.

– Não.

– É muito – disse Callum. – *Muito* lento. Quem plantou aquela árvore precisava saber que teria que esperar anos, *décadas*, para poder sentar embaixo da copa e apreciar a sombra. Talvez nem tenha chegado a isso. Talvez a pessoa tenha plantado na esperança de que seus filhos ou netos, talvez até só estranhos, gerações depois, pudessem se sentar embaixo dos galhos da árvore e que talvez alguém fosse sentir gratidão por um momento pela pessoa que teve a visão de plantar uma mudinha no passado.

Ele ficou em silêncio e Nova franziu a testa. *Aquilo* era a coisa importante que ele tinha para mostrar?

– Além disso – disse Callum –, tem os trens. É tão legal.

Nova resmungou baixinho e começou a planejar o que podia dizer para sair educadamente da conversa e voltar ao trabalho.

– Pense no sistema de trens antigo. Tanta engenharia, tantos recursos... Deve ter sido fé no começo, né? Uma confiança de que aquilo era o futuro: viagens e indústria e comércio. Não havia garantia de que aqueles trilhos seriam colocados, conectando tantas cidades e portos, mas alguém teve convicção suficiente para ir em frente mesmo assim.

– Callum...

– E o alfabeto! – disse ele, se virando para ela. – Você já parou pra pensar no alfabeto?

– Hã...

– Pensa bem. Aqueles símbolos são só linhas no papel. Mas alguém, em algum momento, teve a ideia de designar significado a eles. E não só isso, mas ensinar esses significados às outras pessoas! Imaginar uma forma para as ideias e pensamentos serem registrados e compartilhados... deve ter parecido uma tarefa impossível no começo, mas a pessoa persistiu, e pense em tudo que derivou disso. Não é fantástico?

– Callum – disse Nova com mais firmeza agora. – Você vai chegar em algum lugar?

Ele piscou para afastar a empolgação dos olhos e observou Nova quase com tristeza por um momento.

– Quero dizer que o Ace Anarquia, seja quais tenham sido os motivos dele, foi, no fim das contas, uma força destrutiva. Ele *destruiu* coisas. Mas somos tão mais fortes e melhores quando dedicamos nossa energia a criar coisas e não destruir.

– Claro – disse ela com amargura. – E os Renegados são quem cria.

Callum deu de ombros.

– Eles estão tentando, mas ninguém é perfeito. Como você falou, até o Ace Anarquia estava lutando por uma causa na qual acreditava, uma causa pela qual valia a pena lutar. Mas ele não construiu nada. Só matou e destruiu e deixou o mundo em pedaços. O resultado não foi liberdade para os prodígios. Foram vinte anos de medo. Vinte anos nos quais as pessoas não pensaram em escrever livros e nem plantar árvores e nem construir arranha-céus. Era uma vitória só sobreviver mais um dia. – Ele abriu um sorriso melancólico. – Mas... o Agente N também é uma força destrutiva. Ele retira e não repõe. Estou com medo de ser um passo para trás para todos nós.

Eles ficaram em silêncio por um momento, e Callum resmungou e bagunçou o próprio cabelo.

– Desculpe. Já me disseram que sou chato quando falo sobre essas coisas, mas às vezes é tão frustrante passar pela vida vendo tudo isto. – Ele abriu bem os braços, como se pudesse abraçar a cidade abaixo. – Tem tantas coisas com que se maravilhar. Como alguém pode querer fazer mal a isso? Como as pessoas podem acordar todas as manhãs e não pensar: olha, o sol ainda está lá! E eu ainda estou aqui. Isso é incrível! – Ele riu e se virou para Nova de novo. – Se eu pudesse fazer todo mundo ver... por mais de um minuto, então... sei lá. Não consigo deixar de pensar que poderíamos começar a trabalhar para criar coisas. Juntos, pra variar.

Nova olhou para a cidade de novo. Ela viu barcos de pesca cortando as ondas, indo na direção do mar. Carros seguindo pelas ruas, quase como se fossem parte de uma dança coreografada. Grupos de guindastes e operários consertando prédios caídos e erigindo novas estruturas sobre os esqueletos das antigas.

Centenas de milhares de pessoas cuidando da vida. Dia após dia. Ano após ano. Geração após geração. De alguma forma, a humanidade conseguiu construir *aquilo tudo*. Apesar de tudo que tentou atrapalhar. De alguma forma, prevaleceu. As pessoas continuavam existindo.

Era incrível. Como ela nunca tinha pensado nisso? Talvez por nunca ter tido a chance de ver a cidade assim. Ela havia passado tanto da vida no subterrâneo. Correndo pelos túneis escuros e sem vida. Ela nunca tinha pensado muito no preço que ela e os Anarquistas tinham que pagar pela vida tão secreta. As vidas que eles jamais poderiam viver.

Ou talvez ela estivesse vendo agora porque...

Porque...

– Garoto Maravilha? – sussurrou ela.

Callum gemeu.

– Só Maravilha. Prisma acha que acrescentar o Garoto deixa o apelido fofo, que ficaria ótimo se eu tivesse 7 anos.

Ela se virou para ele, balançando a cabeça.

– Eu não achava que você fosse prodígio.

– É, não aparece muito. Poder revelar temporariamente todas as grandes maravilhas deste mundo – ele moveu o braço na direção do horizonte de novo – não parece muita coisa em comparação a bíceps de cromo e erupções vulcânicas saindo das pontas dos dedos. – Ele estalou os dedos para demonstrar o que queria dizer, mas, em vez de parecer decepcionado, seu rosto assumiu a expressão cativada de novo. – Sabia que, no século XVII, um prodígio segurou o fluxo de lava de uma erupção de vulcão para que o vilarejo pudesse ser...

– *Callum.*

Ele parou.

Nova olhou para ele.

– Você estava me manipulando. Eu achei... houve um segundo em que eu... Você não pode mexer com as emoções das pessoas assim!

– Ah, um equívoco comum – disse ele, inabalado. – Não sou capaz de fazer nada com as emoções das pessoas. Só posso mostrar seus verdadeiros sentimentos... ou o que elas veriam se parassem para olhar com atenção. E quando as pessoas veem a verdade, que elas estão cercadas de muitas coisas incríveis, elas tendem a sentir naturalmente um assombro enorme. Por que não seria assim com você?

Ela franziu a testa, sem saber se acreditava na explicação. A sensação era de ter sido vítima de uma brincadeira, como se tivesse tido um momento de clareza ofuscante só para descobrir que era uma ilusão.

Só que agora ela já não tinha tanta certeza do que era real e o que não era.

Nova tinha que admitir que era um dom legal poder espalhar uma sensação de admiração nas pessoas ao seu redor. Não era espalhafatoso, mas ela desconfiava que ele estivesse certo. Talvez o mundo fosse diferente se todo mundo pudesse vê-lo como ele o via.

– Por que não te colocam nas patrulhas? – perguntou ela. – Com um poder assim, você poderia controlar muitas situações perigosas.

– Ah, não com tanta facilidade quanto você poderia pensar. As pessoas precisam parar um segundo para reparar no mundo ao redor, e, quando tem alguém no meio de uma briga ou cometendo um crime, ninguém vai parar e cheirar as rosas hipotéticas. Posso ter mais impacto aqui. Ajudando outros Renegados a mudarem de perspectiva, lembrando às pessoas o que estamos tentando alcançar. Se vamos reconstruir o mundo, eu gostaria que ele fosse construído sobre uma base de gratidão e apreciação, não ganância e nem orgulho.

– Se esse é seu objetivo – disse Nova, esfregando a testa –, não sei se você está conseguindo.

– É um processo lento, mas sou paciente.

Nova andou pelas extremidades do terraço passando os dedos pela amurada. Ela chegou à beirada e parou. Gatlon era construída em uma série de ladeiras que desciam na direção da baía, e, daquele ângulo, dava para ver a catedral do Ace, situada no topo de uma colina alta, com a torre do sino em ruínas se projetando no meio da destruição.

Ela ouviu a voz do Ace em pensamento dizendo que às vezes era preciso destruir o velho para abrir caminho para o novo.

Que o progresso era comumente construído com sacrifícios.

Ela odiava pensar que os Renegados estavam tendo acesso a algo como o Agente N, mas seus motivos não eram os mesmos de Callum. Ele odiava a ideia de obliterar o potencial dos superpoderes, mas Nova odiava o desequilíbrio de poder que causaria, mais do que qualquer coisa. Sim, superpoderes podiam ser usados para chegar a grandes resultados, mas também podiam ser usados para a crueldade e a dominação. E, quanto menos prodígios houvesse, mais provável era que os que restassem se tornariam tiranos poderosos.

Se dependesse dela... se pudesse mudar o futuro do mundo... ela faria com que não existissem mais superpoderes. Nem heróis e nem vilões.

Só a humanidade, impotente e vulnerável, todos lutando na vida juntos.

Algo lhe disse que Callum não concordaria com essa posição.

– Por que você me trouxe aqui em cima? – perguntou ela.

Callum levou um momento para responder. Quando o fez, sua voz soou baixa.

– Eu gosto de você, Nova. Não sei pelo que você passou, mas percebo que você sofreu. E que ainda está sofrendo.

Ela se encolheu.

– Sei que alguns prodígios se tornam Renegados porque gostam da ideia de ter poder – continuou Callum, grudando o olhar nela. – E alguns querem prestígio e fama. Mas muitos de nós estão aqui porque queremos fazer diferença. Nós queremos mudar as coisas pra melhor. – Ele fez uma pausa e seu olhar se desviou para o horizonte. – Não sei qual é sua história, mas acho que você também quer mudar as coisas pra melhor. Achei que ver isso talvez fosse um bom lembrete do que estamos todos fazendo aqui. Do que estamos lutando pra conseguir.

Nova observou a cidade abaixo. *Era* um bom lembrete do que ela estava lutando para conseguir.

Mas Callum estava enganado sobre uma coisa.

Às vezes, as coisas tinham que ser destruídas antes que algo melhor pudesse ser construído.

CAPÍTULO VINTE E SEIS

— JÁ COMENTEI QUE VOCÊ está ridículo? — sussurrou Max, escondido atrás de Adrian quando ele olhou por uma esquina.

— Estou? — Adrian olhou para o traje de proteção branco. — Pra ser sincero, estou me sentindo um astronauta.

— Bom, você parece um colchão inflável ambulante.

Adrian lançou um sorrisinho por cima do ombro. Dava para perceber que Max estava nervoso. O garoto sempre ficava um chato quando ficava nervoso.

— Está pronto?

— Não — respondeu Max, franzindo bem a testa. — A sensação é de estar violando as regras. E se eu der de cara com alguém? E se... machucar alguém?

— São quatro horas da madrugada — disse Adrian.

— Pode ter gente da segurança e unidades de patrulha da madrugada indo e vindo, e às vezes os curandeiros chegam cedo, e você sabe que a Nova está sempre por aí nas horas mais estranhas, e...

— Max. — Adrian o olhou com severidade. — Nós só temos que ir até o elevador. Fica, literalmente — ele estimou a distância —, a 15 metros daqui e não tem ninguém em lugar nenhum. A gente não vai esbarrar em ninguém.

– Mas e se tiver alguém quando a gente sair do elevador? A gente pode ser pego de surpresa. Ou... a gente pode pegar alguém de surpresa, acho que falar assim seria mais preciso...

– Ninguém vai ser pego de surpresa. O andar está todo demarcado com bloqueios nas escadas. Vai ficar tudo bem.

– O que Hugh e Simon diriam?

Os cantos da boca de Adrian tremeram, mas, sem querer revelar a surpresa, ele só falou:

– Tenho quase certeza de que eles entenderiam.

Adrian mexeu em um dos punhos de cromo do pulso. Ele queria esticar a mão e bagunçar o cabelo de Max (foi fácil se acostumar aos gestos de carinho), mas as luvas grossas atrapalhavam. Foi duplamente frustrante considerando que ele não acreditava que precisava do traje de proteção. Tinha a tatuagem agora. Devia poder chegar perto de Max sem problema.

Mas as tatuagens ainda eram um segredo que ele tinha que guardar, e a última coisa que queria era que certas pessoas começassem a fazer perguntas sobre elas. Portanto, o traje teria que ser usado por enquanto.

– Vem – disse ele, abrindo a porta da quarentena.

Com um olhar preocupado, Max foi atrás de Adrian, mas parou. Turbo estava mordendo a tira da sua sandália.

– Não. Você fica, Turbo – disse ele, empurrando a criatura para a margem da baía em miniatura.

Adrian verificou todas as direções mais uma vez e empurrou Max para a frente. Turbo não foi atrás, só inclinou a cabeça e observou os dois por um segundo antes de ir andando na direção da tigela de comida. A criatura comia tanto que Adrian estava começando a achar que devia ter escolhido o nome de Oscar Júnior para ela.

Seus sapatos fizeram um ruído abafado na passarela quando eles passaram acima do saguão. Adrian olhou para a guarita de segurança depois da entrada principal. Mas os funcionários tinham recebido instruções claras e ninguém gritou para impedi-los quando eles seguiram na direção do elevador.

– Eles só falaram nisso o dia todo – disse Max.

– Hã?

Max apontou, e Adrian seguiu o gesto na direção de um dos monitores pendurados no saguão. Havia uma notícia passando e, embora o som estivesse mudo, um ícone de um frasco de comprimidos acima do ombro do âncora revelava qual era a história.

Uma garota de 14 anos tinha morrido de overdose de drogas duas noites antes, resultado da substância ilegal que estava se infiltrando no mercado de drogas da cidade. A droga que foi elaborada a partir de medicamentos como os que Espinheiro tinha roubado do hospital. Era a oitava overdose naquela semana. Além do uso desenfreado de drogas, a popularidade crescente da substância também estava sendo ligada ao aumento de violência nas ruas, ao tráfico e à prostituição.

O mais perturbador talvez fosse que os Renegados tinham feito pouco para conter a epidemia crescente de abuso de drogas e o próspero mercado clandestino. Eles pareciam até perdidos sobre como lutar contra um inimigo que não podia ser derrubado com socos e raios laser.

Na tela, a família da vítima mais recente estava sendo entrevistada, os olhos inchados com o sofrimento. Adrian se virou e apertou o botão do elevador. Não tinha como ele saber se as drogas que tiraram a vida da garota tinham sido desenvolvidas a partir dos mesmos medicamentos que Espinheiro roubou, mas ele não podia deixar de sentir o peso do seu fracasso.

O elevador chegou e os dois entraram. Ele sentiu a ansiedade de Max cada vez que o garoto olhava para a câmera no teto e para os números acima da porta do elevador. Seu nervosismo pareceu aumentar conforme o elevador foi subindo. Um dos pés estava batendo rapidamente no chão. Uma das mãos ficava afastando uma mecha imaginária de cabelo da testa. Ele ficava repuxando os lábios e sacudindo as mãos em uma tentativa de se acalmar.

– Sei que isso é estranho pra você – disse Adrian, a respiração embaçando o visor do capacete de uma forma que o lembrava vagamente estar dentro da armadura do Sentinela. – Mas não é tão arriscado quanto parece. Juro. Eu não faria nada que o colocasse em perigo, nem nenhum dos Renegados.

– Mas aonde estamos indo? – perguntou Max, com um choramingo leve na voz.

– Trigésimo nono andar. – Adrian indicou o botão aceso.

Max amarrou a cara para ele.

– E o que tem no trigésimo nono andar?

O sorriso misterioso de Adrian voltou, espontâneo, e Max bufou com irritação.

O elevador chegou ao andar e as portas se abriram. Adrian indicou que Max devia ir na frente, e o garoto saiu com insegurança, mas parou em seguida.

– Ei... pai?

Hugh estava a poucos passos depois do elevador.

– Oi, Max.

Max olhou para Adrian, os olhos arregalados de pânico, mas Adrian já estava sorrindo.

– Eu falei que eles iam entender. – Ele cutucou Max entre as omoplatas e o empurrou para o espaço amplo.

O trigésimo nono andar era um dos muitos andares vazios do quartel-general esperando para ser ocupado por cubículos ou salas de realidade virtual ou por um centro de atendimento telefônico expandido ou consultórios ou laboratórios... o que quer que eles precisassem conforme a organização fosse crescendo. Mas, no momento, era só um andar de concreto simples com os canos expostos no teto e fileira atrás de fileira de colunas de sustentação de um lado do prédio até o outro.

Vazio, exceto por Hugh Everhart, Adrian e Max.

– Eu... não estou encrencado? – perguntou Max com hesitação aproximando-se do pai. – Por sair da quarentena?

– Não, você não está encrencando. – A expressão de Hugh ficou severa. – Nós não podemos transformar isso num hábito, mas foi fácil tomar os devidos cuidados pra uma noite. Afinal, é uma ocasião especial.

– É? – perguntou Max.

Hugh assentiu. Seu foco se voltou para a parede atrás de Max e Adrian, e havia um sinal de preocupação, mas também de esperança no rosto dele.

– Supondo que tenha dado certo...

Max se virou e Simon saiu da invisibilidade. Max ofegou e bateu no braço de Adrian.

– Você devia ter me contado.

Simon estava parado ao lado do elevador, o Amuleto da Vitalidade em volta do pescoço. Ele chegou a estar tão perto que poderia ter tocado no ombro de Max quando eles saíram do elevador.

– Eu... não sinto nada diferente – disse Simon. Ele estava tenso, o que não era característico dele.

Por um tempo, ninguém se moveu. Simon estava parado a cinco ou seis passos de Max, tão perto que deveria ter sentido os efeitos do poder de Max imediatamente. Primeiro, ele se sentiria fraco, depois sentiria suas capacidades drenadas. Quando aconteceu com Adrian, ele sentiu mais nas mãos. Seus dedos ficaram dormentes e ameaçaram não conseguir mais dar vida aos seus desenhos. Ele não sabia como o Guardião Terror se sentiria. Vulnerável? Exposto?

– Alguma coisa? – perguntou Hugh.

Simon balançou a cabeça.

– Estou me sentindo normal. – Ele sumiu e o corpo inteiro desapareceu, como se uma lâmpada tivesse sido desligada.

Max segurou o antebraço de Adrian e apertou. O traje chiou nos punhos.

Simon apareceu um segundo depois, dois passos mais perto, sorrindo. Ele segurou o medalhão que tinha no pescoço.

– Está funcionando. – Ele riu. – Adrian, isso é incrível. Max, eu...

Antes que ele pudesse terminar, Max se jogou para a frente e passou os braços na cintura de Simon.

O rosto de Simon se transformou com o abraço inesperado e ele se inclinou para a frente para passar os braços em volta dos ombros de Max.

– Isso quer dizer que posso te dar uma surra nas cartas também agora? – disse Max com o rosto na camisa do Simon.

Simon riu.

– Você vai ficar decepcionado de saber que sou *bem* melhor nas cartas do que ele.

Hugh limpou a garganta e atraiu a atenção de Adrian. Ele inclinou a cabeça para o lado e fez sinal para Adrian ir junto.

– Vamos dar um minuto a eles.

As bochechas de Adrian estavam começando a doer de tanto sorrir, mas ele não conseguiu parar conforme eles foram andando pelo piso empoeirado.

– Simon está certo – disse Hugh, a voz baixa para evitar o eco. – O Amuleto da Vitalidade é incrível e estou arrasado de saber que estava no nosso cofre o tempo todo e nenhum de nós sabia. A vida de Max poderia ter sido diferente... – A voz dele tremeu, mas ele disfarçou com outro ruído na garganta.

– Antes tarde do que nunca – disse Adrian. – Estou feliz de ter encontrado agora.

– Eu também. E vamos designar algumas pessoas para examinarem com atenção os objetos que temos na coleção pra ver que outras coisas de valor podemos ter deixado passar.

– Você devia conversar com a Nova – disse Adrian. – Ela está se dedicando muito ao trabalho com os artefatos.

– Vou falar – disse Hugh. – Vai ser fascinante pra todos nós ouvir o que mais podemos ter negligenciado.

Quando eles chegaram na parede distante das janelas, Adrian verificou a distância que estava de Max e soltou o protetor facial. Hugh ficou tenso quando o viu puxar o capuz, mas Adrian só abriu um sorriso.

– Estamos bem longe.

Como Adrian não demonstrou sinais de seus poderes estarem sendo drenados, Hugh concordou com um movimento de cabeça.

– Escuta, Adrian, tem uma coisa que achei que você deveria saber. Quanto antes, melhor.

Adrian ergueu as sobrancelhas.

– Ah?

– Houve uma descoberta no caso da Espinheiro.

Adrian se empertigou.

– O quê? Quando?

– No começo da manhã de ontem. Depois... daquela fatalidade infeliz.

– A garota que morreu de overdose?

– É. Nós contamos aos aliados da Espinheiro que, se conseguíssemos rastrear as drogas que ela comprou até as que foram roubadas, eles poderiam ser acusados de serem cúmplices de homicídio culposo. Um começou a falar. Nos deu algumas pistas de onde Espinheiro pode estar escondida.

– Que ótimo – disse Adrian. – Vou notificar minha equipe agora mesmo. Nós podemos... – Ele parou de falar quando Hugh começou a balançar a cabeça. O entusiasmo de Adrian sumiu. – Você não vai nos dar o caso, né?

– Nós já botamos a equipe da Clark nele.

A sensação foi de levar um soco no estômago. Adrian gemeu.

– Geladura? Sério?

– Sei que você não se dá com ela e nem te culpo por isso. Eles são... meio frios mesmo. – Hugh abriu um sorrisinho por causa da piada. Adrian não retribuiu. – Mas a equipe é boa, uma das mais eficientes que temos. Confio neles pra cuidar dessa missão.

Adrian amarrou a cara, mesmo sabendo que isso só o fazia parecer uma criança petulante. Ficou tentado a dizer que o único motivo para Geladura prender tantos criminosos era porque a equipe não seguia o código; ele tinha testemunhado isso quando os viu intimidando os Anarquistas nos túneis do metrô e tentando pressioná-los para que fizessem uma confissão falsa.

Mas resistiu à vontade, não só porque não tinha provas das transgressões de Geladura, mas também porque sentiu a vergonha da própria hipocrisia. O Sentinela também não seguia o código, e essa era parte do motivo para ele, assim como a equipe da Geladura, ser tão bom em levar criminosos à justiça. Pegar os bandidos era fácil quando não era preciso lidar com a inconveniência das provas e julgamentos.

Talvez isso fosse parte do motivo para ele desgostar tanto de Genissa Clark. Talvez ele só estivesse com inveja de ela conseguir se safar do que fazia, enquanto ele era tratado como uma peste a ser erradicada.

– Eu queria que você soubesse por mim antes que a notícia se espalhasse – disse Hugh. – Essa escolha não é por não confiarmos em você e nos outros, Adrian. Mas esse caso é importante, como você sabe, e…

– Vocês precisam do melhor – murmurou Adrian.

Hugh franziu a testa, mas não discordou.

Adrian suspirou.

– O importante é que a Espinheiro seja capturada e levada à justiça. Não importa quem faça isso. Afinal – ele olhou para Simon, lembrando o que ouviu depois da invasão do hospital –, não tem "eu" em herói.

CAPÍTULO VINTE E SETE

ESTAVA QUASE AMANHECENDO quando Adrian chegou em casa e desceu a escada para o quarto. Ele sabia que não devia estar tão mal-humorado depois da noite que eles tiveram. Depois que conseguiu dar a Max uma coisa que ele tinha desistido de querer, um tempo com Simon e, em breve, um tempo com seus amigos também. Depois que seus pais autorizaram Adrian a contar sobre o medalhão, pelo menos.

Mas toda a alegria de Max não era capaz de superar a irritação de Adrian por saber que a equipe da Geladura, entre *todas* as unidades de patrulha de toda a organização, tinha sido escolhida para ir atrás da Espinheiro. Sua mandíbula estava doendo de tanto ele trincar os dentes a caminho de casa.

Ele começou a andar de um lado para outro no tapete gasto e ergueu o comunicador. Tinha finalmente desligado todas as notificações da central para afastar uma parte da tentação de usar o traje do Sentinela. Ele estava tentando confiar no sistema, botar sua fé no código, como seus pais queriam. Estava tentando dar aos Renegados o benefício da dúvida, acreditar que eles *eram* suficientes para proteger a cidade, para levar os criminosos do mundo à justiça.

Mas, naquele momento, não seria capaz de resistir.

Ele abriu o mapa da cidade e fez uma busca rápida pela Geladura.

Seu queixo se contraiu quando um pequeno sinal piscou no mapa. Ela estava ativa, andando pela avenida Raikes. Enquanto ele olhava, ela virou-se para o norte na Scatter Creek Row, andando rápido, tão rápido que tinha que ser em um carro.

Ele tentou imaginar o destino dela com base na direção que ela estava seguindo. Talvez Espinheiro estivesse acampada em uma casa de barco nas docas ou em um dos armazéns perto do porto, ou talvez em um vagão abandonado de trem em trilhos desativados.

Adrian contraiu o rosto e se obrigou a tirar o comunicador. Jogou-o na cama, se deitou ao lado e escondeu o rosto no travesseiro com um grunhido frustrado.

Ele disse para si mesmo para deixar que eles resolvessem.

Tentou se convencer de que ir atrás deles, atrás da Espinheiro, não valia o risco.

Enfiou os dedos no cobertor.

Espinheiro seria capturada. Seria presa. Os remédios roubados que ainda não tinham chegado ao mercado clandestino seriam confiscados.

Geladura receberia toda a glória, mas isso não devia importar para Adrian. A questão é que a justiça seria feita e um erro seria consertado. Tão consertado quanto possível, pelo menos.

Mas, para cada motivo lógico que havia para ficar quieto, seu cérebro oferecia uma desculpa para ir atrás.

E se a equipe da Geladura fracassar? E se a Espinheiro escapar de novo? Seria útil ter ajuda. Ter apoio, só por garantia.

Ele virou a cabeça para o lado. A luz no comunicador continuava piscando.

Adrian mordeu a bochecha por dentro e sentiu a força do debate interno o abalando.

Fique em segurança. Deixe o Sentinela descansar em paz.

Mas, em algum lugar lá no fundo, ele sabia que não ia acontecer. Ele soube assim que seu pai confessou que a equipe da Geladura tinha sido escolhida no lugar da dele.

Ele iria atrás da Espinheiro. Tinha que ir.

– Só pra ter certeza – disse ele, pegando o comunicador e o enrolando no pulso de novo. – Você só vai se revelar se for realmente necessário.

Não era por ele ter alguma coisa a provar. Nem para ele mesmo, nem para seus pais e nem... e nem para Nova.

Não, não tinha a ver com ele. Não tinha a ver com o Sentinela.

Era questão de justiça sendo feita.

ERA QUASE MEIO-DIA quando Adrian chegou ao porto, com os sinais do comunicador o guiando de telhado em telhado. Suas botas pesadas fizeram um som alto quando ele caiu sobre a cabine de um guindaste velho que anos antes era usado para erguer os contêineres das barcaças que chegavam. A julgar pela camada de poeira nas janelas da cabine, ele duvidava que o guindaste fosse usado havia anos. O sinal da Geladura estava vindo de uma pilha de contêineres que tinha sido deixada para enferrujar quando o comércio internacional foi interrompido. A indústria aumentou significativamente na década anterior, mas boa parte da infraestrutura empregada antes da ascensão do Ace Anarquia tinha sido abandonada em deterioração lenta.

Atrás de uma cerca do outro lado do pátio de armazenamento, ele viu o veículo de patrulha com o *R* vermelho pintado no capô, uma van tão grande que até o Gárgula caberia dentro.

Adrian desceu metade da torre do guindaste antes de pular no chão. Ele caiu com força e espalhou uma nuvem densa de terra. Aproximou-se dos contêineres por trás, seguindo pelo labirinto enferrujado do pátio.

Um estrondo o fez parar onde estava. Foi seguido de um rugido da terra se abrindo. O chão tremeu embaixo dos pés de Adrian e choveu poeira dos contêineres em seu capacete.

Só podia ser Mack Baxter – *Sismo.*

Um segundo depois, ele ouviu um grito enfurecido e a parte de trás de um contêiner foi jogada pelo caminho menos de trinta metros à frente dele. Os tentáculos espinhentos da Espinheiro apareceram primeiro, deslizando para fora do contêiner como um polvo gigante.

Adrian se agachou e voou no ar antes que Espinheiro pudesse vê-lo. Ele caiu no teto do contêiner mais próximo com um ruído metálico de tremer os dentes, mas o som foi disfarçado pelo grito agudo da Geladura:

– Arraia! Gárgula!

Espinheiro envolveu a pilha mais próxima de caixas com os membros adicionais e subiu neles com leveza e rapidez. Segundos depois, estava em disparada pelos telhados na direção da água.

Ela ia fugir.

De novo.

Adrian soltou um rosnado, fechou a mão direita e direcionou o braço para ela. O cilindro no antebraço da armadura surgiu da pele e começou a emitir um feixe de luz branca enquanto o laser se preparava para o disparo. Ele disparava melhor com o laser do que com uma arma, e ela ainda não estava muito longe. Seria possível acertá-la. Ele podia...

Em algum lugar lá embaixo, ele ouviu o Gárgula rugir e Espinheiro gritar de surpresa quando a torre de caixas sobre a qual ela estava correndo oscilou e caiu para um lado. Ela gritou e esticou dois tentáculos para se apoiar no contêiner seguinte. Os membros adicionais se agarraram, os espinheiros perfurando o metal com um guincho que fez Adrian contrair o rosto.

Espinheiro ficou pendurada por um momento, prendeu o ar e, com um gemido alto, subiu.

Ela havia acabado de cair de bruços quando Arraia apareceu do outro lado da caixa com um sorrisinho na cara. Ele disse alguma coisa que Adrian não conseguiu ouvir e Espinheiro olhou para ele com uma expressão frenética.

Um tentáculo se preparou para atacar Arraia, mas ela foi lenta demais.

A cauda dele chicoteou na direção dela, a ponta com o espinho a perfurando no ombro.

Espinheiro grunhiu e caiu para a frente, de cara no teto ondulado do contêiner.

Adrian engoliu em seco, se escondeu nas sombras e desarmou o laser. O traje estalou quando a arma afundou no painel.

O veneno da cauda do Arraia agiu rápido e imobilizou o corpo da Espinheiro e seus membros adicionais. Arraia puxou os braços dela para as costas e algemou os pulsos. Ele não foi muito gentil quando empurrou o corpo dela pela lateral. Adrian esperou que ela caísse com força no chão, mas Gárgula estava lá, esperando-a. Ele segurou o corpo inerte, mas o largou rapidamente.

Geladura apareceu por trás de um contêiner e Sismo apareceu do outro lado do caminho, o chão ondulando com a aproximação dele.

– Bom trabalho – disse Geladura, batendo com a palma da mão na bochecha da Espinheiro. Uma camada de gelo ficou no local quando ela afastou a mão. – Com a prisão da mente maligna por trás do roubo no hospital e a apreensão de todas as drogas daquele laboratório, eu diria que estamos prestes a ganhar uma promoção.

Adrian fechou os olhos e seu coração despencou. Ele tinha ido até lá por nada. A luta durou só uns poucos minutos e o Sentinela não foi necessário. Talvez seus pais tivessem acertado ao designar Geladura para o caso, afinal.

Ele se encolheu sobre a caixa para evitar o ruído revelador dos seus passos no metal. Um dos contêineres pelos quais ele passou tinha janelas cortadas de forma rudimentar nas laterais cobertas por uma rede. Ele parou para olhar o interior e viu que tinha sido completamente alterado. De fora, parecia uma pilha despretensiosa de contêineres de transporte abandonados, mas dentro havia ferramentas e equipamentos dignos de um laboratório. Havia bicos de Bunsen e medidores, frascos e baldes com vários tubos e rótulos, além de várias prateleiras de medicamentos roubados.

Eles não tinham só encontrado Espinheiro. Tinham encontrado o laboratório, as drogas e as provas de que precisariam não só para mostrar que ela havia roubado aqueles medicamentos do hospital, mas também de que ela os estava usando para preparar substâncias ilegais para botar à venda no mercado clandestino.

O julgamento dela seria rápido.

Adrian se afastou da janela. A decepção que sentia de ter perdido a chance de capturar Espinheiro deixou óbvio que a questão ali tinha sido mesmo que ele queria provar seu valor. Que queria que as pessoas vissem o Sentinela de um jeito diferente. Que queria elogios e admiração... do público, claro, mas dos Renegados também. Dos colegas e dos pais.

Suspirando, ele se preparou para pular do contêiner quando um ruído estranho o fez hesitar.

Ele inclinou a cabeça para ouvir.

Havia um tique-taque.

Um tique-taque lento e regular.

Sua pulsação saltou e ele se virou, a lembrança o levando de volta para o parque de diversões e os explosivos azuis da Detonadora espalhados pelo parque.

Uma bomba. *Espinheiro tem uma bomba.*

Ele voltou até a janela e espiou dentro para procurar no laboratório. De onde estava, dava para ver Geladura parada do lado de fora da abertura, e, embora o tique-taque devesse ser alto o suficiente para todos ouvirem, ela pareceu relaxada como sempre.

Geladura se inclinou e colocou uma coisa no chão. Uma caixa triangular.

Era *aquilo* a bomba? Geladura tinha levado um explosivo?

Mas... por quê?

Adrian chegou na beirada da caixa e olhou para o caminho entre os contêineres. Geladura, Gárgula, Arraia e Sismo estavam parados em volta da Espinheiro, que estava de joelhos, as mãos presas nas costas e os seis membros cobertos de espinhos caídos ao lado.

Adrian viu o dispositivo no chão com mais clareza agora, junto com a agulha que balançava regularmente para um lado e para o outro. Para um lado e para o outro.

Era um metrônomo.

Ele tinha quase certeza de que era o Metrônomo do Tormenta. O Amortecedor de Som, que impediria qualquer som, por mais alto que fosse, de sair da área na qual o metrônomo em funcionamento pudesse ser ouvido.

Mas que uso eles poderiam ter para...

– Não – choramingou Espinheiro, a voz arrastada pelos efeitos do veneno do Arraia, enquanto Sismo e Arraia seguravam as pontas dos tentáculos e puxavam para longe dela. – O que vocês estão fazendo?

Geladura abriu os dedos, e seis fluxos de gelo dispararam na direção dos membros, congelando-os no chão e os prendendo no lugar. Espinheiro grunhiu e Adrian viu os músculos embaixo da camisa ondularem quando ela tentou puxar os membros para o corpo, mas o gelo os prendia com a firmeza de armaduras.

Adrian fechou os dedos na beirada do contêiner.

– O que vai acontecer é o seguinte – disse Geladura. – Vou fazer umas perguntas e você vai responder. Se não responder... – Ela inclinou a cabeça.

Gárgula levantou um punho, que endureceu em forma de pedra cinzenta. Seu sorriso foi hediondo quando ele se agachou ao lado de um dos tentáculos da Espinheiro e bateu com o punho em cima.

Adrian se encolheu. O grito da Espinheiro o atravessou e ecoou estridente pelo local.

Seu estômago deu um nó de náusea quando Gárgula levantou o punho e Adrian pôde ver o local em que o membro tinha sido esmagado com o peso. Um dos espinhos tinha se partido e estava vertendo sangue em tom amarelado.

– E então? – disse Geladura quando o grito da Espinheiro tinha se transformado num choramingo trêmulo. – Pronta pra começar?

CAPÍTULO VINTE E OITO

– Vocês... vocês não podem... – gaguejou Espinheiro por entre os dentes. – Estou desarmada... imobilizada... Seu código não permite...

– Ah, então você é especialista no nosso código? – Geladura riu. – Uma ladra, produtora e traficante de drogas... acho que ninguém vai se incomodar com o que acontecer com você.

Espinheiro rosnou, com lágrimas molhando o rosto.

– E quando seu precioso Conselho vir que vocês me *torturaram*?

Geladura riu e soltou um coldre do cinto.

– Ah, ninguém vai ver nada.

Era uma arma igual às usadas no treinamento. A pulsação de Adrian acelerou.

Eles tinham o Agente N. Era *assim* que Geladura planejava se safar. Eles poderiam fazer o que quisessem com os membros adicionais da Espinheiro porque, quando ela estivesse neutralizada, esses membros não existiriam mais. Todas as provas do abuso dos Renegados desapareceriam. E, com o metrônomo tiquetaqueando sem parar, ninguém ouviria os gritos dela fora do pátio dos contêineres.

Seria a palavra deles contra a dela, uma criminosa conhecida, que ninguém lamentaria se fosse privada dos poderes. Adrian não sabia bem como e nem por que a equipe da Geladura tinha recebido permissão de se armar com o agente neutralizador, talvez a permissão tivesse sido pela importância do caso, mas ele sabia que seria fácil alegar que eles tinham neutralizado Espinheiro em legítima defesa.

O Conselho acreditaria?

Seu estômago estava embrulhado.

– Sei que você anda vendendo seu produto no mercado clandestino – disse Geladura, a voz arrogante e fria. O som fez os dentes de Adrian doerem. – Quero os nomes e codinomes dos traficantes pra quem você vende.

Houve um momento de silêncio, pontuado apenas pelo tique-taque do metrônomo. Engolindo a bile que surgiu na boca, Adrian espiou pela beirada de novo.

– Não sei de nenhum nome – grunhiu Espinheiro. – Eles me dizem onde deixar as coisas e pegar o pagamento, e eu obedeço.

Geladura sinalizou para o Gárgula.

Ele bateu com o punho e esmagou um segundo membro.

O grito da Espinheiro acertou Adrian como uma agressão física.

Ele não queria sentir pena dela. Espinheiro era criminosa. Tinha roubado medicamentos e usado para produzir substâncias ilegais. Ela havia traficado para adolescentes. Suas ações provavelmente resultaram em inúmeras mortes.

Ele nem ficaria triste de vê-la receber uma dose do Agente N agora.

Mas ele também sabia que aquilo era errado. Bater nela enquanto estava impotente. Torturá-la desnecessariamente. Eles tinham que levá-la ao quartel-general e deixar que ela fosse interrogada lá. Qualquer informação dada sob coação talvez nem pudesse mesmo ser usada.

Mas e se ela disser algo de útil?, argumentou seu cérebro. *E se ela der nomes ou provas que podem levar a mais prisões? E se eles derrubassem uma cadeia inteira de traficantes por causa daquilo... talvez até uma organização inteira de drogas?*

Ele afastou a cabeça da cena abaixo, o rosto contraído. Ele podia ir embora. Fingir que não tinha visto nada daquilo. Ele podia permitir que Geladura e sua equipe violassem as regras e torcer para que isso levasse a mais justiça.

– Vou repetir a pergunta – disse Geladura. – Quais são os nomes dos seus colaboradores?

A voz da Espinheiro estava falhando, a petulância já enterrada embaixo da dor.

– Já falei, não sei. Nós não trocamos nomes.

Geladura fez um som de dúvida. Observou os companheiros, e Adrian conseguiu imaginar a expressão de arrogância dela.

Ele podia nem sempre agir dentro do código de autoridade de Gatlon, mas *aquilo* ia além da justiça e dos atos de um justiceiro. Era abuso de poder puro e simples.

Ele não podia deixar.

Adrian esticou o braço. O diodo de laser surgiu da placa do antebraço e começou a brilhar.

Gárgula ergueu o punho.

Adrian disparou. O raio de luz acertou Gárgula no peito, jogando-o para trás contra a caixa. Ele bateu no chão com um baque que sacudiu a pilha toda e deixou um amassado de tamanho considerável na lateral de metal.

Adrian pulou no chão e se posicionou entre Espinheiro e Geladura.

– Já chega. Ela está capturada. Vocês fizeram seu trabalho. Agora levem essa criminosa para o quartel-general e deixem que o Conselho lide com ela.

A expressão da Geladura mudou rapidamente de surpresa para repulsa.

– Ora, ora. Eu tive a sensação de que sua morte era boa demais pra ser verdade. – Cones compridos de gelo começaram a se formar na mão esquerda dela. A direita continuava segurando a arma. – Você vai tentar me dizer que o Conselho te mandou? Que suas ordens são de levar Espinheiro de volta? – Ela cuspiu na terra. – Desculpe, mas essa mentira não vai funcionar pela segunda vez.

– Não preciso mentir sobre nada. Vocês estão agindo fora do código e o Conselho vai saber. Agora vocês vão prender essa criminosa e confessar os seus crimes ou vou ter que fazer isso por vocês?

– Tenho uma ideia melhor – disse Geladura, um lado da boca torto. – Acho que vamos prender dois criminosos procurados já neutralizados. Ah, como o Conselho vai ficar satisfeito!

Uma coisa atingiu o ombro de Adrian. Ele sentiu um puxão no braço. O espinho na cauda do Arraia estava grudado na placa do ombro tentando arrancá-la. Rosnando, Adrian segurou a cauda e puxou, derrubando Arraia.

Geladura gritou e arremessou o dardo de gelo. Adrian o bloqueou com o antebraço e o gelo se estilhaçou, os pedaços se espalhando na terra. Ele levantou a palma da mão esquerda na direção da Geladura e uma bola de fogo começou a se formar na mão, estalando em laranja e branco.

Geladura deu um passo para trás.

– Não – disse Adrian. – Vou levar Espinheiro comigo. Vou entregá-la ao quartel-general.

Ele falou sem nem pensar na ideia horrível que seria entrar no quartel-general com a armadura do Sentinela com Espinheiro no ombro. Mas pensaria nos detalhes depois.

Ele se virou e direcionou o fogo nas montanhas de gelo que tinham cimentado os membros da Espinheiro no chão. Ela estava olhando para ele com um olhar cauteloso e desfocado, as bochechas molhadas das lágrimas e os membros esmagados cobertos de sangue amarelo.

– Que fofo – disse Geladura –, mas não é assim que as coisas vão rolar. Sismo!

Adrian ergueu o rosto a tempo de ver Sismo bater com o pé no chão. Uma rachadura abriu a terra compactada e seguiu entre as pernas de Adrian. Ele deu um grito de surpresa, perdeu o equilíbrio e acabou caindo de lado. No mesmo momento, a cauda do Arraia envolveu seu pescoço e o prendeu no chão. Adrian tentou enfiar os dedos entre a cauda e sua armadura, mas não conseguiu arrumar apoio.

– Foi uma boa tentativa com esse discurso galante e tudo – disse Geladura. Ela parou ao lado de Adrian com a mão no quadril enquanto a outra batia com a arma na coxa.

Ele olhou para a Espinheiro, ainda de joelhos, a cabeça baixa. Ele só tinha conseguido soltar um dos membros dela do gelo, e era um dos quebrados.

– Sabe, estou feliz de termos nos encontrado – continuou Geladura. – Você é um lembrete perfeito de tudo que nós, Renegados, lutamos contra.

Ele a fuzilou com o olhar, apesar de saber que seu ódio não podia ser visto pelo visor.

– Acho que você está confusa.

– Não, *você* está confuso – disse ela com desprezo. – Com essa postura de justiceiro, sua alegação de *lutar por justiça*. Mas existe um motivo pra você não ser um Renegado, e todo mundo sabe. Se você ligasse mesmo para as pessoas deste mundo, se quisesse mesmo ajudar os fracos e os inocentes, você teria se juntado a nós há muito tempo. Mas não. Você acha que pode seguir sozinho. Tem muito mais glória assim, não é? A fama, a publicidade... Você fala que faz jogo limpo, mas nós dois sabemos que você tem motivos próprios. E há um probleminha com prodígios que andam por aí agindo com motivos próprios. – Ela se agachou na frente de Adrian, o olhar querendo perfurar a proteção do elmo. – É que começa a dar ideias a outros prodígios. Eles começam a pensar: quem precisa virar Renegado? Posso ser mais sem eles. Em pouco tempo, eles estão mais preocupados com a própria reputação do que com ajudar pessoas. Eles não ligam pra proteger os inocentes. Não ligam pra impedir crimes. Estão acima disso. E antes que se perceba... tem mais um vilão no mundo pra *nós* resolvermos. – Ela se levantou de novo e mirou o cano da arma na cara de Adrian. Ele apertou os olhos, mas sabia que o dardo do Agente N não penetraria no elmo. – Ou se é Renegado ou vilão. E, sim, a gente pode flexibilizar as regras de tempos em tempos. Podemos até ignorar o código completamente quando vemos um jeito melhor de fazer as coisas, um jeito que faça *mesmo* deste mundo um lugar melhor. Mas sair por aí fingindo que pode ser contra nós e ser herói ainda assim? – Ela balançou a cabeça. – Isso não dá pra tolerar.

Uma sombra caiu sobre Adrian. Gárgula esticou a mão e segurou a lateral do elmo, preparando-se para puxá-lo.

Com um rugido, Adrian dobrou o braço e disparou um raio na cauda do Arraia. Ele ofegou e recuou ao mesmo tempo que soltava o pescoço de Adrian o suficiente para Adrian bater com o elmo na barriga do Gárgula, que grunhiu com o impacto e perdeu o apoio no elmo. Adrian ficou de pé e girou para em seguida dar um soco num lado da cabeça do Gárgula. Sua bochecha se transformou momentos antes do impacto e o ruído de metal em pedra reverberou nos ossos de Adrian. Ele recuou e ergueu a perna para dar um chute no peito do Gárgula e o jogar no chão.

Adrian quase não conseguiu evitar a queda de novo quando Sismo foi na direção dele. Ao redor, as torres de contêineres tremeram e oscilaram, ameaçando cair em cima do grupo todo.

Adrian correu para longe do Sismo. Ele estava se preparando para pular em cima de uma das pilhas de contêineres quando um muro de lanças de gelo surgiu do chão na direção dele. Adrian deu um gritinho. Não deu para parar a tempo. Ele tropeçou e caiu, e esmagou três das lanças com seu peso.

Uma quarta penetrou entre as placas que protegiam sua lateral e seu abdome. A ponta afiada o perfurou embaixo das costelas e Adrian deu um grito ao mesmo tempo de surpresa e dor. Grunhindo, ele passou as duas mãos em volta do gelo e se apoiou para se levantar.

Ele tropeçou, ofegante. Estava suando e sangrando embaixo do traje, com gotas descendo pela coluna e encharcando a camisa.

– Então o traje não é invencível – disse Sismo, chegando mais perto. – Bom saber. – Ele levantou um joelho e se preparou para enviar outro terremoto na direção de Adrian.

Adrian se preparou, reuniu energia e se projetou para cima. Caiu em uma pilha de quatro contêineres. Fechou o punho e começou a preparar outro raio de energia.

– Deixa o Mack lidar com ele – gritou Geladura. – Gárgula, nós temos um trabalho pra terminar.

Adrian ficou de pé e mirou o braço reluzente na direção do grupo abaixo.

– Como falei, vou terminar o trabalho pra vocês. Considerem Espinheiro minha prisioneira agora.

Sismo rosnou e se preparou para bater o pé de novo, mas Geladura levantou a mão e o fez parar.

– Espera. Acho que ele devia ver isso.

Arraia deu uma risadinha, mas o som pareceu cansado. Ele não tinha se recuperado completamente do raio de energia ainda.

– É, ele precisa saber o que o Agente N faz... porque ele vai ser o próximo.

Mas Geladura balançou a cabeça. Ela estava olhando para Adrian, a expressão calculista.

– Não... mudei de ideia. Nós não vamos neutralizar Espinheiro. Seria um desperdício de recursos considerando que a *encontramos* assim.

Adrian franziu a testa.

– O que você...

– Sismo, derruba ele. Gárgula... mata ela.

– O quê? – gritou Adrian. Ele virou o braço para Gárgula e ouviu o rugido da terra abaixo. A pilha tremeu embaixo dele e ele disparou, mas o raio de energia passou longe e acertou uma caixa atrás deles.

Adrian deu um gritinho e segurou a beirada do contêiner para não deslizar quando a caixa tombou para um lado.

O metrônomo mal podia ser ouvido com o barulho de argila e terra, com pedras subterrâneas se partindo.

Ele viu Gárgula e seus olhos se arregalaram. De horror. De descrença.

– Não! – gritou ele quando Gárgula botou as duas mãos em volta da cabeça da Espinheiro. – Você não pode...

Em um movimento implacável, Gárgula esmagou o crânio dela e a silenciou.

Adrian ficou sem ar. Pontos brancos piscaram em volta da sua visão.

– Não fica triste, Sentinela – gritou Geladura para ele. – Ninguém vai sentir falta dela... assim como ninguém vai sentir a sua falta.

O terremoto aumentou. A pilha precária debaixo dos pés dele começou a virar.

Adrian se obrigou a se levantar, movido apenas pela adrenalina e pela raiva. Ele correu. Correu por todo o comprimento do contêiner e pulou segundos antes de desabar sob seus pés. Ele caiu com força em cima do laboratório da Espinheiro e continuou correndo, indo de pilha em pilha. O mundo todo estava tremendo agora. O pátio era um caos de contêineres caídos, metal deslizando, terra tremendo. Cada vez que Adrian caía em uma pilha nova, logo ela começava a oscilar e cair sob seus pés.

Ele seguiu em frente movendo as pernas com tanta força e tão rápido quanto conseguia e, quando a última pilha de caixas começou a cair, pulou para cima e se esticou.

Foi por pouco que se segurou no gancho de uma das caixas enormes. O impulso o fez balançar vigorosamente até uma das docas do porto. Depois de se soltar, ele rolou no ar e caiu dentro de um pátio cercado de tratores enferrujados. Escondeu-se atrás de uma empilhadeira e se encolheu, recuperando o ar, o coração disparado.

Ele não ouvia mais o tique-taque do metrônomo.

Não ouvia mais Geladura e seus amigos.

Ficou parado por muito tempo esperando para ver se Sismo continuaria a persegui-lo. Sua pele estava quente e grudenta de suor. Cada músculo tremia.

E, cada vez que ele fechava os olhos, ele via as mãos do Gárgula em volta da cabeça da Espinheiro e ouvia as palavras agourentas da Geladura.

Assim como ninguém vai sentir a sua falta.

CAPÍTULO VINTE E NOVE

O Amuleto da Vitalidade.

Nova não conseguiu parar de pensar nele desde que viu Adrian dentro da quarentena, ao menos quando não estava reclamando do fracasso em obter o elmo. A capacidade de Max de absorver outros superpoderes não afetou Adrian, tudo por causa de um medalhão em um cordão.

Mas ele não estava no cofre; ela verificou a papelada de empréstimo várias vezes nos dias anteriores e Adrian ainda não tinha devolvido o medalhão.

Nova precisava dele. Não para se proteger de Max, mas para se proteger do Agente N. Especificamente do Agente N em forma de gás. Leroy estava quase chegando à grande descoberta, ela sabia, e com os mísseis de névoa que tinha tirado do cofre, ela agora sabia exatamente como converter as armas em um sistema de disseminação do vapor tóxico. Qualquer prodígio que entrasse em um raio de um metro e meio do dispositivo nos primeiros três minutos e meio de liberação do gás (o tempo que levaria para as moléculas de vapor se dispersarem a ponto de serem ineficientes, de acordo com os cálculos de Leroy) seria neutralizado. Seus poderes seriam drenados da mesma forma que aconteceria se a mistura verde tivesse sido injetada direto no coração.

Finalmente, os Anarquistas tinham uma arma que poderiam usar contra os Renegados. Múltiplos Renegados ao mesmo tempo até.

Mas Nova não queria botar seu próprio poder em risco, e mais ninguém ia querer o mesmo. Para se proteger na luta que ela sabia que aconteceria, uma luta que ela esperava que acontecesse logo, ela precisava do medalhão.

Esses pensamentos estavam fervilhando na cabeça dela enquanto ela percorria o caminho de 10 quilômetros entre a casa velha onde ela morava com os Anarquistas e o bairro mais chique nos limites de Gatlon.

Ela sabia havia anos que o Capitão Cromo e o Guardião Terror tinham assumido residência na antiga mansão do prefeito em Pickering Grove. Quando os Anarquistas estavam vivendo de forma sofrida nos túneis do metrô, ela ouvia Mel reclamar sem parar da injustiça. Que os inimigos estavam cercados de luxos e *ela*, uma rainha, estava metida naquelas cavernas sujas e fedidas. Uma vez, Nova perguntou: se eles sabiam onde seus dois maiores inimigos moravam, por que não iam lá atacar? Leroy podia encher a casa com vapores venenosos vindos dos canos ou Ingrid poderia ter explodido a casa. Ou Nova, com 13 anos e cheia de arrogância na época, podia entrar por uma janela e matar os dois dormindo sem importar que ela nunca tinha matado ninguém ainda.

Mas Mel deu um suspiro melancólico enquanto Leroy contava tudo que eles sabiam sobre a segurança da mansão, tanto os dispositivos tecnológicos e de proteção por superpoderes.

Não. O Capitão Cromo e o Guardião Terror não seriam tão fáceis de matar.

Mas Nova não estava planejando matar ninguém naquela noite.

Ela só queria conversar. E talvez dar uma espiada.

Não era crime, era?

Seus passos perderam um pouco da determinação quando as casas ao redor dela foram ficando maiores, as entradas dos carros mais longas e as árvores na rua tão velhas e firmes que, em alguns pontos, os galhos criavam uma copa que fechava a rua.

Aquele bairro ainda exibia os sinais de destruição da Era da Anarquia que foram sentidos pelo resto da cidade, e a quantidade de janelas fechadas por tábuas e de jardins sem cuidado sugeria que muitas daquelas gloriosas casas permaneciam abandonadas. Nova se perguntou por que tantos apartamentos no centro viviam lotados e apertados de forma quase doentia enquanto aquelas propriedades continuavam vazias. Certamente havia um uso melhor para elas do que deixá-las apodrecerem e desabarem por falta de cuidados.

Ela não pôde deixar de visualizar como a vida devia ser lá antes da Era da Anarquia. Como devia ser diferente olhar pela janela e ver um jardim bem cuidado e crianças andando de bicicleta pela rua. Tão diferente de tudo que ela viveu, com churrascos no quintal, podendo passar o fim do dia ajudando a pequena Evie com os estudos enquanto mamãe e Papà faziam o jantar na cozinha...

Nova precisou se obrigar a abandonar a fantasia antes que corresse o risco de lágrimas surgirem nos olhos.

Graças ao que Callum fez com a mente dela, pensamentos como aquele vinham surgindo o dia todo. Pequenas fantasias sobre o que podia ter acontecido na vida dela. E se houvesse mais na vida do que vingança e mentiras? E se os Anarquistas e os Renegados não precisassem viver em guerra constante? E se Adrian Everhart não fosse seu inimigo e os pais dele não tivessem falhado com ela, e a vida dela pudesse girar em torno de fofocar com Ruby e rir das piadas de Oscar e não ter medo de todas as borboletas pelas quais ela passava, e cada vez que ela sentisse o coração disparar ao ver Adrian não parecesse uma traição a todo mundo de quem ela gostava?

Mas essa vida jamais aconteceria. Não para ela. Graças aos Baratas, que mataram a família dela, e aos Renegados, que falharam em protegê-los. Graças a todas as pessoas que odiaram e abusaram de prodígios por tantos séculos. Graças às gangues vilãs que tiraram vantagem da linda visão do Ace.

E graças à própria Nova. Ela sabia que tinha escolha. Tinha visto bondade entre os Renegados, por mais que quisesse fingir que não. Ela podia tentar ignorar as falsas promessas deles, esquecer as mentiras que eles contavam para o mundo. Podia simplesmente desistir.

Mas Callum quis lembrar a Nova por que motivo ela estava lutando, e deu certo.

Ela estava lutando para livrar o mundo dos Renegados, para que nenhuma criança botasse fé em super-heróis que não apareceriam. Para que mais ninguém tivesse que sofrer como ela sofreu.

E, claro, por Ace. Ele a acolheu, a protegeu, cuidou dela.

Ela não deixaria que ele morresse sem lutar.

Expirando com firmeza, ela olhou os números apagados na caixa de correspondência mais próxima. Seu coração deu um salto. Ela estava tão absorta nos pensamentos que quase passou direto.

Sua atenção se voltou da caixa de correspondência para o portão de ferro fundido e o caminho de pedras até... a casa.

A mansão.

O... *palácio*, ao menos em comparação a todas as casas em que Nova já tinha morado.

– Isso não pode ser sério – murmurou ela.

O portão de entrada estava ligado a um muro velho de pedra que contornava a propriedade. O caminho serpenteava por um chafariz em camadas, que não funcionava mais ou estava desligado por causa do inverno chegando. As janelas grandes em arco tinham uma moldura branca impecável. Um pórtico em estilo grego emoldurava a varanda da frente e a porta dupla, que estava pintada de um amarelo-manteiga acolhedor. Uma série de chaminés se projetava dos vários frontões por todo o telhado, e uma janela de sacada aqui e outra ali acrescentavam um certo interesse visual aos tijolos.

Admiração e repulsa se misturaram enquanto ela observava a propriedade, e ela não sabia bem o que foi mais intenso. Ela queria debochar do quanto era pretensiosa, mas tinha que admitir que isso não era totalmente verdade.

A casa era... majestosa, claro. Tinha um classicismo sutil, como se pudesse ter sido construída em qualquer momento dos últimos duzentos anos.

Ainda assim, tinha muito mais metragem quadrada do que três pessoas poderiam usufruir.

Mas talvez ela só estivesse na defensiva. Não podia deixar de imaginar o que Adrian devia ter achado quando viu a casa decrépita de Wallowridge estando acostumado *àquilo*.

Nova engoliu em seco e se aproximou do portão. Esticou a mão para o trinco, mas uma luz vermelha se acendeu em um dispositivo no pilar mais próximo. A luz percorreu Nova da cabeça aos pés e parou no comunicador.

– *Credenciais dos Renegados detectada* – disse uma voz computadorizada vinda de um alto-falante escondido num poste. – *Pode se aproximar da entrada principal e se apresentar. Aviso: sair do caminho pode resultar na perda de um membro. Boas-vindas à Mansão do Prefeito de Gatlon!*

A luz vermelha piscou na mesma hora que uma tranca estalou dentro do portão.

Nova empurrou o portão, que gemeu e estalou, mas, depois que ela entrou, se fechou sozinho. Ela ouviu o mecanismo de tranca ser acionado e segurou um tremor.

– Ficar no caminho – disse ela, observando as pedras. O gramado verdejante e amplo dos dois lados estava bem cuidado e era um tanto exótico, como se estivesse à espera de alguém que iniciasse um jogo de croqué. – Anotado.

Ela seguiu até a porta e pisou na sombra do pórtico. Havia duas topiarias nos degraus, plantadas em urnas de pedra antigas. Uma aldrava no meio da porta amarela tinha a forma de um elefante com presas e com uma argola na tromba sinuosa.

Uma pequena placa de bronze ao lado da porta dizia:

MARCADOR HISTÓRICO DE GATLON
MANSÃO DO PREFEITO
Esta casa foi o lar dos prefeitos de Gatlon por mais de um século antes do período de vinte anos conhecido como Era da Anarquia, durante o qual o prefeito Robert Hayes e sua família e funcionários foram mortos neste local.

Embaixo da placa estoica havia uma bem menor, de madeira, com palavras pintadas à mão que diziam RESIDÊNCIA EVERHART-

-WESTWOOD: PROIBIDOS PEDINTES, BADERNEIROS E ATOS DE VILÕES!

Antes que Nova pudesse determinar se ela achava engraçado ou não, uma das portas se abriu.

Ela deu um pulo para trás. Sua mão foi na direção do cinto antes que ela lembrasse que não o tinha levado.

– Nova? – disse Adrian, banhado pela luz do saguão atrás da porta. – Achei que o sistema de segurança estivesse de brincadeira. – Ele quase sorriu, mas só quase. – O que você está fazendo aqui?

Cem pequenas observações surgiram na mente de Nova ao mesmo tempo, deixando-a sem palavras. Que o cheiro de canela saiu pela porta. Que a camiseta de mangas compridas de Adrian parecia mais apertada do que o normal, e que ele estava usando uma calça jeans suja de tinta com os joelhos rasgados. Que havia um desenho de carvão na parede atrás dele da ponte Stockton à noite. Que ele estava apertando a mão embaixo das costelas de um jeito estranho, e assim que notou que ela estava reparando, levou a mão para a lateral do corpo.

Ela escolheu o pensamento que pareceu menos problemático e falou:

– Você mora numa mansão.

Adrian piscou e olhou para a porta como se houvesse muito tempo que ele não observava seus arredores.

– É a Mansão do Prefeito, isso mesmo. Você não sabia?

– Não, sabia – disse ela. – Mas não esperava... É uma mansão mesmo, literalmente. – Ela indicou o gramado. – Você tem um chafariz no jardim.

Um sorriso surgiu lentamente no rosto do Adrian.

– Não surta, mas tem uma casa de carruagens lá nos fundos. Ah, e no sótão ficavam os aposentos dos criados. Tem até um sistema de sinos ligados a vários botõezinhos pela casa. Se a esposa do prefeito quisesse uma xícara de chá, ela só precisava apertar um dos botões e um criado aparecia na mesma hora pra atender o pedido. – Os olhos dele brilharam. – Coisa de quem tem classe, né?

Nova olhou para ele, boquiaberta.

– Me diz que vocês não têm criados.

Rindo, Adrian chegou para trás.

– Não temos criados. Quer entrar? Eu estava esquentando rolinhos de canela para o jantar.

– Como assim? Vocês não fazem refeições de sete pratos todas as noites?

– Só aos domingos. Isso é um sim?

– É um sim. – Nova prendeu a respiração ao atravessar a soleira, o foco se deslocando da sanca no teto aos cristais pendurados no lustre. Ela olhou para o abdome de Adrian e detectou um volume quadrado embaixo da camisa. – O que houve?

– Nada – disse Adrian rapidamente, apertando a mão no local de novo e descartando a pergunta. – Eu estava, ah... abrindo umas caixas com um estilete e acabei me cortando. Sabe aquilo que dizem pra sempre cortar na direção *oposta* à do corpo? Eu finalmente entendi por quê.

Ele se virou e ela foi atrás, a testa franzida. Adrian era muitas coisas, mas desastrado não era uma delas. Era difícil imaginá-lo cometendo um erro assim.

Eles passaram por uma escadaria de carvalho que fazia uma curva até o segundo andar e por uma passagem em arco pela qual ela viu um agrupamento de cadeiras e sofás e um piano no canto, embora mesmo de longe desse para ver a camada de poeira.

– Aquilo é uma *sala de estar*? – disse Nova.

– Não só isso, é uma sala de estar *formal* – disse Adrian. – Meus pais contrataram um designer de interiores famoso pra fazer a decoração uns anos atrás, mas acho que nunca usamos. Só que eles vivem insistindo que vai ser útil quando começarmos a convidar dignitários estrangeiros para nos visitarem e eles precisarem de um lugar para "recebê-los". – Ele fez o sinal de aspas com os dedos.

Nova esperava ser levada para uma cozinha, mas Adrian a levou por uma escadaria estreita até uma espécie de porão. O aroma de canela ficou mais forte.

Nova percebeu com um sobressalto, quando seu pé tocou num tapete macio, que estava num quarto.

No quarto dele.

É possível que ela tenha hesitado na porta por tempo demais porque, quando Adrian se virou para ela e reparou na expressão em seu rosto, ele ficou tenso.

– A gente pode levar lá pra cima se você quiser – disse ele, pegando uma assadeira cheia de rolinhos de canela cobertos de açúcar derretido. – Eu ia... hã... – ele indicou uma porta fechada do outro lado do quarto – trabalhar em uma coisa... um projeto. Mas podemos ver um filme ou alguma outra coisa... – Ele hesitou e sua testa se franziu. – O que você está fazendo aqui mesmo?

– Eu só... queria te ver – disse Nova. Adrian arregalou os olhos por trás dos óculos de forma quase imperceptível. Ela ficou treinando as palavras durante todo o caminho para tentar encontrar uma forma de dizê-las sem corar. Seu sucesso nisso não foi total. – Seus pais estão em casa?

Ele balançou a cabeça.

– Ainda no quartel-general.

Ótimo. Ela teria acesso total para fazer uma busca pela casa, embora esperasse que o medalhão estivesse ali, no quarto dele. Ela só precisava fazer Adrian apagar primeiro.

– Está tudo bem? – perguntou Adrian.

– Está. Está – disse ela. – Só estou... curiosa. Ver um filme parece uma boa ideia. – Ela estava falando sério. Um filme era uma coisa fácil. Confortável. Sem pressão nenhuma.

Sem mencionar que as pessoas pegavam no sono vendo filmes o tempo todo, e não havia nada de suspeito nisso. Ela só precisava de uma desculpa para encostar a mão na dele. Um roçar de dedos nos dele. Era só disso que ela precisava.

– Tudo bem. Legal. Tem televisão lá em cima.

Nova indicou a televisão acima de um rack pequeno.

– Essa não funciona?

– Hã... funciona. Eu só... não quis supor... tudo bem, o que você quiser.

Pela primeira vez em dias, Nova sentiu a tensão no peito começar a afrouxar. Ela estava frustrada com suas tentativas fracassadas de flertar com Adrian, de chegar *perto* dele. Mas tinha acabado de chegar e estava evidente que a presença dela o deixava nervoso.

A ideia enviou uma onda de satisfação pelas suas veias. Devia ser assim que Mel se sentia sabendo do tipo de poder que ela exercia sobre as pessoas. Nova até ousou abrir um sorrisinho provocador e achou que Mel sentiria orgulho.

Ela deu um passo na direção do Adrian.

– Você não tem permissão de receber garotas no quarto?

Ele riu. Mas deu um passo sutil para trás.

– Não sei. Nunca aconteceu.

Nova corou, e o momento de confiança sumiu tão rapidamente quanto surgiu.

– Bom. Confio que você não vai fazer nada... *impróprio.*

Ele riu, mas foi uma risada tão constrangida quanto o jeito como Nova se sentia. De repente, ela se lembrou de todas as vezes em que praticamente se jogou nele nas semanas anteriores e que ele ignorou cada um dos avanços dela.

Ela enfiou as mãos nos bolsos. Esperaria até eles estarem sentados. Seria mais fácil encontrar uma desculpa para tocar nele. Seria mais fácil ser ousada quando não estivesse olhando nos olhos dele.

Adrian pegou o controle remoto e ligou a televisão. Nova começou a andar pelo quarto. Era bem mais casual do que a casa acima. A cama dele; os cobertores embolados e meio caídos no chão; um sofá pequeno e velho; um cavalete e uma escrivaninha; o rack; e uma prateleira no canto cheia de quadrinhos, manuais de desenho e uma variedade de cadernos. Havia alguns desenhos e pôsteres de videogame grudados na parede.

– Vocês moram nessa casa enorme e eles te fazem dormir no porão?

– Era melhor do que um dos quartos lá de cima. Foi lá que os assassinatos aconteceram. – Ele olhou para ela. – Você sabe dos assassinatos?

– Eu li sobre eles. Naquela plaquinha. – *E tenho quase certeza de que o Ace estava aqui naquela noite.*

Adrian assentiu.

– Além do mais, assim eu tenho 110 metros quadrados só pra mim.

– Isto aqui não tem 110 metros quadrados – disse Nova com um gesto.

Adrian apontou para uma porta.

– O banheiro fica ali e tem uma área do porão que não foi terminada. E – ele indicou uma segunda porta na parede mais distante – ali fica meu estúdio de arte.

– Você tem um *estúdio de arte*?

– A casa é grande.

– Posso ver?

Adrian abriu a boca, mas fechou-a de novo, hesitante.

– O quê? – perguntou Nova. – Você anda praticando retratos de gente nua, por acaso?

Ele fez uma careta.

– Nada escandaloso assim.

– Então o quê?

Ele suspirou.

– Tudo bem. Isso pode ser estranho. Espero que não seja, mas pode ser. – Ele limpou a garganta. – Lembra aquele sonho que você me contou? Das ruínas e a estátua no parque?

Nova piscou.

– Lembro...

– Eu tive uma ideia e fiquei muito inspirado e... achei que podia ser legal...

Ele parou de falar.

Nova esperou.

– Criá-lo.

Ela continuou esperando, mas Adrian não tinha mais nada a dizer.

– Não estou entendendo.

– Eu sei. – Ele botou a assadeira com os rolinhos de canela na mesa. – É difícil explicar. Vem. Mas... se for mais sinistro do que um elogio artístico, a culpa é da minha privação de sono, tá? – Ele hesitou e olhou para ela com uma certa vergonha. – Não que você entenda disso.

Ela sorriu.

– Eu conheço o conceito – disse ela, tão intrigada pelo desconforto de Adrian quanto pelo mistério da sala ao lado.

Ele limpou a garganta e abriu a porta do estúdio. Nova o seguiu até lá dentro.

Ela tropeçou, mas conseguiu se apoiar na porta.

– Caramba – sussurrou ela.

Uma selva a recebeu. Árvores enormes e um verde exuberante tinham sido pintados em cada centímetro da parede, do teto, do chão. Embora o quarto tivesse cheiro de tinta tóxica e tivesse pouca ventilação, o mural era tão detalhado e intenso que Nova quase imaginou que conseguia sentir o cheiro de flores exóticas e da brisa quente.

Adrian parou no meio da sala. Sua expressão foi crítica ao inspecionar o trabalho.

– Não sei bem de onde veio o impulso, mas... quando tive a ideia, me pareceu uma coisa que eu tinha que fazer. O jeito como você descreveu o sonho me inspirou, acho. Estou trabalhando aqui no meu tempo livre.

Nova se obrigou a se afastar da porta. Ao reparar que a parte de trás da porta também tinha sido pintada, até a maçaneta, ela a fechou para completar a visão. Ficou tonta ao andar de uma parede à outra, mas ela sabia que não era dos vapores da tinta.

Seus dedos acompanharam a tinta com o movimento. O que mais havia eram plantas. Também havia flores roxas exóticas abrindo as pétalas gigantes como velas. Troncos de árvores antigos e retorcidos cobertos de fungos e musgo, com vinhas longas e sinuosas saindo dos galhos. Grama e samambaias apareciam entre as raízes irregulares das árvores, a folhagem parecendo renda caindo sobre amontoados de florezinhas brancas em forma de estrela e brotos laranja como fogo. Um tronco caído formava uma ponte coberta de líquen sobre uma família de arbustos de folhas largas.

Mas não era só uma selva. Adrian tinha incluído sinais das ruínas também. A cidade que a selva ocupou. O que podia ser uma rocha se revelava, numa inspeção detalhada, o canto da base de pedra de um prédio. Esses platôs ascendentes de vida vegetal se desenvolviam intensamente numa escadaria antiga. Depois das árvores havia o arco sutil de uma passagem levando a nada. Os raios de sol que passavam pela copa densa batiam no tronco coberto de uma estátua esquecida, de costas para eles, escondendo o tesouro que podia estar aninhado em suas mãos. Uma lembrança surpreendente do sonho voltou à mente dela. *Estava segurando uma estrela.*

– Adrian – sussurrou ela, com medo de romper o encanto do local –, isso é incrível.

– Eu acertei? A partir do seu sonho?

– Você... *sim.* Está exatamente... – Ela se deu conta com um sobressalto de que seus olhos estavam lacrimejando. Ela se virou e apertou a mão sobre a boca para se recompor. Quando a respiração trêmula se regularizou, ela ousou olhar para ele de novo. – Você não fez isso pra mim... fez?

Adrian olhou de lado para a estátua.

– Não... – começou ele. – Se bem que também *não deixou* de ser pra você. Se é que faz sentido. Quer dizer, eu tive que fazer pra mim também. – Ele deu de ombros. – É que pareceu uma boa ideia na ocasião.

– Foi uma boa ideia. Isso é... mágico.

Adrian começou a sorrir e Nova se preparou. Já estava familiarizada com aquela expressão. A que dizia que ele ia fazer uma coisa que a impressionaria, quer ela gostasse ou não.

– Acho que pensei que você merece ter bons sonhos de vez em quando – disse ele. – Mesmo não dormindo nunca.

Ele apoiou a mão na parede e expirou.

O mural começou a ganhar vida, emergindo em volta dos dedos dele. Folhagens se abriram, envolvendo o pulso dele, e o efeito se espalhou como uma ondulação num lago para as extremidades da parede. Os troncos saltaram do concreto. A grama subiu até os joelhos deles. Vinhas preguiçosas se projetaram acima da cabeça.

Nova chegou mais perto e se encostou nele de lado. O chão duro debaixo dos pés dos dois se transformou em musgo denso. Flores se abriram. Cogumelos surgiram. O cheiro de tinta foi substituído pelo de terra e por um perfume intoxicante. Embora Nova não tivesse visto aves e insetos na pintura, era fácil imaginar um canto interrompendo o silêncio. O chiado de cigarras, o estalo de besouros.

A copa das árvores se espalhava acima, mas a luz do sol passava e iluminava a estátua.

Adrian baixou a mão. Nova olhou para o local onde ele tinha tocado e não viu mais a parede. Estava enterrada atrás do painel de folhagem? Eles ainda estavam no porão? As plantas eram tão densas, o ar tão úmido e doce, que era quase impossível imaginar que eles estavam em um ambiente fechado.

Adrian moveu os pés e Nova se deu conta de que ele a estava observando, mas ela não conseguiu tirar a expressão de descrença do rosto.

– É um truque legal? – arriscou ele.

O coração de Nova bateu alto.

– Tudo isso – disse ela lentamente –, e o melhor codinome em que você conseguiu pensar foi *Rabisco*?

Os lábios dele se curvaram para cima e ficou claro como aquele pequeno comentário agradou-lhe.

– É melhor prometer pouco e entregar muito.

– Bom, você conseguiu. – As bochechas dela estavam quentes quando ela fez um círculo lento. – Onde foi parar a sala? Onde estamos?

– Nós não saímos. Se você mover algumas das folhas para o lado, vai poder ver as paredes, mas elas estarão todas brancas. Tomei o cuidado de cobri-las de tinta para que não ficassem visíveis quando você estivesse parada no meio assim. – Ele indicou aquela área mística da selva. – Pode andar por aí se quiser. Nada aqui vai te fazer mal.

Nova manteve as mãos perto do corpo, em parte para não acabar segurando a mão de Adrian. Ela não conseguia imaginar colocá-lo para dormir *agora*, e, sem esse propósito específico, a ideia de tocar nele a apavorava.

Ela andou e apreciou cada passo. Seus dedos acompanharam cada pétala de flor, percorreram as lâminas de grama, se enrolaram em várias vinhas baixas. Era inquietante o quanto a remetia ao sonho, ou ao que ela conseguia se lembrar dele. Ela não sabia se tinha entrado em tantos detalhes quando o descreveu para Adrian, mas ele o capturou até o menor dos elementos.

Ela fez uma pausa quando sua atenção pousou na estátua. Estava virada para o outro lado e ela só conseguia ver a parte de trás da capa com capuz, os ombros estreitos de pedra verdes de musgo, com pedaços de pedra lascados pelo tempo.

Nova ousou se aproximar, sentindo o chão macio ceder de leve debaixo dos pés. Ela se preparou quando contornou a estátua. As mãos esticadas ficaram visíveis.

Sua respiração travou, embora, de alguma forma, ela já esperasse.

Ela sentiu Adrian a observando e imaginou se ele sabia. Se tinha sido por isso que ele tinha pintado o mural.

– Como? – sussurrou ela.

Adrian pelo menos franziu a testa sem entender.

– Como o quê?

– Adrian… como você fez uma *estrela*?

CAPÍTULO TRINTA

— Ué — disse Adrian, parando ao lado dela. — Olha só isso.

Ele pareceu tão atônito quanto Nova se sentia, mas não era possível. O sonho era dela, mas a pintura era *dele*. A visão era dele. A magia era dele.

A estrela era dele?

Nova franziu a testa.

E *era* uma estrela. Ao menos, ela achava que devia ser. Uma única órbita brilhante entre as mãos da figura. Era do tamanho de uma bola de gude e tão difícil de olhar quanto para a estrela mais brilhante no céu noturno. A luz iluminava sutilmente o mundo fantástico ao redor deles.

Era magnífica e era exatamente como no sonho. Quando criança, em seu estado delirante de subconsciente, Nova soube que era uma estrela, e tinha a mesma sensação agora, tão forte quanto antes, embora tudo que ela soubesse sobre astrofísica dissesse que não era possível.

Mas, por outro lado, muito do que Adrian fazia não parecia possível.

Uma estrela.

Nem ela nem Adrian falaram nada por muito tempo. O aposento estava em silêncio, mas havia alguma coisa na selva que ele criou (a *selva*, pensou Nova, maravilhada, *a selva que ele criou*) que dava a impressão de vida e barulho, de calor e crescimento, de permanência próspera.

Finalmente, Adrian limpou a garganta.

– Isso não estava no mural.

– Eu sei – disse Nova, lembrando a estátua na pintura e como Adrian a desenhou de forma que só desse para ver as costas e não as mãos. Depois de outro momento refletindo, ela perguntou: – Intenção?

– Talvez. Eu estava pensando no seu sonho quando fiz.

– O que faz? – perguntou Nova, uma pergunta que podia parecer estranha. O que as estrelas faziam?

Mas Adrian só deu de ombros.

– A estrela é sua. Me diz você.

Ela mordeu a bochecha por dentro. A estrela era dela?

– Não sei. Eu acordei antes que alguma coisa acontecesse.

Uma parte de Nova queria esticar a mão e tocar nela. A estrela emanava um calor reconfortante, e ela não achava que fosse queimá-la como um sol de verdade no universo real. Mas estava com medo de estragar o encanto se tocasse nela. Talvez sumisse. Ou, pior ainda, talvez nada acontecesse. Ela não sabia qual deles era mais responsável por sonhar a existência daquela estrela, ela ou Adrian, e não queria arriscar a decepção de descobrir que não passava de um efeito visual bonito.

Ela inspirou o aroma de folhas cheias de orvalho e das flores inebriantes. Nova fechou os olhos e se sentou de pernas cruzadas no musgo macio. Era fácil entrar na tranquilidade do lugar. Acreditar que era o mundo real centenas de anos no futuro. A cidade tinha caído e não havia mais vilões e nem super-heróis. Não havia mais Anarquistas, não havia mais Renegados, não havia mais Conselho. Não havia mais luta por poder.

Não havia mais.

Ela abriu os olhos na hora que Adrian se sentou no chão ao lado dela com uma certa dificuldade, ela reparou, quando ele tentou não forçar o ferimento na lateral.

– É horrível que talvez seja necessário o fim da humanidade para eu me sentir relaxada assim?

Adrian demorou um momento para responder, mas falou sério quando disse:

– Um pouco.

Nova riu, uma gargalhada de verdade agora. Ele também riu.

– Por quê? – perguntou ele. – Por que é tão difícil relaxar?

Ela ousou olhar para ele. Sabia que ele não estava xeretando e que não insistiria, apesar da curiosidade.

Ela se preparou.

Achava que seria difícil formar as palavras, mas não foi. Não muito. Elas estavam alojadas no fundo da garganta dela havia dez anos, esperando que ela as falasse. Ela pensou na primeira noite em que se sentou e conversou com Adrian, conversou *de verdade*, quando eles estavam fazendo a vigilância de Gene Cronin e da Biblioteca Cloven Cross. Ela não contou a Adrian sobre sua família naquela ocasião. Não confessou sua história completa de origem. Mas, de alguma forma, achava que sempre soubera que acabaria contando para ele.

– Quando eu tinha 6 anos, dormi uma vez abraçada com minha irmãzinha bebê. Evie. – A voz dela soou baixa, um murmúrio. – Quando acordei, ouvi minha mãe chorando. Fui até nossa porta e olhei para o corredor e havia um homem lá, segurando uma arma. Descobri depois que meu pai estava sendo chantageado por uma das gangues vilãs, e, como ele não cumpriu uma parte do acordo com eles, contrataram um cara pra... puni-lo. – Ela franziu a testa, o olhar perdido nas sombras entre samambaias e troncos caídos, a lembrança presa naquele apartamento. Ela encolheu os ombros perto do pescoço, paralisada de medo de novo. – Ele atirou na minha mãe e depois no meu pai. Eu vi tudo.

A mão de Adrian tremeu, tirando a atenção dela das sombras e a fazendo olhar para seus dedos graciosos, sua pele escura. Ele não esticou a mão na direção dela, embora ela achasse que ele fosse segurar sua mão se ela se movesse primeiro.

Ela não fez nada.

– Eu corri até o quarto e me escondi no armário. Eu o ouvi entrar e… e ouvi… – Seus olhos começaram a ficar cheios de lágrimas. – Eu ouvi Evie. Ela acordou e começou a chorar e… e ele atirou nela também.

Adrian tremeu involuntariamente, um tremor que percorreu seu corpo todo.

– Ela não tinha nem um ano ainda. E, quando ele me encontrou no armário, eu olhei nos olhos dele e percebi, simplesmente percebi que ele não sentia remorso nenhum. Ele tinha acabado de assassinar um *bebê* e não sentia nada.

Desta vez, Adrian esticou a mão para segurar a dela e entrelaçar os dedos.

– Ele mirou em mim e…

Nova hesitou e se deu conta no último momento que não podia contar a Adrian aquela parte da história. O choque de estar à beira de contar um segredo indescritível a arrancou da lembrança.

– E meu tio apareceu – disse ela, limpando o nariz na manga. – Ele matou o homem. E me salvou.

Adrian relaxou os ombros. Ele falou um palavrão baixinho.

Nova baixou a cabeça. A dor que acompanhava as lembranças também vinha carregada de culpa. Ela reviveu aquela noite inúmeras vezes nos pensamentos, o tempo todo sabendo… que podia ter impedido tudo. Se tivesse tido coragem. Se não tivesse fugido. Se não tivesse se escondido.

Ela poderia ter feito o homem dormir. Poderia ter salvado Evie ao menos, ainda que não os pais.

Mas tinha sido covarde e…

Ela teve tanta certeza. *Tanta certeza* de que os Renegados apareceriam. Foi a fé dela neles que destruiu sua família, quase tanto quanto o próprio atirador.

– Depois disso, cada vez que fechava os olhos, eu ouvia os tiros na minha cabeça. Não consegui dormir. Depois de um tempo, parei de tentar.

Mesmo recentemente, quando ela adormeceu brevemente dentro da quarentena de Max, o pesadelo a atormentou. O atirador parado ao lado dela. O toque frio da arma na testa. Os tiros ecoando por seu crânio.

BAM-BAM-BAM!

Ela tremeu.

Adrian massageou a nuca com a mão livre.

– Nova – sussurrou ele, balançando a cabeça. – Sinto muito. Eu sabia que eles tinham sido mortos durante a Era da Anarquia, mas nunca pensei...

– Que eu tivesse testemunhado? Eu sei. Não era algo que achei que coubesse na minha ficha de candidatura para os Renegados.

Ele assentiu em compreensão, a expressão carregada de sofrimento.

E embora contar a história a deixasse triste, também a deixava com raiva. Com o ressentimento que sufocou a dor nos últimos dez anos de vida dela.

Onde estavam os Renegados?, ela queria gritar. *Onde estava o Conselho? Onde estavam seus pais?*

Ela trincou os dentes e olhou para as mãos entrelaçadas dos dois. A dele era quente e sólida e a dela estava inerte.

– Minha mãe também foi assassinada – sussurrou ele.

Ela engoliu em seco.

– Eu sei. – Todo mundo sabia. Lady Indomável foi uma lenda, como qualquer super-herói.

– Eu não vi acontecer, claro. Nenhuma criança deveria ter que passar por isso. Mas, por muito tempo – ele franziu a testa de dor enquanto falava –, eu me perguntei se não era minha culpa. Ao menos em parte.

Ela teve um sobressalto com o quanto as palavras dele espelhavam sua própria culpa.

– Como poderia ter sido sua culpa?

– Não sei. Não faz sentido, mas... – Ele fez uma careta. – Lembra que falei que eu tinha pesadelos muito vívidos? Os que tinham monstros? Bom, parte desse sonho recorrente que eu tinha era com a minha mãe saindo do nosso apartamento, voando pela janela para salvar o dia em algum lugar da cidade, e eu ficava olhando-a voar quando... uma sombra surgia acima dela e ela não conseguia mais voar. Eu a via cair. Eu a ouvia gritar. E olhava para cima e o monstro estava no alto do prédio, só... olhando para mim.

Nova tremeu.

– Tive esse sonho mais vezes do que sou capaz de contar. Chegou a um ponto em que eu dava ataques de birra cada vez que minha mãe colocava o traje. Eu não queria que ela saísse. Morria de medo de ela não voltar. E aí, chegou uma noite em que ela não voltou. – Ele encarou Nova. – Quando encontraram o corpo dela, ficou claro que a queda a matou, e havia uma expressão... de pavor no rosto dela. Por muito tempo, achei que meus sonhos tinham feito com que o acontecimento virasse realidade. Que talvez fossem proféticos, não sei.

– Não foi sua culpa – disse Nova, apertando a mão dele. – Foram sonhos, Adrian. Foi só coincidência.

– Eu sei – disse ele, embora Nova não tivesse certeza se acreditava nele e nem se ele acreditava nele mesmo. – Mas ela era capaz de *voar*. Como pode ter caído tanto sem poder... – Ele baixou a cabeça. – Nenhum vilão assumiu a autoria da morte dela, até onde eu sei. E isso não é a cara deles. Muitas das gangues de vilões gostam de se gabar das vitórias. E matar a Lady Indomável... seria uma vitória da qual valeria a pena se gabar. – A voz dele ficou amarga e estava claro que o mistério o assombrava e frustrava pelo mesmo tempo que o passado de Nova a atormentava.

– Você quer descobrir quem foi – disse ela lentamente – para poder ter vingança.

– Vingança, não – disse Adrian. – Justiça.

Ela tremeu. Ele falou com convicção, mas ela não tinha certeza se ele reconheceria a diferença nem no próprio coração.

E seu próprio coração?, questionou-se Nova.

Ela queria vingança contra o Conselho ou justiça?

Seu corpo todo pareceu pesado de tanto pensar.

Aquilo não era para ela. Aquele momento de paz. A sensação de segurança. Aquele mundo sem heróis e sem vilões em que ela e Adrian Everhart podiam se sentar de mãos dadas em um sonho de infância.

Aquele mundo não existia.

Adrian esfregou a testa e soltou um suspiro.

– Me desculpe. *Isto* – disse ele, indicando o ambiente ao redor – é para ser um sonho, não um pesadelo.

Um sorriso leve surgiu nos cantos da boca de Nova.

– É um sonho, Adrian. O primeiro que tenho em muito tempo.

Os olhos dele brilharam com as palavras. Ele pegou a caneta no bolso da calça jeans e olhou ao redor.

– Tive uma ideia – disse ele, se virando para um muro de pedra em ruína. Ele começou a desenhar. Nova se impressionou por ele ser capaz de criar uma coisa real e tangível do nada. Ele poderia continuar assim para sempre, criando um sonho dentro de outro sonho.

Ele desenhou fones de ouvido grandes e os tirou da pedra. Ofereceu-os a Nova.

– São fones de ouvido com cancelamento de ruído – explicou ele. – Nem tiros conseguem ser ouvidos. – Ele empurrou o objeto contra o ombro dela.

Com o nariz franzido de dúvida, Nova pegou os fones e botou as partes almofadadas sobre as orelhas. Na mesma hora, o mundo, que já estava silencioso, caiu num silêncio impenetrável, alimentado só pelo trovejar da sua própria pulsação, pelos batimentos do seu coração.

Os lábios de Adrian se moveram. Ela achou que era uma pergunta, mas balançou a cabeça para ele.

Adrian sorriu. Ele se deitou e esticou o braço no musgo. Era um convite.

Nova hesitou por bem menos tempo do que deveria, se sentou e se acomodou no espaço entre o ombro e o peito dele. Foi preciso um momento para se acomodar com os fones de ouvido, mas, quando conseguiu, ela se deu conta de que havia duas batidas de coração juntas agora. Embora os aromas da selva tivessem ocupado o aposento, perto assim de Adrian ela sentiu o odor químico de tinta misturado com um toque de sabonete de pinho.

Ela voltou a atenção para a estrela. A luz não diminuía. Não aumentava. Não mudava. Só permanecia pacífica e constante.

E aquele garoto, aquele garoto incrível, tinha feito aquilo tudo.

Ela se lembrou do motivo de ter ido lá. Encontrar o Amuleto da Vitalidade. Para poder se proteger na luta com o Agente N. Para cumprir seu dever.

Mas podia esperar. Só uma hora. Talvez duas. Depois, ela faria Adrian dormir e continuaria com o plano.

No momento, naquele sonho estranho e impossível, dava para esperar.

Com regularidade e lentamente, seus batimentos se sincronizaram. Nova os ouviu batendo juntos pelo que podia ter sido uma eternidade. Ela ainda estava olhando para a estrela quando, inesperadamente, ela se apagou e Nova caiu em um sonho tranquilo e sem sonhos.

CAPÍTULO TRINTA E UM

ELA ACORDOU COM O som de pássaros. Naquele lugar indefinido entre o estar dormindo e acordada, parecia normal que todos os pombos que arrulhavam e todos os corvos que grasnavam tivessem sido trocados pelo trinado de criaturas bem mais exóticas.

A tranquilidade durou só um momento. Abrindo bem os olhos, Nova se levantou de repente, uma das mãos afundando no musgo e a outra pousando nos fones de ouvido caídos de lado. Um cobertor caiu nos quadris dela.

– Céus – disse Adrian. Ele estava sentado a uma pequena distância encostado na estátua. Havia um bloco de desenho grande ao lado dele com o lápis em cima. De onde estava, ela viu um tucano de cabeça para baixo, pela metade.

Ele sorriu.

– Para alguém que não dorme nunca *nunquinha*, você dorme como uma profissional quando quer.

Nova passou as mãos nos olhos para afastar a sonolência.

– Que horas são?

– Quase cinco – disse ele. – *Da tarde.* Você está dormindo há quase 24 horas direto. Pela minha estimativa, isso continua significando que você não chegou nem perto de compensar o sono perdido. – A expressão dele ficou séria, aquela ruga surgindo acima do nariz. –

Tentei ligar para o número no seu arquivo pra avisar ao seu tio onde você está, mas diz que a linha foi desligada. Tem algum outro número pra eu ligar? Ele deve estar preocupado.

Ela olhou para ele meio atônita, sem conseguir distinguir entre o falso "tio" mencionado na papelada oficial e Ace. Sua cabeça parecia cheia de névoa, e ela se perguntou se todo mundo acordava... *grogue* assim. Era essa a palavra, não era? *Grogue?*

Como as pessoas aguentavam?

– Não, tudo bem – disse ela, balançando a cabeça. – Ele está acostumado a me ver desaparecer à noite e ficar dias sem voltar. É difícil ficar presa dentro de casa com todo mundo dormindo. Além do mais, agora, com as patrulhas... – Ela passou os dedos pelo cabelo e soltou alguns nós. – Mas vou... hã... olhar meu arquivo. O número deve estar errado. – Ela esfregou os cílios de novo e ficou surpresa de encontrar pontinhos brancos presos neles. – Eu estou mesmo dormindo há... – Ela parou, sentindo uma pontada de pânico nos membros. – Você acha que é por causa de Max? Será que é um efeito retardado?

– Como assim, não vamos dar crédito para os meus fones de ouvido com cancelamento de ruído magicamente eficientes?

Nova franziu a testa e seus dedos pousaram nos fones.

Mas ela se deu conta de que ele estava brincando.

– Na verdade, a ideia também passou pela minha cabeça. Podia estar relacionado. Max mencionou uma insônia leve desde que você foi à quarentena naquele dia. Nós sabemos que ele absorveu uma pequena porção do seu poder. Talvez agora você seja *capaz* de dormir, mas por escolha ou por necessidade? Ou talvez... as condições precisem ser as certas. – Ele lançou um olhar ansioso para os fones de ouvido.

Nova fechou os dedos em volta dos fones. Mesmo agora, tantos anos depois, ela ouvia os tiros na cabeça, altos, ensurdecedores. Ela não estava convencida de que fones de ouvido permitiriam que sua mente descansasse depois de dez anos de horrores.

Ou talvez não tivesse tanto a ver com os fones. Ela ficou vermelha e lembrou como foi apoiar a cabeça no peito de Adrian. Ouvir os batimentos dele. Houve um sentimento que ela não se lembrava de ter tido desde que era criança.

A sensação misteriosa de estar *segura*.

Adrian a estava observando, a expressão séria.

– Tudo bem, Nova – disse ele, se inclinando para ela. – Tem semanas que você esteve em contato com o Max, e essa foi a primeira vez que você dormiu. Tenho noventa e nove por cento de certeza de que isso ainda faz de você um prodígio.

Ela piscou e se deu conta de como ele interpretou drasticamente errado o que estava vendo no rosto dela. Ele achava que ela estava preocupada com seus poderes, mas isso estava longe da verdade. Ela sabia que seu verdadeiro poder, a capacidade da Pesadelo de fazer as pessoas dormirem, estava intacto. Ela não estava com medo disso.

Não, ela temia uma coisa bem, bem pior, e que tinha muito mais a ver com o jeito como ela caiu facilmente no sono nos braços de Adrian Everhart.

Ela estava com medo, mesmo agora, da forma como seus dedos tremiam para tocar nele, considerando que ela nunca se sentia compelida a tocar em *ninguém*, a não ser que fosse para desarmar a pessoa.

E ela podia estar apavorada com a dificuldade de impedir que seu olhar se desviasse para os lábios dele, ou mesmo pela forma como seus lábios traidores tinham começado a formigar, ou como seus batimentos tinham se tornado um grupo de percussão no peito.

Adrian apertou os olhos de leve.

– O que foi? – perguntou ele. Um pouco desconfiado, um pouco inseguro.

– Nada – sussurrou ela.

Tudo, retorquiu sua mente.

Por que ela estava ali?

Não era para dormir. Não era para contar a Adrian todos os segredos que ela manteve guardados toda a vida. Não para ser lembrada pela milionésima vez de como as coisas poderiam ser diferentes se ao menos...

Bem. Se ao menos as coisas tivessem sido diferentes.

O que ela estava fazendo ali?

Ela desviou o olhar para as copas das árvores ao redor, onde viu um papagaio todo branco.

– Os pássaros são novos – disse ela, ansiosa para mudar de assunto. Para pensar em outra coisa antes que sua mente voltasse à ideia de beijar Adrian.

Adrian não respondeu por um momento, e ela queria desesperadamente saber o que estava passando na cabeça dele.

Ele também estava pensando em beijar?

Ela fechou os dedos no cobertor que tinha sido colocado sobre ela enquanto dormia. *Vinte e quatro horas.* Ele devia estar acordado havia horas. Quanto tempo ele tinha ficado sentado ali enquanto ela dormia? Tinha ficado olhando para ela? E por que essa possibilidade, que normalmente seria irritante e até sinistra, agora só a deixava com medo de ter dito alguma coisa incriminadora no sono? Ou pior... de ter babado.

Não. Isso não era o pior. Ela se sacudiu mentalmente e mandou que seus pensamentos se ordenassem.

Era por isso que dormir era perigoso. Bagunçava seus sentidos, e ela precisava estar totalmente alerta. Deixava-a vulnerável independentemente da segurança que ela sentia nos braços do Adrian.

– Pareceu que precisava de vida selvagem – disse Adrian –, e tive um certo tempo livre. E agora eu sei que há um limite de papagaios que posso desenhar antes de perder o interesse.

Ela balançou a cabeça com cautela. Se Callum botasse as mãos nos blocos de desenho do Adrian, ele ficaria fora de si.

– Você é incrível, você sabe, né? Quer dizer... você é capaz de criar *vida*. Primeiro o dinossauro e agora um ecossistema inteiro?

Adrian riu, e, embora a pele dele fosse escura demais para ela ter certeza, Nova tinha quase certeza de que ele estava corando.

– Não penso assim. Posso criar... a ilusão de vida. – Ele passou o dedo pelas asas azuis de um pássaro pulando pelas folhas acima. – Tenho uma vaga ideia de como os pássaros voam e sei que eles comem insetos, e, se fossem caçados por um falcão, eles fugiriam. Mas eles nunca vão aprender e nem crescer além do que são agora.

Eles não vão construir ninhos e nem botar ovos. Eles estão mais... pra autômatos do que pra pássaros de verdade.

Nova olhou para ele e tentou sentir que os comentários humildes dele eram válidos, mas sabia que ele estava se diminuindo.

Típico de Adrian.

Antes que ela pudesse responder, alguém gritou do que parecia quilômetros de distância...

– Adrian! O jantar está pronto!

Nova ficou tensa e observou o santuário da selva.

Ela havia se esquecido completamente de que eles estavam em um lugar fechado, e não nas ruínas cobertas de vegetação de uma cidade morta.

Eles estavam na casa dele. Na *mansão* dele. A que ele dividia com o Guardião Terror e com o Capitão Cromo.

E os pais dele estavam lá.

Adrian também pareceu momentaneamente abalado.

– Certo – disse ele, fechando o bloco com o lápis dentro. – Está com fome?

Seus lábios se abriram. De repente, a respiração dela ficou rasa, em lufadas desconfortáveis.

Jantar. Um jantar familiar comum.

Com *eles*.

Ela fechou a boca de novo e se obrigou a assentir.

– Estou. Na verdade, estou morrendo de fome.

– Eu também. – Adrian se levantou e ofereceu a mão, que ela fingiu não reparar ao se levantar usando o muro de pedra como apoio. Ela não estava pronta para tocar nele de novo. Não queria saber o quanto gostaria disso.

Quando ela se virou, ele tinha enfiado a mão no bolso. Além da camiseta de mangas compridas, ele tinha tirado a calça jeans e colocado um moletom cinza, e havia algo de tão íntimo e relaxado que ela quase o achou mais bonito assim.

E ele era bonito.

Ela já tinha reparado. Um milhão de vezes diferentes, parecia. As bochechas altas. Os lábios carnudos que se abriam com tanta facilidade naquele sorriso sutil. Até os óculos com molduras grossas em volta dos olhos escuros acrescentavam um ar de tranquilidade e sensibilidade às feições dele que deixava sua boca seca quando ela parava para pensar.

Ela estava começando a achar que podia estar mesmo encrencada.

Ela seguiu Adrian pela folhagem verdejante e pelas vinhas caídas. Ele empurrou as folhas de uma planta de aparência pré-histórica e havia uma porta de madeira em uma parede branca.

Nova olhou para trás uma vez, desejando ter tirado um tempo para admirar a estátua e a estrela, o que ela estava começando a pensar como *sua* estrela, antes de atravessar a soleira da porta e voltar à realidade.

CAPÍTULO TRINTA E DOIS

NOVA SEGUIU ADRIAN para fora do porão pela escadaria estreita, a mente em disparada enquanto ela tentava determinar a probabilidade de ser uma armadilha.

Não era muita, pensou ela. Tinha passado a noite toda e um dia dormindo, e, por mais incomodada que isso a deixasse, tinha que admitir que nada tinha acontecido. Ela não foi atacada nem capturada.

Ainda assim, não conseguia relaxar. Sempre havia uma chance. Uma chance de Winston ter finalmente revelado a identidade de Nova, ou que alguma prova incriminadora tivesse surgido enquanto ela dormia. Vinte e quatro horas era tempo suficiente para alguma coisa dar errado.

Adrian empurrou a porta no alto da escada e Nova se preparou ao entrar no saguão imponente de novo. Mas a mansão continuava tão silenciosa e arrumada quanto antes.

Ela seguiu Adrian até uma sala de estar formal, com lambris nas paredes e um candelabro de cristal pendurado sobre a mesa de cerejeira, que era tão grande que caberiam doze pessoas ou mais. Em vez de estar arrumada com louças delicadas e talheres de prata, a mesa estava cheia de jornais, muitos ainda enrolados com elásticos, e pilhas de correspondência, e duas edições da revista *Heróis Hoje*.

Adrian foi até outra porta, e os sons da casa envolveram Nova. Pratos tilintando. Um ventilador girando. A batida regular de uma faca numa tábua de corte.

Assim que ela entrou na cozinha aberta, seu olhar se desviou não para os dois homens que estavam cozinhando, mas para as janelas grandes em arco que cercavam a mesa e para uma porta que podia levar para uma saída... ou talvez uma despensa. Para o cepo de facas na bancada de granito e a frigideira de ferro fundido no fogo, e para a fileira de bancos de bar que se estilhaçariam ao serem jogados no Capitão Cromo, mas talvez atordoassem o Guardião Terror se jogados com força suficiente.

Depois de mapear todas as possíveis saídas e deduzir armas potenciais suficientes para se sentir confiante de não estar impotente, nem mesmo aqui, ela ousou cumprimentar os anfitriões.

Hugh Everhart esticou a mão para ela, a outra segurando uma colher de madeira.

– Nova, foi uma boa surpresa saber que você ia se juntar a nós.

Ela prendeu o ar quando apertou a mão dele se perguntando primeiro se seu poder funcionaria contra o invencível Capitão Cromo.

Perguntando-se depois em que ponto Adrian subiu para informar aos pais que ele tinha uma convidada. Foi antes ou depois de ela ter passado a noite lá de forma não oficial?

Hugh indicou o bar, onde Simon Westwood estava cortando cenouras em palitos finos.

– Está quase pronto – disse Hugh –, mas fique à vontade para comer alguma coisa enquanto espera.

Simon empurrou um prato na direção dela cheio de tomates-cereja e palitos de pimentão cru. Mas a atenção de Nova foi para a faca enorme na mão dele. Ela observou o avental azul quadriculado, que era tão oposto a qualquer coisa que ela pudesse imaginar o Guardião Terror usando que, por um momento, ela achou que talvez estivesse sonhando. Sonhos eram assim, não eram? Ridículos e absurdos e totalmente implausíveis?

Quando pensava naqueles dois super-heróis, ela sempre os imaginava no meio de uma batalha, normalmente uma na qual ela descobrisse um jeito inteligente de matar os dois ao mesmo tempo. Ela nunca os imaginou em casa fazendo uma coisa tão comum quanto preparar o jantar juntos.

– Adrian – disse Hugh, jogando as cenouras numa travessa –, você pode ir lá embaixo pegar uma lata de tomate na despensa?

– Claro – disse Adrian. Ele pegou um palito de cenoura, partiu no meio e se afastou do bar. Abriu um sorriso rápido e encorajador para Nova enquanto desaparecia pela porta.

– A despensa fica no final do corredor – disse Simon, arrumando os legumes no prato. Nova demorou um momento para perceber que ele estava falando com ela. – É um saco quando esquecemos uma coisa no meio da receita. A gente sempre fala em esvaziar o armário de vassouras – ele mostrou uma porta estreita e fechada com o queixo – e convertê-lo numa nova despensa, mas sempre acaba cheio de coisas de super-heróis de novo.

Os pensamentos de Nova estavam tão disparados que ela mal conseguia entendê-lo. Despensa? Lata de tomate?

Ela tentou relaxar os ombros. Controlar a respiração. Admitir para si mesma que um ataque não era iminente.

Mas deu um passo sutil para o lado para ficar mais perto do cepo de facas. Só por garantia.

– Infelizmente, esta refeição não vai estar do nosso nível habitual, ao menos pra quando temos uma convidada especial – disse Hugh. Ele estava parado ao lado do fogão mexendo um molho vermelho que fervia. – Mas o dia foi longo para nós e não estávamos esperando chegar em casa e ter companhia. – Ele olhou de lado para Nova, os olhos cintilando de forma quase maliciosa.

– Eu não estava esperando uma refeição caseira – disse Nova, a atenção desviando do molho de tomate para a peneira com espaguete fumegante na pia e uma frigideira cheia de carne moída.

– Espero que você goste de comida italiana – disse Hugh. – Você não é vegetariana, é?

Ela balançou a cabeça e o viu jogar a carne no molho.

– Eu amo comida italiana – disse ela, tentando agir com uma normalidade incomum como a deles. – Meu pai era italiano e minha mãe fazia macarrão sempre porque ele gostava muito. Mas nunca foi a especialidade dela. O que ela fazia bem mesmo era rolinho primavera.

– Ah, eu adoro rolinho primavera – disse Hugh, com mais entusiasmo do que o comentário valia.

Nova mordeu a bochecha por dentro, quase desejando que ele lesse os pensamentos dela. *Meu pai, minha mãe... que não estão mais aqui. Que acreditavam tanto que vocês viriam, que vocês os protegeriam. Que* me *ensinaram a acreditar que vocês nos protegeriam.*

Mas Hugh só continuou mexendo o molho, a expressão serena.

– De onde veio o McLain? – perguntou Simon, sobressaltando-a. – Se seu pai era italiano.

Seu coração disparou. Ela havia esquecido. Não era Nova Artino, não ali. Era Nova Jean McLain.

– Hã... do meu... avô – gaguejou ela. – Do meu avô paterno. Ele era escocês, mas... morou na Itália. Por um tempo.

Simon fez um som de leve interesse. Um ruído educado. Um ruído de conversinha trivial.

Ela os enganou? Ou eles estavam tentando desmontar a guarda dela?

Apesar do jeito alegre com que eles estavam agindo, ela via que Hugh estava com sombras azuladas embaixo dos olhos e uma barba por fazer no queixo normalmente barbeado. Simon também parecia menos animado do que o habitual.

– Vocês dois estão bem? – perguntou ela.

Simon riu, e ele e Hugh trocaram um olhar infeliz.

– Adrian nos falou que você dormiu por muito tempo ontem – disse ele, recolhendo as pontas das cenouras e as jogando na pia do outro lado do bar. – Ele não contou a novidade?

– Novidade?

A porta atrás dela se abriu e Adrian chegou segurando uma lata de tomate picado como se fosse um troféu.

– Missão cumprida.

– Obrigado, Adrian – disse Hugh, pegando a lata da mão de Adrian. Em vez de usar um abridor de latas, ele enfiou as unhas na beirada da lata e puxou a tampa de alumínio. E virou todo o conteúdo no molho. – Simon estava contando a Nova sobre o Sentinela.

Ela e Adrian ficaram parados.

– Sentinela? – perguntou ela.

– É – disse Simon com voz sombria. – Ele está vivo.

Adrian fez cara feia. Nova ficou surpresa. Em todas as vezes que ele *a* ouviu reclamar do Sentinela, ele nunca disse nada de negativo sobre o vigilante. Pelo menos, não que ela lembrasse. Nova tinha uma desconfiança de que ele gostava do cara.

– É verdade – disse Adrian. – Acho que eu devia ter falado alguma coisa. Está no noticiário agora.

Nova olhou para ele. O tom dele estava estranho... evasivo.

Simon desceu do banco e contornou o bar, passando na frente de Nova. Ela viu a faca na mão dele e cada músculo se contraiu. Ela curvou os dedos em forma de garra, mirando na área de pele que usaria para deixá-lo inconsciente.

Ele pegou um pano de prato na bancada e começou a limpar a lâmina.

– Com licença – disse ele, se virando para ela.

Nova se sobressaltou.

– Ah, desculpe – disse ela, saindo da frente.

Ele colocou a faca no cepo com as outras.

Ela tentou desfazer o nó no estômago, irritada com a própria reação exagerada.

– Então... como a gente sabe que ele está vivo?

– Ele teve um conflito com uma das nossas unidades de patrulha. Sabe a Geladura e a equipe dela? – Simon riu, mas sem achar muita graça. – Claro que sabe. O teste. Então, eles foram enviados atrás da Espinheiro. Tínhamos pistas boas sobre onde encontrá-la e... bem. Eles a encontraram. – Um músculo tremeu embaixo da barba dele.

– E? – perguntou Nova.

– Eles chegaram a tempo de ver o Sentinela a torturando, esmagando uns membros dela.

Nova deu um passo para trás.

– *O quê?*

Ao seu lado, Adrian pegou um palito de cenoura e enfiou em uma tigela de molho.

– Quando percebeu que os Renegados estavam lá, ele matou Espinheiro na frente deles. E os atacou.

Nova olhou para Adrian, em parte em busca de confirmação, mas ele estava olhando para a bancada com expressão contrariada.

– Vou tentar adivinhar – disse ela. – Ele escapou. De novo.

– É mais um lembrete de que não devemos subestimá-lo – disse Simon.

Nova expirou.

– Mas por que ele atacaria Espinheiro assim? Por que não amarrá-la e deixá-la para os Renegados, como todos os criminosos que ele pegou antes?

– A gente acha que pode ter sido vingança – disse Hugh. – Porque ela o constrangeu na barca.

– Tem certeza de que dá pra acreditar na palavra da Geladura sobre isso? – disse Adrian, quebrando outra cenoura entre os dedos. – Parece meio forçado, se você quer saber.

– Nós recuperamos o corpo da Espinheiro – disse Simon. – Vimos a destruição da batalha com o Sentinela. A história faz sentido.

Adrian abriu a boca para dizer mais alguma coisa, mas hesitou. Ainda de cara amarrada, ele mordeu a cenoura.

Nova cruzou os braços sobre o peito. O Sentinela vivo despertava uma série de sentimentos que ela havia esquecido desde que o viu afundar no rio. Ele estava determinado a encontrar Pesadelo. Mais do que todo mundo.

Com sorte, ele acreditava que ela estava morta, tanto quanto os Renegados acreditavam.

Eles levaram a comida para a mesa da cozinha. Nova deixou que Adrian se sentasse primeiro e ocupou o banco ao lado dele para não ficar presa contra a parede. Mas até aquela pequena estratégia a fez se sentir um pouco ridícula, e ela estava começando a esquecer por que tinha ficado tão preocupada antes.

Ela dormiu debaixo do teto dele por horas. *Vinte e quatro horas.* E nada aconteceu. Eles não sabiam que ela era a Pesadelo. Não sabiam que ela era Anarquista, que era sobrinha do Ace. Para eles, ela era Renegada até a raiz dos cabelos.

O que ela estava fazendo ali?

Ace estava definhando nas catacumbas e ela estava jantando com os inimigos dele.

Por pouco tempo, ela se sentiu à vontade. Segura, até. Tinha se deixado levar por um mural e por um sonho. Tinha imaginado como seria tocar em Adrian de novo, talvez até beijá-lo. Tinha admirado até os *óculos* dele, por mais banal e patético que fosse.

Mas nada disso era o motivo de ela estar ali.

Ela devia se parabenizar. Tinha começado aquele teatro com a intenção de passar algumas semanas no quartel-general e aprender o que pudesse dos companheiros, mas acabou indo parar ali. Na moradia particular de dois dos seus maiores alvos. Eles confiavam nela. Talvez até gostassem dela.

Ela fez uma pausa.

Será que gostavam?

Ela olhou para a pinça que Hugh usou para colocar espaguete no prato dela, forçando-se a não ficar curiosa, a não se importar. Poderia usar aquilo a seu favor. Tudo. A confiança, a rotina natural. Era sua chance de arrancar informações deles. Não podia desperdiçá-la.

– E então – disse Adrian, tomando um gole de água –, a cena do crime no pátio do porto revelou alguma prova nova sobre o Sentinela? Já temos alguma pista sobre a identidade dele?

– Ainda estão examinando tudo – disse Hugh. – Até agora, acho que a única pista sólida que temos é que ele pode ser o prodígio com mais excesso de confiança que esta cidade já viu.

Simon riu.

– Com mais excesso de confiança? Ninguém supera você nisso.

Hugh sorriu. Para a surpresa de Nova, ele olhou para *ela* quando disse:

– Eles sempre pegam no meu pé, mas não sabem como é difícil ser encantador assim. É preciso muita dedicação.

Sem saber direito o que dizer, Nova sorriu e colocou uma garfada de macarrão na boca.

Adrian cortou um pão, e uma nuvem de fumaça subiu no ar. A expressão dele estava distante quando ele falou:

– Eu tenho a impressão de que ele está tentando ajudar as pessoas. E o que *vocês* fizeram na Era da Anarquia?

Hugh e Simon ficaram tensos, e Nova percebeu que não era a primeira vez que eles tinham aquela conversa.

– Não havia regras a serem seguidas na época – disse Simon. – O código de autoridade não existia. Nós fazíamos o possível para deter os vilões que mandavam na cidade. Mas imagine se ainda operássemos daquela forma. Se cada prodígio por aí saísse fazendo o que quisesse, sempre que quisesse, tudo em nome da justiça. Não demoraria para que tudo desmoronasse. A sociedade não funciona assim e nós também não podemos funcionar.

Nova mordeu a bochecha por dentro. Ela concordava em um certo nível: a sociedade precisava de regras e consequências.

Mas quem tinha escolhido o Conselho para criar essas regras?

Quem decidia que punições eram adequadas por rompê-las?

– Nós sabemos que há muita controvérsia em relação às ações do Sentinela – disse Hugh. – Boas ou más, úteis ou danosas. Mas a luta no pátio do porto mostra que ele não é... totalmente estável. Ele precisa ser encontrado e detido.

– Neutralizado, você quer dizer – disse Adrian, a mandíbula contraída.

– Se chegar a isso – disse Hugh. – A ascensão do Sentinela é um bom exemplo de como é importante manter a população de prodígios sob controle. Nós temos que garantir que os vilões deste mundo não consigam subir ao poder de novo. Sei que existe uma certa... incerteza em relação ao Agente N entre os Renegados, mas não podemos permitir que prodígios usem seus poderes sem nenhuma restrição.

– Falando nisso, sabe de quem esse Sentinela me lembra? – disse Simon, e Nova teve a impressão clara de que ele estava mudando de assunto para evitar uma briga. Ele fez sinal na direção de Adrian com o garfo, e Adrian inspirou rapidamente. – Daquele gibi que você escreveu quando era criança. Como se chamava? Rebelde X? Rebelde...

– Rebelde Z! – disse Hugh, a expressão se iluminando. – Eu tinha me esquecido disso. É verdade, o Sentinela é meio parecido com ele, não é?

O garfo de Adrian parou a centímetros da boca.

– Vocês sabem sobre isso?

– Claro que sabemos. Teve um verão em que você não fez praticamente mais nada.

– É verdade, mas... eu não achei que vocês tivessem visto. Eu... tenho quase certeza de que nunca mostrei pra ninguém...

Hugh e Simon tiveram a decência de parecer constrangidos. Hugh deu de ombros.

– A gente pode ter espiado quando você não estava olhando. Não pudemos evitar! Você estava tão concentrado e não queria nos contar nada. E estávamos doidos pra saber o que era.

– E a história era ótima! – disse Simon, como se seu entusiasmo fosse aliviar a questão da invasão de privacidade. – Você chegou a terminar?

Adrian baixou o garfo e o girou no espaguete de novo, os ombros contraídos.

– Fiz três histórias e perdi o interesse. *Não* era ótimo. Estou surpreso de vocês lembrarem.

– Eu achei fantástico – declarou Simon.

– Eu tinha 11 anos e você é meu pai. Claro que você ia dizer isso.

– Eu sempre achei que o Rebelde Z talvez fosse inspirado nesse que vos fala – disse Hugh com uma piscadela.

– Não foi – respondeu Adrian diretamente.

– Ah, bem. Não culpe seu velho por ter esperança.

– De que estamos falando? – perguntou Nova.

– De nada – disse Adrian.

Ao mesmo tempo, Simon respondeu:

– De um gibi que o Adrian começou anos atrás. Sobre um super-herói que sofreu... uma espécie de alteração biológica, não foi?

Adrian deu um suspiro e explicou sem muito entusiasmo.

– Era sobre um grupo de vinte e seis crianças que foram abduzidas por um cientista do mal e submetidas a vários testes para tentar transformá-las em prodígios, mas só o vigésimo sexto menino sobreviveu. Ele se transformou em super-herói e fez da sua missão se vingar do cientista e dos comparsas dele. Depois, teria uma grande conspiração do governo envolvida, mas não cheguei nesse ponto.

– Parece bom – disse Nova, só em parte como provocação, porque estava evidente como a conversa o deixava incomodado. Ela queria se solidarizar, por mais que não parecesse haver motivo para ele se chatear. Um gibi feito anos antes, quem se importava? Mas, por outro lado, ela sempre odiou quando Leroy queria ver suas invenções antes de estarem prontas para serem compartilhadas, então talvez ela entendesse, sim. – Posso ler?

– Não – disse ele. – Tenho quase certeza de que foi para o lixo.

– Acho que não – disse Hugh. – Acho que está em uma caixa no escritório ou talvez no depósito.

Adrian olhou para ele com mais frieza do que os espetos de gelo da Geladura.

– Bom, se você encontrar, eu adoraria ver – disse ela.

Simon limpou a garganta, e Nova sentiu que ele estava prestes a mudar de assunto de novo antes que Adrian decidisse nunca mais levar uma garota para o jantar.

– Nova – disse ele, secando o bigode com um guardanapo –, como estão as coisas nas armas e nos artefatos? Você encontrou... o que estava procurando?

Nova fez cara de inocência quando respondeu.

– O que você quer dizer?

– Achei que parte do seu motivo pra se candidatar ao departamento tinha a ver com seu interesse no elmo do Ace Anarquia.

Apesar do coração de Nova parecer que ia pular do corpo, Simon se virou para Hugh com um jeito bem jovial.

– Você tinha que estar lá quando ela viu a réplica. Ela deu uma olhada e soube que era falso. Fiquei impressionado. – Ele sorriu para ela. – Já te mostraram o verdadeiro?

Ela empurrou a comida no prato e falou:

– Me mostraram a caixa onde ele está.

Simon assentiu.

– Espero que poder ver em pessoa tenha sido um alívio. Você não pareceu convencida quando falei que estava bem protegido.

Nova olhou para Adrian e soube que eles dois estavam pensando na conversa que tiveram na Olimpíada dos Ajudantes. Ela manteve o rosto neutro enquanto perguntava:

– Tem certeza?

Hugh riu.

– Não vai me arrumar problema – murmurou Adrian.

– O que foi? – perguntou Hugh. – De que vocês estão falando?

– Só que o Adrian acha que *talvez* conseguisse abrir a caixa se tentasse.

– Rá! O Adrian? Não. Que ideia. – Hugh enfiou uma garfada de macarrão na boca como se a conversa tivesse acabado.

– Obviamente, eu não tentei – disse Adrian. – Mas acho possível.

– Como você faria isso? – perguntou Simon.

– Desenhando uma porta.

– Uma porta! – Hugh riu. – Por favor. Isso é... – Ele hesitou, a testa se franzindo de leve. – Isso nunca funcionaria. Né?

Todos trocaram olhares de incerteza.

Nova tomou um gole de água e evitou o contato visual para que eles não vissem sua ansiedade crescente.

– Não importa. Adrian nunca vai tentar pegar aquele elmo. Mas é uma questão interessante. Há tantos prodígios, com tantas habilidades. Como você sabe que a caixa é infalível se nunca desafiou ninguém a tentar abrir? É só uma caixa.

– Só uma caixa. – Hugh bufou e sua preocupação momentânea pareceu ter passado. – É uma teoria interessante, mas não faz sentido especular. Eu me conheço e sei que meus poderes funcionam. Só tem um prodígio capaz de abrir aquela coisa, e esse prodígio não é o Adrian – ele olhou para Adrian de cara feia – e nem ninguém com quem precisemos nos preocupar.

– É mesmo? – A coluna de Nova formigou. – Quem é?

Hugh levantou a mão, exasperado.

– Eu!

Nova ergueu uma sobrancelha.

– Porque você é capaz... de manipular mais o cromo?

– Ah, claro. Ou posso fazer uma marreta pra quebrá-la se estivesse com tendências destrutivas. Mas o elmo está seguro. Ninguém botou as mãos nele e ninguém vai conseguir.

A pulsação de Nova acelerou, com uma ideia começando a sussurrar em seus pensamentos.

Marreta de cromo?

Funcionaria? Uma arma feita do mesmo material seria forte o suficiente para destruir a caixa?

Só se fosse feita pelo próprio Capitão, ela desconfiava. Como seu experimento de eletrólise sugerira, a caixa não era feita de cromo *normal*. Assim como o próprio Capitão, as armas dele eram... bom, extraordinárias.

– Você vai ao baile amanhã? – perguntou Simon, e Nova estava tão perdida nas próprias especulações que levou um momento para perceber que ele estava perguntando a ela.

– Baile? – disse ela, tentando lembrar que dia era. – Já é amanhã?

– Tive esse mesmo pensamento algumas horas atrás – disse Hugh. – Nós recebemos vários patrocinadores de última hora e parece que vai ser um evento lindo. Com música ao vivo, comida farta. Vai ser divertido. Você tem que ir. Sabe, Nova, muita gente da organização está começando a te admirar, principalmente os mais jovens. Seria muito importante que você fosse.

Nova forçou um sorriso apertado, mas seu coração estava despencando pelas implicações das palavras dela e o que ela havia se tornado aos olhos dos Renegados. Alguém a admirar, respeitar, emular.

Ela era Nova McLain. A super-heroína e a fraude.

CAPÍTULO TRINTA E TRÊS

NOVA NÃO SE LEMBRAVA de muito mais sobre a conversa durante o jantar, a maioria em torno dos planos do Conselho para os programas de serviços à comunidade em andamento. Por fim, Hugh e Simon se levantaram e começaram a botar a louça na máquina, fazendo tudo como um time bem ensaiado. Nova os observou por um minuto, sem conseguir alinhar completamente a tarefa doméstica simples com os super-heróis que derrotaram o Ace Anarquia.

– Então – disse Adrian, chamando a atenção dela de volta. Ele pareceu mais relaxado agora e ela desconfiava que estivesse aliviado de o jantar ter acabado. – Você deve precisar voltar pra casa, né?

Ela olhou para ele e quase começou a rir.

Para casa.

Até parece.

Com um sorriso apertado, ela respondeu:

– Que tal a gente ver aquele filme que nem chegamos a começar?

E foi assim que Nova foi parar na sala de Adrian, sentada no sofá gasto. A indústria do entretenimento foi uma que parou durante a Era da Anarquia e estava demorando a se recuperar, então a coleção toda de filmes de Adrian consistia em "clássicos" com mais de trinta anos. Nova não tinha visto nenhum.

Adrian selecionou um filme de artes marciais, mas, para Nova, não importava o que ele escolheu. Ela não assistiria mesmo.

Adrian se acomodou no sofá. Não encostado nela, mas perto o suficiente para sugerir que poderia haver um toque se ela quisesse. Ou talvez não houvesse nenhum motivo para isso e ele só tivesse um lugar preferido, uma almofada favorita.

Nova se irritou porque seus batimentos aceleraram. Parecia que um estranho tinha sequestrado seu corpo. Alguém que tinha esquecido quem ela era e de onde tinha vindo. Ou, o mais importante, quem *Adrian* era.

Aquela atração tinha que parar. Ela era Anarquista. Ela era a *Pesadelo*.

O que ela achava que aconteceria quando ele descobrisse? Ele acabaria descobrindo, era inevitável. Quando estivesse com o elmo e com o Amuleto da Vitalidade, ela não teria mais que fazer aquele jogo.

Nova inspirou fundo para se estabilizar, chegou mais perto de Adrian e apoiou a cabeça no ombro dele. Ele ficou tenso, mas por pouco tempo. Ele passou o braço em volta dela e ela se acomodou junto a ele. Ela ordenou que seu corpo não ficasse à vontade demais. Que não apreciasse o calor e a força sutil daquele braço, nem o cheiro de pinho que podia ser do sabonete ou da loção pós-barba.

Desta vez, seus pensamentos calculistas foram mais altos do que os batimentos do coração dele. O relógio tiquetaqueando em sua mente estava mais rápido do que sua pulsação.

Os créditos de abertura do filme passaram na tela. Um homem apareceu andando por uma nevasca. No alto de uma montanha havia um templo perturbador.

A mão de Adrian estava apoiada na perna dele. Nova, o mais casualmente que conseguiu, começou a mover a sua na direção da dele. Estava a momentos de entrelaçar os dedos quando Adrian se afastou, moveu o corpo tão rápido que Nova escorregou no vão entre as almofadas.

Ela se empertigou.

Adrian se virou para olhar para ela e apoiou um joelho no sofá. Sua expressão era de preocupação, mas os ombros estavam firmes. Nova se afastou dele, suas defesas subindo como muros de castelo.

– O baile amanhã à noite – disse ele subitamente, as palavras ditas tão rapidamente que viraram uma declaração desajeitada só.

Nova olhou para ele.

– Como?

– O baile. Se você for e eu for e... Quer ir junto comigo? Como num encontro. Oficialmente, desta vez. – O pomo de adão dele se moveu no pescoço. – Sei que não fui claro na vez do parque de diversões, então vou deixar bem claro agora. Eu gostaria que você fosse minha acompanhante. Gostaria muito, na verdade... – Ele fez uma pausa antes de acrescentar com uma certa timidez: – Se você quiser.

Nova ficou de boca aberta. Sua mente tinha ficado vazia e ela estava tentando formular uma resposta baseada em lógica e estratégia e o que Ace ia querer que ela fizesse, se seria bom para a causa ou não e como mudaria as coisas, mas só conseguia pensar em como Adrian ficava fofo quando estava nervoso.

E também...

Ele ainda gosta de mim.

Apesar de todos os avanços rejeitados, de todos os silêncios constrangedores. Nova tinha tanta certeza de que ele a tinha superado depois do fim sofrível do não encontro no parque de diversões, mas... teve aquilo. Ele não só pediu que ela fosse seu par, mas pareceu *ansioso* para isso.

– Tudo bem – sussurrou ela.

Ela pensaria na estratégia depois.

O rosto de Adrian se iluminou.

– Tudo bem? – Com um movimento afirmativo de cabeça, ele se acomodou no encosto do sofá de novo e botou o braço em volta dos ombros dela. E expirou. – Tudo bem.

Nova se ajustou ao corpo dele de novo, e uma parte dela queria ficar feliz, mas ela só sentia medo.

Ela pegaria o elmo, e Ace Anarquia teria seu poder devolvido. Os Renegados cairiam. A sociedade seria responsável por ensinar seus próprios filhos, plantar seus próprios alimentos, e todos ficariam mais fortes com isso. Melhores.

E Nova também ficaria mais forte e melhor.

Em pouco tempo, ela pararia de mentir. Não teria mais segredos.

E Adrian não ia mais querer saber dela.

Na tela, o homem tinha acabado de entrar no templo. Seu corpo apareceu delineado nas portas enormes e a neve voava ao redor.

Ela tentou acalmar seus pensamentos. Tentou se reorientar sobre o que tinha que ser feito.

Nova tinha ido buscar o Amuleto da Vitalidade. Passou pela cabeça dela que ela devia perguntar a Adrian sobre isso, e ela sabia que ele provavelmente emprestaria, ainda mais se ela dissesse que queria visitar Max.

Mas, não, se tudo corresse bem, ela estaria usando aquele amuleto como Pesadelo, não Insônia, e, quanto menos pistas a conectassem a seu alter ego, melhor.

– Nova – disse ele, tão baixinho que ela quase pensou ter imaginado.

Ela virou a cabeça para cima.

Adrian sustentou o olhar dela por meio segundo e se inclinou e a beijou.

Nova ofegou com os lábios dele, tomada não só pela surpresa, mas pela corrente elétrica que fez cada nervo vibrar.

Adrian se afastou, preocupado de novo. Seus olhos faziam uma pergunta. Seus lábios, um convite.

Nova sentiu como se sua boca tivesse sido abandonada. O beijo foi curto demais e suas mãos já estavam se coçando para tocar nele, seu corpo todo desejando chegar mais perto.

Apesar de saber o que tinha que fazer e de saber que a ideia era péssima, ela levou a mão até a nuca dele e puxou os lábios dele até os seus.

O beijo se intensificou rapidamente. Com uma curiosidade hesitante e, do nada, com uma necessidade desesperada e insatisfeita. De ficar mais perto. De beijar mais intensamente. De tocar no rosto dele, no pescoço, no cabelo. Adrian passou o braço pela cintura dela e a puxou para o lado, virando o corpo de Nova para que ela ficasse envolta por seus braços.

Ele soltou um chiado repentino e se afastou.

Nova abriu os olhos, o coração pulando na garganta. As feições dele estavam contorcidas de dor.

– Adrian?

– Nada – disse ele por entre os dentes, uma das mãos apertando a lateral do corpo. O rosto relaxou novamente quando ele a olhou.

– O que...?

– Nada – repetiu ele e voltou a beijá-la, e qualquer preocupação sobre o que o tinha machucado sumiu. Nova estava tremendo, confusa por tanto contato físico de uma vez. Os lábios dele. Uma das mãos no cabelo dela, a outra nas costelas. O corpo dela atravessado pelo colo dele, os batimentos dele disparados junto ao seu peito, e os lábios, *céus, os lábios...*

E, ainda assim, aquela voz sussurrava no fundo da mente dela, lembrando-a por que ela estava lá, apesar do tanto que ela queria ignorar isso.

Os dedos de Adrian se fecharam na parte de trás da cabeça dela. Ela estava tão reclinada agora que sentiu o braço do sofá embaixo dos ombros. Nova fechou bem os olhos, querendo acreditar que aquilo era o mundo todo. Só Adrian Everhart e cada um dos seus toques mágicos.

Ainda assim, a voz implacável insistia, lembrando-a que aquilo *não era* real. Que aquele nunca seria seu lugar. Adrian Everhart não era para ela e ela certamente não era para ele.

Só que... aquela voz sumiu no ruído de fundo e foi substituída pelo calor da boca de Adrian e pela pressão do braço dele, e outra voz, um pouco mais baixa, se manifestou. Era uma voz que podia estar tentando chamar a sua atenção desde o primeiro momento em que ela viu Adrian e seu coração pulou ao ver o sorriso aberto.

Por que não?

Por que ali não podia ser seu lugar? Por que ela não podia ter aquilo? Era só não voltar. Era só continuar fingindo ser Nova McLain, Renegada, pelo resto da vida. Ninguém teria que saber. *Aquilo poderia ser real.*

Ela beijou Adrian mais intensamente e ele gemeu em resposta. Se ela pudesse abraçá-lo com força... Se pudesse fazer o momento durar...

Bam. Bam.

Ela abriu os olhos subitamente. Adrian não pareceu reparar, pois seus dedos descobriram naquele momento a pele exposta da cintura dela. Nova tremeu por causa da sensação, da convergência sufocante de desejos demais se chocando dentro dela.

A voz baixa da discordância foi enterrada rapidamente embaixo da culpa crescente. Não, não, *não*. Escolher Adrian seria abandonar os Anarquistas, abandonar Ace.

BAM.

Escolher Adrian seria abandonar qualquer chance de vingança por Evie e pelos seus pais.

Nova fechou bem os olhos, com mais força do que antes, torcendo para bloquear os ruídos de tiros enquanto seu propósito ficava claro de novo. Enquanto ela se lembrava de por que estava lá. Por que *realmente* estava lá.

Ela já tinha fracassado com a família quando eles precisaram dela. Não faria isso de novo.

Nova abraçou Adrian e agarrou a camiseta dele. Havia lágrimas surgindo atrás das pálpebras. Tinha que fazer isso. Tinha.

E, se não fizesse agora, talvez esquecesse o *porquê*.

Enquanto seu corpo se inflamava no abraço de Adrian, Nova soltou seu poder no local em que seus lábios se tocavam. O poder emanou dela da forma mais gentil que ela conseguiu. Fazia muito tempo que ela não era gentil com seu poder. Desde que ela fez a irmã dormir tantos anos antes.

Mesmo assim, o efeito foi rapidíssimo.

Os dedos de Adrian soltaram o cabelo dela. Os braços ficaram inertes. A cabeça pendeu para o lado, interrompendo o beijo, e o corpo caiu junto ao encosto do sofá, prendendo Nova nas almofadas. A respiração dele, que estava tão errática quanto a dela momentos antes, já estava ficando mais lenta.

Nova expirou.

Ela olhou para o teto, a visão borrada pelas lágrimas não derramadas. Parou um momento para memorizar o peso dele e o calor que se espalhava por suas roupas. Eles estavam emaranhados: seus joelhos dobrados sobre o quadril dele, os braços dela presos embaixo de suas costas. Seus dedos estavam apoiados no pescoço dele, e era tão fácil imaginar como aquele momento seria perfeito se fosse real. Só uma garota e um garoto abraçados, roubando beijos, adormecendo nos braços do outro. Tudo tão simples e descomplicado.

Quem dera.

Ela começou a se soltar. Moveu-se lentamente, apesar de saber que ele não acordaria. Quando tirou o peso do sofá e deslizou para o chão, Adrian se reajustou e afundou nas almofadas. Um lado do rosto dele roçou em uma e entortou os óculos.

Nova levou as mãos até as têmporas dele e tirou os óculos. Dobrou as laterais, os colocou na mesa de centro e pegou um cobertor na cama desfeita. Jogou o cobertor sobre ele, pensando que ele tinha feito o mesmo quando ela estava dormindo. Ele tinha parado para inspecionar seu rosto tranquilo, como ela estava fazendo agora? Tinha pensado em beijá-la enquanto ela dormia, como ela se viu tentada a fazer? Seus lábios ainda estavam formigando por terem sido interrompidos antes que a necessidade tivesse sido satisfeita.

Mas Nova sabia que Adrian jamais roubaria um beijo seu assim, e ela também não poderia fazer isso.

Ela então se levantou e ajeitou as roupas para depois observar o aposento. Não tinha como saber quanto tempo teria. Usar o poder com delicadeza, como ela fez, costumava diminuir a duração do sono, e seus poderes pareciam diferentes ultimamente. Um pouco mais fracos desde que ela foi parar na quarentena com Max.

Mas ela devia ter uma hora pelo menos, talvez duas. Teria que ser suficiente.

Onde ele estava guardando o medalhão?

Ela olhou embaixo da cama primeiro, depois revirou as gavetas de uma escrivaninha, mas só encontrou eletrônicos velhos, lápis de cor quebrados e um kit de tatuagem, que ela achou que devia estar relacionado a mais uma das empreitadas artísticas dele. Olhou a coleção de videogames e uma cômoda cheia de camisetas e meias e cuecas, o que fez com que a imagem de Adrian de cueca boxer preta se tornasse quase impossível de apagar da cabeça.

Com as bochechas queimando, ela se aproximou de uma estante no canto, onde uma pilha de cadernos de desenho usados estava ladeada por uma coleção de gibis e um conjunto de bonequinhos de ação do Duo Desastroso. Quando criança, ela guardava um kit de laboratório de química dentro de um atlas com um buraco cortado nas páginas, por isso ela achou que ali podia ser um bom esconderijo.

Ela pegou uma pilha de cadernos e começou a folheá-los, mas, em cada um deles, só encontrou páginas mesmo, com desenhos reais e *maravilhosos*. Paisagens de cidades e retratos e páginas e mais páginas de símbolos estranhos, como uma série de espirais apertadas, como molhas, outros parecendo pequenas chamas. Mas não havia contexto do que Adrian devia estar pensando quando fez os desenhos. Em seguida, havia algumas artes conceituais preliminares do mural da sala ao lado.

Nova fechou o caderno de desenho e o enfiou na prateleira.

O medalhão estava em algum lugar da casa. Tinha que estar. Adrian não o teria dado…

Ela prendeu a respiração.

Claro. Ele só o daria para uma pessoa. Tinha até contado para ela. *Acho que devíamos dar ao Simon primeiro.*

Bufando, ela se afastou da estante e andou em volta do sofá. Não ousou olhar para Adrian de novo, com medo de que a tentação de se encolher em volta dele e esquecer sua missão fosse forte demais para resistir uma segunda vez.

Ela empertigou os ombros e subiu a escada.

CAPÍTULO TRINTA E QUATRO

NOVA PAROU PARA OUVIR quando chegou ao saguão. Ainda ouvia a música dramática vindo do filme, e depois de um tempo parada com a cabeça inclinada, ela achou que ouvia um chuveiro aberto no andar de cima.

Ela empertigou os ombros e começou a subir a escadaria de carvalho. Os degraus gemeram e estalaram.

No alto, havia uma porta dupla à esquerda. O quarto principal, ela supôs. Alguém dentro estava se mexendo e assobiando. Ela também reparou que era de lá que vinha o ruído de água correndo, embora a casa toda parecesse cantarolar com a água correndo pelos canos.

Do outro lado do patamar, havia outro corredor. Nova seguiu por ele.

A primeira porta que ela abriu era de um armário de roupa de cama.

A segunda levou um sorriso aos seus lábios.

Um escritório.

Nova entrou e deixou uma fresta da porta aberta para poder ouvir se alguém viesse pelo corredor.

Nova tinha certeza de que Simon não estava usando o Amuleto da Vitalidade no jantar. Se Adrian o tivesse dado para ele, talvez estivesse no quarto ou no escritório do quartel-general. Mas ela não podia procurar em nenhum daqueles lugares no momento.

Pelo menos uma busca pelo escritório da casa deles poderia revelar algo de útil enquanto ela esperava, torcendo para que os dois Conselheiros pegassem no sono sem a ajuda dela.

Ela se aproximou da escrivaninha grande, que estava lotada de pilhas de papéis e de pastas, uma caída sobre um teclado. Nova pegou o arquivo de cima e olhou a etiqueta, depois outro, olhando cada pilha, procurando alguma coisa útil. Mas tudo parecia ser rascunho das leis que o Conselho estava considerando ou que já tinha botado em prática. Projetos sociais em andamento por toda a cidade. Planos de construções futuras. Negócios com nações estrangeiras.

Ela se voltou para as gavetas e encontrou uma cheia de estatísticas e relatórios sobre índices de crime em vários países. Perto do alto da gaveta, havia uma lista das cidades por todo o globo que tinham filiais dos Renegados em operação.

Era uma lista bem longa.

Nova botou a lista de lado e se virou para um armário de arquivos ao lado da parede. Dentro havia pastas grossas delineando planos e plantas de quartéis-generais e outras propriedades operadas pelos Renegados, desde detalhes de sistemas de alarmes a licenças para elevadores. Nada sobre o elmo. Nada sobre o Agente N. Mas não eram informações ruins para se ter acesso.

Ela pegou alguns documentos para olhar depois e os colocou ao lado da lista de filiais internacionais.

Continuou procurando, embora sentisse que sua sorte e seu tempo estivessem acabando.

Virando-se para as estantes embutidas do aposento, ela observou as lombadas dos volumes enormes de guias legais e manifestos políticos, todos publicados antes da Era da Anarquia. Na prateleira de baixo, havia alguns álbuns de fotografia, e ela ignorou a curiosidade gerada pela oportunidade de ver fotos fofas de infância de Adrian e pegou uma caixa. Tirou a tampa e ficou paralisada.

Havia um monstro olhando para ela de dentro da caixa.

Com a respiração travada, ela botou a tampa de lado e pegou a folha de papel do alto, onde uma criatura tinha sido desenhada em rabiscos frenéticos de giz de cera preto. A criatura era uma sombra amorfa que chegava às beiradas do papel, deixando apenas a brancura vazia no lugar onde deviam ficar os olhos.

Eram olhos vazios e assombrados.

O monstro de Adrian.

Nova pegou o desenho que estava embaixo. Outra ilustração da criatura, uma massa negra flutuante. Dois braços esticados quase pareciam asas. Uma cabeça bulbosa com olhos sinistros e alertas como único detalhe.

Ela olhou mais alguns desenhos, embora fossem todos parecidos. Parecidos, mas com pequenas diferenças. Alguns deu para ver que foram feitos quando ele era muito pequeno, quando seus rabiscos eram mais emoção do que habilidade. Mas alguns dos desenhos posteriores desenvolviam detalhes. Às vezes, os braços que pareciam asas terminavam em dedos ossudos ou garras afiadas. Às vezes, era uma sombra disforme, em outras era alta e magra. Às vezes, os olhos eram vermelhos, em outras eram amarelos e em outras ainda se pareciam com olhos de gato. Ocasionalmente, o monstro estava segurando uma arma. Uma espada irregular. Um dardo. Algemas de ferro.

Quanto tempo os sonhos dele foram assombrados por aquela criatura? Era quase impressionante que ele não tivesse desenvolvido insônia.

No fundo da pilha de gavetas, ela encontrou uma pilha de folhas de papel grampeadas. Nova as tirou da caixa e uma gargalhada baixa e surpresa escapou dela.

Na primeira página, num estilo artístico bem mais habilidoso do que as imagens do monstro do pesadelo, havia um desenho de um garoto jovem de pele negra usando uma camisa de força branca com um patch no peito dizendo *Paciente Z*. Ele estava preso a uma cadeira e havia um monte de eletrodos e fios presos na cabeça raspada, conectados a várias máquinas. Um cientista louco estereotipado estava parado ao lado dele escrevendo em uma prancheta.

Havia um título em letras grossas no alto: *Rebelde Z – Volume 1*.

Com a boca tremendo com um sorriso de diversão, Nova abriu na primeira página. Mostrava o garoto da capa tentando comprar um chocolate numa loja de conveniência, mas sendo expulso por não ter moedas suficientes no bolso. Os jornais numa estante ao lado da registradora mostravam manchetes avisando sobre crianças desaparecidas e conspirações do governo.

Uma legenda dizia: "Fui a vigésima sexta vítima do médico."

Segurando as páginas grampeadas pela lombada, Nova folheou o livrinho. Imagens do garoto apareceram, junto com várias outras crianças presas em celas e submetidas a vários testes pelo cientista e suas seguidoras enfermeiras. A última página mostrava o garoto chorando junto ao corpo de uma garota, a Paciente Y. O balão final de diálogo dizia: "Vou encontrar um jeito de sair disso e *vou* te vingar. Vou vingar vocês todos!"

Embaixo: *Continua...*

Balançando a cabeça e sorrindo abertamente agora por esse vislumbre da imaginação de Adrian aos 11 anos, Nova pegou o Volume 2 na caixa. Seus dedos tinham acabado de segurar o papel quando ela ouviu uma porta se abrir no fim do corredor.

Ela ficou imóvel.

Passos.

Na mesma hora, seu cérebro procurou uma desculpa. *Adrian decidiu que queria que eu visse esses gibis antigos. Eu ia levar lá pra baixo pra olhar e...*

Mas a desculpa não foi necessária. Os passos desceram a escada. Nova ficou ouvindo, imóvel. Em determinado ponto da busca, a água parou de correr pelos canos.

Ela enfiou o gibi na caixa, fechou-a e a colocou de volta na prateleira. Pegou a pasta com os planos dos quartéis-generais e a lista de dignitários internacionais.

Aproximou-se da porta e olhou para fora. A porta dupla do outro lado do patamar estava entreaberta, com uma luz azul saindo junto do som do noticiário noturno.

Ela franziu a testa. Só tinha ouvido um descer, então o outro ainda estava lá dentro.

Opções: esperar que os dois dormissem e entrar no quarto para procurar. Ou criar uma distração para tirá-los de lá.

A primeira opção pareceu menos arriscada.

Ela esperaria. E, se Adrian acordasse, bom, ela o botaria para dormir de novo.

Nova tinha a noite toda.

Quando teve certeza de que o caminho estava livre, ela foi para o corredor e desceu a escada correndo, ficando perto da parede, onde havia menos chance de fazer os pregos velhos gemerem sob seus pés. Ela chegou ao saguão e estava contornando a coluna quando ouviu um assobio de novo.

Estava vindo do corredor. Ela teria que passar por lá para voltar ao porão.

Ela fez uma careta, virou-se para o outro lado, correu para a sala de jantar e fechou a porta ao passar. Com o coração disparado, ela observou a sala, com os painéis chiques de madeira e o candelabro cintilante e as pilhas bagunçadas de correspondência. Pensou em entrar embaixo da mesa, mas isso seria suspeito demais se ela fosse pega. Ela então enfiou o arquivo embaixo de uma pilha de cartas particularmente caótica e correu para a cozinha, onde o lava-louça estava ligado e o cheiro de alho pairava no ar.

Ela não ouvia mais o assobio.

Nova prendeu a respiração.

A porta da sala de jantar se abriu e o assobio recomeçou.

Falando um palavrão, Nova correu para o melhor esconderijo que viu: o armário que Simon disse que seria transformado em despensa um dia.

Ela o abriu. Seus pés hesitaram. Ela recuou um pouco de surpresa.

Uma vara de madeira no alto podia já ter abrigado casacos e jaquetas, mas ela se viu olhando, sem acreditar, para a capa preta do Guardião Terror e para o traje azul reluzente do Capitão Cromo. Os dois estavam dentro de sacos plásticos com etiquetas de lavanderia penduradas nos cabides. No chão, caídas umas sobre as outras, havia seis pares de botas dos Renegados, e um cinto de utilidades, não muito diferente do de Nova, estava pendurado num gancho na porta.

Seu queixo caiu.

Estava ali.

O Amuleto da Vitalidade, pendurado no pescoço do traje do Guardião Terror, cintilando na luz da cozinha.

O que estava fazendo num *armário de vassouras*?

Ela engoliu em seco e soltou a corrente do cabide. Era mais pesado do que ela esperava, do tamanho de um dólar de prata, com a mão e a serpente entalhadas na superfície escura.

Ela quase riu. Não conseguia acreditar que tinha encontrado, realmente encontrado, obtido *sucesso*.

Ela prendeu a corrente no pescoço e guardou o medalhão embaixo da blusa. O ferro estava quente na pele.

A porta da cozinha foi aberta e Nova se virou.

Simon Westwood deu um gritinho de surpresa e ficou invisível por uma fração de segundo. Mas logo voltou com a mão no peito.

– Desculpe – gaguejou Nova. – Eu estava... hã. Procurando... uma coisa pra comer! E lembrei que a despensa era... – ela apontou na direção da porta da sala de jantar – pra lá, né? No fim do corredor. Desculpe. Eu não pretendia xeretar.

Simon descartou o pedido de desculpas.

– Não, não, tudo bem. A casa é grande mesmo. É fácil se perder. – Já recuperado da surpresa, ele foi até um armário alto e o abriu. – A gente deixa a maioria dos petiscos aqui. Cadê o Adrian?

– Ele pegou no sono – disse ela, dando de ombros com timidez. – Ele pareceu bem cansado no jantar. Eu não quis acordá-lo.

– Ah. – Ele indicou o armário aberto, que continha uma variedade de salgadinhos e biscoitos. – Bom, pega o que quiser.

– Obrigada.

Simon pegou uma barra de chocolate, o que surpreendeu Nova. Ela não imaginava Simon Westwood como alguém que gosta de doces. Ela se obrigou a se mover, fechou a porta do armário de vassouras e foi olhar os petiscos.

Simon estava indo para a porta quando olhou para Nova.

– Sei que eu não devia dizer nada, mas... você é a primeira garota que Adrian traz aqui em casa pra nos conhecer.

Ela corou.

– Na verdade, eu que vim fazer uma visita, então... Não sei bem se dá pra considerar como *me trazer em casa*.

Com uma risada, Simon concordou, o cabelo ondulado caindo na testa.

– É verdade. Mas... acho que ele teria feito isso em algum momento.

Ela corou ainda mais e ficou morrendo de raiva. Todos os pais eram desagradáveis assim?

A ideia gerou uma pontada de dor em seu peito. Ela jamais saberia como era ser constrangida pelo pai e jamais convidaria um garoto para conhecer o *tio Ace*.

– Boa noite, Nova – disse Simon, saindo da cozinha.

Ela relaxou os ombros para liberar a tensão acumulada e lançou um olhar para o teto, aliviada.

Nova decidiu voltar para buscar a pasta na hora que fosse embora e desceu a escada.

Adrian ainda estava dormindo profundamente. Ela levou um momento inspecionando o rosto dele, dizendo para si mesma que queria ver se ele ainda estava dormindo profundamente. As bochechas lisas, as linhas da mandíbula, os lábios que não eram mais um grande mistério, mas estavam mais atraentes do que nunca.

– Fico arrasada que você teve que ser meu inimigo – sussurrou ela.

Ela voltou para a sala do mural. Havia uma última coisa de que ela precisava daquela casa.

A selva agrediu seus sentidos com mais força agora que tinha como comparar ao mundo real. As aves ainda estavam nos galhos, piando e cantando, e o perfume intoxicante das flores a envolveu.

Da porta, ela só teve um vislumbre do ombro da estátua e de um pedaço do capuz. Nova seguiu pela vegetação até estar na frente dela de novo.

Em seu sonho de infância, ela não passou dali. A lembrança da sensação de assombro quando ela parou na frente da estátua, mergulhada no estado fantástico e inconsciente, foi clara. Mesmo agora, ela se sentia arrebatada pela impossibilidade. O milagre daquela estrelinha que surgiu.

No sonho, tinha vontade de tocar nela, mas nunca teve oportunidade. Ela acordava antes.

Suas mãos tremeram quando ela as ergueu com os dedos esticados. Um instinto dizia que tinha que ser sorrateira ao se aproximar da estrela. Se sua movimentação fosse rápida demais, ela talvez a assustasse.

O brilho da estrela se intensificou, como se ela estivesse ciente da sua presença. Quando estava a centímetros de distância, ela percebeu que a estrela tinha começado a mudar de cor, passando de branco vibrante para algo suave e intenso. Um dourado acobreado, como o material que seu pai tirava do ar.

Nova juntou as mãos em volta da estrela. O calor pulsou nas suas palmas.

Ela expirou e levou as mãos unidas até o peito. Enquanto seu coração batia furiosamente, ela ousou separar os polegares. Só um pouco. Só para ver a estrela por dentro.

A estrela brilhou repentinamente e a cegou. Nova cambaleou para trás e virou a cabeça de lado.

O brilho deixou uma marca nas suas pálpebras, um ponto brilhoso que demorou para sumir enquanto ela piscava e entreabria os olhos para espiar as mãos. A marca da luz na visão começou a se dispersar e ela olhou ao redor com espanto, vendo veios dourados finos pulsando ao redor.

Nova apertou bem os olhos e esfregou os dedos neles.

Quando voltou a abri-los, os estranhos padrões de luz tinham sumido junto com a estrela.

Nova sentiu um aperto no peito de decepção, mas logo em seguida veio uma gargalhada autodepreciativa.

O que ela esperava? Que pudesse levar a estrela? Que pudesse ficar com a estrela para sempre para se lembrar daquela noite tão feliz? Uma noite que foi construída sobre mentiras e enganação?

Nova suspirou e voltou pela folhagem. Estava quase na porta quando um brilho chamou a atenção dela.

Ela parou. Uma sombra piscou sobre um tronco caído. Ela se virou e procurou a fonte da luz, mas as sombras se moveram de novo. Não havia nada atrás dela.

Ela girou num círculo completo, e o jogo de luzes e sombras girou junto.

Nova olhou para baixo. Ofegante, esticou o braço e examinou a pulseira que o pai tinha deixado para ela, inacabada.

Agora, onde as garras ficaram vazias por tantos anos, sem uma pedra preciosa presa nelas, havia a luz de uma única estrela dourada.

– Ah, céus – resmungou ela. Por um minuto ela tentou enfiar os dedos embaixo da pedra e soltá-la das garras, mas não conseguiu.

Ela ouviu a música dramática aumentando na televisão no quarto de Adrian. Trincando os dentes, ela puxou a manga da blusa sobre a pulseira e voltou para lá. Os créditos estavam subindo na tela e Adrian ainda estava dormindo no sofá, mas ela sabia que ele não dormiria por muito mais tempo.

Nova ajeitou o corpo de Adrian e se aconchegou ao lado dele. Mal tinha afundado nas almofadas quando Adrian gemeu e se alongou, as pálpebras se abrindo.

Ele levou um susto quando a viu e puxou rapidamente o braço que ela havia passado sobre seus ombros.

– Nova? Eu... – Ele franziu o rosto sonolento. – O que...?

Ela abriu o maior sorriso que conseguiu.

– A pintura deve ter te deixado cansado. Acho que você perdeu o filme todo.

– Eu dormi? – Ele olhou para a televisão e esfregou os olhos. – Eu... desculpe.

– Não precisa pedir desculpas. Eu dormi 24 horas, lembra?

– É, mas... a gente estava... – Ele franziu a testa enquanto pegava os óculos na mesa e os colocava. – A gente não estava...? – Ele parou de falar.

– Eu tenho que ir pra casa – disse Nova, corando ao pensar no beijo. – A gente se vê no baile, tá? Tenta descansar mais um pouco.

Ele olhou para ela, a confusão começando a passar.

– No baile. Tá. A gente se vê lá.

Antes que pudesse se convencer a não fazer nada, Nova se inclinou e deu um beijo leve na bochecha dele.

– Boa noite, Adrian.

Ela subiu a escada correndo com uma estrela no pulso, um medalhão embaixo da blusa e uma euforia meio cruel pulando no peito.

CAPÍTULO TRINTA E CINCO

— Essa Lança de Prata vai funcionar? – perguntou Ace, a voz carregada de desdém enquanto eles discutiam o pique de cromo que a maioria das pessoas acreditava que tinha destruído seu elmo.

– Não tenho certeza – respondeu Nova. – Mas o Capitão Cromo deu a entender que uma das armas de cromo dele teria força pra danificar a caixa. Se eu conseguir usá-la com força suficiente, deve dar certo. – Ela franziu a testa e deixou o olhar se desviar para cada companheiro. – Eu vou pegar aquele elmo de alguma forma. Se não conseguir abrir a caixa, trago a caixa toda e vamos pensar numa solução depois.

– Vamos – disse Ace, o lábio se repuxando. – Vamos mesmo.

Nova viu ressentimento nas sombras dos olhos dele e, apesar de não achar que a telecinese do Ace conseguiria abrir a caixa do Capitão, deu para perceber que ele queria muito tentar.

– Talvez Leroy consiga preparar uma solução capaz de queimar o cromo – disse ela. – Ou… ou talvez haja outra coisa no cofre que possa ajudar. Olhei a base de dados duas vezes e nada me pareceu óbvio, mas vou procurar de novo…

Ela sentiu uma mão no ombro. Leroy estava sorrindo para ela, as cicatrizes do rosto esticadas em volta da boca torta.

– Nós vamos dar um jeito, Nova. Você elaborou um ótimo plano. Vamos dar um passo de cada vez.

– O que a gente fica fazendo enquanto você faz... *tudo?* – perguntou Mel. Ela levou a mão à boca para esconder um bocejo, e a vela tremeluzente reluziu no esmalte dourado metálico das unhas. – Nós também somos vilões, sabe. Podemos ter um pouco de responsabilidade.

– Nós não somos vilões – disse Ace, uma das mãos se apertando. – Pode ter sido assim que nossos inimigos nos retrataram, mas não vamos deixar que nos definam. Nós somos pensadores livres. Revolucionários. Somos o futuro da...

– Ah, eu sei, eu sei – disse Mel, balançando a mão na direção dele. – Mas às vezes é divertido cumprir expectativas. Não quer dizer que precisemos levar tudo de forma tão literal.

Ace ia dizer mais, mas precisou se inclinar sobre os joelhos num ataque de tosse. Nova pulou de onde estava no chão, mas Fobia já estava ajoelhado ao lado do Ace, os dedos esqueléticos pressionando entre as omoplatas do chefe.

Ninguém falou enquanto o ataque de tosse não passou. A tensão ficou palpável quando Ace desabou no encosto da cadeira, a respiração chiando.

– Só... traz meu elmo – disse ele, fixando o olhar em Nova. – *Por favor.*

– Vou trazer – sussurrou ela. – Prometo que vou.

– Seus medos não acontecerão – sussurrou Fobia, e, com o rosto dele escondido na escuridão, Nova não entendeu com quem ele estava falando. – Sua grande visão não será devorada pela passagem do tempo. Não vai ter sido tudo em vão.

Com o Ace, pensou ela quando seu tio fez que sim com apreciação para a figura encapuzada.

– Espero que você esteja certo, meu amigo. – Ele se levantou e se apoiou no ombro do Fobia por um momento. – Sinto orgulho de você, minha pequena Pesadelo. Sei que não tem sido fácil, mas suas provações estão chegando perto do fim. Em pouco tempo, estarei forte novamente e vou pegar a tocha que você acendeu e nos guiar para uma nova era.

Ele se inclinou na frente de Nova e aninhou o rosto dela. Sua pele estava tão fria quanto a própria tumba.

– Obrigada, tio – disse ela. – Agora vá descansar, por favor.

Ele não discutiu e mancou na direção da cama de dossel que já tinha sido luxuosa. Uma cortina de ossos caiu, separando o ambiente em uma melodia de estalos secos, e o escondeu de vista.

– Depois de tantos anos – disse Mel –, era de se pensar que ele teria aprendido a falar como um ser humano normal.

Nova olhou de cara feia para ela, com uma certeza relativa de que eles ainda podiam ser ouvidos pela cortina de ossos.

– Ele passa o dia lendo filosofia antiga – disse Leroy, apontando para uma coleção extensa de livros com capa de couro empilhados ao lado de um sarcófago de mármore. – O que você esperava?

Mel fez expressão de quem não estava impressionada e voltou a atenção para Nova.

– E aí, o que você espera que a gente faça enquanto você está por aí dando mole para o *artista*?

– Leroy já fez o trabalho dele – disse Nova, ignorando a expressão sugestiva de Mel para ela.

– Que ficou mais fácil com os dispositivos que você encontrou. – Leroy indicou a caixa de papelão com seis esferas parecidas com romãs.

Os mísseis de névoa de Fatalia foram um receptáculo perfeito para a invenção mais recente de Nova, um dispositivo de dispersão feito para liberar o Agente N em uma nuvem gasosa no momento de sua detonação. Nova conseguiu surrupiar alguns outros frascos da substância na sessão de treinamento mais recente e, com algumas alterações baseadas nos experimentos de Leroy, ela estava confiante de que os dispositivos se encontravam prontos para serem usados.

– Vou precisar de um motorista – disse Nova. – Alguém que me leve e me tire do quartel-general.

– Naturalmente – disse Leroy.

– E alguém vai ter que levar meu comunicador pra casa depois que eu sair do baile pra eu ter um álibi se o rastrearem depois.

Mel fez um ruído de desinteresse, mas revirou os olhos.

– Tudo bem.

– Obrigada – respondeu Nova. – Não seria possível sem você. Fobia, primeiro achei que você podia ser meu apoio de emergência caso alguma coisa dê errado, mas agora... – Ela pensou na parede de crânios que a separava do Ace. – Talvez seja melhor alguém ficar aqui, não?

– Posso ser seu apoio de emergência – disse Mel.

Nova fez uma careta.

– Bom... obrigada, mas... eu talvez esteja procurando discrição e sutileza?

Mel a encarou, e, por um momento, Nova esperou que ela ficasse insultada, mas ela falou:

– Você está certa, isso não vai dar certo pra mim.

– Mas tem uma coisa em que você pode me ajudar – observou Nova, engolindo em seco. – Eu... vou precisar de um vestido.

Finalmente, Mel se animou.

– Uma coisa prática – acrescentou Nova rapidamente.

– Ah, querida. Eu sou uma supervilã. O que mais sou é prática. – Ela piscou.

– É, já reparei – murmurou Nova.

– Vamos escolher uma coisa quando chegarmos em casa – disse Mel, balançando os dedos. – Tenho um curtinho e sexy de lantejoulas que pode dar certo...

– Nada de sexy – disse Nova.

Mel fez um ruído debochado.

– Nada de sexy *não* é uma opção.

Ela franziu o nariz.

– Bom... não... não muito sexy, então.

– Vamos ver – disse Mel, erguendo um ombro num movimento parcial. – Sabe, eu era convidada pra bailes e festas toda semana. Ah, os coquetéis e as *danças*... – Ela deu um suspiro de saudade. – Ai, os Harbingers. Eles sempre davam as melhores festas. Todas as pessoas importantes iam.

Nova olhou para Fobia, que estava tão imóvel quanto as estátuas sinistras de santos no canto.

– Vou tentar adivinhar: Mel tem medo intenso de ficar de fora?

Leroy riu e até Fobia soltou um chiado que pode ter sido uma gargalhada.

– Entre outras inseguranças destruidoras – disse Fobia.

– O quê? – gritou Mel. – Eu não sou insegura!

Ela pegou um crânio e o jogou no Fobia, que o bloqueou com um movimento da foice. O crânio bateu no chão e Nova se encolheu sem conseguir ignorar que já tinha sido de uma pessoa de verdade.

Fobia virou a foice e enfiou a ponta da lâmina numa das órbitas oculares do crânio para levantá-lo do chão. Ele o segurou com os dedos ossudos e colocou com cuidado, quase carinho, em uma das prateleiras de pedra nas paredes da catacumba.

– Espera só – disse Mel, chamando a atenção de Nova de volta para si. – Você vai se divertir hoje. Vai enfraquecer aqueles tiranos arrogantes. Vai pegar de volta o que é seu por direito. Acredite em mim, querida. Vai ser divertido. – Ela cutucou Leroy com a ponta do sapato pontudo. – Você não concorda?

– Esse planejamento todo realmente desperta várias lembranças – disse Leroy, mas o olhar que ele lançou para Nova foi mais de deboche com Mel do que concordando com ela.

Nova não respondeu a nenhum dos dois. Não estava animada para o que haveria à noite. Ansiosa para que acabasse logo, talvez. Determinada a não fracassar. Mas também havia um medo corroendo seu estômago e ela não conseguia identificar o que o estava causando.

Se bem que ela estava certa de que tinha muito a ver com Adrian.

– Vou ficar feliz quando o baile acabar – disse ela. – Só vou ficar lá uma hora, duas, no máximo. E depois...

Mel abriu um sorriso malicioso.

– E depois.

O olhar de Nova detectou um movimento acima do ombro de Mel e ela franziu a testa. Primeiro, ela achou que era uma vespa, mas...

Ela chegou mais perto. Mel olhou para trás.

Uma borboleta, as asas laranja e pretas, saiu de um dos crânios. Disparou para a escada no fim da catacumba.

Nova ofegou.

– Não! Peguem ela!

Fobia sumiu em uma nuvem de fumaça preta e reapareceu para bloquear a passagem. A borboleta virou-se, evitou o peito dele por pouco e mergulhou para a caixa que escondia a entrada dos túneis do metrô. Mel pulou depois de ter tirado um sapato e o jogou na criatura.

Nova e Leroy correram ao mesmo tempo, os dois se chocando na caixa e a empurrando contra a parede. A borboleta bateu na lateral e voou freneticamente para cima. Leroy pulou na caixa e bateu na criatura com a palma da mão.

– Não machuca ela! – gritou Nova, a pulsação trovejando.

– Por que não? – perguntou Mel.

A borboleta voou pelo teto, procurando outra rota de fuga. Mas não havia para onde ir.

Ela acabou pousando em uma tumba de mármore, e Nova visualizou Danna tentando recuperar o fôlego. As asas pararam e se dobraram revelando um desenho intrincado como um vitral numa janela.

– Acredita em mim – disse Nova. – A gente precisa pegar ela com alguma coisa.

Nova já tinha aprendido o suficiente sobre seus aliados e suas fraquezas para saber como Danna operava. Se eles capturassem a borboleta, Danna ficaria presa no modo bando. Mas se ela fugisse...

Danna saberia de tudo.

Nova viu uma taça de vinho no chão e pulou para pegá-la na mesma hora que a borboleta levantou voo. Não mais batendo as asas sem destino, a criatura voou diretamente para...

O coração de Nova deu um pulo.

Para as velas.

A borboleta ia se jogar no fogo. Preferia se sacrificar a ficar presa ali embaixo. Preferia se sacrificar para que o resto do bando pudesse convergir.

– Não! – Nova esqueceu a taça de vinho e correu, se jogou no chão e deslizou, a perna esticada, se preparando para chutar a base do castiçal.

Mas, antes que a borboleta chegasse a uma das chamas alaranjadas, uma fronha branca caiu do ar e capturou a criatura.

Só que Nova continuou deslizando. Seu calcanhar acertou a base do suporte e o castiçal caiu no chão. Algumas das velas se apagaram na queda e outras rolaram, ainda acesas, pelo piso de pedra.

Ofegante, Nova viu os cantos da fronha se amarrarem e a coisa toda cair no chão. O tecido murchou até ela mal conseguir ver o inseto agitado dentro.

– Essa agitação toda – disse Ace, a voz exausta – por causa de uma *borboleta*?

– M-Monarca – disse Nova, ofegante tanto pelo esforço quanto pelo pavor de Danna descobrir o esconderijo do Ace e ir contar para os outros.

– Uma Renegada – acrescentou Mel, a voz carregada de desdém.

Ace saiu da abertura na cortina de ossos e deixou que se fechasse ao passar. Ele parou junto à fronha. Ainda estava pálido, mas a agitação gerou um brilho raro nos olhos dele.

– Não é uma forma particularmente ameaçadora para uma *super-heroína*.

– Não é só uma – disse Nova, se levantando com as pernas bambas. – Ela se transforma em um bando inteiro. – Ela levantou o castiçal e colocou cada vela no suporte, mas, quando ia colocar a última vela, alguém a tirou das mãos dela. Ainda acesa, flutuou pelo ar na direção do Ace.

– Onde estão os outros? – perguntou Leroy.

Nova observou a catacumba e a escadaria escura, mas não viu sinal de mais nenhuma.

– Ela deve ter enviado só uma para nos espiar. – *Ou para me espiar*, pensou ela.

Nova tremeu, assustada com o quanto foi por pouco. Ela se perguntou como Danna a encontrou ali, mas sua mente ofereceu a resposta na mesma hora.

Danna a estava seguindo. Havia quanto tempo? O que mais ela tinha visto?

– Bom – disse Ace –, parece bem fácil de matar.

Ele levantou uma das mãos e a fronha flutuou no ar, se aproximando da chama da vela.

– Não, espera!

Ace olhou para ela.

Matar uma borboleta não teria grande efeito em Danna. O Sentinela obliterou dezenas no desfile e ela apareceu com marcas horríveis de queimadura na lateral do corpo. Mas matar *uma* teria o mesmo efeito de um corte de papel.

Mas... *prender* uma era diferente. Era a maior fraqueza dela. Para voltar à forma humana, Danna precisava de todos os seus lepidópteros vivos reunidos. Se uma ficasse separada, ela ficaria presa no modo bando até que aquela conseguisse se juntar às outras.

Nova nem tinha ideia de quantos dos seus segredos os Renegados já tinham descoberto. Sua verdadeira identidade seria revelada. Ace seria descoberto. Seria o fim deles.

Ela não podia permitir que Danna voltasse à forma humana.

– A gente precisa mantê-la viva – disse ela, e se esforçou para explicar o poder de Danna, suas fraquezas e os riscos.

Ace sustentou o olhar de Nova por um momento e assentiu.

– Como você disser. – A vela voltou para o castiçal e a fronha, com a borboleta presa dentro, caiu nas mãos de Leroy. A borboleta parecia estar parada dentro.

– Quantas têm no bando dela? – perguntou Leroy.

– Centenas – disse Nova. – Talvez mil. E ela é sorrateira com elas. – Ela espiou ao redor se sentindo observada. As criaturas eram tão pequenas. Cabiam em cantinhos tão apertados e, desde que ficassem imóveis, seria quase impossível serem vistas na escuridão. – Mas, se aquela não fugir, ela não deve ser ameaça pra nós.

– Ah, que bom – disse Mel, balançando os dedos. – Um novo bichinho.

Nova sorriu, mas não de coração. Ela não tinha forças para acreditar nas próprias palavras.

Danna era uma Renegada, e das boas.

Claro que ainda era uma ameaça.

CAPÍTULO TRINTA E SEIS

O BAILE ESTAVA ACONTECENDO em uma construção velha e imponente que já tinha sido uma estação de trem toda de tijolos com teto abobadado de vidro e janelas altas, embora por anos a estação tivesse ficado abandonada. Quando os Renegados assumiram o comando de Gatlon, eles fizeram do prédio um de seus primeiros "projetos comunitários". Luz Negra especificamente insistiu que, se eles iam se envolver no mundo de política internacional, seria preciso ter um lugar para entreter dignitários em visita, e o Quartel-General dos Renegados não serviria.

Além do mais, argumentara ele, era uma parte da história da cidade que podia ser revivida com relativa facilidade. Os Renegados pretendiam restaurar a cidade ao que tinha sido antes dos dias do Ace Anarquia... Não, eles queriam torná-la mais grandiosa do que já tinha sido. E aquele era um lugar tão bom para começar quanto qualquer outro.

Adrian tinha chegado cedo, junto com os pais, para fazer o que pudesse para ajudar na arrumação. Ele passou a maior parte da tarde desenhando buquês de flores para fazer os centros de mesa e estava começando a parecer que ficaria feliz de nunca mais ter que desenhar outro copo-de-leite na vida quando Tsunami o mandou trocar de roupa. Mas ele ficou grato pelo trabalho. Manteve sua mente ocupada, ao menos em parte, porque ele não conseguia parar de pensar na noite anterior.

Sua pele ficava quente cada vez que ele se lembrava da sensação dos lábios de Nova nos seus e da mão dela na sua nuca e do peso do corpo dela em seus braços. E aí... *e aí...*

Nada.

Porque ele dormiu.

Durante o beijo? Ou depois? Estava tudo borrado. Ele estava eletrizado, tomado de sensações. De repente, estava piscando e acordando com os créditos do filme subindo e Nova sorrindo para ele como se nada de incomum tivesse acontecido.

Ela agiu com tanta tranquilidade, como se não fosse nada de mais, como se acontecesse o tempo todo, e ele agradeceu por ela ser tão gentil. Mas mesmo assim. *Mesmo assim.*

Ele devia estar com a sequência de acontecimentos errada na cabeça. Não era possível que tivesse adormecido durante o beijo. Eles deviam ter voltado a ver o filme em determinado momento e aí, só aí, ele pegou no sono.

Isso, pelo menos, era menos vergonhoso.

Mesmo que só um pouco.

Mas a memória dele não era confiável. Nova... beijo... e... créditos.

Ele devia estar mais cansado do que percebeu depois da luta com a equipe de Geladura, junto com tantas madrugadas trabalhando no mural.

Pelo menos ela ainda seria sua acompanhante no baile. Ele não estragou isso, o que quer que fosse. Essa coisa nova, apavorante e maravilhosa.

Parado na frente de um espelho no banheiro, a camisa desabotoada, Adrian tirou o curativo do peito para olhar a tatuagem mais recente. Ainda havia pontos de sangue e um hematoma no lado esquerdo do peito. Ele estava se acostumando ao processo de cicatrização e sabia que pioraria antes de melhorar. Em pouco tempo, a tatuagem entraria na fase de formar casca e descascar, acompanhada de uma coceira inquietante que o faria querer usar uma lixa na pele.

Essa era sempre a pior parte. Pelo menos o processo da tatuagem, com os furos constantes da agulha na pele, só durava uma hora. A coceira durava dias.

Ele se inclinou sobre a pia para lavar os pontos de sangue, mas o movimento gerou uma pontada de dor na lateral do corpo. Ele fez uma careta e apertou a mão no lugar embaixo das costelas onde as lanças de gelo de Genissa o perfuraram. O ferimento não foi fundo, sua armadura levou o pior impacto, mas, sem a ajuda dos curandeiros Renegados, ele sabia que ficaria dolorido por um tempo. Ele tinha feito o melhor para cuidar da ferida, deu pontos e passava pomada com frequência para impedir uma infecção.

Ele suspirou e apertou os dedos de leve no curativo. A parte mais difícil, como ele tinha descoberto desde que se tornou o Sentinela, era esconder o fato de que estava machucado. Não fazer careta quando alguém o cutucava na lateral do corpo. Disfarçar os movimentos quando saía de um carro ou subia uma escada. Sorrir com dor quando ele queria tomar uns analgésicos e passar a tarde reclinado num sofá vendo televisão.

Ou beijar Nova de novo. *Isso* tinha tirado o ferimento dos seus pensamentos.

Ele terminou de limpar a tatuagem e secou a superfície com uma toalha de papel, depois fechou os botões da camisa branca.

Ele esperava que Oscar soubesse amarrar uma gravata-borboleta, para que ele não tivesse que pedir a um dos pais... ou pior, a Luz Negra.

Adrian não estava acostumado a se sentir tão ansioso. Claro, ele ficava nervoso às vezes. Na verdade, ficava nervoso com bem mais frequência desde o dia em que Nova McLain entrou em sua vida. Mas não estava acostumado a esse sentimento de ansiedade, nervosismo, com a sensação de estômago embrulhado, e o que mais queria era que isso sumisse.

E *ia* sumir. Não ia?

Ele vestiu o paletó do smoking na hora que a porta se abriu.

– Por que você está demorando tanto aqui? – perguntou Oscar, a bengala estalando no chão, que era composto de tantos azulejos octogonais em preto e branco que Adrian ficou tonto de olhar. – Você por acaso está desenhando seu smoking?

Adrian olhou para o reflexo de Oscar e sorriu.

– Olha, essa é uma ideia ótima. – Ele remexeu na pilha de roupas que estava usando e encontrou a caneta.

– Eu estava brincando – disse Oscar apressadamente. – Não vai tirar a roupa e começar a desenhar uma nova.

Adrian o ignorou e desenhou no tecido da camisa. Quando terminou, havia uma gravata-borboleta branca impecável no seu pescoço.

Oscar bufou.

– Trapaceiro.

– Nem todo mundo é estiloso por natureza como Oscar Silva.

Oscar estava mesmo estiloso, com uma camisa cinza-claro de mangas dobradas, exibindo os antebraços musculosos, e um colete vermelho elegante. Além disso, estava usando uma gravata-borboleta vermelha combinando, amarrada de forma perfeita.

– Essa gravata é presa com um alfinete?

Oscar riu com deboche.

– Por favor. Só vilões usam gravatas presas com alfinetes.

Quando eles saíram do banheiro, Adrian ficou surpreso de ver que o baile já estava ficando cheio de convidados, muitos deles Renegados com seus familiares e cônjuges. Ele observou o salão, mas não viu Nova em meio às pessoas.

Ele foi tomado por uma onda de nervosismo.

O local estava ótimo. Havia colunas enormes sustentando o teto amplo, e o domo de vitral no centro tinha sobrevivido por milagre à Era da Anarquia, embora o relógio grande na parede tenha precisado de reconstrução com a ajuda de fotografias.

Não havia bilheterias, nem painéis com os horários dos trens, nem carrinhos de bagagem e estantes de periódicos. No lugar disso tudo, havia mesas circulares cobertas de toalhas rubras e louça reluzente. Havia luzes balançando no alto como boias em um oceano invisível, cada uma variando por tons intensos de pedras preciosas e enchendo o ambiente de tons de esmeralda e turquesa. Havia bandejas flutuantes carregando taças de champanhe e canapés, e um palco em que um quarteto de cordas tocava na frente de uma pista de danças vazia.

Um assovio alto chamou a sua atenção para a chapelaria, onde Ruby estava deixando seu casaco.

– Tá gato, Rabisco – disse ela, pegando o bilhete da chapelaria e guardando em uma bolsinha de pedras. Estava usando um vestido vermelho simples, mas a simplicidade era enriquecida pela pedra que ela sempre usava no pulso, e agora por um colar de rubis vermelhos também. Criação dela mesma, sem dúvida. O cabelo, uma mistura de branco descolorido e preto tingido, estava preso em um coque desgrenhado que lembrou Adrian de um tigre branco. Fofo e feroz.

– Ele desenhou a própria gravata – disse Oscar. – Não sei se conta.

Ruby olhou para ele de lado.

– Você tá gato também.

Oscar se empertigou.

– Estou pronto pra mostrar meu gingado. – Ele botou um tornozelo atrás do outro e girou rapidamente. – Me diz que você consegue dançar com isso aí. – Ele apontou com a bengala para os saltos de Ruby.

– É uma proposta interessante – disse Ruby –, mas todo mundo sabe que não vai dar pra te separar da comida de graça quando começarem a servir. – A expressão dela ficou séria. – Algum de vocês falou com a Danna hoje?

Adrian e Oscar fizeram que não.

Ruby franziu a testa.

– A gente vinha juntas, mas ela me mandou uma mensagem mais cedo e disse que tinha que fazer uma coisa e me encontraria aqui. Eu perguntei que *coisa* era, mas ela não respondeu.

– Estranho – disse Oscar. – Mas tenho certeza de que daqui a pouco ela chega. – Ele esticou a mão para pegar a de Ruby, mas parou e apoiou a palma da mão na bengala. Limpou a garganta e se virou para Adrian. – Nova vem, não vem?

– Acho que vem. – Ele olhou para o relógio grande e viu que o baile tinha começado oficialmente doze minutos antes. Ela estava atrasada, mas não *tão* atrasada. E Hugh mencionou que a viu no quartel-general mais cedo, o que devia significar que ela trabalhou até o último minuto. – Ela deve chegar daqui a pouco.

– Vem. – Ruby passou o braço pelo de Oscar. Ele se empertigou com surpresa, mas aí Ruby passou o outro braço pelo de Adrian e ele desanimou de novo. – Minha família está animada pra conhecer vocês.

Ela os arrastou até o mar de mesas.

Não eram só os irmãos de Ruby que estavam no baile, mas a mãe, o pai e a avó também. Adrian sentia como se já os conhecesse de tanto que tinha ouvido Ruby falar deles, e não demorou para que os irmãos dela estivessem implorando para saber como era derrotar criminosos, se era verdade que a língua da Espinheiro era bifurcada, se era estranho morar na mesma casa do Guardião Terror, porque, se *eles* pudessem ficar invisíveis, certamente fariam as *melhores* pegadinhas.

Adrian foi o mais simpático que conseguiu, mas ficava olhando toda hora para a porta, vendo os convidados entrarem. Em determinado momento, a mãe de Oscar chegou. O grupo deles, que incluía os pais de Adrian que socializavam do outro lado do salão, ocupava duas mesas. Adrian guardou um lugar para Nova e reparou que Ruby botou a bolsa na cadeira ao lado da dela para guardá-la para Danna.

Vinte minutos se passaram. Oscar e Ruby foram para perto da porta da cozinha para poder abordar os garçons cada vez que eles saíam com uma bandeja nova de aperitivos.

Trinta minutos se passaram. Adrian viu os pais arrumando uma mesa comprida cheia de cestas de presentes e sobremesas; seria um leilão silencioso que fazia parte da arrecadação de fundos com o objetivo de substituir alguns dos remédios roubados. Simon fez um lance por uma torta xadrez, embora Hugh fosse o amante de tortas e Simon certamente preferisse o bolo de chocolate que havia ao lado.

Quarenta minutos se passaram.

O coração de Adrian foi murchando aos poucos. Seu sorriso ficou mais forçado. Ele viu Oscar olhando para ele com pena e só ficou irritado.

Uma hora depois do início do baile, os convidados foram direcionados aos seus lugares e a salada foi servida. Adrian olhou para os talos delicados de um tipo desconhecido de alface, para as nozes carameladas e para as beterrabas roxas brilhantes. Seus pais se sentaram à mesa e a mãe de Oscar pareceu prestes a desmaiar só com a presença deles. Adrian empurrou a salada no prato com o garfo, agradecido porque, fora Hugh Everhart e Oscar Silva, ninguém repararia que ele não estava falando muito.

Ela não ia.

Ele tinha estragado tudo.

Era melhor assim, ele tentou dizer para si mesmo. Não tinha como ele e Nova serem mais do que amigos e colegas de equipe. Não se ele queria guardar seu segredo. Ele já tinha começado a planejar formas diferentes para poder contar a verdade a ela.

Mas Nova odiava o Sentinela. Se ele achava que ela ficaria animada de saber sua identidade, que ela ficaria impressionada, ele estava em mais negação do que tinha percebido. Não. Um relacionamento real jamais daria certo, não com ele tentando também ser o Sentinela. Não com suas lealdades tão divididas. Não com...

– Caramba – sussurrou Oscar. – Adrian.

Ele bateu no ombro de Adrian com as costas da mão e distraiu seus pensamentos. Ruby também reparou e os dois se viraram ao mesmo tempo.

Ele ficou sem ar. Cada dúvida evaporou ao mesmo tempo.

Ele estava brincando. Claro que um relacionamento real daria certo. Ele faria com que desse.

Adrian pulou da cadeira e andou pelas mesas sem conseguir tirar o olhar de Nova. Ela estava parada junto à porta observando a multidão e, quando seu olhar pousou nele, se sobressaltou. Ele sorriu largamente. Ela sorriu também, mas com cautela. Talvez também estivesse nervosa.

Por algum motivo, a ideia o deixou quase eufórico.

– Uau – disse ele quando chegou nela. – Você está...

– Não vai se acostumando – comentou ela, interrompendo-o. – Nunca mais vou usar vestido. Não sei por que alguém se sujeita voluntariamente a essa tortura. – Ela puxou a barra do forro preto embaixo do vestido de renda.

Adrian riu.

– Vou admirar enquanto puder então.

Nova corou e avaliou o smoking dele. Engoliu em seco e não fez contato visual quando falou:

– Desculpe o atraso.

– Tudo bem. Você não perdeu muita coisa. Vou mostrar onde fica nossa mesa.

Nova olhou a multidão. Sua expressão parecia perturbada. Ela não foi atrás dele.

– Tem alguma coisa errada?

– Não estou com tanta fome. Será que a gente pode só andar um pouco?

– Claro. Tem uma loja de suvenires aqui se você quiser olhar.

– Loja de suvenires?

– É. Este lugar começou a ser um destino turístico popular alguns anos trás, e Luz Negra achou que uma loja de suvenires seria uma boa ideia para fazer uma renda extra. Só tem coisa brega, mas é divertido. Principalmente pra quem está querendo um globo de neve novo ou, quem sabe?, um chaveiro. Ou um ímã dos contornos de Gatlon com seu nome na lateral da torre Merchant.

O sorriso de Nova perdeu um pouco da tensão.

– Nem sei dizer há quanto tempo estou procurando exatamente isso.

CAPÍTULO TRINTA E SETE

NOVA ANDOU PELA LOJA de suvenires, a boca aberta de repulsa. Cada mercadoria dos Renegados já feita devia estar exposta ali, com uma quantidade absurda de espaço de prateleiras fazendo homenagem ao Conselho... os amados cinco.

Despertadores da Pássaro do Trovão. Lancheiras da Tsunami. Luzes noturnas do Luz Negra. Adesivos do Guardião Terror e do Capitão Cromo...

Bom.

Tudo do Capitão Cromo. Desde pratos temáticos a viseiras, palhetas de guitarra a figuras de ação, skates a ímãs de geladeira. Não havia nenhum produto em que alguém não tivesse pensado em botar a cara reluzente de Hugh Everhart.

Foi com uma sensação doentia que Nova se deu conta de que, se alguém estava vendendo aquele lixo, era porque alguém estava *comprando*.

Ela pegou um globo de neve com a paisagem de Gatlon embaixo do vidro exibindo com destaque a torre do quartel-general. Fez ela pensar no pote de vidro onde estava a borboleta de Danna, naquele exato momento sobre a penteadeira de Mel na casa de Wallowridge.

Ela botou o globo de neve no lugar.

– Os prodígios eram odiados – disse ela, sua atenção indo de prateleira em prateleira. Ela inspecionou um kit de saleiro e pimenteiro do Capitão Cromo e do Guardião Terror, atônita. – Nós éramos caçados e queimados vivos. E agora... – Ela mostrou o kit. – Agora somos bugigangas?

Adrian fez uma careta.

– Isso aí é apavorante.

– Mas é estranho, né? – Nova botou o saleiro e o pimenteiro de volta na prateleira. – Sermos desprezados por tanto tempo... e nem foi tanto tempo atrás assim.

– Muita coisa mudou em trinta anos – disse Adrian, mexendo em um display de chaveiros. – Ace Anarquia mostrou à humanidade que alguns prodígios deviam ser temidos e odiados, enquanto os Renegados mostraram que alguns prodígios deviam ser amados e apreciados.

– Apreciados – disse Nova. – Mas não... idolatrados.

Adrian sorriu para ela.

– É a natureza humana, né? As pessoas querem botar outras em pedestais. Talvez seja para ter com quem sonhar. – Ele começou a folhear um livreto de cartões-postais.

Nova o encarou. Havia um pedaço de linha na manga do smoking dele, e foi só porque seus dedos ficaram formigando para tirá-lo dali que ela fechou a mão e levou às costas.

Ela estava na expectativa de outro beijo de Adrian, o que a deixou animada e nervosa e até culpada por saber que o relacionamento estava condenado. Mas ela estava no baile havia cinco minutos e ele não tinha feito nada, nem tentado segurar a mão dela.

As emoções conflitantes eram mais do que um pouco assustadoras.

– O que você teria feito se estivesse vivo antes da Era da Anarquia? – perguntou ela. – Acha que teria escondido seu poder? Ou tentado ganhar a vida como mágico ou ilusionista, mesmo com o risco de ser pego? Ou teria tentado se defender e defender outros prodígios como o Ace Anarquia fez?

Um canto da boca de Adrian subiu com ironia.

– Eu não teria feito o que o Ace Anarquia fez.

– Por quê? – perguntou Nova e, embora conseguisse ouvir o tom defensivo na própria voz, não conseguiu se segurar. – Na época, você estaria com medo pela sua própria vida. Saberia que, se fosse descoberto, seria morto. Pelo único motivo de que… – Ela hesitou. – Sem motivo nenhum.

Adrian pareceu considerar o que ela disse. Depois de um momento, falou:

– Acho que eu teria encontrado uma causa que pudesse ajudar. Tipo fazer membros artificiais pra veteranos de guerra ou brinquedos pra crianças cujas famílias não podiam comprar nenhum ou… sei lá, alguma coisa beneficente assim. E começaria a fazer essas coisas e a doar anonimamente para que ninguém soubesse de onde vinham. Mas não pararia, e acabariam começando a pensar em mim como um guardião protetor, e as pessoas ficariam tão agradecidas pela minha ajuda e pelas coisas que fiz que, quando eu finalmente me revelasse e descobrissem que tudo aquilo era feito por um prodígio, as pessoas veriam que nossos poderes podem ser usados para o bem. E talvez as pessoas começassem a mudar de ideia sobre nós por causa disso. – Ele olhou para um kit de copinhos de shot do Conselho e deu de ombros. – Assim como os Renegados fizeram as pessoas mudarem de ideia ajudando-as em vez de fazendo mal a elas.

– E se, depois que você se revelasse, as pessoas decidissem que todas as coisas que você fez deviam ser resultado de forças do mal e as tirassem dos veteranos de guerra e das crianças e te matassem? Isso aconteceu, sabe. Muitos prodígios tentaram usar o poder pra fazer coisas boas. Muitos prodígios tentaram mostrar ao mundo que não são maus, e o que receberam em troca não foi gratidão.

– Pode ser que você esteja certa, mas eu teria tentado mesmo assim – respondeu Adrian.

Nova engoliu sua resposta.

Ace não tentou mudar o mundo. Ele *mudou*.

Mas ela sabia que Adrian estava falando sério. Ele teria feito as coisas de um jeito diferente. Teria tentado mudar o mundo ajudando as pessoas. Teria feito o que acreditava que era o certo para a humanidade.

E embora soubesse que não teria feito diferença, ela o admirava por isso.

Quando ela e Adrian voltaram ao baile, ela ficou decepcionada de ver que só quinze minutos tinham se passado. Ela precisava passar pelo menos uma hora ali para que não houvesse desconfiança, mas, quanto mais tempo permanecia, mais ansiosa ia ficando. Ela sentiu a importância da noite pairando sobre a cabeça dela, impedindo que ela relaxasse. Que *se divertisse*, como Mel insistira.

Adrian a levou até a mesa e a apresentou para a mãe de Oscar, uma mulher gorducha com cabelo grisalho e sorriso tão simpático quanto o do filho. Nova reconheceu os irmãos de Ruby, que tinham se sentado um de cada lado do Capitão Cromo e o estavam enchendo de perguntas.

Nova observou as mesas próximas. Já reconhecia a maioria dos Renegados e era estranho ver tantos sem uniforme. Comendo. Conversando. Apreciando a companhia do outro. Eles não pareciam super-heróis.

Eles não pareciam o inimigo.

Com a boca seca de repente, Nova tomou um copo d'água.

Era tarde demais para recuar agora. Nova tinha um trabalho para fazer. Ace contava com ela.

Oscar fez uma piada e todo mundo da mesa riu, menos Ruby, que se virou para Nova e revirou os olhos pela coisa ridícula que ele tinha dito. Poderia ter sido uma piada interna entre as duas se Nova e Ruby tivessem piadas internas.

Se elas fossem amigas.

Os alto-falantes chiaram e as pessoas olharam para o palco.

– É meu sinal – disse Hugh Everhart, abrindo mais um sorriso perfeito para Jade e Esterlino ao se levantar da cadeira.

Nova o viu se afastar lembrando que, não muito tempo antes, tentou disparar um dardo envenenado no olho dele.

Renegados.

Eles... são... Renegados.

No microfone, Luz Negra estava dando as boas-vindas a todos ao baile e explicando como os generosos donativos seriam usados. Ele não mencionou o roubo no hospital, embora, claro, todo mundo lá soubesse. Todo mundo presente sabia que era preciso dinheiro para repor os remédios roubados para crianças doentes, pacientes que estavam morrendo. Essa era uma coisa que os Renegados, com todos os seus poderes extraordinários, não tinham como resolver. Claro, eles tinham curandeiros prodígios que faziam turnos no hospital, mas não era suficiente. Nunca seria suficiente para ajudar a salvar todas as pessoas que sofriam de todo tipo de doença.

Mas as pessoas contavam com os curandeiros. Achavam que, se precisassem ir ao hospital, haveria um prodígio lá para cuidar delas, apesar de as estatísticas provarem que bem mais gente era curada por meio de produtos farmacêuticos modernos e medicina preventiva do que por qualquer quantidade de assistência de prodígios.

Mas não havia lucro em produtos farmacêuticos. Não com os prodígios no leme. Haveria agora, depois que o roubo provou o valor e a necessidade da medicina moderna?

No palco, o resto do Conselho se juntou a Luz Negra, e o grupo todo sorria com orgulho. Nova foi transportada para o desfile, quando eles se exibiram como reis e rainhas sobre o carro alegórico apreciando os gritos do público encantado.

Era por isso que ela estava ali. Para pôr fim à idolatria daqueles ditos heróis e das promessas que faziam e não conseguiam cumprir. Os heróis que não tinham salvado sua família. Que não a tinham salvado. Os heróis que arruinaram Ace. Que tornaram a sociedade dependente deles.

Seus motivos ficavam se repetindo na cabeça como um mantra para que ela não ousasse esquecê-los de novo.

O Capitão Cromo pegou o microfone da mão do Luz Negra, todo dentes e covinhas.

– Tenho a inspiração diária de trabalhar com os prodígios mais inteligentes, mais corajosos e mais compassivos que o mundo já viu – começou ele –, e espero que cada um de vocês saia daqui com uma inspiração similar. Porque juntos nós restauramos Gatlon do desespero que a atormentou e juntos vamos continuar estabelecendo uma cidade, um país e um mundo que vão se tornar cada vez melhores do que antes. A quantidade de apoio que vemos aqui hoje é prova disso!

A plateia aplaudiu e Nova forçou as mãos a se unirem, embora cada aplauso ecoasse ressentimento.

Eles não protegeram a família dela. Não salvaram Evie.

Ela nem ouviu direito o resto do discurso. Nem prestou atenção enquanto os outros diziam algumas palavras, e depois os vencedores do leilão silencioso foram anunciados. Os aplausos soaram distantes aos seus ouvidos.

Ela olhou para o relógio.

Seus batimentos cardíacos aceleraram. O sangue pulsava nas veias em sincronia com os segundos passando.

Vários garçons surgiram de uma porta lateral carregando bandejas com o jantar em pratos. Um filé de peixe branco foi colocado na frente dela com um filete de vinagre balsâmico escuro e uma geleia de laranja grossa, uma colherada de purê de batatas com alecrim salpicado, uma pilha de cenouras assadas e tomates-cereja chamuscados. Havia até um raminho de salsa verde e fresca.

Foi a refeição mais atraente de que Nova conseguia se lembrar de já ter sido servida, mas não estava com apetite nenhum.

Todo mundo em volta estava falando do dinheiro que já tinha sido levantado para o hospital. Nova se obrigou a comer algumas garfadas, apesar do seu estômago ter tentado se rebelar.

Quanto mais ela pensava, mais sua ansiedade crescia. Ansiedade para acabar logo com aquilo. Ansiosa para que a noite acabasse. Ansiosa para estar do outro lado, para deixar para trás o medo e a culpa e a incerteza. Ansiosa para que Ace olhasse para ela com olhares brilhantes e orgulhosos, e dissesse que tudo valeu a pena.

CAPÍTULO TRINTA E OITO

— VAMOS DANÇAR?

As palavras, sussurradas quase no ouvido, fizeram Nova quase pular fora da pele. Ela precisou de um momento para avaliar a pergunta e ficou olhando para Adrian enquanto seus nervos formigavam. Tinha uma lista crescendo no fundo dos pensamentos. Uma dezena de listas. Tudo que ela ainda tinha que fazer. Tudo que poderia dar errado naquela noite.

Adrian indicou a pista de dança. Ela viu que Ruby e Oscar já estavam lá. Nova não os viu sair da mesa. A bengala, em vez de atrapalhar os movimentos, estava sendo usada por Oscar como acessório; ele girou Ruby para longe num momento e depois usou a bengala como vara de pescar para "pegá-la" e puxá-la de volta. Ruby balançou a cabeça, momentaneamente envergonhada, mas as risadas logo voltaram. E logo ela entrou na brincadeira, inchou as bochechas e nadou em círculos em volta dele. Os outros estavam olhando para eles de um jeito estranho, mas parecia que os dois estavam sozinhos na pista.

– Vamos – sussurrou Nova, lembrando que devia agir com normalidade. O máximo possível pelo menos. – Está bem.

Adrian pegou a mão dela e eles seguiram pelas mesas. Embora o aperto não fosse forte, ela sentiu como se descargas elétricas subissem pelo braço.

Só quando ele a tomou nos braços e eles estavam cercados das notas animadas da banda foi que Nova lembrou que não sabia fazer aquilo. Ela havia sido treinada para lutar. Para matar. O que sabia sobre dançar?

Mas Adrian não pareceu muito mais à vontade do que ela, e ela ficou aliviada quando a extensão da habilidade dele pareceu ser apertar uma das mãos na lombar dela e girar com ela junto com a música. Nova observou os outros dançarinos. Ela viu Luz Negra, que normalmente parecia pomposo e vaidoso, mas ela ficou surpresa de vê-lo debochando de si mesmo intencionalmente. Em um momento, ele estava balançando as mãos no ar, depois girando os quadris numa imitação de passo de dança de meados do século. Ele parecia estar se divertindo.

Não muito longe estava Tsunami, que estava dançando com um homem que era quase corpulento em comparação ao corpo miúdo dela. Eles estavam se movendo de forma lenta demais, olhando profundamente nos olhos do outro, como se, no momento, eles fossem as únicas pessoas no salão. Era o marido dela? Nova nunca o tinha visto, e ele não combinava com o que ela imaginaria como o companheiro da Tsunami. Era baixo demais, redondo demais... careca demais. Ele era um companheiro de super-heroína tão distante do que ela teria imaginado, mas não dava para confundir os olhares apaixonados dos dois.

Sua mandíbula travou, embora ela não soubesse o que neles despertou sua irritação.

Nova voltou a atenção para Adrian e tentou forçar uma expressão agradável no rosto, quando por dentro estava com vontade de gritar. Como Adrian podia ser tão legal, tão fofo, tão autêntico, sempre tão autêntico? Como podia ser um *deles*?

– Olha, Nova – disse Adrian. – Eu queria ter certeza de que... ontem à noite... – Ele parou de falar, e a pulsação de Nova pulou quando as lembranças despertaram de novo. Os beijos dele, as mãos, os fones de ouvido, a estrela... – Eu não... passei do limite nem nada, né?

Ela riu, embora mais por desconforto do que qualquer coisa.

– Eu não te empurrei pra longe, não – disse ela, as bochechas vermelhas. Pela lembrança. Pela verdade das palavras.

Um sorriso leve fez os lábios dele tremerem.

– É, mas... eu não queria que você pensasse... – Mais uma vez, ele pareceu incapaz de terminar a frase, e Nova se perguntou o que ela não devia estar pensando. Adrian pareceu mudar de rumo. – E me desculpe por ter pegado no sono. Acho que não percebi como eu estava cansado, e não quero que você pense que eu fiquei... você sabe. Entediado, sei lá.

– Tudo bem – disse ela, o calor nas bochechas ficando insuportável. – Você precisava descansar.

Ele afastou o olhar e ela reparou que ele não se apressou para concordar com ela. Ele não estava desconfiado, estava? Não deu para perceber. As palmas das mãos dela começaram a suar e ela resistiu à vontade de limpá-las nos ombros do smoking dele. Já tinha sentido aqueles músculos quando ela apoiou a cabeça neles momentos antes de pegar no sono. Ela não precisava senti-los de novo. Não naquela noite.

– Pra deixar registrado – disse Adrian, mais baixo agora, e ela teve que se esforçar para ouvi-lo –, só para o caso de ter alguma... confusão. Eu gosto muito de você, Nova.

A pele dela ficou toda arrepiada. Ele a estava observando de perto.

Ela engoliu em seco.

– Eu também gosto muito de você.

E nem era mentira.

Adrian pareceu aliviado, ainda que não totalmente surpreso pela confissão.

– Estou feliz – disse ele. – Porque sei que nem sempre fui muito discreto no que diz respeito a... isso. – Ele fez um gesto entre os dois.

Ela ergueu uma sobrancelha.

– Não, está na cara que você é neófito no que diz respeito a... *isso*. – Ela imitou o gesto.

Em vez de rir, como ela esperava, o sorriso do Adrian virou uma expressão confusa.

– Neófito?

– Desculpe. – Nova riu de novo e se perguntou se tinha como ela ser pior naquilo. – Quer dizer amador.

– Eu sei o que... – Adrian se segurou e franziu mais a testa. Ela o viu contemplando alguma coisa enquanto olhava para ela.

– O quê? – perguntou ela.

Adrian balançou a cabeça.

– Nada. É que, por um segundo, você me lembrou... uma pessoa. – Ele balançou a cabeça de novo e abriu um sorriso mais largo. – Deixa pra lá.

– Posso interromper? – perguntou Oscar, já interrompendo e empurrando Adrian antes que eles tivessem a oportunidade de responder.

Adrian olhou para ele.

– Ah... hã, claro? – gaguejou ele.

Nova sorriu e permitiu que Oscar a girasse. Ela olhou para trás e viu Adrian saindo da pista de dança.

– Antes que você se empolgue – disse ela –, saiba que não aceito ser *pescada*.

Oscar olhou para ela de um jeito estranho.

– O quê?

– Sabe aquele passo que você fez antes? Com a... vara de pescar?

Ele demorou mais um segundo, mas acabou entendendo e soltando uma risada incomodada e nem um pouco a cara de Oscar.

Eles começaram a dançar, mas a tranquilidade que Oscar teve com Ruby foi substituída por movimentos desajeitados e uma expressão tensa.

– Está tudo bem? – perguntou Nova, desviando a atenção para o relógio de novo.

– Está. Está, sim. Tudo ótimo. Arrasta-pé legal, né?

– Muito legal.

Ele limpou a garganta e olhou ao redor, depois puxou Nova para perto.

– Bom, seja sincera. Como você acha que estou me saindo?

Ela não entendeu.

– Se saindo?

– Com a Ruby. Passei a noite toda tentando impressioná-la, mas não consigo interpretar como ela está reagindo. Você acha que ela está curtindo?

– Hã... sim – disse Nova. – Vocês dois pareciam estar se divertindo.

– Parecia, né? Bom, eu estava. Estava me divertindo. Mas também sentindo que podia vomitar nos sapatos dela a qualquer momento, e... não quero fazer isso. Os sapatos dela são lindos, sabe?

Nova não sabia, mas abriu um sorriso solidário.

– Bom, vou fazer uma pergunta. Entre Renegados. Amigos do peito.

– Nós somos...?

– Não negue.

Ela mordeu o lábio.

– Até onde você sabe, as palavras "Uau, o Oscar é um sujeito atencioso e/ou viril e/ou absurdamente irresistível" já passaram pelos lábios da Ruby?

Nova sufocou uma gargalhada.

– Hã... exatamente assim, não.

Ele se animou e se encheu de esperanças.

– Mas palavras parecidas?

– Não sei, Oscar. Ela gosta de estar com você, e você é tão legal com os irmãos dela. Sei que ela acha muito... fofo.

A expressão dele ficou pensativa.

– Fofo atencioso ou fofo viril?

– Não sei se entendo o que "fofo viril" quer dizer.

– É, nem eu.

Ele olhou na direção da mesa e girou Nova embaixo do seu braço. Ela ficou surpresa com a forma como seu corpo reagiu à liderança dele, e passou por sua cabeça que, apesar do jeitão dele, apesar de precisar da bengala como apoio ocasional, Oscar sabia mesmo dançar.

– Você gosta dela há muito tempo, né?

Ele abriu um sorriso ansioso.

– Desde o primeiro momento em que a vi no teste dos Renegados. Mas sempre houve uma parte de mim que pensou... você sabe, que ela não se interessaria por mim assim.

Nova franziu a testa. Ela nunca tinha ouvido Oscar falar uma coisa constrangida antes, nem uma vez. Era meio desorientador.

Ele viu a expressão dela e ergueu o queixo.

– Não se preocupe, já superei isso. Lembra a barista que salvei depois do roubo no hospital? Com a ajuda da Ruby, claro.

– A "donzela"?

– É. Sei que você não estava lá, mas ela ficou muito a fim de mim. E me fez pensar, quer saber? Sou um partidão.

Nova riu quando ele a puxou para mais perto.

– Não vejo erro na sua lógica.

– Certo. Então... Me dá umas dicas. Como você e Adrian saíram da zona da amizade?

Nova o encarou. Era assim que as pessoas viam Adrian e ela? Que eles eram amigos e agora tinham passado a ser outra coisa?

Ela queria acreditar que era por ela ser uma atriz incrível, mas sabia que não era esse o caso. Por mais que quisesse dizer outra coisa para si mesma, não havia muita atuação no que dizia respeito ao Adrian havia muito tempo.

Ela *gostava* dele. Mais do que deveria. Mais do que queria admitir.

– Você pode dizer pra ela, sabia? – Ela deu de ombros. – Diz que gosta dela mais do que como amiga e vê o que acontece.

Ele olhou para ela com consternação.

– Sério? É o melhor que você tem pra me oferecer?

– É uma atitude legítima.

– Eu não posso simplesmente *contar* pra ela. E se ela rir de mim? E se tudo ficar estranho?

– É um risco que você corre. Ou você se conforma a deixar as coisas como estão ou você se expõe, sabendo que pode acabar em rejeição.

Ele balançou a cabeça.

– Você não está ajudando. Sério. Como o Adrian te conquistou?

Desta vez, Nova riu. Conquistou? Adrian não a tinha *conquistado*.

Mas sua risada foi interrompida abruptamente.

Ele não tinha.

Tinha?

Ela tentou pensar em quando seus sentimentos por ele começaram a mudar. Quando ele passou de ser mais um Renegado, filho dos seus inimigos, a algo... mais. Aconteceu devagar no começo, mas depois... não tão devagar. Os meses anteriores se misturavam, quando ela testemunhou a bondade, a gentileza, o talento, o charme dele. Todas as coisas que o tornavam... *ele*.

– Não sei – confessou ela. – Ele me chamou pra ir ao parque de diversões. Foi uma coisa de trabalho, mas também... meio que um encontro. Eu acho.

– Pois é, já tentei isso. Já a chamei pra ir a lugares comigo. Mas ela sempre acha que é pelos Renegados ou que vamos com o grupo todo. Ela sempre fala: "Legal, vou ver se a Danna quer ir junto no carro." – Ele bufou.

Um nervo perto da sobrancelha de Nova tremeu com a menção a Danna, e ela pensou de novo na borboleta presa no pote de vidro.

– Adrian comprou uns sanduíches pra mim uma vez – disse ela. – Quando fiquei trabalhando até mais tarde no quartel-general.

Oscar olhou para ela com admiração.

– Eu gosto de sanduíche.

– Ruby também deve gostar.

Ele girou Nova para longe de novo, e sua expressão pareceu mais calorosa quando ele a girou de volta.

– Quem não gosta de sanduíche? – disse ele com um tom quase jovial.

Lembrando todas as dicas que Mel tinha dado sobre flertes e a arte da sedução, Nova acrescentou:

– E você devia tentar encontrar pequenas formas de tocar nela. Sutis, mas não demais.

Ele assentiu com atenção.

– Certo. Entendi.

– E sempre ria quando ela fizer uma piada. Mesmo que não seja muito engraçada.

Ele pensou sobre isso.

– Ela *não* é engraçada. É claro que vou ser o engraçado da relação. Se... quando... bom, você sabe o que eu quero dizer. Mas, ainda assim, ela tem um ótimo senso de humor.

– Ah! – disse Nova, animada por ter se lembrando tanto das aulas de Mel. – E faça surpresas pra ela com presentes de vez em quando pra que ela saiba que você pensou nela. Flores são uma boa. E joias.

Ao ouvir isso, Oscar pareceu inseguro.

– Ela faz suas próprias joias.

– É a *intenção* que vale – disse Nova. Ela tirou a mão do ombro dele e puxou a manga de renda do vestido para mostrar a pulseira cor de cobre. – Quando conheci o Adrian, ele consertou a fivela da minha pulseira. Pode não ter sido ele quem a deu pra mim, mas, mesmo assim – a voz dela ficou baixa de forma quase triste –, sempre acabo pensando nele, sabe... Cada vez que vejo...

A mão de alguém segurou o antebraço de Nova e girou seu pulso. Ela ficou tensa e se preparou para quebrar o braço da pessoa... mas era só Pega olhando espantada para a pulseira.

– Ah – disse Nova, se acalmando. – Você. Que engraçado, nós estávamos falando sobre aquela vez que você tentou roubar...

– O que é *isso*? – disse Pega.

Nova percebeu com um sobressalto que tinha revelado a esfera brilhante na pulseira. Tinha esquecido que estava ali. Ela puxou a mão de volta e cobriu a pulseira com a manga.

– Nada – disse ela.

– Isso não estava aí antes – disse Pega, apontando para o pulso de Nova.

– Não. Eu levei num joalheiro. – Ela começou a se virar para Oscar novamente.

– Mas o que é? – insistiu Pega, segurando o cotovelo de Nova. – Tem assinatura diferente de... de *tudo*.

Nova olhou para ela com a testa franzida.

– Assinatura?

– É. Não é âmbar. Não é citrino. Evidentemente, não é diamante... – A expressão mal-humorada parecia ainda mais irritada do que o habitual enquanto ela tentava entender o que estava captando da pulseira. – Mas... – A respiração dela ficou irregular, e Nova não resistiu desta vez quando Pega levantou seu braço e puxou a manga.

– Vale alguma coisa. Vale *muito*. – Seus olhos estavam arregalados de... de *desejo*.

Nova puxou o braço de volta e olhou para Oscar com perplexidade. Ele olhou para ela da mesma forma.

– De onde veio? – perguntou Pega. Ela parecia desesperada para saber, mas Nova teve dificuldade de pensar no que dizer para ela.

Veio de um sonho? De uma pintura? De uma estátua?

O que *era*?

Nova não sabia.

Um toque de relógio ecoou pelo salão e a sobressaltou.

– Nada – disse ela rapidamente. – Não é nada. – Ela passou o braço pelo cotovelo de Oscar. – Vamos voltar para onde estão os outros.

Ele não discutiu, mas ela sentiu que ele estava observando Pega quando eles saíram da pista de dança.

– O que foi isso?

Ela balançou a cabeça.

– Não faço ideia. Por algum motivo, aquela garota é obcecada pela minha pulseira. Se sumir, vou saber exatamente onde procurar. – Nova viu Ruby à mesa deles, parou e apertou o braço de Oscar. – Ei, Oscar.

– O quê?

Ela o encarou e, depois de um momento de hesitação, sorriu. Pela primeira vez ela percebeu que... aquele podia ser o momento. Ela talvez nunca mais visse Oscar e Ruby depois daquela noite. Pelo menos sem ser em lados opostos do campo de batalha.

Ela esperava que ele soubesse o quanto ela falava de coração.

– Sei que é uma coisa meio boba, mas, falando sério, você *é* um partidão e... eu acho que a Ruby já sabe disso. Só seja você mesmo. Como ela poderia não se apaixonar por você?

Ele a encarou e, por um segundo, ela viu as profundezas da insegurança dele. A gratidão cintilou nos olhos castanhos, misturada com esperança, tomada de vontade. Pela primeira vez, Nova se perguntou o quanto da confiança dele era atuação.

Ou talvez confiança sempre fosse isso. Atuação.

O momento passou e o sorriso torto de Oscar voltou.

– *Meio* boba? Sinceramente, Nova, você tirou isso de um cartão de aniversário? "Só seja você mesmo." Sinceramente. Com tantos conselhos inúteis... – Ele estalou a língua e saiu andando, usando a bengala para tirar uma cadeira do caminho.

Nova balançou a cabeça. Estava sorrindo, mas o sorriso sumiu quando ela viu o relógio de novo.

Ela já tinha ficado por tempo demais.

Adrian também estava à mesa deles distraindo os irmãos de Ruby com histórias das coisas incríveis que havia no quartel-general, desde salões de treinamento a simuladores de realidade virtual.

– Adrian – disse Nova, pousando a mão no pulso dele. Ele teve um sobressalto. – Sinto muito, mas... antes de eu sair de casa hoje, meu tio disse que não estava se sentindo muito bem. Foi por isso que me atrasei tanto. Eu não queria que estragasse nossa noite, mas... estou um pouco preocupada com ele. Acho que tenho que ir pra casa e ver se está tudo bem.

Adrian deu um pulo da cadeira.

– Quer ligar pra ele?

Nova fingiu uma risada.

– Eu poderia, mas ele é tão teimoso. Pode estar quase morrendo, mas não diria nada. Não... Eu acho mesmo que tenho que ir.

– Claro. Posso te levar? Ou...

Ela balançou a cabeça.

– Vou chamar um táxi. Mas obrigada.

Ele não discutiu com ela, e ela se perguntou se foi porque ele sabia que ela era capaz de se cuidar ou porque tinha visto sua "casa" uma vez e não queria constrangê-la mais indo ver de novo.

– Espero que ele esteja bem – disse Adrian. – Nos vemos no quartel-general amanhã?

– Sim, claro.

Houve um momento, brevíssimo, em que Nova pensou que ele se inclinaria e a beijaria. Ali, na frente de todo mundo.

E, naquele momento fugaz, ela desejou o beijo. *Só mais uma vez.*

Mas ele hesitou por tempo demais, e Nova forçou um sorriso quando se virou.

Adrian a segurou pelo pulso e a puxou. O coração de Nova pulou e ele se inclinou sobre ela e deu um selinho em seus lábios.

Ele se afastou com uma certa timidez.

– Boa noite.

O corpo de Nova formigou e, por uma eternidade presa num piscar de olhos, ela pensou em ficar.

Mas o momento passou e ela se afastou.

– Boa noite.

Ela andou atordoada entre o mar de mesas, a boca queimando, as pernas parecendo geleia. Finalmente, saiu pela porta e, assim que o ar frio da noite a envolveu, seus pensamentos confusos ficaram claros.

Adrian era problemático. Ruim para sua convicção. Ruim para suas lealdades.

Sua cabeça ficaria bem mais clara depois daquela noite.

Porque ela não seria mais uma Renegada. Aquela enganação acabaria, e com ela... qualquer laço que ela tivesse com Adrian Everhart.

– Adeus, Adrian – sussurrou ela no ar noturno.

Ela se permitiu ficar um pouquinho triste enquanto andava os três quarteirões até o estacionamento onde tinha combinado de encontrar Leroy e Mel. O carro esportivo estava lá, de um amarelo doentio e pontilhado de amassados e arranhões. Mel Harper estava sentada no capô lixando as unhas. Leroy estava no banco do motorista, o cotovelo para fora da janela.

– Como foi? – perguntou Mel, balançando uma perna.

– Legal – disse Nova, tirando o comunicador. Ela o entregou para Mel, que olhou para o dispositivo tecnológico com uma certa desconfiança. – Isso vai precisar ser levado pra casa.

– Você acha que eu não estava prestando atenção aos planos que você fez antes? Não se preocupe com seu precioso álibi. Tenho dinheiro pra pegar um táxi e até preparei um disfarce. – Ela pegou uns óculos de sol enorme e colocou no rosto.

– No meio da noite – disse Nova, assentindo. – Nada suspeito.

– Não suspeito... *misterioso.*

– Tudo bem. Mas vai direto pra casa. Sem desvios.

Mel balançou os dedos no ar, um gesto que só deixou Nova mais nervosa. Talvez ela devesse ter dado aquele trabalho para Fobia. Rastrear o comunicador lhe daria um álibi se alguma coisa desse errado. Ela não esperava que fosse assim. Tinha todos os motivos do mundo para acreditar que suas mentiras estavam chegando ao fim.

Ela não fracassaria.

De qualquer modo, era tarde para mudar o plano.

– Você se despediu? – perguntou Mel, o olhar penetrante de repente, quando ela se levantou. – Não deve ter sido fácil.

Nova contraiu a mandíbula.

– Também não foi tão difícil – murmurou ela.

Ela contornou Mel para ir na direção do lado do passageiro, mas Mel chegou para o lado e bloqueou o caminho. Sua boca ainda estava sorrindo, os olhos escondidos pelos óculos.

– Você parece distante hoje, pequena Pesadelo. Estou preocupada com você.

Nova a encarou.

– Estou com muita coisa na cabeça, caso você não tenha reparado.

Mel fez um som desinteressado na garganta.

– O que houve? – perguntou Leroy, abrindo a porta do carro e saindo.

– Sabe – disse Mel, ignorando-o –, você deve ser jovem demais pra lembrar, mas já fomos temidos uma época. Temidos e respeitados. Agora... somos *isso*. – Ela balançou o dedo com a unha pintada na direção do carro cheio de ferrugem e de amassados.

Leroy estufou o peito.

– Desnecessário, Mel Harper.

– *Abelha-Rainha* – disse Mel, a voz dura. – E o carro é ótimo, mas houve uma época em que era motivo de inveja por todas as gangues. Quando tínhamos joias e champanhe e *poder*... e agora, estamos nos esgueirando por um estacionamento no meio da noite com medo de mostrar a cara em público. Isso tudo por causa dos Renegados.

Nova girou a pulseira no pulso.

– Sei bem disso, Mel. Eles também tiraram tudo de mim.

– Isso mesmo. Tiraram. – Mel baixou os óculos para a ponta do nariz, o olhar fulminando Nova. – Eles podem te oferecer notoriedade e botas bacanas. Podem até te dar pedras bonitas como essa bugiganga no seu pulso.

O coração de Nova pulou e sua mão cobriu automaticamente a estrela escondida.

Mel riu.

– Reparei quando você estava experimentando os vestidos mais cedo. Você acha que eu não teria visto?

– Não é nada – disse Nova.

– Não ligo pra isso. O que quero dizer, Nova, é que os Renegados podem te oferecer muito, mas não podem te oferecer vingança.

– Vossa Majestade – disse Leroy com a voz carregada de ironia –, esqueceu que tudo isso foi Pesadelo que fez? O reconhecimento de terreno foi dela, o plano foi dela. Ela está arriscando a vida por essa missão.

Mel abriu um sorriso doce.

– Não esqueci, Cianeto. Só quero ter certeza de que *ela* também não vá esquecer.

– Não vou – disse Nova por entre os dentes.

– Que bom. – Mel colocou a mão na bochecha de Nova, que precisou de toda a sua força de vontade para não se afastar do toque. – Nos dê orgulho. – Ela afastou a mão, guardou o comunicador de Nova no vestido e saiu saltitando pela noite.

Nova engoliu em seco. Embora a estrela que ela tinha no pulso não tivesse peso, ela sentia sua presença como uma bola presa por uma corrente.

Leroy a observou.

– Nova, você está...?

– Ótima – respondeu ela com irritação. Sem olhar para ele, ela abriu a porta do carro. – Estou pronta. Vamos acabar com eles.

CAPÍTULO TRINTA E NOVE

Leroy entrou numa vaga em uma garagem vazia a um quarteirão do quartel-general. Eles não tinham falado quase nada durante o trajeto.

– Abre o porta-malas – disse Nova, aliviada ao sair do carro.

– Quando você ficou tão mandona? – brincou Leroy. – Esse grupinho não precisa de duas Abelhas-Rainhas, sabe.

Nova não disse nada. Ela não estava no clima para provocação.

Seus sapatos ecoaram no concreto quando ela foi até a parte de trás do carro esportivo. Nas sombras, viu uma jaqueta preta familiar, seu amado cinto de armas e em cima da pilha… uma máscara de metal curvada com o formato do seu rosto.

Ela levou a mão à nuca e abriu o zíper do vestido. Tirou-o e vestiu a calça preta, a regata e a jaqueta, a máscara e, finalmente, as luvas que ela mesma tinha feito. Era sempre meio desconcertante vesti-las e cortar a fonte mais conveniente do seu poder; caso tivesse problema, ela ia querer estar com os dedos livres. Mas precisaria das luvas naquela noite.

As roupas pareciam espremê-la em comparação ao uniforme dos Renegados com o qual ela havia se acostumado, mas, quando o conjunto ficou completo, Nova se sentiu… forte. Poderosa. Quase *invencível*.

Não haveria mais lealdades complicadas. Não haveria mais planos incertos. Não haveria mais segredos nem mentiras.

Ela era Anarquista; uma vilã, se ser Anarquista era isso.

Ela era a Pesadelo.

Ela fechou o porta-malas.

– Me dá uma hora – disse ela para Leroy. – Fica dirigindo por aí até lá, só para o caso de termos sido seguidos.

– Você acha que sou amador? – Cianeto abriu um sorrisinho, um cotovelo para fora da janela. – Estarei aqui.

Nova esperou até ele sair em disparada cantando pneus na garagem. Ela puxou a manga para cobrir a estrela e saiu correndo.

Ela ficou nas sombras e nas escadarias olhando cada esquina para confirmar que as ruas estavam vazias, que as vielas estavam desertas. Em pouco tempo, estava em frente a uma entrada dos fundos pouco usada do Quartel-General dos Renegados, por onde as entregas chegavam e os dignitários estrangeiros entravam quando estavam com medo da agitação dos turistas e dos jornalistas. Havia uma câmera de segurança dois andares para cima, mas estava virada para a porta, a entrada mais vulnerável do prédio.

Nova não entraria por porta nenhuma.

Ela ficou espreitando atrás de uma caçamba de lixo para ter certeza de que ninguém a tinha visto se aproximar, virou a cabeça para cima e avaliou a escalada. As laterais do prédio eram lisas, mas havia parapeitos suficientes nas janelas para ela ter apoios quando necessário.

Seria difícil escalar, mas nada que ela não conseguisse fazer.

Ela apertou o botão na parte de trás das luvas e fez a eletricidade vibrar no tecido. Ventosas surgiram nas palmas das mãos e nas pontas dos dedos. Nova esticou a mão para cima e a encostou na lateral do prédio. As luvas sustentaram seu peso e ela começou a subir.

Ela foi passando pelo terceiro andar, pelo quarto, pelo décimo, e os prédios ao redor foram ficando para baixo. Ela observou os telhados e caixas-d'água e começou a se sentir exposta, mas sabia que, pela lógica, não tinha muito com que se preocupar. O engraçado de morar numa cidade cheia de arranha-céus era que ninguém nunca olhava para cima.

Além do mais, o sentimento de vulnerabilidade era uma coisa com a qual ela havia começado a se acostumar. Nova estava paranoica desde o momento em que botou o pé na arena para o teste dos Renegados. Estava dolorosamente ciente do parapeito estreito no qual estava apoiada desde o começo.

Havia uma parte dela, talvez uma parte grande, que se sentiu mais aliviada do que ansiosa quando ela chegou ao vigésimo sexto andar, o primeiro de muitos que continuavam sem uso, e só um andar acima do andar da segurança. O que quer que acontecesse ali naquela noite, ela não teria mais que mentir.

Depois de firmar os pés no parapeito de uma janela e verificar que a ventosa de uma das mãos estava firme na parede externa, Nova pegou o quebrador de vidro pendurado no cinto. Encaixou o cilindro no canto inferior da janela e apertou a alavanca para soltar o dardo impulsionado por uma mola.

A janela estilhaçou. Pedacinhos de vidro caíram no parapeito e na rua, fazendo um som de um carrilhão de vento ao bater no concreto abaixo. Nova usou o quebrador para limpar as beiradas irregulares que restaram e entrou.

O andar estava tão vazio agora quanto estava quando ela deu uma olhada mais cedo depois de examinar as plantas que tirou da casa de Adrian. Não havia câmeras instaladas lá. Não havia sensores. Não havia alarmes.

Ela correu até a escada e desceu até o vigésimo quinto andar. A porta se abriu num saguão bege com uma corda um pouco depois da escada e um cartaz que dizia ENTRADA PERMITIDA SOMENTE A FUNCIONÁRIOS DA SEGURANÇA.

Nova passou por cima da corda e seguiu pelo corredor. Estava cheio de portas fechadas e leitores digitais de crachás. Ela não foi mais devagar quando ouviu passos vindos do corredor seguinte, mas ficou surpresa quando uma mulher desconhecida dobrou a esquina. Em vez do uniforme cinza dos Renegados, ela estava usando um terno azul-marinho elegante com um crachá preso no bolso do peito.

Administradora, supôs Nova. Não prodígio.

A mulher parou quando viu Nova e arregalou os olhos.

Nova tirou uma das luvas e pulou em cima dela. A mulher inspirou fundo, mas o grito nem chegou a sair. Assim que os dedos de Nova tocaram no pescoço da mulher, o poder fluiu. Com um gemido estrangulado, ela caiu para a frente nos braços de Nova.

Nova a colocou em uma alcova embaixo de um bebedouro e pegou o crachá dela.

Foi mais rápido agora, quase correndo até chegar à sala que estava marcada como o centro de segurança na planta. Ela segurou o crachá da mulher junto ao leitor digital, que piscou em verde. Nova girou a maçaneta e abriu a porta.

Ela foi recebida por uma parede de monitores mostrando cem ângulos diferentes do quartel-general e por duas cadeiras vazias.

Nova entrou na sala.

Algo surgiu de trás da porta e a perfurou na coxa. Nova deu um grito quando o espinho se desalojou e deixou um corte na calça. Caiu apoiada em um joelho com a sensação de que tinha levado uma mordida na perna. Em segundos, a pele em volta do ferimento começou a arder enquanto um filete de sangue pingava no chão.

– Você está de sacanagem comigo?

Ela levantou o olhar. Parado ao lado dela, Arraia bateu a porta e contorceu o rosto em repulsa.

– Você dá tanto trabalho ao Rabisco e aos amigos dele e só tem isso a oferecer? Eu te vi nas câmeras assim que você pisou na escadaria. – Ele indicou as telas. – Que desperdício. Achei que você era uma vilã sinistra. – Ele fez expressão de desprezo e se agachou ao lado dela. – Pelo menos temos alguns minutos para matar antes que a paralisia passe. Bom pra ver quem temos aqui.

Ele esticou a mão para a máscara. Nova trincou os dentes e resistiu ao impulso de se afastar quando os dedos grudentos tocaram na lateral do metal.

As pontas dos dedos dele roçaram no queixo dela, e isso foi suficiente. Pele na pele.

A compreensão surgiu no rosto do Arraia. O erro amador que ele tinha acabado de cometer. E ele caiu de lado com um baque pesado.

Com ele inconsciente, Nova voltou a atenção ao ferimento. Ela apertou a mão em cima do corte e a sentiu úmida de sangue.

Ferida e com dor, sim, mas ela não estava paralisada, como Arraia acreditou.

Ela limpou o sangue na lateral da calça e amarrou um curativo em volta da perna depois de aplicar um unguento cicatrizante que estava no kit do cinto. Sentia o calor quente do Amuleto da Vitalidade entre a jaqueta e o esterno.

Toxinas, doenças e, evidentemente, o veneno do Arraia também. Os Renegados foram uns idiotas de guardar o medalhão no cofre sem valorizá-lo devidamente. Era só mais um exemplo da arrogância deles.

Com o ferimento resolvido, ela voltou a atenção para as telas.

Viu Geladura cuidando da entrada principal e Sismo patrulhando a parte de trás do térreo. Ela demorou mais tempo para encontrar o Gárgula, mas finalmente o viu fazendo a ronda perto do laboratório, no mezanino.

Nenhum deles parecia preocupado, o que foi um alívio. Arraia devia estar muito confiante de sua capacidade de vencer a Pesadelo. Nem tinha se dado ao trabalho de alertar o resto da equipe.

Nova tirou o comunicador dele, enfiou no cinto e passou por cima de seu corpo adormecido. Nova se aproximou dos controles. Tinha estudado bem o manual da instalação, os códigos, o software de backup, as proteções a falhas, os alarmes. Tinha planejado muitos cenários até ficar vesga de tanto estudar.

No final, ela precisou de menos de oito minutos para desabilitar as câmeras do prédio. Desligou todas e deixou o sistema apagado.

Os oito minutos pareceram uma eternidade, mas, com o sistema desligado, seu trabalho ficaria bem mais fácil.

A adrenalina corria solta por suas veias quando ela saiu da sala de segurança. Mal olhou para a mulher adormecida embaixo do bebedouro. Ninguém tinha ido procurá-la.

O prédio estava quase todo vazio, mas a mulher era um lembrete de que nem *todo mundo* decidiu ir ao baile. Poderia haver mais surpresas.

Ela precisava tomar cuidado. Arraia foi arrogante e isso teve seu preço. Nova não cometeria o mesmo erro.

Ela chegou aos elevadores, mas hesitou. Mudou de ideia e voltou para a escada. Sua perna estava doendo, mas ela aguentou a dor. Concentrou-se em contar os andares. Manteve a mente no trabalho à frente.

Ela parou quando chegou ao departamento de artefatos, mas só pelo tempo suficiente de ver como estava o curativo. Um ponto de sangue tinha penetrado na gaze, mas a sensação de queimação em volta do ferimento tinha virado só um latejar distante.

Ela abriu a porta.

Uma cena familiar a recebeu. As duas escrivaninhas na área da recepção, uma estéril e arrumada, a outra cheia dos badulaques de Foto Instantânea. As luzes estavam apagadas, o andar estava silencioso e deserto. Nova andou pela sala do arquivo e usou o comunicador do Arraia para destrancar a porta do cofre. Os únicos sons eram seus passos no chão quando ela passou pelas estantes pouco iluminadas.

Ela foi até as armas de prodígios primeiro e pegou a chamada Lança de Prata. O pique do Capitão, que ele usou para tentar destruir o elmo. Uma tentativa fracassada. Ela a levantou da prateleira; tinha 2,5 metros e estava fria na mão dela. Parecia forte e robusta, mas não pesada demais. Era perfeita. Elegante. Afiada. Com um equilíbrio soberbo.

Nova a apoiou no ombro e seguiu para a área restrita.

Ao parar no fim do corredor, ela viu o cubo de cromo na prateleira com a mesma aparência de sempre. Brilhante, sólido e meio debochado. Perdido nas sombras e no amontoado de outros objetos aleatórios. Como se o objeto dentro dele não valesse nada.

Nova firmou a mandíbula e mudou o pique de mão. Um dia, aquela arma provavelmente viveria dentro de um museu, pensou ela, onde as pessoas poderiam contemplar a ferramenta que acreditavam que tinha destruído o elmo do Ace Anarquia. Elas falariam dos bons atos que o Capitão Cromo tinha feito. Que ele tirou a sociedade do desespero que tomava conta dela. Que derrotou o supervilão mais destrutivo de todos os tempos. As pessoas falariam sobre os primeiros

Renegados e como eles tiveram a coragem de lutar por um mundo em que acreditavam, e *isso*... isso era...

Nova fez uma careta e afastou o pensamento.

Os primeiros Renegados, inclusive o Capitão Cromo, podiam ter ajudado muita gente, mas não *ela*.

– Sai da minha cabeça – rosnou ela, apertando a mão no pique.

Do outro lado do corredor, Callum saiu das sombras. Ele estava usando as mesmas roupas amassadas de sempre. Ela havia se perguntado de passagem por que ele não estava no baile. Talvez fosse porque haveria gente ingrata demais para ele suportar.

Ele pareceu mais pensativo do que com medo ao observar Nova, com o capuz escuro e a máscara de metal e o pique de cromo na mão.

– Pesadelo – disse ele, olhando as prateleiras. – O que você veio pegar aqui? – Ele pareceu estar com uma curiosidade real. Nova quase conseguia ver a mente dele trabalhando, tentando determinar quais das centenas de objetos seriam mais atraentes para uma Anarquista que deveria estar morta. Ele começou a se aproximar dela e a olhar as prateleiras, até seu olhar encontrar a caixa de cromo e ele parar. – É pelo elmo, né?

Nova virou a ponta do pique para ele.

– Você não pode me deter – disse ela, dando um passo para mais perto. Ele não se moveu. – Não tente ser herói.

Ele desceu o olhar até o pique. E chegou mais perto dela, se colocando entre Nova e a caixa de cromo.

Nova rosnou e marchou em frente até a ponta estar a centímetros do abdome dele.

– Sai.

Um músculo na bochecha dele tremeu, e uma lembrança surgiu na mente de Nova. O mundo oferecido à sua frente. O oceano cintilando sob o céu vibrante. Uma cidade pulsando com vida. Mil pequenos milagres, e mais acontecendo a cada dia. Um milhão de coisinhas com que se maravilhar. E Callum lhe mostrou isso. Callum...

Um grito gutural foi arrancado da garganta de Nova. Ela girou o pique e atacou, batendo com o cabo no peito de Callum. Ele grunhiu e caiu no chão.

– Céus – disse ele, ofegante. – Pra que isso?

– Fica fora da minha cabeça.

Callum se apoiou nos cotovelos. Parecia querer rir, mas não riu.

– Eu não fiz nada. – Mas ele franziu a testa sem entender. – Espera... você sabe quem eu sou? O que sou capaz de fazer?

Nova se irritou.

– Eu conheço meus inimigos.

Ele se empertigou um pouco e massageou o peito no ponto onde ela o acertou.

– Escuta.

E ela queria escutar. Queria *muito* escutar. Ouvir o que ele diria. Que sabedoria ele compartilharia sobre a forma ridícula como via o mundo. Porque ela gostava de como ele via o mundo. Queria ver do mesmo jeito. Em algum lugar lá no fundo, ela queria acreditar que poderia haver um jeito de todo o mundo, Renegados e Anarquistas, prodígios e civis, coexistirem em um equilíbrio harmonioso. Sem guerra, sem luta pelo poder. Sem heróis e sem vilões.

Mas a visão do Callum tinha falhas. Só funcionaria se todos vissem o mundo como ele via.

E a verdade dolorosa era que *ninguém* via o mundo como ele via.

– Não – disse ela, sobressaltando-o.

– Não?

– Não. Não quero escutar. É tarde demais pra isso.

Ela botou o pique para trás, se inclinou e encostou as pontas dos dedos na testa dele. Callum não se encolheu, mas a decepção nos olhos dele doeu da mesma forma.

Quando ele pegou no sono, Nova balançou a mão para dispersar a sensação de ter liberado poder. Foi diferente agora por ela tê-lo usado em alguém que ela não via como inimigo, apesar do que dissera. Até Adrian, por mais que ele a enchesse de desejo, sempre foi seu inimigo.

Ela endireitou os ombros, passou por cima do corpo de Callum e apoiou o pique na estante. E foi pegar o cubo. Quando sua mão se aproximou, a pulseira ficou quente na sua pele. Nova repuxou o braço e enrolou a manga. A estrela estava brilhando mais forte do que tinha brilhado o dia todo, de forma quase ofuscante, gerando sombras profundas nas estantes. Quase esperou que explodisse ou talvez desaparecesse, como aconteceu quando ela tentou pegá-la nas mãos esticadas da estátua. Mas como só pulsou com calor por alguns segundos ela voltou a atenção para a caixa.

Ela inspirou fundo, ergueu o cubo e o virou para um lado e para o outro para inspecioná-lo de todos os ângulos. Cada lado era idêntico aos outros, sem marcas e nem fraquezas aparentes.

Ela colocou o cubo no chão e pegou o pique de novo. Deu um passo para trás e se preparou para o que estava prestes a fazer, embora não tivesse nenhuma ideia do que ia acontecer. Tinha imaginado aquele momento umas cem vezes desde que o Capitão fez o comentário casual no jantar.

Ou posso fazer uma marreta pra quebrá-la se estivesse com tendências destrutivas.

Ela teve esperanças de que, quando estivesse ali, segurando o pique e parada acima da caixa, o passo seguinte fosse parecer óbvio. Mas só tinha uma esperança distante de que daria certo.

– Vai dar certo – murmurou ela, segurando o pique com mais força. – Por favor, que funcione.

Ela levantou o pique bem alto, se preparou e bateu com a ponta no centro da caixa.

O contato reverberou pelo metal até os braços dela, fazendo até os ossos tremerem. Nova cambaleou para trás.

A caixa de cromo tinha deslizado alguns centímetros, mas estava intacta.

Não tinha nem um amassado.

Rosnando, Nova tentou de novo, com mais intensidade desta vez. Os metais tilintaram alto e novamente seus braços tremeram com o impacto. A caixa bateu na estante mais próxima e fez com que ela toda sacudisse pelo impacto.

Ainda assim, nenhum sinal de fraqueza.

O desespero cresceu nela. Não, não, não. Não podia ser tudo por nada.

Tinha que dar certo.

Ela virou o pique e tentou de novo, desta vez golpeando como se ele fosse um machado de batalha. Bateu com força na caixa. Seu corpo tremeu com o impacto. Ela golpeou de novo. De novo. *De novo.*

Nova cambaleou para trás e olhou para o pique com repulsa. Estava ofegante tanto de fúria quanto pelo esforço. Tinha que dar certo. Ela precisava do elmo e não tinha alternativas.

Ela não podia falhar. Não *agora.*

Ela ergueu o pique acima do ombro e gritou. A estrela no pulso emitiu uma luz ofuscante. Uma corrente elétrica correu pelos braços dela até os dedos quando ela jogou a lança com o máximo de força que conseguiu.

Ao voar no ar, a lança brilhou.

Não prateada, mas num dourado-acobreado.

Acertou a caixa bem na lateral.

O cubo se estilhaçou.

Pareceu até que era feito de vidro.

Nova pulou para trás quando pedaços de cromo quebrado voaram em seus tornozelos. O pique estalou no chão e rolou para alguns metros de distância, prateado novamente.

Seus braços estavam formigando da onda de energia que tinha passado por eles. Seu peito subia e descia. O ferimento na perna estava latejando mais do que antes.

Mas tudo isso foi logo esquecido.

Um grito de incredulidade saiu dos lábios de Nova.

O elmo estava ali, caído de lado em meio à caixa estilhaçada, exatamente como ela lembrava. O material tom de bronze ainda reluzia de leve, fazendo Nova se lembrar do pai e de como os fios de energia brilhavam como fios de luz do sol enquanto ele trabalhava. Havia uma faixa erguida no centro do crânio que terminava numa ponta na testa e a abertura na frente por onde os olhos do Ace observavam.

Os pedaços de cromo fizeram barulho embaixo das botas quando Nova chegou mais perto. Ela se ajoelhou, pegou o elmo e o aninhou nas duas mãos.

Não parecia perigoso. Nem parecia ameaçador.

Só parecia que estava esperando por ela.

CAPÍTULO QUARENTA

Ruby e Oscar estavam dançando de novo quando Adrian saiu do baile. Nova já tinha ido embora havia mais de uma hora e ele tinha passado um tempo conversando com Kasumi e com o marido dela e socializando com algumas das patrulhas com quem tinha treinado anos antes, mas que quase não via mais, só de passagem. Ele comeu a sobremesa, uma musse de limão doce e cremosa, e deu a de Nova para os irmãos da Ruby dividirem. Ele dançou uma vez com Ruby e uma vez com a mãe de Oscar.

Mas estava contando os minutos desde que Nova foi embora, matando tempo para poder sair sem que a verdade ficasse óbvia.

Sem ela presente, ele não estava interessado em dançar e nem em jogar conversa fora. Só queria ir para casa, se deitar na selva que tinha feito e pensar na próxima vez que a veria.

Na próxima vez que a beijaria.

Ele não conseguia parar de sorrir quando saiu do baile e enfiou as mãos nos bolsos da calça. A caneta estava lá dentro, e ele a pegou e a rolou entre as palmas das mãos.

Devia desenhar alguma coisa para Nova para dar para ela quando eles se vissem de manhã. Só uma coisinha para lembrá-la das duas noites anteriores. As duas noites anteriores incríveis. Algo que revelasse para ela que ele estava pensando nela. Que ele tinha intenções sérias com ela.

Ele sabia que Nova demorava a confiar. Demorava a abandonar as incertezas. Demorava a correr o risco de se magoar. Ele achava que a entendia melhor agora que ela contou a verdade sobre os pais e a irmã. Céus, a irmãzinha. Evie.

O sorriso sumiu quando ele pensou nisso. Seu coração deu um nó só de imaginar Nova, a pequena e assustada Nova, tendo que aguentar uma coisa tão horrível...

E, embora soubesse pela lógica que não havia pessoa no planeta que precisasse menos da sua proteção do que Nova McLain, ele não conseguiu controlar o desejo sufocante de protegê-la mesmo assim. De impedir que ela precisasse sofrer assim de novo.

Ele girou a caneta e refletiu sobre que presente poderia desenhar que englobasse tudo. Seus sapatos estalavam na calçada, uma cadência regular que o seguiu pelas ruas escuras familiares até em casa.

Ele tinha acabado de descartar as ideias mais óbvias e triviais (joias, flores, um novo cinto de utilidades) quando uma coisa pequena se moveu na sua frente e quase se chocou com seus óculos.

Adrian recuou. Primeiro, achou que fosse um pássaro ou uma daquelas mariposas gigantes assustadoras que às vezes apareciam do nada no porão.

Mas logo ele viu. Era uma borboleta preta e dourada dançando em volta de um poste a poucos metros dele.

– Danna? – perguntou Adrian, procurando mais borboletas na rua. Mas ela parecia estar sozinha, e passou pela cabeça dele que havia uma chance de não passar de uma borboleta-monarca comum.

Uma que por acaso estava voando no meio da noite.

Adrian coçou a bochecha com a caneta fechada e passou pelo poste.

A borboleta voou atrás dele. Girou duas vezes em volta da sua cabeça e pousou em um hidrante.

– Danna – disse ele novamente, agora com mais certeza.

A borboleta abriu e fechou as asas como se em resposta, embora Danna uma vez tivesse dito que não conseguia ouvir quando estava no modo bando, só ver e... *sentir* coisas. Era difícil explicar, ela disse.

Adrian olhou ao redor novamente, mas a rua estava deserta. Só havia carros estacionados e vitrines escuras. Havia mosquitos e moscas-grua batendo em um letreiro néon, mas nada de borboletas.

Onde estava o resto do bando?

Onde ela esteve a noite toda?

A borboleta voou na direção de Adrian. Ele esticou a mão, e ela pousou em seu dedo. A antena tremeu, e pareceu observá-lo e esperar.

– Tudo bem – disse ele, guardando a caneta. – Mostra o caminho.

Quer pudesse ouvi-lo ou não, a borboleta levantou voo da mão dele, voou em volta do corpo dele mais uma vez e seguiu em frente.

Adrian foi atrás.

Três quilômetros depois, ele desejou ter parado em casa para trocar de sapatos.

Os prédios mudaram de edifícios comerciais de vidro e aço para shoppings abertos e armazéns e, depois, prédios de apartamentos espremidos. A maior parte da caminhada foi colina acima, e, conforme a elevação aumentou, a riqueza do bairro também. Não era como a sequência de mansões da área onde ele morava, pois as ruas tinham o clima de um subúrbio tranquilo. Dava para ver que ainda havia gente morando em algumas das casas, algumas até tinham gramados cortados recentemente, mas, como a maioria dos bairros da cidade, havia sinais de abandono e negligência. Cercas que precisavam de uma camada nova de tinta. Janelas quebradas fechadas na pressa com tábuas. Telhados cobertos de musgo e de folhas de pinheiros não podados.

A borboleta nunca se distanciou tanto a ponto de ele não conseguir acompanhar, e tinha que parar com frequência e esperá-lo. Ele revirou o cérebro para pensar num motivo para Danna não se transformar na forma humana e onde o resto do bando poderia estar. A única explicação era que o resto das borboletas estava preso em algum lugar, impedindo-a de recuperar a forma. Talvez fosse por causa disso que ela havia aparecido. Ela o estaria levando ao local para que ele pudesse libertá-la? Se sim, talvez a situação não fosse tão ameaçadora quanto ele pensou inicialmente. Talvez uma das borboletas tivesse ficado presa num saco de aspirador de pó ou tivesse sido capturada por um garoto e enfiada numa caixa vazia de suco para um projeto de ciências bem-intencionado.

Mas a colina foi ficando mais íngreme e o bairro foi ficando desolado, e ele se deu conta de para onde ela o estava levando.

Os pelos da sua nuca se arrepiaram.

Ele começou a notar os sinais de uma batalha antiga e da destruição que ela havia gerado. Marcas de queimadura na calçada. Buracos abertos em muros de tijolos. Um prédio inteiro com as janelas explodidas.

De repente, não havia mais construção nenhuma.

Adrian deixou as casas e apartamentos em ruínas para trás e parou no começo de uma área destruída. A Batalha de Gatlon aplanou quase 2,5 quilômetros quadrados de civilização, e os destroços nunca foram removidos. Um alambrado foi erigido em torno da região com um aviso de possível envenenamento por radiação, o que bastava para manter os turistas longe.

No centro da área destruída, ficavam as ruínas da catedral que Ace Anarquia tomou como seu lar, uma espécie de quartel-general. A torre do sino estava quase toda inteira, além das partes do claustro e a parte norte da estrutura. Mas o resto tinha sido demolido.

Os dedos de Adrian tremeram de vontade de desabotoar a camisa e abrir a tatuagem de zíper que o transformaria no Sentinela.

Mas, mesmo agora, ele não queria correr o risco de Danna descobrir seu segredo.

A borboleta voou por cima da cerca e Adrian viu um lugar onde alguém tinha usado cortadores nos elos de metal e aberto um espaço suficiente para passar.

Turistas curiosos, pensou ele. Ou adolescentes se desafiando.

Mas ele não tinha como ter certeza. Ele não tinha ideia de quem iria lá. Aquele lugar estava abandonado desde a derrota do Ace Anarquia.

Por que Danna o levou *lá*?

Adrian pegou a caneta e passou pela abertura. O metal arranhou o paletó e ele sentiu uma ponta agarrar no ombro e abrir um buraco na costura. Assim que saiu do outro lado, ele tirou os braços das mangas e deixou o paletó em cima da cerca para que fosse fácil encontrar a abertura de novo.

A borboleta voou na direção da catedral, entrando e saindo das ruínas. Uma segunda cerca estava parcialmente destruída, e Adrian passou por uma placa de PERIGO: NÃO ENTRE. A borboleta pousou brevemente na placa e saiu voando.

– Pronto, Danna – murmurou Adrian, parando ao ver as asas da borboleta batendo em meio aos destroços, refletindo o luar. – Agora seria uma boa hora pra avisar se eu deveria pedir reforços.

Mas a borboleta não respondeu, claro. Ela não conseguia entendê-lo.

Ele mordeu o interior da bochecha. Estava se roendo de indecisão. Devia pedir reforço? Se sim... devia chamar sua equipe ou seus pais?

Ou devia se transformar no Sentinela e ver primeiro com o que teria que lidar?

A borboleta esperou em um pilar caído, as asas batendo com impaciência.

Adrian engoliu em seco.

Se estivesse com os outros quando foi atrás da Espinheiro, as coisas poderiam ter sido bem diferentes.

Não tem EU em herói.

– Tudo bem – murmurou ele, levando o pulso à boca. – Enviar comunicado à equipe. Pedindo reforço imediato na...

Um vento repentino voou em volta dos tornozelos de Adrian e ergueu uma nuvem de poeira. A borboleta foi capturada pelo vento e jogada longe sobre um arco caído.

As palavras de Adrian secaram na língua. A poeira convergiu. Escureceu. Solidificou-se.

Uma figura de capa preta esvoaçante apareceu, o capuz eclipsando as sombras profundas onde deveria haver um rosto, a lâmina curva de uma foice cortando o céu.

Fobia.

A pulsação de Adrian trovejou. Por um piscar de olhos que pareceu uma eternidade, ele ficou olhando para o nada dentro da capa do Fobia, o medo se instalando na sua alma. De todos os Anarquistas,

Fobia sempre lhe pareceu o mais assustador. Não só porque seu poder girava em torno de controlar os maiores medos de uma pessoa, mas porque se sabia muito pouco dele. Ninguém conhecia suas fraquezas, isso se ele tivesse alguma. Ele nunca tinha ouvido falar sobre Fobia ter sofrido ferimentos, nem durante a Batalha de Gatlon. Uma vez, ele o viu ser atingido por um estilhaço gigante de gelo que teria empalado a maioria dos humanos, mas Fobia só desapareceu por um tempo em uma nuvem de fumaça preta. O efeito foi temporário.

Ainda assim, Adrian se manteve firme. Tentou pensar nas suas opções. O que poderia desenhar que ajudaria numa luta contra o Fobia?

– Já senti o gosto de medos como o seu antes – disse Fobia, a voz rouca, um chiado. – O medo de ficar impotente.

Adrian contraiu a mandíbula.

Que se danasse.

Ele abriu a gola da camisa e arrancou um botão. Seus dedos puxaram o zíper de tinta.

Ele começou a abri-lo quando ouviu alguém gritando seu nome.

Ele ficou paralisado.

Seu corpo todo cedeu sob a pressão. Encheu-se de descrença. E embora ele soubesse lá no fundo que era um truque e que não podia acreditar, não havia possibilidade de ele *não* olhar.

De não ter esperança, com todo o seu otimismo infeliz.

Ele inclinou a cabeça e a viu.

As mechas grossas do cabelo em volta de olhos frenéticos. A capa dourada balançando no ar. O rosto corajoso e bonito que podia passar de severidade a amor num piscar de olhos. De reprovação a risadas.

Sua mãe estava voando acima da catedral como se mal pudesse esperar para chegar a ele. Todos os horrores do mundo estavam espelhados no rosto dela, e ela estava indo protegê-lo, seu único filho, sua vida e seu amor.

Foi como ver uma corda de uma marionete cortada.

Ela estava voando.

De repente, estava caindo.

Despencando para a destruição.

Os gritos dela se espalharam pelo vento. Os braços se agitaram e se enrolaram na capa.

Adrian gritou e tentou correr até ela, mas seus pés estavam cimentados no chão. Era seu pior pesadelo, todos os seus piores pesadelos ganhando vida. Sua mãe caindo para a morte e ele preso, sem poder fazer nada. Ele a estava perdendo de novo, totalmente impotente.

Uma sombra atravessou o corpo da sua mãe momentos antes de ela cair no chão.

A ilusão se desfez.

Adrian caiu de joelhos. Uma dor subiu pela perna quando um pedaço de pedra afiada machucou seu joelho. Ele piscou para afastar as lágrimas e viu a sombra, um borrão de movimento, girar no ar e disparar para a cerca.

Não era uma sombra. Era um bando. Centenas de borboletas-monarcas.

E, ao longe, agora abrindo caminho pela cerca, Ruby e Oscar. Adrian achava que eles ainda não o tinham visto.

Fobia se virou para eles. Seus dedos esqueléticos se fecharam no cabo da foice e ele se dissolveu em uma nuvem de corvos pretos. Eles saíram voando atrás das borboletas e as espantaram.

Com um grito exausto, Adrian se abaixou e rolou para trás do arco caído. Ele caiu apoiado no ombro. Seus olhos estavam lacrimejando. O corpo ainda tremia por causa da visão. Pareceu tão real. A voz dela. A expressão apavorada. O jeito como seu coração desejou ir até ela e *salvá-la*.

Ele inspirou fundo, estremecendo e tentando afastar os pensamentos da cabeça.

Não deu certo. A lembrança permaneceu presente, sufocante e cruel.

Mas ele levou a mão ao zíper mesmo assim e permitiu que o Sentinela tomasse conta dele.

CAPÍTULO QUARENTA E UM

Adrian se obrigou a sair dos destroços. Suas pernas ainda estavam fracas, mas o traje o sustentava agora. O bando de borboletas estava quase na cerca, e Adrian se perguntou se Danna estava fugindo para se salvar ou se estava tentando levar Fobia para longe dos seus amigos. De qualquer forma, o bando de corvos estava se aproximando, as silhuetas quase invisíveis no céu noturno.

Adrian sabia o resultado daquela cadeia alimentar.

As aves passaram por cima de Ruby e de Oscar. Ruby soltou um grito de fúria e jogou o heliotrópio neles, derrubando duas aves no ar. Uma caiu na cerca e a outra no chão, uma das asas retorcidas num ângulo errado.

As outras não pareceram incomodadas de ter perdido dois companheiros.

– Danna! – gritou Ruby.

Adrian saiu correndo. E passou a voar, usando as tatuagens nas solas dos pés para se lançar à frente.

Uma chama estalou em volta do seu punho. Ele sentiu o calor pela armadura, mas isso o encorajou mais do que assustou. O fogo cresceu até quase tomar seu braço todo. Branco, quente e ardente, as chamas lambendo o ar.

Oscar puxou Ruby pelas costas do uniforme e a tirou do caminho de Adrian.

Ele passou pelos amigos e subiu no ar, esticando a palma da mão. O fogo ardeu por seu braço e disparou na direção dos corvos. Devorou-os, engolindo seus grasnidos e gritos, queimando as penas e garras, destruindo-os.

Adrian caiu com força no chão na parte de dentro do alambrado. Apoiou-se num joelho para recuperar o fôlego.

Além da área de destruição, ele viu um pequeno grupo de corvos que escapou do fogo virar filetes de fumaça preta. Eles sumiram quando as borboletas mergulharam para baixo dos restos da carcaça de um táxi.

Uma agitação chamou a atenção de Adrian para o lado e ele viu um dos corvos que tinham sido derrubados pela pedra de Ruby. A asa estava quebrada, e o animal estava olhando para Adrian com um olho preto brilhante, inteligente e calculista.

Adrian tremeu.

A ave se dissolveu em cinza preta e se espalhou ao vento.

Ele soltou um grunhido longo e exausto. Não era ingênuo a ponto de achar que Fobia estava morto. Mas esperava que não fosse mais ver o vilão naquele dia pelo menos.

Uma bota fez ruído nos destroços.

Adrian apertou bem os olhos, se preparou e se levantou. Ele se virou para encará-los.

Cortina de Fumaça e Assassina Vermelha. Seus colegas. Seus amigos.

Ruby estava segurando a corda em uma das mãos, uma adaga de rubi na outra. Oscar estava com uma nuvem cinza-carvão girando em torno do corpo, obscurecendo o chão aos seus pés. Ambos estavam com expressões apreensivas.

Adrian percebeu que eles não queriam lutar, mas não achava que fosse por camaradagem.

Não. Eles estavam com medo. Não achavam que podiam vencer numa luta contra ele.

Ele concluiu que os dois estariam certos, embora fosse a primeira vez que parava para avaliar a possibilidade.

Oscar olhou para Ruby. Foi um olhar breve, de preocupação. Ele estava planejando uma distração, Adrian percebeu. Ele esconderia Ruby com a fumaça, atraindo o ataque do Sentinela para si. Era uma manobra arriscada, sabendo o que o Sentinela era capaz de fazer, mas era a melhor alternativa para tentar derrotá-lo. Pelo menos daria a Ruby a oportunidade de assumir uma posição mais ofensiva. Talvez até fazer um contra-ataque com o Sentinela distraído.

Era uma estratégia que eles tinham praticado dezenas de vezes nos salões de treinamento. Os pequenos gestos dos dois, o jeito quase imperceptível como eles posicionavam os membros, eram tão familiares para Adrian que ele ficou tentado a rir.

Ele jamais esperaria ver aquelas táticas usadas contra si.

Adrian levantou as mãos, os dedos abertos. O sinal universal de súplica.

– Não sou seu inimigo – disse ele. – Nunca fui seu inimigo.

– Desculpe, mas vamos ter que deixar o Conselho tomar essa decisão – disse Ruby. Ela assentiu muito de leve.

Oscar moveu as mãos para criar uma parede de fumaça entre Adrian e Ruby.

Mas, naquele mesmo momento, Ruby exclamou:

– Espera!

Oscar arregalou os olhos.

Uma coisa apareceu no campo de visão de Adrian, na periferia do visor. Ele piscou.

Uma borboleta-monarca tinha pousado em um dos seus dedos.

Outra apareceu em seguida e pousou no polegar. E mais três na outra mão.

Adrian ficou totalmente imóvel enquanto o bando de Danna o cobria, pousando nos ombros, braços, dedos dos pés, até em cima do elmo, ele achava, embora não pudesse sentir. Estava com medo de se mover para não esmagar uma sem querer sob um membro de metal.

À medida que suas expressões se alteravam de determinadas para perplexas, Oscar e Ruby gradualmente baixaram a guarda. Os músculos de Ruby relaxaram, permitindo que as armas pendessem para o lado. A nuvem de fumaça de Oscar se dispersou pelo ar.

Os dois ficaram olhando, boquiabertos, e Adrian se viu incomodado com os olhares.

– Quem é você? – perguntou Ruby.

Ele apertou os lábios. Não precisava contar a eles. Ele podia espantar as borboletas. Podia estar longe antes que eles pudessem pensar em impedi-lo.

Mas era isso o que ele queria? Continuar com as mentiras para sempre? Nunca poder confiar o segredo a ninguém, nem mesmo a seus melhores amigos? A equipe a quem ele confiava a vida?

Ele estremeceu, inspirou fundo e levou a mão ao elmo.

As borboletas levantaram voo. Giraram sobre a área destruída e foram assistir a tudo do alto da estátua de um santo, as asas amarelas o único ponto de cor sob o luar.

Adrian soltou o visor, que fez um chiado, subiu e revelou seu rosto.

O silêncio foi penetrante. Ele tentou interpretar as expressões dos dois em busca de descrença e traição. Mas eles só pareciam perplexos.

– Por favor, não contem pra ninguém – disse Adrian, e as palavras saíram mais num tom de súplica do que ele pretendia. – Principalmente meus pais. Nem... pra Nova. Eu que tenho que contar pra ela.

– Nova não sabe? – perguntou Ruby, a voz um pouco esganiçada.

Oscar respondeu por ele.

– Claro que não. Ela odeia o Sentinela.

Adrian franziu a testa, mas não pôde negar a verdade daquelas palavras.

Soltando uma série de expletivas, Oscar passou a mão pelo cabelo.

– Como você pôde não nos contar? Eu achei... esse tempo todo!

– Eu sei. Desculpem. Eu queria. Mas, depois do desfile, quando a Danna ficou machucada...

– Por sua causa! – gritou Oscar. – Ela ficou machucada por sua causa!

Adrian se encolheu.

– Eu sei. Foi um acidente. Eu nunca... Não foi por querer.

– E você estava lá – Oscar continuou, balançando a cabeça. – Na biblioteca e… e perseguindo Espinheiro. Como a gente não viu?

– Você é o *Rabisco* – disse Ruby. – Você desenha coisas! Não controla fogo e nem raios laser! Não consegue pular 15 metros no ar! Como… *Como?*

– Com tatuagens – disse Adrian. – Eu desenho tatuagens permanentes no meu corpo e elas oferecem poderes diferentes.

Os dois ficaram olhando para ele.

E…

– *Tatuagens?* – gritou Ruby. – Você não pode estar falando sério.

Mas Oscar ficou pensativo e a boca se transformou com a compreensão.

– Tatuagens. Caramba, cara, isso é genial. Você pode fazer em mim?

– Não! – respondeu Ruby. – Ele não pode… você não pode… ainda não acredito que você não contou pra gente!

– Eu sei. Peço desculpas. Eu queria…

– Não – disse Ruby. – Nem diz isso. Se você quisesse, teria feito. – Ela levantou os braços e começou a andar de um lado para o outro, chutando destroços com o movimento. – O que a gente vai fazer agora? Depois dos Anarquistas, você é o prodígio mais procurado da cidade. Você viola regras a torto e a direito. E a gente agora tem que virar cúmplice seu? Tem que ficar de boca calada?

Adrian encolheu os ombros.

– Não. Não sei. Não é justo eu pedir pra vocês…

– Mas a gente vai! – disse Ruby. Ela ainda estava gritando, ainda explodindo de raiva. – Claro que vai porque a gente te ama e você é o *Adrian*! Sei que você não é um mestre do crime que está fazendo isso pela fama. Sei que você é uma pessoa boa e deve ter um bom motivo pra fazer isso tudo, eu só… só queria que você tivesse nos contado.

– Espera aí… a Espinheiro – disse Oscar. – O que foi aquilo, Adrian? Disseram…

– Não fui eu – disse ele. – Foram Geladura e os capangas dela. Eu os vi torturando a Espinheiro, e eles a mataram pra me incriminar. Não fui eu.

Oscar se balançou nos calcanhares, pensando. Seu rosto se iluminou.

– Tá, tudo bem, dá pra acreditar nisso.

Um fluxo de borboletas passou por eles, girou acima da cabeça deles e voltou até a estátua caída.

Ruby tirou a franja descolorida da testa e apontou a adaga para a cara de Adrian.

– Essa discussão *não* acabou – avisou ela, e virou a lâmina para Danna –, mas a gente tem que tentar descobrir por que a Danna não está se transformando de volta.

Como se em resposta, as borboletas espiralaram para cima de novo e dispararam em linha reta, não para fora da área destruída, mas para a base da catedral desmoronada. Elas pousaram em vários pedaços de detritos: uma porta de madeira quebrada, a cabeça de uma gárgula caída.

– Eu achei que ela estava me trazendo aqui por causa do Fobia – disse Adrian –, mas e se for outra coisa?

– Ou outra pessoa – murmurou Ruby.

– Não é possível – disse Oscar. – E se a Abelha-Rainha e o Cianeto também estiverem aqui? E se aqui for o covil maligno deles?

– Aqui foi o covil maligno deles anos atrás – disse Ruby. – Quem seria idiota de voltar pra cá?

– O Fobia foi, né? – disse Oscar.

Adrian franziu mais a testa.

– A não ser que o Fobia estivesse protegendo alguma coisa.

Eles olharam as borboletas, as asas em movimento cintilando à luz do luar.

Adrian baixou o visor.

– Só tem um jeito de descobrir.

CAPÍTULO QUARENTA E DOIS

NOVA RIU. Não foi possível se controlar. A descrença junto à onda de orgulho fervoroso fez a gargalhada sair por seus lábios enquanto ela subia a escada correndo e empurrava a porta do piso abandonado.

Sair do prédio seria mais fácil do que escalar a parede. Suas cordas estavam esperando ao lado de uma janela aberta, bem onde ela as tinha deixado, amarradas e prontas para aguentar seu peso.

Ela estaria na rua em dois minutos.

Na garagem em seis.

E seguindo para o tio Ace antes que Arraia e Callum começassem a despertar do sono.

Ela estava até adiantada.

O pique de cromo estava amarrado em suas costas e o elmo estava embaixo do braço enquanto ela corria leve e quente ao toque. Ela visualizou o sorriso exato que Ace abriria.

Seu corpo vibrava com a sensação de realização. Ela conseguiu. Realmente conseguiu.

Estava quase na janela quando algo se chocou nela, derrubando-a. Nova gritou e rolou duas vezes. O elmo caiu e deslizou pelo piso. Ela tentou pegá-lo, mas uma mão se fechou em seu pulso e a levantou totalmente do chão.

Nova ficou pendurada, ofegante, a alegria arrancada do seu coração.

Gárgula abriu seu sorriso de pedra.

Ela tentou usar o poder nele, mas o punho era todo de pedra e ela sentiu o poder batendo na superfície de forma inútil.

Grunhindo, ela balançou as pernas para tentar chutar a canela dele, mas ele a segurou como se seguraria um rato pelo rabo: sem muita preocupação, mas com o braço esticado mesmo assim. Ele se agachou, pegou o elmo e fechou os dedos grossos em volta do objeto.

– Foi uma ótima tentativa – disse ele. – Mas não foi suficiente.

Ele a arrastou até um elevador e desceu até o saguão principal. Nova não lutou. Sabia que não tinha como superá-lo na base da força e era melhor guardar suas energias. Esperar o momento certo.

Eles passaram na frente da quarentena de Max, e Nova não conseguiu evitar olhar para lá. Ela esperava que as luzes estivessem apagadas, que Max estivesse dormindo, alheio a tudo que estava acontecendo.

Mas suas esperanças tinham acabado naquela noite. Max estava parado na janela, a testa franzida, curioso. As palmas das mãos estavam no vidro, o contorno da cidade cintilando atrás dele.

Gárgula puxou o braço dela e chamou a atenção de Nova para o centro do saguão. Geladura e Sismo estavam lá com expressões arrogantes no rosto.

Gárgula jogou o elmo para Geladura. Ela o rolou nas mãos e espiou os olhos vazios.

Ela o entregou a Sismo. Sem cuidado nenhum. Como se não fosse nada. Em seguida, levantou a mão e estalou os dedos. Uma brisa de ar frio soprou pelo saguão, e os estalos da água congelando ecoaram no teto alto. Nova olhou para baixo. Um grande bloco de gelo estava envolvendo seus pés. Ela grunhiu e tentou soltar os pés, mas já era tarde demais. O gelo cristalizou-se rapidamente pelas pernas dela até os joelhos. Gárgula soltou seu pulso e ela quase caiu, mas o gelo a segurou em pé. Embora as botas oferecessem proteção do frio, a calça não, e o gelo a queimou.

Rosnando, Nova levou a mão à faca de caça no cinto. Levantou a mão por cima do ombro e preparou-se para arremessá-la em Geladura, mas, antes que a lâmina voasse, um novo bloco de gelo se formou em volta da mão, prendendo os dedos na arma. Geladura fez o mesmo com a outra mão de Nova, envolvendo completamente suas quatro extremidades e a deixando não só imóvel, mas também *congelando*. Os dentes dela começaram a bater.

Geladura chegou mais perto.

– Não se preocupe. Você vai ficar dormente antes que a geladura comece, e tenho certeza de que o Conselho vai te soltar quando chegar. Mal posso esperar pra ver a cara deles quando chegarem e te virem tão presa. – Ela suspirou, fingindo solidariedade. – Claro que é provável que seus dedos e os dois pés tenham que ser amputados depois de serem destruídos pela geladura. Não vai ser muito bonito. Se você tiver sorte, vão te anestesiar primeiro, mas... – Ela estalou a língua. – Eu não contaria com isso se fosse você.

Ela parou a alguns centímetros de Nova.

– Se prepara agora – sussurrou Geladura –, porque a perda de um membro vai ser a menor das suas preocupações. – Ela puxou uma arma da cintura, que Nova reconheceu do treinamento. Geladura se inclinou para perto e encostou o cano no peito de Nova. – Você talvez sinta um beliscão leve.

Ela puxou o gatilho e o projétil foi direto para o coração. Nova grunhiu pelo impacto e teria caído se o gelo não estivesse prendendo suas pernas com tanta firmeza. Ela gemeu, o peito ardendo por causa da perfuração. As mãos e as pernas doíam até os ossos de tanto frio.

Ela prendeu a respiração e, para sua surpresa, começou a rir. Foi uma risada exausta que beirou o delírio até em seus próprios ouvidos.

Agente N. Geladura estava tentando neutralizá-la.

Mas ela disparou a poucos centímetros do Amuleto da Vitalidade, escondido embaixo da jaqueta. Nova não tinha conseguido testar se o medalhão a protegeria do sérum, mas agora era uma boa hora para isso.

– Obrigada – disse Nova quando a gargalhada chiada acabou. Ela trincou os dentes embaixo da máscara. – Não sei se eu teria coragem de fazer isso.

Ela moveu um punho congelado e esmagou uma das esferas presas ao cinto. O míssil de névoa foi esmagado com o golpe e a alavanca se abriu. Uma nuvem de vapor verde se espalhou no ar, cercando o corpo de Nova.

Ofegando, Geladura pulou para trás e empurrou Sismo para o lado.

– Que porcaria é essa?

– Seu pior pesadelo – disse Nova. Ela se virou para o Gárgula, que cambaleou um passo para trás quando Geladura se afastou, mas não se moveu o suficiente. Ele estava tentando superar a confusão. Nova piscou para ele. – Não precisamos de dardos, cérebro de cascalho.

– Trevor! – gritou Genissa. – Sai daí!

Ele finalmente se moveu e chegou para trás três, quatro passos. Nova contou em silêncio, esperando. Eles ainda não tinham testado. Os cálculos de Leroy podiam estar errados.

Mas Gárgula era um sujeito grande, e demorava muito tempo para a maioria das coisas chegar ao cérebro dele, então por que seria diferente com aquilo?

Assim como com o Titereiro, começou com um arregalar surpreso dos olhos.

Nova sorriu. Leroy tinha descoberto como transformar o Agente N em gás, e ela transformou isso em bomba. Ace queria uma arma contra os Renegados e agora eles tinham uma.

Geladura soltou um palavrão e chegou mais para trás para fugir do vapor, embora Nova soubesse que já estava disperso demais para ser eficiente àquela distância. Aquele dispositivo já era.

A pele do Gárgula começou a se transformar, a perder a cobertura dura de pedra, ficando manchada e macia como a de um bebê. Começou na cabeça, desceu pelo pescoço, chegou aos ombros e ao peito.

Ele olhou para Nova, atordoado.

– Isso te chateia? – provocou ela.

Gárgula rugiu e partiu para cima dela preparando o braço... ainda de pedra. Nova levantou as mãos. Geladura gritou.

O punho dele acertou os blocos sólidos de gelo e os quebrou. Foi seu último ato antes de a pedra sumir completamente.

Gárgula berrou e caiu de joelhos, mas Nova o ignorou. Com as mãos livres, ela pegou um segundo dispositivo de dispersão no cinto e jogou na direção de Geladura e Sismo. Bateu no chão, e outra nuvem de fumaça verde se espalhou. Sismo largou o elmo e mergulhou para longe da explosão, enquanto Geladura corria para o canto mais extremo do saguão. Ela estava gritando ordens, mas Nova duvidava que alguém estivesse prestando atenção.

Ela soltou um palavrão, duvidando que algum dos dois tivesse sido atingido por aquela nuvem de vapor. Teria que tomar mais cuidado, não podia desperdiçar mísseis.

Ela levantou a mão e pegou o pique preso nas costas, aliviada por Gárgula ter sido arrogante demais a ponto de nem ter tido a preocupação de tirá-lo dela. Depois de soltá-lo da amarra, ela o segurou com as duas mãos e enfiou a ponta no gelo que prendia seus pés. O gelo lascou e rachou. Com mais quatro golpes, as pernas estavam soltas.

Nova pulou do gelo, tropeçou e caiu de joelhos. Seus pés estavam dormentes. As pernas não aceitavam instruções.

Ela ficou de quatro e obrigou seus membros a cooperarem. Levantou-se aos trancos e barrancos. Correu na direção do elmo do Ace e o pegou no chão. Tentou se virar, mas seus pés se emaranharam e ela caiu de novo e bateu o joelho no piso. Com um palavrão, ela usou o pique de apoio e se levantou mais uma vez.

Seu caminho até a saída estava bloqueado e ela correu para o outro lado. Na direção da passarela, da escada, de uma saída de fundos. As opções surgiram na mente dela. O mapa do prédio estava marcado em sua memória. Ela conhecia cada corredor, cada porta.

Decidindo pela rota mais curta, ela virou para a esquerda.

Um terremoto rugiu debaixo dos pés dela. A terra se abriu e gerou uma rachadura entre suas pernas. Nova caiu de novo.

A rachadura continuou aumentando para a frente, atravessou o *R* vermelho no centro do saguão e abriu a base.

Nova ofegou quando viu o caminho da linha. Direto para a passarela.

Direto para a quarentena.

Max não havia se movido. E continuou sem se mover mesmo quando o chão embaixo dele se abriu.

Nova gritou, mas o som foi consumido pela rachadura ensurdecedora do concreto, pelos gemidos do metal, pelo vidro se estilhaçando.

Uma das colunas de sustentação se quebrou com um barulho tão alto quanto o de um tronco de árvore sendo partido por um aríete.

A passarela desabou.

A quarentena caiu.

CAPÍTULO QUARENTA E TRÊS

ADRIAN OLHOU PARA o buraco negro cercado pelas ruínas da catedral. Ruby e Oscar estavam ao lado dele, igualmente em silêncio. Eles jamais teriam descoberto a escadaria se as borboletas de Danna não tivessem se reunido em volta formando uma guarda silenciosa e trêmula na entrada. Os degraus ficavam invisíveis até se estar bem em cima deles, habilidosamente escondidos em meio a painéis caídos e pedras lascadas. Parecia aleatório, mas, depois da luta com o Fobia, Adrian sabia que não era.

Quanto tempo havia que os Anarquistas protegiam aquele lugar? Desde que foram expulsos dos túneis ou antes? E o que poderia haver lá embaixo que os impediria de mudar para um lugar menos auspicioso? Uma arma? Um armazém de coisas roubadas? Um alojamento para prodígios rebeldes?

– Bom – disse Oscar, escondendo a apreensão com talento –, acho que vou primeiro.

Ele deu um passo e Adrian botou a mão no ombro dele e o puxou delicadamente para trás. Oscar não resistiu.

– Ah, é – disse ele, batendo com a bengala de leve nas costas de Adrian. O barulho foi baixo, mas metálico. – Acho que faz mais sentido você ir na frente. Mas se mudar de ideia...

– Oscar – disse Ruby em tom de aviso.

Ele ficou em silêncio.

Adrian começou a descer a escada. A descida era tão estreita que ele teve que ir virando o corpo no caminho. Um lance terminou em um patamar pequeno de pedra. Ele se virou e continuou descendo. Seu visor se ajustou à visão noturna no escuro, tingindo o subsolo da catedral de um verde sinistro. Ele ouvia Oscar e Ruby descendo atrás, mas a presença deles o deixava mais tenso do que tranquilo.

Ele jurou para si mesmo que, depois que contasse aos pais sobre sua identidade secreta, insistiria para que eles começassem a incorporar armadura nos uniformes dos Renegados. Às vezes pesava demais e deixava os movimentos desajeitados, mas ele estaria se sentindo bem melhor se seus amigos estivessem um pouco mais protegidos.

Um segundo patamar veio seguido de um lance de escadas um pouco mais largo e uma porta em arco com palavras entalhadas em latim.

Eles passaram por uma câmara larga. Uma tumba. Havia fileiras de sarcófagos brancos de mármore nas paredes observados por figuras de pedra cobertas de teias de aranha e poeira. Adrian tentou se mover de forma sorrateira, mas suas botas faziam barulho no piso e o som reverberava pelo túmulo oco.

Uma porta grande de madeira com trabalhos em ferro os recebeu no fim da tumba, e, em torno dela, Adrian detectou o brilho suave de uma luz dourada.

Oscar girou uma nuvem de vapor em volta dos dedos. Ao primeiro sinal de problema, ele encheria o ambiente de névoa para desorientar os potenciais inimigos.

Ruby soltou a pedra do pulso.

Adrian acionou o cilindro estreito do antebraço. O ambiente apertado o deixava inquieto. Tornava suas molas inúteis, e uma bola de fogo num espaço tão pequeno provavelmente atingiria seus aliados. Ele desconfiava que veria Abelha-Rainha e Cianeto quando abrisse aquela porta. Seu traje o protegeria dos dois, ao menos por um tempo, e a luta seria rápida com Oscar e Ruby ao seu lado.

Principalmente se os Anarquistas fossem pegos de surpresa, embora cada passo metálico tornasse isso mais improvável.

Adrian colocou a mão na porta e se preparou. Ele visualizou Cortina de Fumaça e Assassina Vermelha logo atrás assumindo posições.

Ele contraiu a mandíbula e abriu a porta.

Havia um esqueleto do outro lado.

Ruby soltou um grito e golpeou com o heliotrópio... instinto, Adrian supôs. O esqueleto levou o golpe entre dois ossos da costela e desabou no piso de pedra com uma melodia de madeira caindo. O crânio rolou até o pé de Adrian.

Com o coração disparado, ele voltou o olhar para cima. Eles estavam nas catacumbas. Havia mais caixões cercados de paredes de ossos, prateleiras de crânios. Dois castiçais sustentavam velas cônicas brancas que estavam quase no fim, e havia uma cortina de fêmures e clavículas no ambiente escondendo o que havia atrás.

Fobia? Era para lá que ele voltava quando evaporava daquele jeito? Adrian imaginou um personagem de videogame sendo jogado para o começo de uma fase sempre que era morto, e uma gargalhada grudou na garganta e se transformou numa tosse engasgada.

Os ossos aos pés dele começaram a tremer. Moveram-se pelo piso e se remontaram gradualmente até o esqueleto estar de pé na frente deles de novo. Os olhos vazios e o sorriso largo não tinham mudado, e Adrian se perguntou se estava imaginando ver irritação na figura.

O esqueleto se curvou para a frente e, sem levantar a cabeça, fez um gesto dramático na direção da cortina de ossos.

Adrian entrou nas catacumbas e passou longe do esqueleto. Assim que Ruby e Oscar entraram, a criatura subiu numa tábua acima de um sarcófago, cruzou os braços sobre o peito e adormeceu. Ou morreu.

Adrian ainda estava observando o esqueleto quando a cortina toda de ossos caiu na base de pedra. Os ossos se espalharam para todos os lados.

Ele se virou. O ar sumiu dos seus pulmões. Seus pensamentos foram sufocados pela descrença.

Ace Anarquia.

Ace Anarquia.

Ele não acreditou nos próprios olhos. Não tinha como ter certeza. Havia poucas fotos do vilão sem o elmo, e eram fotos de juventude, bem antes de sua ascensão ao poder. Aquele homem ali não era jovem. Também não parecia poderoso. Sua pele pálida estava cinzenta e coberta de rugas. O cabelo ralo, o corpo mais parecido com o esqueleto que os recebeu do que com o prodígio de ombros largos que derrubou um governo e lançou o mundo em um período de medo e ausência total de leis.

Mas os olhos. Escuros, quase pretos, e tão sagazes quanto Adrian teria imaginado.

Ele estava levitando, as pernas cruzadas como as de um monge em meditação sobre o piso de ossos caídos.

E a voz era forte, ainda que carregada de uma exaustão profunda.

– Encantado – disse Ace Anarquia, mostrando os dentes. – Tenho certeza.

Adrian foi jogado na parede. As costas bateram na pedra com tanta força que caiu poeira do teto. Ele grunhiu e tentou se mexer, mas, embora os membros dentro do traje estivessem livres, a armadura estava imobilizada.

Adrian soltou um palavrão.

Telecinese.

Ele achou que a armadura o protegeria, mas claro que não, não contra um telecinético como o Ace Anarquia.

A catacumba se encheu de fumaça branca, tão densa que Adrian não conseguiu ver nada. Ele lutou com mais força. Se conseguisse mover o braço, poderia tocar no dispositivo do peito que recolheria o traje...

Não adiantava. Ace não o libertaria.

Ele ouviu o grito de guerra da Ruby e a imaginou arremessando o heliotrópio afiado como uma faca na direção do pescoço do Ace Anarquia, mas o grito dela virou um gritinho de surpresa.

O corpo todo de Adrian ficou tenso e ele lutou contra as amarras invisíveis que o seguravam, mas não adiantou. Ele bateu com a cabeça na parte de trás do elmo e forçou seus músculos a relaxarem. Tinha que ficar calmo. Tinha que pensar.

Houve grunhidos e gritos de fúria desenfreada, e ele se viu desejando que a fumaça não estivesse tão densa para poder ver o que estava acontecendo.

Adrian mandou que os batimentos do seu coração ficassem mais lentos. Pensa. *Pensa.*

Seus dedos se flexionaram, e, por um momento, ele achou que o controle do Ace sobre ele estava diminuindo, mas acabou percebendo que Ace não estava preocupado com seus dedos, não com o corpo preso do pescoço aos pulsos e aos tornozelos.

Ele virou a cabeça o máximo que conseguiu dentro do elmo. A poeira na parede era densa. Cobriu seu traje quando ele se chocou nela.

A fumaça estava se dissipando e ele viu Ruby e Oscar a uns três metros de distância. Ruby estava de joelhos. O fio estava enrolado no próprio pescoço, e ela estava com os dedos dobrados entre ele e o pescoço, tentando desesperadamente impedir que a enforcasse. Seus dedos estavam sangrando e o sangue cintilava ao começar a cristalizar. Oscar estava ajoelhado ao lado dela, uma expressão frenética enquanto tentava ajudá-la a soltar o fio.

Adrian não viu sinal do vilão em meio ao véu de fumaça.

Ele dobrou os dedos do traje e apertou a ponta do dedo na parede. Desenhou a primeira coisa que surgiu na mente, a coisa mais simples que conseguiu imaginar. Um círculo na poeira. Uma única linha curva surgindo no alto. Alguns rabiscos estourando na ponta.

Uma bomba.

Um pavio.

E uma fagulha.

– Oscar – grunhiu Adrian ao tirar a bomba da parede. – Proteja-se!

Oscar arregalou os olhos. Pegou Ruby por baixo dos braços e a jogou atrás de um dos caixões.

Adrian deixou a bomba cair. Rolou alguns centímetros para longe da parede e explodiu.

O brilho foi intenso. A explosão pressionou o corpo de Adrian e abriu um buraco na parede. Adrian caiu para a frente de quatro. Na mesma hora, botou a mão no peito e recolheu o traje, mas ficou tossindo por causa da fumaça e da poeira no ar. O ambiente estava mais escuro agora. A explosão devia ter derrubado um dos castiçais, extinguindo a pouca luz que oferecia.

Ele engatinhou pelo chão procurando Ruby e Oscar enquanto piscava para tirar a poeira dos olhos.

Ele encontrou o garrote de Ruby primeiro, o fio emaranhado numa pilha de ossos. Estava coberto de pedrinhas vermelhas no ponto onde tinha afundado na pele de Ruby.

– Cortina de Fumaça? – disse ele. – Assassina Vermelha?

– A-aqui – respondeu Oscar, tossindo.

Um rugido furioso atraiu a atenção de Adrian para cima.

Ace Anarquia não estava mais levitando. Sua veste simples e larga estava coberta de poeira branca, e o tecido ondulou quando ele abriu os braços para os dois lados. Ele estava no centro das catacumbas, o rosto distorcido com uma raiva inexistente momentos antes. A boca se curvou, quase grotesca na expressão de raiva.

Adrian se preparou para um ataque. Esperava que o heliotrópio afiado voasse e tentasse cortá-lo, ou que a bengala de Oscar tentasse bater na cabeça de algum deles, ou mesmo que ele fosse golpeado por mil ossos.

Ele ouviu o som de pedra raspando em pedra.

Adrian se levantou sem saber de onde o barulho estava vindo... até ver a tampa pesada de um dos caixões. Deslizou de cima do sarcófago e se estilhaçou no chão, provocando uma rachadura na pedra.

O queixo de Adrian caiu. Seu coração disparou no peito quando o caixão todo virou primeiro de lado, o peso sacudindo a base comprometida da catedral ao redor. Os ossos de um cadáver com séculos de idade se projetaram de dentro.

Adrian cambaleou um passo para trás. Já tinha ouvido histórias do Ace Anarquia arrancando prédios da base. Derrubando pontes na água. Jogando tanques por vitrines de lojas.

Mas isso foi quando ele estava forte. Foi quando ele tinha o elmo. Foi antes de Max tirar um pouco do poder dele.

Vê-lo controlando uma coisa que devia pesar uma tonelada ou mais, mesmo agora, era apavorante. Ele poderia esmagá-los. Com facilidade.

Só que Ace não estava erguendo a tumba.

Adrian observou o rosto dele de novo. Embora a hostilidade ardesse nos olhos do vilão, também havia esforço lá. Seu rosto estava contorcido de concentração. Os dentes estavam expostos e a pele molhada de suor.

Talvez ele fosse capaz de mover uma coisa pesada como um sarcófago, mas não era fácil.

Com coragem renovada, Adrian o atacou preparando o punho para golpear ao mesmo tempo que o cérebro lutava para formular um plano. Ele e Oscar tinham lutado muitas vezes nos salões de treinamento, mas era raro ter que usar essas habilidades em combate real.

No fim das contas, não importou.

Ace Anarquia olhou uma vez na direção de Adrian e o castiçal caído saiu voando e o atingiu na barriga. Adrian grunhiu e caiu com as mãos no abdome.

Ele rosnou e ergueu o rosto a tempo de ver o caixão rolar mais uma vez.

Ruby e Oscar gritaram e se encolheram para perto um do outro. Adrian viu Oscar passar os braços de forma protetora em volta da cabeça de Ruby momentos antes de o caixão se fechar sobre eles, selando-os lá dentro. Os gritos abafados dos dois continuaram, seguidos de punhos batendo dentro da prisão de pedra.

Ace Anarquia relaxou o corpo, e Adrian o viu tentando recuperar o fôlego.

– Vou cuidar deles depois – disse ele, secando a testa com a manga. Ele olhou para Adrian e inclinou a cabeça, observando-o. Seu olhar cintilou com algo que parecia interesse, talvez até diversão, e Adrian soube que ele o tinha reconhecido. Não sabia bem como. Eles não se conheciam, e Ace Anarquia tinha desaparecido, todos achavam que tinha *morrido*, quando Adrian era criança.

Mas ele estava espreitando o tempo todo. Escondido. Esperando. Protegido pelo Fobia e talvez pelo resto dos Anarquistas. Eles podiam ter dado informações sobre o Capitão Cromo e o Guardião Terror. Deviam ter contado que eles adotaram o filho da Lady Indomável. Talvez até tivessem levado tabloides e jornais para que ele pudesse ficar informado sobre os inimigos.

– Que intrigante – disse Ace, apertando os olhos em contemplação. – Acho que você conhece minha sobrinha.

Ele abriu aquele mesmo sorriso cruel e levantou os braços acima da cabeça.

Adrian fechou o punho. A tatuagem cilíndrica no antebraço começou a brilhar, quente como lava. Sua pele aqueceu.

As prateleiras atrás dele tremeram, e ele imaginou Ace as derrubando em cima dele. Para esmagá-lo, ou ao menos tentar.

Adrian esticou o punho para Ace. Abriu os dedos.

Mas, antes que pudesse disparar, Ace Anarquia tossiu e caiu sobre um joelho. As prateleiras pararam de tremer.

Adrian hesitou.

Com um rugido ensandecido, Ace bateu com o punho no chão. Ele passou um braço pelo chão e enviou uma onda de ossos voando na direção de Adrian. Ele se protegeu atrás de um braço, mas os ossos só bateram nele de leve, inofensivos.

Ace gritou de novo e lembrou a Adrian uma criança dando um ataque de birra. O vilão se sentou sobre os calcanhares, ofegante e suado. Os olhos, tão calculistas antes, agora só passavam um desespero frenético. Ele balançou os dois braços desta vez, e Adrian ficou parado enquanto o que restava dos ossos o atingiu. Não havia muita força no movimento.

Ace Anarquia tinha se exaurido.

O vilão chiou e se curvou para a frente de novo enquanto enfiava os dedos nas órbitas de um crânio.

– Malditos – gemeu ele. – Malditos vocês e seus Renegados e seu Conselho. *Eles* fizeram isso comigo. Eles me transformaram nisso.

Adrian baixou o braço, embora a tatuagem continuasse quente.

– Você fez isso a si mesmo.

Ace riu.

– Você é um tolo.

– O que você quis dizer quando falou que conheço sua sobrinha?

Ace ficou calmo, a expressão quase arrogante.

– Acredito que você a conhece como Pesadelo. – Ele arreganhou a boca. – Entre outras coisas.

A mandíbula de Adrian tremeu.

– Então sinto muito pela sua perda.

– Não, acho que não sente.

Adrian levantou a palma da mão para o vilão e disparou.

O raio de energia acertou Ace Anarquia no peito. Ele caiu para trás, as pernas virando num ângulo estranho quando ele caiu no mar de ossos, uma das mãos ainda segurando o crânio.

Adrian olhou para o corpo caído com medo do disparo tê-lo matado. A intenção sempre era atordoar e não ferir, mas Ace Anarquia estava mais frágil do que a maioria dos oponentes que Adrian enfrentava. Com ele quieto e imóvel agora, era fácil de ver o quanto ele estava frágil.

Mas, quando Adrian chegou mais perto, ele viu que o vilão estava respirando, ainda que com dificuldade.

Ele se virou para o sarcófago.

– Oscar? Ruby?

– A gente está bem. – A resposta foi abafada. – Ele morreu?

– Não, está inconsciente. Esperem.

Ele acionou o traje de novo, mas, mesmo com toda a força do Sentinela, foi preciso toda a força de vontade que ele tinha para erguer a tumba de cima dos amigos. Eles estavam encolhidos juntos, a pele coberta de poeira, os dedos de Ruby cobertos de pedras. Nenhum dos dois falou nada, mas eles pareceram hesitantes em se separar, mesmo quando estavam livres.

Oscar se levantou lentamente e se encostou na lateral do sarcófago, a respiração em ofegos curtos. Ele esticou a mão, entrelaçou os dedos com os de Ruby e a puxou para perto.

– Você está bem?

Ela olhou para Oscar, estupefata, e assentiu.

– Estou.

Oscar assentiu para ela.

Seus olhos estavam brilhando, os corpos inclinados um na direção do outro, e se Adrian sabia como duas pessoas se preparavam para um beijo, ele tinha certeza de que era daquele jeito.

Ele limpou a garganta alto e os dois deram um pulo, embora os dedos continuassem entrelaçados.

– *Ace* – disse ele, de forma lenta e clara. – *Anarquia.*

– Certo – disse Oscar, passando a mão pelo cabelo sujo de poeira. – Certo. – Ele pegou a bengala, foi até Ace e cutucou o pé dele. – O que a gente faz agora?

– A gente tem que alertar o Conselho – disse Ruby.

Adrian pensou na destruição causada pela luta.

– Tem razão. Vão ter que levá-lo pra Cragmoor. E ainda não sabemos por que Danna não consegue se transformar. Se ele estivesse com uma das borboletas dela presas...

– Espera – disse Ruby. – Você ainda tem sua caneta?

Adrian franziu a testa, tirou a manopla e deu a caneta para ela.

– Por quê?

– Tive uma ideia. – Ruby se agachou ao lado do Ace Anarquia e começou a escrever uma coisa no crânio na mão dele. Com letras de forma que não eram nada parecidas com a caligrafia curvilínea de sempre, ela escreveu uma mensagem.

CONSIDEREM ISTO UMA OFERTA DE PAZ

—SENTINELA

– Pronto – disse ela, fechando a caneta e a entregando para Adrian com um sorriso satisfeito. – Vamos dizer que a Danna nos trouxe aqui e encontramos isso. Os Renegados precisam saber que você... que o *Sentinela* não é vilão, e que você... ele... *você*... – Ela fechou os olhos para organizar os pensamentos. – Que *você* devia receber parte do crédito pela captura do Ace Anarquia. Talvez ajude. Quando você contar a verdade.

Adrian abriu um sorriso para ela, mesmo sabendo que ela não conseguia ver.

– Obrigado – sussurrou ele.

– Não tem sinal aqui embaixo – disse Oscar. – Vamos voltar lá pra cima e avisar o Conselho.

Ruby prendeu os pulsos do Ace Anarquia com sua corda, tomando o cuidado para que até a telecinese demorasse para desfazer o nó, só para o caso de ele acordar antes do Conselho chegar, embora Adrian duvidasse disso.

Eles estavam na metade da escada quando os comunicadores apitaram na mesma hora, fazendo todos darem um pulo.

– Mas o que... – Oscar afastou o braço do corpo, desconfiado. – Não tem como eles já saberem disso.

Ruby abriu a mensagem primeiro. Seu rosto ficou pálido.

– Não. Não é Ace. É... – Ela hesitou.

– O quê? – perguntou Adrian, odiando o jeito como ela olhou para ele na escuridão.

– É uma mensagem do Max. Ele disse que a Pesadelo está viva e que está lá, no quartel-general.

O coração de Adrian deu um pulo.

– Pegaram ela!

– Não. Adrian. Max disse que ela está com o elmo do Ace e que ele... ele vai tentar detê-la.

Adrian olhou para ela de boca aberta.

Max?

Max ia tentar detê-la?

Ele passou pelos dois e seguiu pela passagem estreita.

– Vou pra lá. Mandem uma mensagem para meus pais sobre Ace e Pesadelo. Eles vão mandar alguém.

Ele não esperou resposta, só correu até a superfície. Para longe da área destruída. Para o quartel-general.

Para Max e Pesadelo.

CAPÍTULO QUARENTA E QUATRO

— MAX! — GRITOU NOVA.

Voou vidro para todo lado, que ricocheteou no piso do saguão. Pequenos prédios de vidro, carrinhos de vidro, pessoas de vidro e postes e semáforos, tudo caiu no chão e se estilhaçou. Foi uma explosão de poeira e vidro tão grande que tudo cintilou como purpurina. Os ladrilhos brancos lascaram e racharam em todas as direções.

No lugar onde antes ficava a quarentena agora só havia algumas vigas de aço tortas e gesso quebrado.

Onde Max estava...

Nova se levantou. Deu alguns passos irregulares, procurando em meio à destruição, mas não viu sinal dele. O cabelo volumoso, o pijama quadriculado. Seus olhos arderam na nuvem de poeira, provavelmente com pedacinhos de vidro junto, mas ela não conseguiu parar de piscar e olhar e procurar.

Uma cidade destruída. Alguns lustres quebrados. Um piso afundado.

Quando a poeira baixou, ela ouviu um gritinho vindo dos destroços. Demorou um momento para ela ver a criatura deslizando pelo chão. Nova olhou, desorientada, achando no começo que era algum tipo de bebê lagarto.

O velociraptor, percebeu ela com um sobressalto. O dinossauro que Adrian desenhou uma vez na palma da mão dela.

Com o coração disparado, ela se agachou e esticou o lado achatado do pique na direção da criatura, dando-lhe onde subir para poder levá-la para um local seguro.

A criatura guinchou e mergulhou no abrigo de uma viga caída.

A pilha de destroços começou a se deslocar. Alguns pedaços de gesso deslizaram e escorregaram, quase como se estivessem sendo empurrados para o lado, mas ainda não havia sinal de Max.

Ela franziu a testa.

Mais alguns pedaços de vidro tilintaram, e a torre de uma igreja foi esmagada de repente sob um peso invisível.

Nova ouviu um ofego e Max apareceu de repente. Ele gritou de surpresa, franziu o rosto de concentração e sumiu de novo.

– Invisibilidade – sussurrou Nova. Ele tinha invisibilidade. Do Guardião Terror. Claro.

Um fluxo de gelo atingiu o pé de Nova e se enrolou em sua perna. Ela rosnou e golpeou com o pique, quebrando o gelo antes que pudesse segurá-la. Assim que ela soltou o pé, a terra tremeu e a derrubou. Seu quadril bateu no chão e a coxa ferida doeu de forma lancinante. A uma curta distância, uma avalanche de pedaços de vidro caiu na rachadura enorme que dividia o piso, fazendo um ruído exótico. Sismo estava do outro lado, olhando para ela de cara feia.

Os nós dos dedos de Nova ficaram brancos, uma das mãos no elmo e a outra no pique de cromo. Seus olhos avaliaram a destruição. Ainda nenhum sinal de Max, e agora ela também não via Geladura. Gárgula não tinha se movido. Não, não *Gárgula*. Ele era só Trevor Dunn agora, um covarde metido a valentão. Seu corpo grande, mas não mais enorme, estava ajoelhado com desânimo onde Nova o deixou. Ela rosnou, enojada com a autopiedade dele. Por ele ficar caído assim. Desistir.

Ele nunca teve essência de herói.

Nova ficou agradecida pelo pingente de imunidade no pescoço, que a protegia do poder de Max. Mas, mesmo que seu poder fosse arrancado, como quase tinha acontecido uma vez, ela gostava de pensar que lidaria com a questão com bem mais dignidade.

Sismo soltou um rugido e chamou a sua atenção. Ele se apoiou em um joelho e se preparou para bater com as duas mãos no chão.

Com um grito, Nova ergueu o pique acima do ombro e o arremessou com o máximo de força que conseguiu.

Os instintos do Sismo agiram e ele desviou do pique. Voou por cima da cabeça dele e perfurou a placa de INFORMAÇÕES na recepção central. Sismo piscou para Nova. Ele ficou paralisado, mas brevemente, antes que seu rosto se abrisse num sorriso de diversão.

Nova estava com uma de suas invenções na mão. Uma zarabatana... disfarçada de caneta inocente.

Sismo riu.

– Vai escrever uma carta de amor pra mim?

– Seu obituário, quem sabe.

Ela levou a caneta à boca e soprou. O dardo o acertou no peito, bem no coração, no mesmo lugar onde Geladura enfiou o dardo *nela*. Sismo olhou para baixo, horrorizado, enquanto o líquido verde ia entrando no corpo.

– Descanse em paz, Sismo – disse ela com um suspiro exagerado. – Suas habilidades podiam até chegar a 7 na escala Richter... mas a personalidade não alcançava nem o 2.

Sem esperar para ver a reação dele, Nova saiu correndo, os pés escorregando e tropeçando nos montes de vidro e gesso.

Ela estava quase no pé da escada que antes levava à quarentena quando uma das grandes vigas de aço que tinham se soltado com a destruição caiu e bateu na sua lateral. O golpe a jogou na parede e Nova caiu, a cabeça ecoando. Ela abriu os olhos desfocados e viu o elmo a algumas dezenas de centímetros. Embora sua visão estivesse embaçada e os ossos ainda estivessem vibrando da colisão com a viga, ela se obrigou a se empurrar para longe da parede. E esticar os dedos na direção do elmo.

Mas foi tirado dela, jogado para longe no ar. Nova gritou e foi atrás, mas era tarde demais.

Max gritou de dor de repente e o elmo caiu no meio da quarentena estilhaçada. Ele reapareceu e caiu de joelhos não muito longe. Seu corpo estava coberto de cortes e arranhões, o pijama todo rasgado.

As entranhas de Nova se contraíram quando ela o viu tirar um caco de vidro da sola do pé.

Ele jogou o caco ensanguentado para longe com um chiado e esticou a mão de novo. O elmo completou o trajeto e caiu em seus braços.

Ele sumiu no nada de novo. Desta vez, o elmo desapareceu junto.

Nova olhou para o lugar onde ele estava, chocada ao se dar conta de que foi Max que jogou a viga de aço nela. E agora, ele tinha pegado o elmo.

Ele não estava tentando fugir. Ele estava tentando *lutar* com ela.

Mas a invisibilidade não era infalível num ambiente cheio de destroços, e logo ela identificou o caminho de Max conforme ele ia se movendo para a saída de emergência mais próxima. Ele estava tentando tomar cuidado, mas, na pressa, Nova viu a movimentação nos detritos, o vidro movimentado no caos, as manchas de sangue no piso.

Ela deu um impulso na parede e correu atrás dele. Ela não precisava tomar cuidado, e, com a aproximação dela, ele começou a se mover mais rápido. Ela até o ouvia ofegando agora, o pânico aumentando com a aproximação dela.

Ela mergulhou, as mãos esticadas no ar.

Elas encontraram tecido e seguraram com força.

Max deu um grito e apareceu de novo quando os dois caíram na destruição. Novamente, o elmo saiu voando.

Nova deixou Max caído no chão, se levantou e deu um pulo. Caiu em cima do elmo e encolheu o corpo em volta dele, prendendo-o com força antes que Max pudesse usar a telecinese para arrancá-lo de debaixo dela novamente.

– Não! – gritou Max. Uma mesinha voou na direção da cabeça de Nova, mas ela a bloqueou com o cotovelo. Só que o impacto a derrubou no chão com força.

Nova ficou deitada, atordoada por um momento, sem fôlego, coberta de suor. O elmo estava apertado sobre sua barriga. A cabeça estava girando de exaustão e dor.

Mas a saída estava próxima.

Ela estava tão perto.

Não podia falhar estando *tão perto assim*.

Ela buscou nas reservas de força que ainda tinha e se apoiou num joelho, depois no outro. Levantou-se e lutou contra as pernas bambas.

Tinha dado um único passo quando um braço envolveu seu pescoço e a puxou contra um peito sólido.

– Vou te matar – sussurrou Trevor no ouvido dela. – Pelo que você fez comigo, vou te *matar*.

– Entra na fila – disse Geladura. Ela estava parada na passagem mais próxima da saída, bloqueando a possibilidade de Nova fugir. O pique do Capitão Cromo estava na mão dela, coberto por uma camada grossa de gelo branco cintilante.

Nova, sem querer soltar o elmo que segurava nos dois braços, se inclinou para perto do corpo de Trevor, permitindo que ele a sustentasse enquanto seus joelhos ameaçavam ceder.

– Desculpe – disse ela, a voz mais arrastada do que ela gostaria. – Mas ninguém vai me matar hoje.

Ela segurou o antebraço em volta do seu pescoço e usou o poder nele. O braço dele ficou frouxo e ele caiu para trás, espalhando os detritos com um ruído sólido. Nova cambaleou, se inclinou para a frente e apoiou uma das mãos no joelho para não desabar no chão, enquanto a outra ainda segurava o elmo.

– O q... quê? – gaguejou Geladura. – Mas você... eu...

– Ah, é, isto – disse Nova, puxando o dardo vazio do peito. – Eu quase tinha esquecido. Parece que não deu certo.

A surpresa da Geladura virou raiva. Gritando, ela segurou o pique com as duas mãos e partiu para cima de Nova, uma cavaleira de justa prestes a empalar a oponente.

Nova desviou para o lado. O pique passou a centímetros dela.

Um ofego, horrorizado, chocado, sugou o ar do saguão.

Nova se virou a tempo de ver Max aparecer de novo. Genissa estava mirando no coração de Nova, mas Nova desviou, e Max... Max estava logo atrás dela. Aproximando-se sorrateiramente. A mão ainda estava esticada, tentando pegar o elmo da mão dela.

A lança de cromo estava enfiada nele.

Um grito escapou da boca de Nova e partiu o ar. Ela não pôde fazer nada quando Max cambaleou para trás. A mão pousou no pique que saía do abdome. Seus olhos estavam arregalados, o rosto contorcido em choque.

Ele caiu de joelhos.

– Não – disse Geladura, a voz carregada de pânico. – Não, não, não! – Ela soltou a lança e cambaleou para trás. Suas pernas tremeram e ela caiu, e começou a se empurrar para trás com os calcanhares, para longe do garoto. – Não! Você não pode pegar!

E Nova se deu conta de que ela não estava preocupada com Max. Ela estava com medo porque sentiu o Bandido roubando seus poderes.

Ignorando Geladura, Nova se abaixou ao lado de Max. O elmo caiu ao seu lado. O pingente de ferro estava quente no esterno dela.

– Você está bem. Vai ficar...

Ela parou de falar. O ferimento em volta do pique estava azul, produzindo cristais.

Gelo.

– Tira... daí... – disse Max, ofegante, fechando a mão no pique. Seus olhos estavam arregalados e as bochechas estavam molhadas.

– Não, não tira – disse Nova. – Está estancando o sangramento. Se a gente...

– Tira – disse ele de novo, com mais insistência. O gelo estava congelando o pique.

Nova engoliu em seco. Ele tinha assimilado um pouco do poder da Geladura. Talvez...

– *Por favor* – suplicou ele.

– Tudo bem – disse ela, a voz tremendo quando ela pegou o pique. – Isso vai doer. Desculpe.

Ele olhou para o nada. Não falou nada. Mas, quando Nova puxou o pique do corpo, o grito dele congelou suas veias.

O pique saiu e ele caiu para o lado com o pijama encharcado de sangue. As mãos de Nova tremeram quando ela pegou o unguento e as ataduras no cinto, mas, quando enrolou a barra da camisa de Max, ela viu que o ferimento estava sendo coberto rapidamente por cristais de gelo. Ele mesmo estava estancando o sangramento. Ela se perguntou se ele sabia que estava fazendo aquilo. Os olhos dele tinham se fechado, o rosto estava branco como os ladrilhos quebrados ao redor. O corpo de Max podia estar agindo por instinto, usando os poderes que ele tinha começado a assimilar da Geladura para anestesiar o local e parar o sangramento.

Não o salvaria, mas se pudesse protegê-lo até ele ter ajuda...

Nova levantou a cabeça. Geladura tinha desmaiado e parecia estar apenas parcialmente consciente, mas Sismo estava lá, os braços em volta da cintura da Geladura, arrastando-a para longe de Max.

Nova não pensou antes de pegar o pique ensanguentado e partir para cima deles. Sismo, sobressaltado, largou Geladura e se preparou para o ataque de Nova.

Mas o Agente N tinha agido e ele não tinha mais poderes. E, sem seus poderes, ele não tinha ideia do que fazer.

Nova pulou para a frente, preparando-se para bater com o pique na têmpora dele. Ele se encolheu e levantou as mãos em uma tentativa patética de se defender.

Nova parou o movimento do pique a um centímetro da cabeça dele.

Ela baixou a arma e encostou o indicador na testa de Mack Baxter. Ele caiu.

Ela se virou para Geladura. A garota estava de quatro, tentando engatinhar para longe do Bandido. Nova apontou a ponta do pique para o nariz dela. Geladura parou.

– Volta – rosnou Nova. – Você vai dar seu poder pra ele. Todo.

Geladura ergueu o olhar, mas mais nada.

– De jeito nenhum.

Nova rosnou. Max estava morrendo. *Morrendo*. E ela não se importava se ele era um Renegado, um Everhart, o *mesmo prodígio* que tirou o poder do Ace e o arruinou quase dez anos antes. Era o Max, e ela não o deixaria morrer.

– Pode ser a única coisa capaz de salvá-lo.

– É meu – rosnou Geladura.

– Tudo bem – disse Nova. – Eu te dei a oportunidade de ser nobre. – Ela esticou a mão, botou os dedos embaixo do queixo da Geladura e segurou o pescoço. Um gemido de sobressalto escapou da garota e, por um segundo, ela lutou para se soltar.

Mas caiu inerte. Adormecida.

Nova a colocou ao lado de Max. Não sabia avaliar com que rapidez ele estava absorvendo os poderes de Genissa, mas as formações de gelo acima do ferimento começaram a se adensar.

Ela achou que ele estivesse inconsciente, mas seus olhos se abriram e a encararam. Ela não sabia dizer se havia reconhecimento neles, mas sabia que havia uma pergunta.

Por que ela o estava ajudando? Já estava com o elmo. Por que ainda estava lá?

– Fica longe dele!

Ela levantou a cabeça. Sua pulsação acelerou.

O Sentinela estava logo depois da entrada principal, a armadura iluminada pelo luar refletido na porta de vidro.

Nova se levantou. Seu coração parecia frágil, seu corpo à beira de um colapso. Mas sua mente estava apurada de novo, depois de ter sido despertada quando o pique foi enfiado em Max, e ela já estava avaliando suas opções.

O pique estava bem próximo.

O elmo estava no chão, atrás dela.

Havia mais um dardo na arma do cinto e ainda havia mais dois dispositivos que liberariam gás, embora ela não tivesse certeza se o gás penetraria no traje.

Nova tinha uma quarentena destruída, três ex-prodígios inconscientes e Max... morrendo aos seus pés.

– Eu falei – rosnou o Sentinela, o braço direito começando a se acender –, fica longe dele.

Nova deu um passo para trás. Seu calcanhar tocou no elmo.

Por mais que desprezasse o Sentinela e toda a sua superioridade fingida e seu egocentrismo e o jeito como ele a assombrava como um perseguidor obcecado, Nova tinha certeza de que sabia uma coisa sobre o justiceiro.

Ele era capaz de coisas boas.

Coisas heroicas.

Como salvar garotos de 10 anos quando eles estavam morrendo.

Ela deu outro passo para trás.

O Sentinela ergueu o braço. O raio de energia foi na direção dela. Nova se abaixou, conseguindo desviar por pouco, e pegou o elmo no chão.

E saiu correndo.

CAPÍTULO QUARENTA E CINCO

Ele queria ir atrás dela.

Uma parte enorme e furiosa dele queria ir atrás dela. Arrancar a máscara, fazê-la encará-lo, olhar nos seus olhos, dizer para ele por que faria aquilo. Por que destruiria a casa de Max, a cidade de vidro e por que o atacaria depois... uma criança! Que objetivo... Qual era a motivação...

Mas ele não foi atrás dela.

Em parte porque ele já sabia a verdade.

Max ajudou a derrotar Ace Anarquia, e agora Pesadelo tentou se vingar dele.

E ele não foi atrás dela porque...

Porque...

– Max – disse ele, o nome engolido por um soluço. Ele caiu de joelhos ao lado do corpo de Max e se esforçou para lembrar o treinamento que fez. Como lidar com vários tipos de ferimentos para poder manter os companheiros vivos até que um curandeiro chegasse.

Mas ele nunca tinha visto aquilo.

A camiseta de Max já tinha sido empurrada para cima e revelava um corte fundo embaixo das costelas. Havia sangue, mas também havia gelo. Flocos de gelo branco frágil cobrindo a pele e formando uma barreira protetora sobre o ferimento.

Roubados de Genissa Clark, sem dúvida.

Mas, mesmo com o gelo, o sangue embaixo do corpo de Max estava grudento e denso. O ferimento era fundo e podia ter perfurado um órgão: um rim, o estômago, o intestino.

Quanto tempo ele tinha?

Os braços de Adrian tremeram quando ele os passou embaixo do corpo de Max o ergueu com o máximo de cuidado que conseguiu ter.

Pesadelo tinha ido embora. Apesar da sua raiva, ele nem se lembrava direito da saída dela. Só havia o Max. Cuja pele parecia fina como um lenço de papel. Cujo peito mal subia e descia a cada respiração.

Ele segurou o garoto junto ao corpo e saiu correndo do prédio. Foi para rua, onde já dava para ouvir as sirenes se aproximando. O Conselho, o resto dos Renegados souberam do ataque da Pesadelo. E correram para a cena do crime.

Mas era tarde demais.

Adrian só esperava não ser tarde demais *para ele*.

Ele deu as costas para as sirenes e saiu correndo.

Não... voando.

Os curandeiros estavam todos no baile. *Todo mundo* estava no maldito baile e o hospital ficava a dez quilômetros de distância, e Adrian não conseguia pensar em nada além do sangue que tinha nas mãos e da respiração fraca de Max sacudindo o peito magro e o fato de que nem todos os pontos que ele pudesse desenhar seriam capazes de impedir que a vida dele se esvaísse.

O gelo tinha feito com que ele ganhasse tempo, mas ele estava morrendo mesmo assim. Max estava *morrendo*.

E o hospital ficava a dez quilômetros de distância.

Adrian nunca se moveu tão rápido na vida. Seu mundo se tornou um túnel escuro e estreito. Ele só via obstáculos: os prédios no caminho e as ruas lotadas de trânsito. Só via o hospital esperando no alto da colina, longe demais, chegando mais perto, mais perto, conforme ele seguia de terraço de prédio a saída de incêndio, de torre de água a passarela. O tempo todo ele ficou segurando o corpo de Max com tanta força que sentia a leve vibração dos batimentos cardíacos do menino, mesmo pela armadura. Não, ele devia estar imaginando. Ou talvez fossem seus próprios batimentos, erráticos e desesperados.

Havia vento e o som forte de botas em concreto. Outro salto, outro terraço, outro prédio, outra rua borrada lá embaixo e o hospital... cada vez mais perto, mas nunca o suficiente. *Não morra, aguente firme, estamos quase lá, vou te levar lá, não morra.*

De repente, ele *chegou*, uma vida tendo se passado em minutos (segundos?) desde que ele saiu do quartel-general. Ele estava indo tão rápido que a porta automática não teve tempo de registrar sua chegada e ele passou direto, protegendo o corpo de Max da melhor forma possível na hora que o vidro se estilhaçou.

Ofegos e gritos. Corpos pulando para longe do famoso prodígio que entrou na área de espera da sala de emergência.

Um homem de uniforme saiu de trás de uma mesa.

– Um médico, rápido! – gritou Adrian.

O recepcionista ficou só olhando.

– *AGORA!*

O homem engoliu em seco e esticou a mão para um botão.

Adrian se agachou, segurando Max para longe do corpo para poder examiná-lo. Ele tentou ignorar as roupas cobertas de gelo do garoto e a mancha de sangue que tinha secado num lado do rosto. Foi a palidez da pele que mais o apavorou, além do fato de que Adrian mal via o peito do menino se movendo, até não conseguir ver movimento nenhum.

– *Por que está demorando tanto?* – gritou ele na hora que uma porta dupla se abriu e um homem e uma mulher de uniforme de enfermagem apareceram empurrando uma maca. Outra mulher veio atrás calçando luvas de látex. Seu olhar foi para Max, desprovido de emoções e avaliando o sangue e o gelo.

– Coloquem ele na maca – disse ela. – Com delicadeza.

Adrian ignorou os enfermeiros que pareciam querer tirar Max dele, o carregou até a maca e deitou o corpo dele da forma mais cuidadosa que conseguiu. Parecia que ele estava entregando seu coração.

A enfermeira colocou a palma da mão no peito do traje de Adrian ignorando as manchas de sangue. Seu olhar foi até o *S* vermelho. Era um *R* quando ele desenhou o traje, mas ele mudou a letra depois que Espinheiro o jogou no rio. Não havia mais sentido em fingir que o Sentinela era um Renegado.

– Sinto muito, mas você não pode entrar...

O enfermeiro ofegou. Uma coisa caiu. A médica caiu sobre a maca, a respiração pesada quando ela apertou a mão enluvada no peito.

Adrian soltou um palavrão e empurrou a enfermeira para longe.

– Prodígio, não! – gritou ele. Adrian segurou a médica, puxou-a para longe da maca e a arrastou para o outro lado da área de espera antes que alguém pudesse impedi-lo. – Não pode ser uma curandeira prodígio. Ele precisa de médico... de médico *comum*!

O enfermeiro parou ao lado do corpo inconsciente de Max, atordoado. Todos estavam mudos, os enfermeiros, recepcionistas, pacientes e familiares na sala de espera. Todos olhando para Adrian como se ele tivesse perdido a cabeça.

– Não pode ser prodígio? – gaguejou o enfermeiro. – O que você quer dizer quando diz que não quer um curandeiro prodígio?

– Só obedece! – O pânico sacudiu seu crânio até ele não conseguir mais enxergar direito, pensar direito, respirar direito. – Não tem nenhum médico civil?

– Não na emergência! – gritou o recepcionista, como se um pedido daquele fosse a definição de inconcebível.

– Então arruma algum em outro lugar! – gritou Adrian. – Anda!

A médica enfraquecida foi levada para longe. Lágrimas quentes e furiosas borravam a visão de Adrian. *Rápido, rápido, por que eles estavam demorando tanto...*

Seus pensamentos congelaram. Uma percepção o atingiu como uma bala.

Eles *poderiam* usar um médico prodígio... se o médico fosse imune. Se Adrian estivesse com o Amuleto da Vitalidade.

Mas ele o tinha dado a Simon. Estava em casa, ou Simon estava com ele, e embora os pensamentos de Adrian girassem com desespero, ele não conseguia pensar em como poderia encontrá-lo e levá-lo para o hospital a tempo de fazer diferença.

Um médico novo se aproximou da maca e começou a gritar ordens. Um segundo depois, Max foi levado pelos corredores amarelos estéreis do hospital. Adrian não conseguia mais detectar a respiração dele.

– Salvem ele – gritou ele em súplica. – Por favor. Façam o que tiverem que fazer. Mas salvem ele.

Talvez tivesse sido seu tom, ou talvez a visão do sangue de Max. Fosse como fosse, a expressão frenética do médico revelou algo quase gentil. Mas logo ele se virou e as portas se fecharam, fizeram o vaivém algumas vezes e pararam.

Adrian se virou para o recepcionista. E reparou pela primeira vez que todo mundo no aposento tinha ido para longe dele e para perto das paredes.

– Olha – disse ele –, aquele garoto é um Renegado, tutelado do Capitão Cromo e do Guardião Terror. Eles *têm* que salvá-lo.

O recepcionista inspirou fundo.

– Nós somos profissionais, senhor. Eles vão fazer tudo que puderem.

Adrian murchou os ombros e se afastou. Toda a sua força o abandonou, e ele desabou num banco próximo. O banco gemeu com o peso do traje.

Adrian sabia que estava sendo observado. Todo mundo na sala de espera estava olhando para ele tentando decidir se devia sentir medo, se devia alertar os Renegados... se já não tivessem feito isso.

Ele não ligava para o que decidiriam sobre ele e nem quem fosse prendê-lo. Adrian caiu de joelhos e segurou as laterais do elmo com as duas mãos. A armadura parecia um muro ao seu redor separando-o do mundo. Ele tinha construído aquele santuário para si, e agora estava sozinho com seus pensamentos, seus medos e as lembranças confusas e caóticas de tudo que tinha acontecido.

Ele estava tremendo, e sua mente voltou à raiva porque era a emoção mais fácil de aceitar no momento. Raiva de si mesmo por não ter ido mais rápido. Raiva da Pesadelo por ousar atacar uma criança. *Só uma criança*. Raiva do hospital por não estar preparado, por demorar a chamar um médico para ajudar. Mais raiva ainda de si mesmo por não estar com o medalhão para que a primeira curandeira pudesse ter feito alguma coisa.

Seus pensamentos voltaram para Nova e como ela acreditava que a sociedade contava demais com os prodígios. As pessoas esperavam que houvesse um Renegado por perto para ajudar sempre que precisava. Para resolver todos os problemas para elas.

Talvez ela estivesse certa. Talvez eles dependessem demais dos super-heróis. E se essa dependência custasse a vida de Max?

A lembrança voltou com tudo, agonizante e intensa. Pesadelo agachada ao lado do corpo de Max, as mãos cobertas com o sangue dele.

Adrian dobrou os dedos de raiva.

Por que ela não enfraqueceu com o poder dele? Não fazia sentido.

Ele descobriria. Desvendaria os segredos dela de uma vez por todas. Sobre Max. Sobre o elmo. Sobre o que ela sabia do assassinato da mãe dele.

Depois, ele a encontraria e a aniquilaria.

Ele ouviu uma agitação do lado de fora e se levantou. Havia sirenes tocando, o som familiar das patrulhas de Renegados chegando.

Ele olhou para uma porta próxima que levava a uma escada.

Simon e Hugh apareceriam por causa de Max, e Simon daria o medalhão para o curandeiro que precisasse. Eles podiam explicar o significado e a natureza da habilidade de Max.

Max não precisava mais da presença de Adrian, e ele não estava pronto para aquele confronto.

Ele viu luzes piscando pela porta quebrada, e o Capitão Cromo e o Guardião Terror estavam correndo na direção dele. O resto do Conselho não estava lá e, em meio à confusão, Adrian se lembrou do Ace Anarquia, inconsciente nas catacumbas.

Adrian fechou os punhos, correu pela porta mais próxima e subiu pela escada na direção do telhado.

Ele não poderia guardar seu segredo por muito tempo. Haveria consequências para todas as escolhas que ele tinha feito e para todas as regras que tinha violado.

Mas, agora, o Sentinela ainda tinha um trabalho a fazer.

Pesadelo estava viva e precisava ser detida.

Ele não abriria mão do Sentinela enquanto ela não fosse destruída.

CAPÍTULO QUARENTA E SEIS

FOBIA OS ESTAVA ESPERANDO do lado de fora da casa de Wallowridge. E toda a animação e euforia que os dominou durante o trajeto sumiu com quatro palavras simples.

Os Renegados pegaram Ace.

O coração de Nova se apertou. Ela não acreditou, não conseguiu acreditar. Fobia contou tudo para eles e a comemoração acabou.

Leroy ligou o rádio do carro e todos ficaram parados, ouvindo, sem querer acreditar.

Os jornalistas estavam fora de si, falando um milhão de quilômetros por minuto, repetindo cada detalhe trivial da captura. O fato de que o Ace Anarquia ainda estava vivo foi um choque para eles, e saber que ele tinha sido encontrado e preso... não pelos Renegados, embora uma unidade de patrulha tivesse chegado para levar o vilão até o quartel-general.

Não. Ace tinha sido capturado pelo Sentinela.

Só de pensar no nome dele, a pele de Nova se arrepiava de ódio.

Finalmente, quando não puderam mais negar a verdade dos relatos, eles entraram pela porta da casa tomados de descrença.

Mel passou direto por Nova e subiu pelos degraus barulhentos e irritados. A porta do quarto bateu e, segundos depois, Nova ouviu o choro começar. Pela primeira vez, Nova não pôde descartá-los como o gosto da Mel por melodrama.

– Você agiu bem hoje, pequena Pesadelo – disse Leroy, colocando a mão no ombro de Nova.

Ela não respondeu, e em pouco tempo ele também subiu a escada até o quarto. A porta se fechou nas dobradiças barulhentas.

Fobia ficou um momento mais, sua presença assombrando os cantos da sala. Ele não disse nada. Pela primeira vez, Nova não tinha medos sobre os quais ele poderia comentar.

Todos os piores medos dela tinham se tornado realidade.

Os Renegados estavam com Ace. Apesar de tudo, ela havia fracassado.

Finalmente, ele também sumiu, transformando-se em um bando de morcegos e saindo voando pela porta, que bateu em seguida e sacudiu a casinha frágil.

Nova ficou parada perto da entrada, olhando.

Para o papel de parede estampado extravagante.

Para a mobília comida por cupins.

Para o nada que era para ser a casa dela.

O elmo pendia de uma das mãos dela, os dedos enfiados nos buracos dos olhos como se fosse uma bola de boliche. Não parecia mais leve e discreto, e, quando as sombras abriram caminho aos poucos para a luz difusa do amanhecer, Nova deixou o elmo cair.

Bateu no tapete de forma anticlimática e rolou para baixo da mesa de centro.

Nova soltou o ar, trêmula.

Ela havia fracassado.

Ace foi capturado. Ace não estava mais livre.

Uma notificação soou na casa silenciosa, sobressaltando Nova e a arrancando dos pensamentos. Seu comunicador. Ela o encontrou na cozinha. Sua mão estava tremendo quando ela o pegou e olhou as incontáveis mensagens de Adrian e do resto da equipe, e até um comunicado global enviado pelo Conselho confirmando a verdade dos relatos da imprensa.

Ace Anarquia está vivo e preso.

O Sentinela foi responsável pela captura dele.

A identidade do Sentinela permanece desconhecida.

As mensagens mais recentes eram sobre Pesadelo, também confirmada viva, e o roubo do elmo do Ace Anarquia e a destruição sofrida pelo quartel-general.

As mensagens não diziam nada sobre Geladura e a equipe dela.

Não diziam nada sobre Max.

Nova leu os alertas sobre Pesadelo com mais atenção, tentando determinar se tinha sido descoberta ou não. Não tinha se preocupado muito em manter a própria identidade escondida naquela noite por acreditar que, no fim dela, Ace teria o elmo de volta e sua mentira como Renegada acabaria.

Agora, ela não conseguia imaginar o que aconteceria em seguida. Quanto tempo levaria até que a descobrissem?

Ela pensou na borboleta de Danna, ainda presa no pote no andar de cima. Se algum dia escapasse, o segredo de Nova seria revelado. E havia mil outras mentirinhas se acumulando em torno dela. Mil sinais apontando para Nova. Para Pesadelo.

Quanto tempo tinha até que eles soubessem?

Até que Adrian soubesse.

Ela largou o comunicador na mesa e apoiou as palmas das mãos nas costas de uma cadeira. Com os olhos fechados, inspirou fundo. Contou até dez. Expirou.

Em seguida, subiu para trocar de roupa. Mel não falou, e ela também não quando tirou o traje da Pesadelo, coberto de sangue e suor e de pequenos estilhaços de vidro.

Ela botou a máscara na penteadeira ao lado da borboleta de Danna.

Não conseguia olhar nem para uma e nem para a outra.

Nova tinha que libertar Ace. Era a única coisa que importava. O pensamento lhe deu vontade de chorar, mas ela engoliu o choro. Porque, se era isso que tinha que ser feito, era o que ela faria. Ela não reclamaria de todo o trabalho e planejamento que tinha feito para aquela noite. Não pensaria em como tudo se perdeu. Não sentiria pena de si mesma.

Ela ergueria o queixo. Continuaria lutando.

Nova desceu a escada e deixou Mel sozinha. Todos queriam ficar sozinhos. Nova se sentou à mesa da cozinha e olhou para o vaso de flores mortas, o coração partido.

Não podia ter sido por nada. Ela não permitiria que os Renegados vencessem. Não permitiria que o Conselho perpetuasse suas mentiras, suas promessas falsas.

E não seria vencida pelo Sentinela.

Uma batida na porta a fez pular. Ela se levantou e olhou para a porta, o coração na garganta. Esperou que a porta fosse derrubada pelas forças de um exército de super-heróis. Imaginou o punho do Capitão Cromo quebrando a porta, deixando-a em lascas, ou a onda da Tsunami entrando pela janela e inundando a casa.

Mas o único ataque foi uma segunda batida à porta, mais determinada agora.

E a voz do Adrian:

– Nova, sou eu. Sei que você está acordada. Me deixa entrar.

Sua saliva ficou densa na boca.

Adrian.

O doce, lindo e brilhante Adrian Everhart.

Ele sabia. Devia saber. Como ela poderia olhar na cara dele? Como aguentaria ver a expressão nos olhos dele quando ele exigisse que ela falasse a verdade? Quando a desafiasse a mentir de novo?

– Nova? Você está em casa?

Ela olhou para o elmo.

Ela atravessou a sala, pegou o elmo no tapete imundo e passou alguns segundos girando em círculos aleatórios tentando pensar em onde escondê-lo. Decidiu usar o armário de casacos e enfiou o elmo no meio do casaco impermeável de Leroy e das peles de Mel.

Depois de inspirar fundo, Nova foi até a porta e segurou a maçaneta. No andar de cima, os soluços de Mel tinham parado. A casa toda parecia deserta.

Ela abriu a porta.

Adrian estava em petição de miséria. A gravata-borboleta tinha sumido e a camisa social estava amassada e com manchas de sujeira. Seu olhar grudou no dela, assombrado e exausto.

Mas não com acusação.

Ela nem ousou ter esperanças.

– Posso entrar? – pediu ele, quase dócil.

Ela lambeu os lábios com a língua que mais parecia uma lixa e chegou para o lado.

Ele passou por ela e foi direto para a cozinha. Nova prendeu o ar quando ele passou pelo armário. A fechadura, que nunca se fechava com firmeza, soltou um clique. A porta se abriu alguns centímetros.

Adrian não reparou. Seus movimentos estavam lentos quando ele puxou uma cadeira e desabou nela.

– Desculpe – disse ele quando Nova chegou lá. Ela ficou parada na porta, apavorada. Com medo de Mel emitir algum som. Com medo de algumas das abelhas descerem a escada voando e começarem a andar pelos armários. Com medo da melancolia de Adrian ser fingida com a intenção de fazê-la sentir uma segurança falsa. – Eu sei que não posso ficar aparecendo aqui, mas... eu preciso falar com alguém e sabia que você estaria acordada e... – A voz dele falhou, e ela reparou nas olheiras roxas debaixo dos olhos, quase escondidas pela moldura dos óculos.

A noite tinha sido longa para os dois.

– Desculpe – disse ele novamente. – Como está seu tio?

O coração de Nova se apertou.

Ele foi capturado. Aprisionado. Tirado dela.

Mas ela se lembrou da desculpa que tinha dado para Adrian quando estava indo embora do baile: que o tio não estava se sentindo bem e ela precisava dar uma olhada nele.

– Bem – gaguejou ela. – Ele está bem.

Adrian ficou em silêncio por muito tempo. Seu olhar estava grudado nela, e Nova não conseguiu entender o que o olhar queria dizer. Ele a estaria inspecionando em busca da verdade? Procurando sinais da Pesadelo?

– Você soube? – perguntou Adrian. – Sobre... o Ace Anarquia? E a Pesadelo?

Ela tremeu.

– Eu estava olhando minhas mensagens. É verdade?

Ele assentiu. Cruzou as mãos e se inclinou sobre os joelhos para olhar o piso de linóleo rachado.

– É verdade, sim. A gente pegou o Ace, mas ela escapou e... levou o elmo. – Uma gargalhada amarga saiu da sua boca. – Eu devia ter te ouvido, Nova. Nós todos devíamos ter ouvido. Você tentou nos dizer que o elmo não estava seguro, mas meus pais... nós fomos tão arrogantes. E agora... agora está com eles.

Nova enfiou os dedos na própria coxa para não olhar por cima do ombro. Na direção do armário.

– Mas nós estamos com o Ace Anarquia – disse Adrian. – Já é alguma coisa. – Ele levantou a cabeça e olhou com expressão vidrada para a parede. – Ruby e Oscar estavam lá quando o Conselho foi buscá-lo. Eles disseram que já estavam planejando a neutralização dele, publicamente, quando revelarem o Agente N para o mundo. Ele vai ser o exemplo de como o Agente N é necessário e do que é capaz de fazer.

– Quando? – sussurrou Nova. – Quando isso vai acontecer?

– Não sei. Duvido que esperem muito.

O queixo dele começou a tremer e Nova ficou tensa.

– Você soube... você sabe sobre o Max?

A voz dele falhou e o sangue de Nova ficou gelado. Ela viu Max de novo, a lança de gelo perfurando sua pele, o sangue cobrindo o chão.

Ele estava morto. Ele estava morto. Ele estava morto.

E era sua culpa, ao menos em parte. Sua culpa.

– Não – sussurrou ela, sem querer ouvi-lo dizendo. Sem querer saber a verdade.

Adrian esticou os braços e Nova não conseguiu resistir à atração. Ela foi até ele, e ele passou os braços por sua cintura e escondeu o rosto em sua barriga. Lágrimas surgiram nos olhos de Nova e, embora seu corpo tentasse se rebelar contra a intimidade do toque, ela não conseguiu resistir ao impulso de aninhar a cabeça e os ombros dele, de abraçá-lo com força.

– Ele está no hospital – disse ele, quando as lágrimas começaram com força. – Ela tentou matar ele. A Pesadelo tentou matar ele.

Hospital.

Tentou.

– Ele...?

– Não sei. Não sei. Mas ele tem que viver. Ele tem que ficar bem. Se acontecer alguma coisa com ele... – Suas palavras se dissolveram. Nova o abraçou, sentindo a umidade das lágrimas dele na blusa, o tremor dos ombros debaixo dos dedos.

– Ele vai ficar bem – disse ela, se obrigando a acreditar também. – Vai ficar tudo bem.

– Eu vou acabar com ela. Vou encontrar a Pesadelo e vou acabar com ela. – Ele fechou os dedos nas costas da camisa de Nova, segurando o tecido nas mãos. – Nova... você me ajuda?

Nova fez uma careta e virou a cabeça para a sala. Pela porta, ela viu o cantinho do armário de casacos. A madeira velha da soleira. O tapete gasto e até quase o piso logo embaixo.

– Claro que sim – ela se ouviu dizer enquanto olhava para os olhos vazios do elmo do Ace Anarquia, que a encarava das sombras.

AGRADECIMENTOS

UM DOS TEMAS que começou a aparecer neste livro quando eu estava revisando as múltiplas versões é que a maioria das coisas na vida fica melhor quando podemos apreciá-las na companhia das pessoas que amamos. Escrever um livro não é diferente. Assim como não tem *eu* em *herói*, não tem *eu* em *livro*! Sou eternamente grata por ter tanta gente na minha vida que me guiou e apoiou nessa jornada.

A primeira pessoa a quem preciso agradecer é a minha editora, Liz Szabla, que viu as possibilidades na história de Nova e de Adrian antes até de mim e me levou a mergulhar mais fundo nesse mundo e nos personagens. Este livro e essa trilogia são muito mais agora graças a seu encorajamento e à sua visão. (Literalmente... tem centenas de páginas a mais!) E, claro, agradeço todo o trabalho árduo de todo mundo do Time Meyer na Macmillan Children's: Jean, Mary, Jo, Mariel, Allison, Rich, Caitlin, assim como de minha maravilhosa copidesque, Anne Heausler, e a tantas outras pessoas que trabalham nos bastidores para ajudar a trazer este livro e incontáveis outros ao mundo. Tenho tanta sorte de ter vocês na minha quadra.

Para a equipe fabulosa da minha agência – Jill, Cheryl, Katelyn e Denise –, que são não só defensoras, conselheiras e torcedoras, mas também grandes amigas. Não consigo nem começar a expressar como sou feliz de conhecer vocês e de trabalhar com vocês.

Agradeço à minha intrépida leitora beta, Tamara Moss, cujas críticas atenciosas são *quase* tão apreciadas quanto vinte anos de amizade e companheirismo. Você me torna uma escritora melhor, e, por isso, não tenho como agradecer o suficiente.

Agradeço a Joanne Levy, minha assistente profissional, por um milhão de coisas diferentes. Não sei como eu conseguiria cumprir meus prazos sem você!

Devo um agradecimento especial a Laurel Harnish, cujo design de personagens durante uma competição de *Renegados* serviu de inspiração para Callum Treadwell (Maravilha). Eu me apaixonei perdidamente por Callum e seu poder inspirador, e espero que vocês também!

Um agradecimento gigantesco vai para o dr. Tyler DeWitt por ter a delicadeza de revisar o Capítulo 23 e dar dicas sobre o processo de eletrólise e revestimento de metais. (Nova teria morrido de vergonha se eu tivesse errado!) Os vídeos sobre ciências do Tyler são tão divertidos quanto informativos, e recomendo que sejam vistos no YouTube ou em https://www.tdwscience.com/

E, claro, ao meu marido, Jesse, às nossas duas filhas cheias de vida, Sloane e Delaney, e a toda a minha família e amigos pelo apoio incansável, encorajamento e amor.

Impressão e Acabamento:
GEOGRÁFICA EDITORA LTDA.